Anna-Maria Caspari
GINSTERHÖHE

ANNA-MARIA CASPARI

GINSTER-HÖHE

Roman

Ullstein

Besuchen Sie uns im Internet:
www.ullstein.de

Wir verpflichten uns zu Nachhaltigkeit

- Klimaneutrales Produkt
- Papiere aus nachhaltiger Waldwirtschaft und anderen kontrollierten Quellen
- ullstein.de/nachhaltigkeit

Originalausgabe im Ullstein Paperback
1. Auflage Januar 2023
3. Auflage 2023
© Ullstein Buchverlage GmbH, Berlin 2023
Umschlaggestaltung: bürosüd° GmbH, München
Titelabbildung: © Georg May
Satz: LVD GmbH, Berlin
Gesetzt aus der ITC Berkeley Oldstyle
Druck und Bindearbeiten: CPI books GmbH, Leck
ISBN 978-3-86493-202-1

Für Tim, Max und Julius

»Wir sind da zu Hause, wo wir alle zusammen sind.
Aber das ist nicht unsere Heimat.
Die Heimat war in Wollseifen.«

Wilhelm Sistig

Teil I

1919–1928

1

Es war bitterkalt, als Albert aus dem Bahnhofsgebäude trat. Er fröstelte sogar in dem warmen Militärmantel, den er aus der Kleidersammlung des Lazaretts bekommen hatte. Das Pferdefuhrwerk stand direkt vor dem Haupteingang, auf dem Kutschbock saß dick vermummt der Vater. Wie immer hatte er die gebogene Meerschaumpfeife im Mundwinkel hängen. Er stopfte sie nur einmal in der Woche, wenn er nach der Messe zum Frühschoppen in die Wirtschaft ging. Den Rest der Woche trug er sie wie ein Kleidungsstück. Als Kind hatte Albert immer geglaubt, sie sei im Mundwinkel des Vaters festgewachsen und er könne sie gar nicht herausnehmen, selbst wenn er wollte.

Der Vater machte keine Anstalten, herunterzusteigen und dem Sohn entgegenzugehen. Er nickte Albert nur zu und sagte: »Da bist du ja, Junge!«

Er hatte noch nie viele Worte gemacht, aber Albert wusste auch so, wie froh er war, seinen einzigen Sohn wiederzuhaben. Er warf seinen Koffer hinten auf den Wagen und kletterte zum Vater auf den Kutschbock. Sorgfältig achtete er darauf, ihm nur die heile Hälfte seines Gesichts zuzuwenden, aber der Vater schaute ihn sowieso nicht richtig an. Er warf ihm lediglich einen kurzen Blick von der Seite zu und murmelte: »Gott sei Dank, du hast noch alle Gliedmaßen. Breuers Jüpp sind die Füße abgefroren, der sitzt im Rollstuhl. Na ja, Korbflechten kann er noch. Nellessens Schäng ist auch wieder da, zu nix mehr zu gebrauchen. Der hat es an die Nerven gekriegt. Kriegszittern, sagen sie. Er geht jetzt nach Schleiden in so eine Versehrten-Werkstatt.«

Solche Fälle hatte Albert im Lazarett auch erlebt. Äußerlich waren sie unversehrt, aber seelisch hatten die Erlebnisse an der Front tiefe Wunden geschlagen. Erfrierungen oder Amputationen waren keine Seltenheit. Die Leute hatten manchmal tagelang bis zu den Knien im eisigen Schlammwasser gestanden.

Jetzt warf ihm sein Vater doch noch einen längeren Blick zu. »Du musst nur ein bisschen was auf die Rippen kriegen, dann geht das schon. Ich bin froh, dass du lebst. Wird Zeit, dass du den Hof wieder übernimmst.«

Albert nickte und zog sich die Mütze noch ein wenig tiefer in die Stirn. »Ja, ja, mach dir keine Sorgen«, sagte er betont munter. »Anpacken kann ich wie früher.«

Früher – das schien eine Ewigkeit her. Vor dem Krieg, vor dem Entsetzen, dem Grauen, dem Tod, den Schmerzen. Albert spürte, wie ihm Tränen die Kehle zuschnürten. Das passierte ihm jetzt häufiger. Er war nie wehleidig gewesen, und er konnte sich nicht erinnern, jemals geweint zu haben. So etwas tat ein Junge nicht, ein Mann schon gar nicht. Aber seitdem die Granate ihm den besten Freund genommen und ihm das Gesicht zerfetzt hatte, kamen die Tränen manchmal ohne sein Zutun.

Schweigend fuhren sie weiter. Albert wagte es nicht, den Vater anzusehen. Die Hochebene, die im Sommer gelb von blühendem Ginster war, lag grau und struppig unter den tief hängenden Wolken.

Sie fuhren am Walberhof vorbei, der wie verlassen dalag. Nichts zeugte davon, dass hier überhaupt jemand wohnte. Aber der Pächter, Adam Stinnes, hatte schon vor dem Krieg das Arbeiten nicht erfunden. Wie oft er auf dem Feld seinen Rausch ausgeschlafen hatte, konnte man im Dorf gar nicht mehr zählen. Es war ein Wunder, dass er die Pacht all die Jahre behalten hatte, dachte Albert.

Ein Stück weiter lag auf der rechten Seite der Feltenhof. Zwei Pferde, mit Decken über dem Rücken, standen auf einer der weitläufigen Weiden hinter dem Gebäude. Sie hoben die Köpfe, als der Wagen vorbeirumpelte, und eines der Tiere wieherte. Um etwas zu sagen, deutete Albert auf das Kaltblut vor dem Wagen und fragte: »Haben sie euch die Pferde gelassen?«

Der Vater schüttelte den Kopf. »Nein, nur den Jupp, weil der schon so alt ist.« Er nickte zu dem schweren braunen Ackergaul hin, der den Wagen zog. »Die anderen beiden haben sie an die Front geschickt. Ich weiß nicht, was mit ihnen ist. Zurückschicken werden sie sie mir wohl nicht mehr. Und Entschädigung hat's auch nicht dafür gegeben.«

Albert nickte. Er hatte keine andere Antwort erwartet. Für ihn als Bauernsohn war es besonders schlimm gewesen, mit ansehen zu müssen, wie die Pferde massenhaft auf den Schlachtfeldern ums Leben gekommen waren. Die Bilder der Tiere, die oft noch stundenlang hatten leiden müssen, bis sie schließlich qualvoll verendet waren, verfolgten ihn bis in seine Träume.

»Am schlimmsten hat es die Gräfin erwischt«, fuhr der Vater fort und nickte in Richtung Feltenhof. »Bei ihr haben sie über die Hälfte aller Pferde weggeholt. Sie sagt, die Summe, die sie ihr dafür bezahlt haben, ist lächerlich. Davon kann sie noch nicht einmal das Futter für die Tiere bezahlen, die ihr geblieben sind. Aber sie schlägt sich tapfer.«

Marie Felten verdankte ihren Beinamen »die Gräfin« einer abfälligen Bemerkung ihres Schwiegervaters, der die Wahl seines Sohnes immer als Fehlgriff betrachtet hatte. Seit dem Unfalltod ihres Mannes vor sechs Jahren bewirtschaftete sie den Feltenhof ganz allein und hatte neben dem landwirtschaftlichen Betrieb sogar eine Pferdezucht aufgebaut, die sich trotz der Einschränkungen durch den Krieg recht erfolgreich entwickelt hatte.

Albert schwieg. Die Kälte biss in die gerade erst verheilten Wunden. Wulstig und rot verliefen die Narben durch sein Gesicht. Der Heilungsprozess war schwierig gewesen, ständig hatte er Schmerzen gehabt, und einige Wunden hatten sich immer wieder entzündet und geeitert.

Er zog seinen Schal höher, damit die kalte Luft nicht durch die offene Stelle am Mund ziehen konnte. Der Arzt im Lazarett in Aachen hatte ihm geraten, sich zur weiteren Wiederherstellung in der Universitätsklinik in Bonn behandeln zu lassen. »Dort gibt es einen hervorragenden Chirurgen, Professor Siegburger, der sich einen Namen vor allem in der Wiederherstellung von Gesichtern gemacht hat«, hatte er gesagt. »Sie sollten sich auf jeden Fall wegen möglicher Komplikationen bei ihm vorstellen. Ich gebe Ihnen einen Brief für den geschätzten Kollegen mit.« Albert hatte den Brief stumm eingesteckt. Wochenlang hatte er gar nicht gewusst, wie schwer seine Verletzungen waren, und als ihm dann zum ersten Mal ein Spiegel gereicht worden war, hatte ihn der Anblick seines zerfetzten Gesichts in einen Schockzustand versetzt, der immer noch andauerte. Im Nachhinein war er froh darüber, dass Bertha ihn nicht im Lazarett besucht hatte. Wie würde sie wohl reagieren, wenn sie ihn sah? Er fürchtete sich vor dem Moment.

Da war schon die kleine Kapelle am Wegrand. Jetzt war es nicht mehr weit. Hier hatte die Mutter bei der Jungfrau Maria noch eine Kerze angezündet und für ihn gebetet, als er eingezogen worden war.

»Wie geht es Leni und der Kleinen?«, fragte er mit rauer Stimme.

Der Vater zuckte mit den Schultern. »Ich weiß nicht. Ich hab sie nur mal kurz auf der Straße gesehen. Da musst du die Frauen fragen.«

»Wohnt sie denn nicht mehr bei uns?«

»Sie ist mit dem Kind in die Schule gezogen. Wir hatten doch Einquartierung, und da wollte sie uns wohl nicht länger zur Last fallen. Aber genau weiß ich's auch nicht, warum sie ausgezogen ist. Frag die Mutter.«

Er verlor kein Wort über Hennes. Und Albert ahnte, dass der Vater, vielleicht instinktiv, gar nichts wissen wollte von den Schrecken und Qualen in den Schützengräben. Und wozu sollte er sich schildern lassen, wie der beste Freund des Sohnes ums Leben gekommen war? Das machte ihn ja auch nicht mehr lebendig.

»Habt ihr denn wieder einen neuen Schmied?«, fragte Albert, als die Schmiede zu sehen war. Seine Stimme war auf einmal so rau, dass sie ihm ganz fremd vorkam.

Wie immer, wenn er an Hennes dachte, wurde ihm die Kehle eng. Er blickte über die graue, in Kälte erstarrte Landschaft und auf die Häuser rechts und links vom Weg. Wie oft hatte er in den langen Nächten im Schützengraben davon geträumt, endlich wieder zu Hause zu sein und seine Familie wiederzusehen.

»Ja, seit einem Monat. Er war auch an der Front, aber er hat den Krieg heil überstanden. Es muss ja weitergehen«, meinte der Vater. Er überlegte kurz, dann fügte er hinzu: »Netter Kerl, der Hermann Schlösser. Kommt aus der Nähe von Düren. Hatte gerade seinen Meister gemacht, bevor er eingezogen wurde. Jetzt ist er seit zwei Monaten hier, und er hat gleich seine ganze Familie mitgebracht, Frau und vier Kinder. Ich glaub, das fünfte ist unterwegs.« Der Vater warf einen Blick auf das verputzte Steinhaus, an dem sie vorbeifuhren, und hob grüßend die Hand. »Könnte vielleicht ein bisschen eng werden für so viel Leute. Aber er kann ja anbauen, Platz ist genug. Und sein Auskommen hat er auch. Im Krieg ist viel liegen geblieben, und er hat wahrhaftig genug zu tun.«

Albert vergrub sich noch tiefer in seinem Schal. Er hatte schon von Weitem gesehen, dass in der Schmiede Betrieb herrschte.

Auch beim Stellmacher nebenan wurde gearbeitet, aber niemand dort schenkte ihnen Beachtung. Aus dem Augenwinkel sah er den Rücken von Quirin Schütze, der wegen seiner massigen Gestalt von allen nur »dr Dek«, der Dicke, genannt wurde. Auch er war mit Albert in die Schule gegangen, aber Freunde waren sie nie gewesen. Offenbar hatte ihm der Krieg nichts anhaben können. »Der ist noch nicht lange wieder da«, sagte der Vater. »Er hat gleich die Werkstatt aufgemacht und losgeschafft. Zum Glück, war ja doch einiges kaputtgegangen.«

Hinter einer Baumgruppe kamen weitere Häuser in Sicht. Sie fuhren in die Senke hinunter, und Albert merkte auf einmal, wie sehr ihm das alles gefehlt hatte. Jetzt erst hatte er wirklich das Gefühl, nach Hause zu kommen. Als der Wagen am Waschplatz vorbeirumpelte, atmete er tief auf. Verstohlen ließ er den Blick wandern. Hier sieht alles so aus wie immer, dachte er. Als ob der Krieg nie stattgefunden hätte. Dabei wusste er doch, dass auch an diesem abgelegenen Flecken der Krieg nicht spurlos vorbeigegangen war. Männer waren gefallen oder verwundet worden. Truppen waren durch die Dörfer gezogen, hatten Tiere und Lebensmittel requiriert. Soldaten hatten in den Bauernhäusern Quartier bezogen. Aber davon sah man jetzt nichts mehr. Fachwerkhäuser, eng geduckt und strohgedeckt, säumten die Dorfstraße, die hier in Richtung Kirche anstieg, ab und zu ein größeres verputztes Steinhaus. Alles wirkte friedlich, unangetastet, eben wie immer. Alberts Gesichtsfeld war eingeschränkt, da er das linke Auge verloren hatte. Mittlerweile hatte er sich daran gewöhnt, alles nur mit einem Auge zu sehen, aber er hätte den Kopf heben und drehen müssen, um sich offen umzuschauen, und das traute er sich nicht. Ihr Hof lag noch ein Stück weiter nach der Mitte des Dorfes, wo der Weg zur Wollseifener Bucht abbog, und noch war er nicht darauf vorbereitet, auf andere Leute als auf seine Familie zu treffen.

Sie fuhren am Haus von Nellessens Schäng vorbei, ein kleiner spitzgiebliger Fachwerkbau mit Strohdach. Eine dünne Rauchsäule stieg aus dem Schornstein in den grauen Himmel. Die Obstbäume in dem weitläufigen Gemüsegarten reckten schwarz ihre kahlen Äste. Am hinteren Ende des Grundstücks stand der Ziegenstall. Der Schuhmacher hatte vor dem Krieg Gemeindeland bewirtschaften müssen, weil er kein eigenes Land hatte, und die siebenköpfige Familie hatte schon damals größtenteils von dem gelebt, was der Garten hergab. Jetzt musste Schängs Frau zusehen, wie sie alleine klarkam. Und dazu noch die Belastung mit dem nervenkranken Mann. Hoffentlich halfen ihr wenigstens die großen Söhne ein bisschen. Der Älteste musste jetzt auch schon acht oder neun sein.

Zum Glück kann ich wenigstens noch arbeiten, dachte Albert. Nicht auszudenken, wenn ich zu nichts mehr nütze wäre ... Gerade fuhren sie am Haus des Schreiners vorbei. Das hohe Windrad in seinem Garten drehte sich klappernd. Albert senkte den Kopf noch ein bisschen tiefer. Er hatte zwar nichts gegen Döres, aber er hatte auch keine Lust, jetzt auf ihn zu treffen. Am liebsten wollte er überhaupt niemanden sehen. Zum Glück fuhr der Vater so zügig die Dorfstraße entlang, dass er die wenigen Leute, die bei dieser Kälte auf der Straße waren und die Hand hoben, um ihm einen Willkommensgruß zuzurufen, nur undeutlich wahrnahm. Die meisten waren um diese Uhrzeit sowieso zu Hause, und da die Lichter noch nicht an waren, sah man nur am Rauch aus den Schornsteinen, dass die Häuser bewohnt waren.

Jetzt fuhren sie an der Schule vorbei. Über den Klassenzimmern wohnte der Lehrer, und Albert riskierte doch einen verstohlenen Blick nach rechts. Vielleicht war ja Leni draußen. Aber sie war nirgendwo zu sehen. Erleichtert ließ Albert den Kopf sinken.

Die Kirche, an die sich der alte Friedhof anschloss, lag nicht weit vom Schulgebäude entfernt auf einem kleinen Hügel. Auf der gegenüberliegenden Seite stand das Pfarrhaus, eines der schönsten Häuser im Dorf. Der Putz war in den Kriegsjahren ein wenig abgeblättert, aber die doppelflügelige Eichentür sah aus wie neu.

»Müsste auch mal wieder ein bisschen hergerichtet werden«, brummte der Vater und wies mit dem Kinn auf das Gebäude.

»Hmmh«, sagte Albert. »Geht doch noch. So schlimm finde ich es nicht.«

Jetzt noch vorbei an dem kleinen Fachwerkanbau der Witwe Breuer, der sich windschief und altersschwach an das Haus ihres Sohnes anlehnte.

»Trudchen geht's nicht gut«, sagte der Vater. »Sie liegt schon seit vier Wochen schwer mit einem bösen Husten darnieder. Die macht's nicht mehr lang, ich sag's dir. Und dann noch das Elend mit dem Jüpp.«

Albert antwortete nicht. Jetzt kam auf der anderen Straßenseite der Hof in Sicht, und seine Anspannung nahm zu.

Als sie in ihre Einfahrt einbogen, ging die Hintertür des strohgedeckten Fachwerkhauses auf, und die Mutter kam herausgelaufen. Offensichtlich hatten sie schon auf sie gewartet. Dicht hinter ihr kam Bertha, an deren Schürze sich der kleine Karl klammerte. Hedwig blieb auf der Schwelle stehen.

Was war der Junge groß geworden! Ja, natürlich, er war ja schon bald ein Schulkind! Als er letztes Jahr für eine Woche auf Heimaturlaub gewesen war, war der Fünfjährige ihm zutraulich auf den Schoß gekrabbelt, obwohl er doch seinen Vater kaum gekannt hatte. O Gott, der Junge würde sich zu Tode erschrecken, wenn er ihn so sah. Unwillkürlich hielt Albert die Hand vor die versehrte Gesichtshälfte.

Umständlich stieg er ab und trat auf seine Familie zu.

»Junge, dass du wieder da bist! Endlich bist du wieder da«, sagte die Mutter und ergriff seine Hände. Als sie ihn anschaute, fing sie an zu weinen. Albert wandte verlegen den Kopf ab.

Auch Bertha trat auf ihn zu. Als sie ihn erblickte, weiteten sich ihre Pupillen. Ihre blauen Augen wurden ganz dunkel, und sie atmete zitternd ein. Mit unverhülltem Entsetzen sah sie ihn an. »Guten Tag, Albert«, sagte sie mit erstickter Stimme. Er wollte sie umarmen, aber sie wich erschrocken zurück. Dabei wäre sie fast über den Jungen gestolpert, der sich eng an sie drückte.

»Bist du der Butzemann?«, fragte Karl, aber bevor Albert antworten konnte, hatte Bertha sich schon abgewandt und ihn mit sich fortgezogen.

»Lass ihr Zeit«, sagte der Vater, der ebenfalls vom Kutschbock gestiegen war und den Koffer herunterholte. »Sie wird sich dran gewöhnen. Wir sind froh, dass du wieder da bist. Es war zu viel für uns ohne Bauer.«

Hedwig, Berthas ein Jahr ältere Schwester, trat ebenfalls auf den Schwager zu. »Willkommen daheim, Albert!«, sagte sie steif. Ihr Blick glitt forschend über sein Gesicht, dann presste sie die Lippen zusammen. »Ich hätte was dafür gegeben, wenn Heinrich zu mir zurückgekommen wäre, auch so«, sagte sie wie zu sich selbst. Heinrich, ihr Verlobter, war im Herbst 1916 vor Verdun gefallen. Seitdem lebte sie bei ihnen im Haus und half, wo sie nur konnte.

Albert streckte die Hand aus, um ihr die Schulter zu tätscheln, aber sie drehte sich ebenfalls um und ging ins Haus.

Die Frauen hatten ein großes Festmahl zu seiner Heimkehr zubereitet, aber Albert drängte es, zu Leni zu gehen. Nach dem frostigen Empfang wollte er jetzt alles so schnell wie möglich hinter sich bringen. Er hatte auf einmal das Gefühl, keinen Bissen herunterzubringen, bevor er nicht mit der Verlobten seines Freundes geredet hatte.

»Junge, jetzt bleib doch erst einmal hier und iss«, sagte die Mutter, aber er hatte keine Ruhe. Die Mutter hatte ihm noch einmal bestätigt, dass Leni ausgezogen war und jetzt dem Lehrer den Haushalt führte.

»Das war keine Wirtschaft für Lehrer Faßbender«, hatte sie gesagt. »Er musste sich um alles alleine kümmern, seit seine Frau tot ist. Und Leni musste irgendwo unterkommen, als Hennes gefallen war. Auf Dauer hätte sie bei uns sowieso nicht bleiben können, sie muss ja auch an ihr Kind denken.«

Albert nickte stumm. Leni war ein tüchtiges Mädchen, und es hatte sie bestimmt gequält, nach Hennes' Tod nichts mehr zu seinem Haushalt beitragen zu können.

»Und ihr Kind hat sie mitgenommen?«, fragte er die Mutter. »Hättest du es nicht besser hierbehalten? Das wäre doch leichter für sie gewesen.«

Nach dem letzten Heimaturlaub hatte Leni ein Kind von Hennes erwartet. Durch die Briefe, die die beiden sich regelmäßig geschrieben hatten, hatte Hennes davon noch erfahren, aber er war gestorben, bevor das Kind, ein kleines Mädchen, auf die Welt gekommen war.

»Das hätte ich gerne getan«, entgegnete die Mutter. »Aber sie wollte die Hildegard unbedingt bei sich haben. Ein Kind gehört zu seiner Mutter, hat sie gesagt. Der Lehrer hatte nichts dagegen. Zu Hennes' Eltern konnte sie nicht gehen. Die Magers haben viel zu viele Mäuler zu stopfen. Und sie haben ja selber nichts.«

Das stimmte. Hennes stammte aus einer Tagelöhner-Familie in Herhahn. Schon mit zehn Jahren war er zum alten Schmied in Wollseifen gekommen. Er hatte ihn fast wie einen Sohn behandelt, ließ ihn sogar zur Schule gehen, und bei ihm lernte Hennes auch das Handwerk. Leni war im Waisenhaus in Kall aufgewachsen, und als sie mit vierzehn die Schule abgeschlossen hatte, musste sie in Stellung gehen, weil sie im Waisenhaus nicht mehr bleiben konnte. So kam sie zu Medizinalrat Schröder in Kall in den Haushalt. Dort begegnete sie Hennes, der damals, nicht ganz ohne Hintergedanken, mit der Köchin von Schröders poussierte. Mit gutem Essen hatte man ihn immer schon locken können. Aber dann sah er Leni das erste Mal, und innerhalb von Sekunden wurde aus dem unbeschwerten Charmeur ein schwer verliebter Mann. Als er dann Soldat wurde, hatten sie sich kurz vorher noch verlobt, und Albert hatte Hennes angeboten, dass seine Braut in der Obhut seiner Frau und seiner Eltern bleiben konnte, bis der Krieg vorbei war und sie beide wieder zu Hause waren.

Jetzt stand Albert mit gesenktem Kopf vor Leni im Flur des Schulhauses. Jeden Nachmittag, wenn der Lehrer oben in seiner Wohnung Arbeiten korrigierte, machte sie die Klassenzimmer sauber, die zu beiden Seiten des Flurs lagen. Auch er war früher in diese Schule gegangen. In den beiden Räumen wurden jeweils vier Klassen unterrichtet, links die Klassen eins bis vier, rechts die Klassen fünf bis acht. Der Lehrer damals hatte Nette geheißen, war aber seinem Namen nicht gerecht geworden. Albert zuckte heute noch zusammen, wenn er daran dachte, wie oft Lehrer Nette ihn verprügelt oder ihm mit dem Lineal auf die Finger geschlagen hatte, weil er mal wieder unaufmerksam gewesen war und lieber draußen herumgelaufen wäre, als in der Schule zu sitzen. Der Unterricht machte ihm keinen Spaß, und er ertrug ihn nur, weil man auch als Bauer lesen, schreiben und rechnen können sollte. Als ab der fünften Klasse dann Hennes neben ihm in der Bank gesessen hatte, war alles leichter geworden. Seiner fröhlichen, offenen Art hatte auch der griesgrämige Lehrer Nette nicht widerstehen können, und Albert hatte sich von da an morgens schon auf die Schule gefreut.

»Albert, bist du wieder da«, sagte Leni freundlich, als er vor ihr stand. »Wie geht es dir denn?« Ihr Blick lag offen auf ihm, und Albert ging durch den Kopf, dass sie, sah man einmal vom Vater ab, die Erste und Einzige war, die ihn nicht entsetzt anstarrte, als wäre er ein Ungeheuer. Sie trocknete sich die Hände an der Kittelschürze ab und trat auf ihn zu. Er hätte sie gerne umarmt, aber das war nicht schicklich. So gab er ihr nur förmlich die Hand.

»Es geht schon, danke. Der Vater hat mich vorhin vom Bahnhof in Gemünd abgeholt«, sagte er mit seiner undeutlichen Nuschelstimme, die er so hasste. »Ich wollte dir nur schnell was vorbeibringen.« Umständlich kramte er in seiner Jackentasche. »Ich ... ich ... sie haben mir im Lazarett ein paar Sachen von Hennes gegeben«, stotterte er. »Ich dachte, du willst sie vielleicht als Erinnerung behalten.« Er zog Hennes' Taschenuhr und seinen silbernen Drehbleistift, mit dem er immer seine Briefe an Leni geschrieben hatte, aus der Tasche. »Die Uhr, die ist stehen geblieben, als die ... als er ...«

Leni hing angstvoll an seinen Lippen. Sie atmete tief ein, dann vervollständigte sie seinen Satz und sagte: »Sie ist stehen geblieben, als er gestorben ist, oder?«

Albert nickte und reichte ihr die Andenken. »Ich weiß nicht, ob sie noch geht«, sagte er unglücklich. »Der Bleistift, damit hat er dir die Briefe geschrieben. Er hat mir erzählt, dass du ihn ihm geschenkt hast, als wir weggegangen sind.«

Leni stand bewegungslos da und betrachtete die Uhr und den

Stift. Dann seufzte sie auf. »Er sollte mir jeden Tag schreiben«, sagte sie. »Und das hat er auch getan. Ich hab alle seine Briefe aufgehoben. Willst du mit nach oben kommen? Lehrer Faßbender hat bestimmt nichts dagegen, wenn ich dir einen Kaffee koche. Ich will hören, wie es passiert ist. Du sollst mir alles erzählen. Und du musst ja auch Hildegard kennenlernen. Sie ist oben in der Wohnung.«

In Albert stieg es heiß auf. Hastig schüttelte er den Kopf. »Nein, heute geht es leider nicht. Ich wollte dir nur schnell die Sachen vorbeibringen, aber jetzt muss ich wieder nach Hause. Sie haben ein Festessen für mich vorbereitet. Willst du nicht auch kommen? Du kannst doch die Kleine mitbringen. Die Mutter würde sich bestimmt freuen.«

Leni schüttelte den Kopf. »Nein, danke für die Einladung. Aber ...« Sie stockte. »Ich ... ich kann das nicht. Sie freuen sich doch, dich wiederzusehen, und ich säße nur traurig daneben. Das musst du verstehen. Ich will dir nicht deinen Empfang verderben.«

Albert seufzte. »Ja, ich versteh schon. Ich ... ich komme dann einfach ein andermal wieder.«

»Ja, ist gut«, erwiderte sie. »Du weißt ja, du bist mir jederzeit willkommen.« Und dann tat sie etwas Unerwartetes. Mit einer scheuen Geste legte sie die Hand auf seine wulstige Gesichtshälfte. »Tut es sehr weh?«, fragte sie.

»Nein«, stieß Albert hervor. Erschreckt bemerkte er, wie ihm schon wieder Tränen in die Augen traten, und er wandte den Kopf ab. Auf keinen Fall wollte er, dass Leni ihn weinen sah. »Ich muss jetzt gehen, Leni. Auf Wiedersehen!«

Durchs Dorf zurück rannte er, obwohl die Straße hier bergauf ging. Nur keinem begegnen, keinen ansehen müssen. In seiner Hast wäre er beinahe auf einer zugefrorenen Pfütze ausgerutscht. Völlig außer Atem und verschwitzt kam er zu Hause an.

»Junge«, sagte die Mutter, die vor dem Haus nach ihm Ausschau gehalten hatte. Er sah erst jetzt, wie klein sie geworden war. Und so alt. Zusammengeschrumpft und gebeugt stand sie in ihrem schwarzen Festtagskleid, das sie wohl nur ihm zu Ehren angezogen hatte, vor ihm. »Du darfst dich nicht so anstrengen. Du bist doch noch nicht gesund. Das mit Leni hätte auch Zeit bis morgen gehabt. Komm jetzt essen.«

Kurz legte er ihr die Hand an die Schulter. Zärtlichkeiten waren bei ihnen nicht üblich, aber mittlerweile war ja sowieso alles anders.

»Ist schon gut, Mutter«, sagte er liebevoll, hielt sich aber dabei die andere Hand vor den Mund, damit sie nicht auf das Loch blicken musste, aus dem beim Sprechen manchmal der Speichel rann. Reiß dich zusammen, dachte er. Sei froh, dass sie dich nicht im Sarg nach Hause gebracht haben. Alles andere richtet sich schon von selbst.

*Aus den Aufzeichnungen
von Martin Faßbender, Lehrer in Wollseifen*

6. Februar 1919

Grauer, kalter Tag. Harter Frost. Der scharfe Wind dringt durch Mark und Bein. Seit Elisabeth nicht mehr ist, kriecht mir die Kälte noch mehr in die Glieder als früher. Jetzt ist sie schon ein halbes Jahr tot. Ich hatte nie im Leben damit gerechnet, dass sie so schnell von mir genommen wird, aber es hat nur wenige Monate gedauert, bis sie in meinen Armen gestorben ist. Sie hat das Ende des Krieges nicht mehr erlebt, und ich bin nun allein. Zum Glück konnte ich Leni als Haushälterin gewinnen. Das arme Ding weiß ja auch nicht mehr, was werden soll, seit ihr Verlobter gefallen ist. Sie ist angenehm im Umgang, tatkräftig und freundlich, und wenn ich nicht schon so alt wäre, würde ich ihr wahrscheinlich einen Antrag machen, auch wenn oder gerade weil sie ein uneheliches Kind hat. Aber nun ja, ich alter Esel ... Ich wünsche ihr, dass sie eines Tages wieder glücklich wird, aber vorläufig bin ich erst einmal ganz selbstsüchtig froh darüber, so eine großartige Hilfe in Haus und Garten zu haben.

7. Februar 1919

Gestern war nun die Eröffnung der Nationalversammlung in Weimar. Mit dem Krieg ist auch das deutsche Kaiserreich zu Ende gegangen, und es stellt sich die Frage, ob jetzt eine bessere Zeit anbricht. Auch wenn es vielleicht unangebracht ist, aber mir tut Kaiser Wilhelm II. mit seinem verkrüppelten Arm ein wenig leid. Wie ein geprügelter Hund ist er in die Niederlande geflohen. Wir haben im Kaiserreich doch glanzvolle Zeiten erlebt, man denke nur an die Erfolge deutscher Wissenschaftler. Andererseits ist nach diesem großen Krieg Erneuerung angebracht, und wir sollten mit Zuversicht in die Zukunft schauen.

Hier im Dorf kommt so langsam alles wieder in Tritt, und wenn man sieht, wie geschäftig alle ihrem Alltag nachgehen, sollte man beinahe meinen, das Kriegsgeschehen sei nur ein böser Traum gewesen. Aber es hat leider auch in Wollseifen großen Schaden angerichtet, denkt man allein an all die Tiere, die beschlagnahmt wurden, an die durchziehenden Soldaten, die hier gewohnt haben und verpflegt werden mussten, an die armen Frauen, die die Arbeit ohne Hilfe ihrer Männer allein bewältigen mussten. Vielen Häusern sieht man an, dass lange nichts mehr gerichtet worden ist, und es ist jetzt wirklich an der Zeit, dass alles wieder seinen Gang geht.

12. Februar 1919

Gestern ist in Berlin Friedrich Ebert zum Reichskanzler gewählt worden. Die Monarchie ist tot, der Kaiser hat abgedankt, und wir werden jetzt abwarten müssen, wie die neue Republik funktioniert. Gleichzeitig laufen in Versailles die Verhandlungen zum Friedensvertrag. Was auch immer sie uns aufbürden, wir werden es schlucken müssen. Die Auswirkungen werden wohl auch in Wollseifen spürbar sein. Wir liegen hier so dicht an Belgien, da können Konsequenzen nicht ausbleiben.

Ach, es ist jetzt genug mit den finsteren Gedanken zur Nacht. Ich kann ja doch nichts ändern. Morgen ist ein neuer Tag. Wir werden sehen, was er bringt.

2

Nachts war es besonders schlimm. Wenn er schlief, dann durchlebte er unweigerlich noch einmal die letzten Momente im Schützengraben, die sich ihm auf ewig eingebrannt hatten.

Die feuchte Kälte, die den gesamten Körper erfüllte, und dann plötzlich der Knall der Detonation, Hennes, der vor ihm stand, der brennende Schmerz am Kopf und dann nur noch Dunkelheit. An diesem Punkt fuhr er immer aus dem Schlaf auf. Sein Herz pochte heftig, und noch im Halbschlaf tastete er sein Gesicht ab. Vielleicht war es ja doch nur ein böser Traum gewesen. Aber immer wieder stießen seine Finger auf die unebene, wulstige Haut, die sich über die eine Hälfte seines Gesichts zog.

Neben ihm atmete Bertha leise und gleichmäßig. Er war froh, dass sie wieder bei ihm schlief, wenn auch abgewandt und am äußersten Bettrand. Er brauchte die Nähe ihres warmen Körpers. Wie oft hatte er im Schützengraben bis zu den Knien im eiskalten Matsch gestanden und sich nach Hause in die Arme seiner jungen Frau geträumt. Anders hätte er es nicht ausgehalten. Jetzt regte sie sich leise im Schlaf, murmelte etwas und drehte sich zu ihm. Er sehnte sich danach, sie zu streicheln, aber das verwehrte sie ihm noch. Die ersten Wochen hatte sie nicht einmal bei ihm in dem großen eichenen Ehebett schlafen wollen, so sehr hatte sein Anblick sie geekelt. Er konnte es ihr nicht verdenken. Er ertrug es ja selber kaum, bei der morgendlichen Rasur in den Spiegel an der Waschkommode zu blicken.

Am liebsten wäre ihm gewesen, wenn der Bart alle Narben überwuchert hätte, aber auf der verwundeten Gesichtshälfte wuchs kein Haar mehr, und so musste er sich rasieren, wenn er nicht umso mehr wie ein Ungeheuer aussehen wollte.

Irgendwann hatte die Mutter ein ernstes Wort mit ihr geredet, und schließlich hatte Bertha nachgegeben und war eines Abends wieder im Eheschlafzimmer aufgetaucht. Aber ein Gesicht hatte sie dabei gemacht, als ob sie zur Schlachtbank geführt würde. Es wurmte Albert, dass er gar nicht mehr an sie herankam und dass die Mutter sich hatte einmischen müssen, aber letztlich war er froh, dass alles wieder seinen geordneten Gang ging. So viel Platz war nicht in dem strohgedeckten Fachwerkhaus, und keiner von ihnen wollte, dass die Leute redeten. Es war schon alles schlimm genug. Als er sie jedoch hatte berühren wollen, hatte sie sich weggedreht und mit erstickter Stimme gesagt: »Lass! Ich kann nicht.«

Es gab sicher Männer, die sich ihr Recht nahmen, das war Albert klar. Aber so war er nicht. Er wusste ja, wie er aussah, und tief im Innern konnte er es Berta nicht übel nehmen, dass sie sich ihm verweigerte, auch wenn es ihn quälte und er nächtelang wach lag.

Hinter dem hohen Fußteil des Bettes stand Karls Bett. Albert wurde es warm ums Herz, als er an seinen kleinen Jungen dachte. In den ersten Tagen nach seiner Heimkehr aus dem Lazarett hatte auch der Sechsjährige ihn mit großen, erschreckten Augen angeschaut und sich hinter seiner Mutter versteckt. Aber schon bald war er immer häufiger freiwillig zu ihm gekommen, und eines Tages schließlich hatte er ihn schüchtern am Ärmel gezupft und gefragt: »Tut dein Gesicht weh?«

»Nein, jetzt nicht mehr«, hatte Albert geantwortet. »Fürchtest du dich denn davor?«

Karl hatte nur stumm den Kopf geschüttelt und sich enger an

Albert gedrückt, als dieser ihm über die Haare gestrichen hatte. Seitdem gingen sie ganz unbefangen miteinander um. Die Zuneigung des Kindes, das seinen Vater sichtlich vermisst hatte, tat Albert gut, und er hoffte, dass nach und nach auch die Erwachsenen schafften, was der Junge ihnen vorlebte.

Es war noch dunkel, als er aufstand. Bertha war schon ein wenig länger auf den Beinen. Jeden Morgen um fünf verlangten die Kühe ihr Recht, und ihre erste Aufgabe war das morgendliche Melken.

Albert, der in Hemd, langer Unterhose und Socken geschlafen hatte, zog sich die Arbeitshose über und schlüpfte in die Stiefel, die vor der Zimmertür standen. Als er aus der Küchentür trat, schlug ihm ein Schwall kalter, feuchter Luft entgegen. Der Hof war schlammig, und aus dem Misthaufen vor dem Küchenfenster stiegen weiße Schwaden auf. Der Frühling kam dieses Jahr besonders spät. Die Narben in seinem Gesicht brannten in der Kälte, und seine Zähne schmerzten von der kalten Luft, die durch das Loch in seiner Wange drang.

An der Stallecke blieb er stehen und erleichterte sich erst einmal. Schon lange vor dem Krieg hatte er mit dem Vater ein Plumpsklo hinter dem Hof gebaut, allein wegen der Logiergäste, die sie während des Baus der Talsperre gehabt hatten. Kurz bevor er eingezogen worden war, hatte er es erneuern wollen. Die alte Sickergrube darunter reichte nicht mehr aus, und die Holzbalken waren morsch geworden, aber während seiner Abwesenheit hatte sich wohl niemand mehr darum gekümmert. Als er die Knöpfe an seinem Hosenlatz schloss, blickte er kurz zu dem Holzhäuschen, das jetzt windschief und halb verfallen dastand. Am liebsten hätte er die ganze Anlage modernisiert. Es juckte ihn in den Fingern, ein Badezimmer mit Toilette anzubauen. In der Stadt gab es das schon häufiger, wie er gehört hatte. Noch dazu mit Wasserspülung! Aber die Städte waren natürlich auch an die Kanalisation angeschlossen. Hier oben in Wollseifen dagegen waren sie so abgelegen, dass allein der Gedanke daran schon extravagant erschien.

Einmal hatte er versucht, den Vater für diese Idee zu begeistern. Sie hatten ja den Brunnen und könnten ihn durch ein Rohrsystem mit dem Haus verbinden. Das Abwasser würde dann direkt wieder in die Sickergrube zurückgelangen.

Aber der Vater hatte ihm kaum zugehört und nur gesagt: »Junge, was sind denn das für Ideen! So etwas gibt es ja nicht mal im Pfarrhaus oder beim Lehrer! Kümmere du dich jetzt erst einmal darum, dass auf dem Hof wieder alles instand gesetzt wird.«

So ging das meistens. Der Vater gehörte eben noch zur alten Generation, die damals, nach dem Bau der Talsperre, das Angebot zur Elektrifizierung empört als unnötiges Teufelszeug abgelehnt hatte. Dabei hatte man sie doch nur entschädigen wollen für das Land, das sie damals hatten abgeben müssen. Es wäre doch großartig gewesen, elektrisches Licht zu haben! Albert hatte so viele Pläne, aber der Vater bremste oft. Dabei hatte er früher als junger Mann die gleiche Erfahrung mit seinem Vater gemacht und müsste es eigentlich besser wissen. Mit den Geräten zur Feldarbeit war es ähnlich gewesen. Der Vater hatte sein Leben lang mit dem hölzernen Hundspflug gearbeitet, während Albert schon vor dem Krieg darauf gedrungen hatte, einen Eisenpflug anzuschaffen, weil man damit wesentlich tiefer pflügen konnte. Es hieß, so würde der Boden besser gelockert und durchlüftet. Albert leuchtete das ein, aber als er mit dem neuen Gerät angekommen war, war er auf Unverständnis gestoßen.

»Ach was«, hatte der Vater gesagt, »der Holzpflug hat es bisher doch auch getan, was soll denn das neumodische Zeug? Da musst du mindestens zwei Ochsen vorspannen, und mir reicht der alte Jupp. Und ich finde, der Boden ist locker genug.«

Na ja, dachte Albert seufzend, während des Krieges hatte der Vater nicht unrecht gehabt. Mit dem einen Pferd, das ihm geblieben war, hätte er den Eisenpflug sowieso nicht benutzen können, dazu war das Gerät viel zu schwer und unhandlich. Und jetzt stand er verrostet in der Scheune, und Albert würde ihn erst einmal wieder auf Vordermann bringen müssen. Es war so viel liegen geblieben, was er nach und nach in Ordnung bringen musste. Aber er würde seine Pläne nicht vergessen und dafür sorgen, dass auf dem Lintermann-Hof irgendwann alles auf dem neuesten Stand war. Wenn sich die Gelegenheit ergab, würde er vielleicht auch eine von diesen neuen Zugmaschinen kaufen, die mit Kraftstoff betrieben wurden. Sie waren im Krieg zum Ziehen der schweren Kanonen benutzt worden, und wenn man sie jetzt in Friedenszeiten in der Landwirtschaft einsetzte, konnten sie mehrere Pferde- und Ochsengespanne ersetzen. Außerdem hatte er einen Mähbinder ins Auge gefasst. Er hatte in der Zeitung einmal eine Anzeige gesehen. Das war wirklich ein praktisches Gerät, mit dem man das Getreide ernten und zu Garben binden konnte. Bisher war die Ernte immer eine mühselige Angelegenheit mit vielen Arbeitskräften gewesen. Die Männer schnitten das Getreide mit der Sense, die Frauen fassten es zu Garben zusammen, und die Kinder gingen mit der Schnur hinterher, um die Garben zu binden. Das konnte jetzt mit dem Mähbinder alles in einem Arbeitsgang gemacht werden. Zwar fuhr er nicht von alleine, sondern musste von einem Gespann gezogen werden, aber ein einzelner Mann konnte damit leicht so schnell arbeiten wie sonst mehrere Personen.

Auch davon hatte der Vater nie etwas wissen wollen. »Landarbeit ist Handarbeit«, hatte er immer gesagt. Aber jetzt endlich musste er sich auf die neuen Zeiten einstellen, dachte Albert.

Im Stall war Matthes bereits beim Misten. Der Großknecht, der schon bei seinen Eltern gearbeitet hatte, hatte nur einen kurzen Blick auf Alberts Gesicht geworfen, als dieser zurückgekommen war. Eigentlich war er, ebenso wie die Eltern, die er während des Kriegs unterstützt hatte, bereits auf dem Altenteil, aber er arbeitete einfach weiter. Genau wie der Vater redete er nicht viel, doch Albert wusste, dass er sich auf ihn verlassen konnte.

»Den Jupp hab ich schon gefüttert und gestriegelt«, sagte der kleine, zähe Mann.

Albert verzog unwillkürlich die heile Gesichtshälfte zu einem Grinsen. »Das hab ich nicht anders erwartet«, sagte er. Matthes und das schwere Kaltblut waren die besten Freunde.

»Wenn Jupp beschlagnahmt worden wäre, das hätte dem Matthes das Herz gebrochen. Der wär auf der Stelle mitgegangen«, hatte der Vater gesagt.

Aber das Pferd war ihnen ja zum Glück geblieben, ebenso wie der Ochse und das Milchvieh. Sie arbeiteten Hand in Hand, und schließlich waren die Tiere versorgt. Vor zwei Wochen hatte Albert auf der Versteigerung noch zwei Kühe dazukaufen können, die auch als Fahrkühe taugten. So hatten sie mehr Milch und übers Jahr noch zwei Kälber, und außerdem konnten sie zwei Felder gleichzeitig bestellen. Früher einmal hatten sie wesentlich mehr Kühe gehabt, aber im Krieg waren ja nicht nur Pferde beschlagnahmt worden. Er würde bei der nächsten Gelegenheit noch einmal zum Viehmarkt nach Kall fahren.

»Ist eigentlich immer noch Wochenmarkt in Schleiden?«, fragte er Matthes.

Der Knecht lud eine große Schaufel Mist auf die Schubkarre. »Ja, klar«, sagte er. »Im Krieg haben sie eine Zeit lang unterbrochen, da hatte kaum jemand was zu verkaufen, aber jetzt geht es schon seit einer Weile weiter. Wir sollten uns bald mal wieder blicken lassen.«

Der Markttag in der Kreisstadt gehörte mit zu Alberts schönsten Kindheitserinnerungen. Schon am Abend vorher waren die Kisten gepackt worden, im Winter mit roten und weißen Kohlköpfen und Kartoffeln und in der wärmeren Jahreszeit mit Gemüse und Obst der Saison. Im Mai verkauften die Kinder auch kleine Sträußchen von Maiglöckchen, die sie im Wald gepflückt hatten, und im Juni gab es Walderdbeeren. Einen Teil des Geldes, das sie dafür bekamen, durften sie sogar behalten und am Ende des Markttages in Süßigkeiten umsetzen. Matthes fuhr die Mutter und ein paar andere Frauen aus dem Dorf in aller Frühe mitsamt ihren Waren nach Schleiden, und manchmal, wenn Lehrer Nette ein Auge zudrückte, durfte Albert oben bei ihm auf dem Bock mitfahren, um den Frauen zu helfen.

Albert jedenfalls genoss die Aufregung und den Trubel eines solchen Tages in der Stadt. In seiner Erinnerung hatten an diesen Tagen alle immer nur gute Laune gehabt. Sie hatten gutes Geld verdient, das die Mutter für Kleidung und Schuhe verwenden konnte, und die Zeit in der Kleinstadt war ihnen wie Ferien vorgekommen.

Nach den Kühen waren die beiden Schweine an der Reihe. Die Sau war trächtig. An Fleisch würden sie dieses Jahr keinen Mangel haben. Die Tiere bekamen kalte Kartoffeln vom Vortag und die Schalen. Auch das Spülwasser wurde in den Trog geschüttet. Es enthielt immer noch genug Fett für die Schweine. Die entscheidende Speckschicht holten sie sich sowieso im Herbst, wenn sie noch einmal in den Wald getrieben wurden, damit sie sich an Eicheln und Bucheckern satt fressen konnten.

Als die Tiere versorgt waren, ging es erst einmal wieder in die Küche, wo Bertha mit Hedwig Milchsuppe für alle gekocht hatte. Auch die Mutter war aufgestanden. Sie hatte Karl auf dem

Schoß und teilte sich mit ihm das Frühstück. Schweigend brockten sie sich ihr Brot in die warme, dünne Suppe.

»Wo ist der Vater?«, fragte Albert.

»Er wollte noch ein wenig liegen bleiben«, antwortete die Mutter.

Albert runzelte die Stirn. Das sah ihm gar nicht ähnlich. Für gewöhnlich war er einer der Ersten, die morgens auf den Beinen waren.

»Der hat schon seit ein paar Tagen Beschwerden«, warf Matthes ein. Der Löffel, mit dem er seine Milchsuppe aß, verschwand fast in seinen großen Händen. »Matthes hat Hände wie Bratpfannen«, hatte der Vater immer gesagt, und es gehörte tatsächlich zu Alberts Kindheitserinnerungen, wie der Knecht ihn auf einer Hand über den Hof getragen hatte.

»Er hat mir gar nichts gesagt«, erwiderte Albert verwirrt. »Dir?«, wandte er sich an die Mutter.

Sie schüttelte den Kopf. »Du weißt doch, wie er ist. Der fällt eher tot um, als dass er was sagt.« Sie zog den Jungen fester auf ihren Schoß. »Wenn Karl und ich die Hühner gefüttert haben, sehe ich mal nach ihm, wenn er dann noch nicht aufgestanden ist.«

Bertha beteiligte sich nicht an der Unterhaltung, und sie sah Albert auch nicht an. Wenn ihr Blick zufällig doch einmal auf ihn fiel, bekreuzigte sie sich verstohlen, als wäre ihr der Teufel begegnet. Albert hielt den Kopf beim Essen leicht abgewandt, um ihr seinen Anblick so weit wie möglich zu ersparen. Aber es half nichts – alles an ihm erregte ihren Abscheu. Er war jetzt schon seit zwei Monaten wieder zu Hause, aber ihr Verhalten hatte sich noch nicht geändert. Und bei allem Verständnis – so langsam konnte er es nicht mehr ertragen. Sie war doch seine Frau, Herrgott noch mal!

Dass einige im Dorf sich ähnlich aufführten, wenn sie ihn

sahen, machte ihm nicht so viel aus. Nicht alle konnten seine Freunde sein. Viele waren schon immer neidisch auf ihn gewesen, weil der Hof in den Jahren vor dem Krieg so viel eingebracht hatte, dass sie ihn ständig erweitern konnten, und weil anscheinend alles, was er anpackte, gedieh. Der dicke Quirin, der Stellmacher, der neben seinem Handwerk noch eine kleine Landwirtschaft betrieb, weil er sonst nicht über die Runden kam, war der Schlimmste von allen. Bereits zu Schulzeiten hatte Albert sich mit ihm ständig in den Haaren gehabt, weil er schon als Kind ein neidisches Gemüt hatte. Und als dann Bertha ihn abgewiesen und sich für Albert entschieden hatte, war es ganz vorbei gewesen. Seit Alberts Rückkehr stänkerte er ständig, damit Albert nur nicht auf die Idee kam, sein entstelltes Gesicht zu vergessen.

»Letztens ist der Albert bei mir am Stall vorbeigekommen, als ich gerade gemolken habe«, hatte er vor einiger Zeit in der Gastwirtschaft verkündet. Silvio, der Wirt, hatte es Albert erzählt. »Und was soll ich euch sagen? Die Milch ist sauer geworden, als die Kühe die Fratze gesehen haben.«

Silvio war ihm scharf ins Wort gefallen und hatte ihn zurechtgewiesen. »Schämst du dich nicht? Was redest du da? Der Albert hat an vorderster Front für unser Vaterland gekämpft, und das ist eine furchtbare Kriegsverletzung, die er da abbekommen hat. Sei du doch lieber froh, dass du heil davongekommen bist.«

»Ja, ja.« Der Dicke hatte gleichmütig genickt. »Der arme Kerl. Mit der Schönheit ist es jetzt vorbei. Wär wohl besser draufgegangen.«

Albert war ein großer, schlanker Mann mit dichten dunklen Haaren, die sich leicht wellten, obwohl sie ganz kurz geschnitten waren. Vor dem Krieg war er einer der begehrtesten Junggesellen in Wollseifen gewesen, hatte aber immer nur eine im

Sinn gehabt. Wie stolz war er gewesen, als sich Bertha, die hübsche Tochter des Gendarmen aus Dreiborn, die an jedem Finger einen Verehrer hatte, für ihn entschieden hatte! Und sie war überglücklich, einen so gut aussehenden Mann abzubekommen! Nach der Trauung ließen sie sich vor der Kirche fotografieren. Sie waren so ein schönes Paar, der stattliche dunkelhaarige Mann und die kleine, zierliche Bertha mit den großen Kinderaugen.

Ein ganz neues Leben bot er ihr. Alberts Eltern zogen sich mit der Heirat des einzigen Sohnes mehr und mehr zurück und überließen den Kindern einen Großteil des Hauses. Auf einmal war sie die Bäuerin von einem der größeren Höfe in der Gegend, der Bertha gegenüber dem kleinen Haus ihres Vaters wie der reinste Palast vorkam. Albert sah nämlich nicht nur gut aus, er hatte auch was an den Füßen, wie man in der Eifel sagte, war beinahe wohlhabend zu nennen – bei den kargen Böden in diesem rauen Landstrich keine Selbstverständlichkeit. Und als dann neun Monate später Karl auf die Welt kam, war ihr Glück vollkommen. Ein gesunder Stammhalter!

Mit Freude kümmerte sie sich um das Kind und half dabei auch noch fleißig auf dem Hof mit.

Aber dann brach der Krieg aus, und nach und nach wurden die Männer aus dem Dorf eingezogen, wenn sie sich nicht schon freiwillig gemeldet hatten. Hennes gehörte zu den Ersten, die am liebsten sofort in die Schlacht gezogen wären, aber der besonnene Albert hielt ihn zurück.

»Ach, sei doch nicht so langweilig!«, erklärte Hennes lachend. »Du wirst sehen, es dauert keine zwei Wochen, und die Franzosen laufen vor uns davon wie die Hasen! Das wird ein Spaß! Hast du denn gar keine Lust auf Abenteuer?«

»Ich habe hier genug Abenteuer«, entgegnete Albert. »Wer soll sich denn um den Hof kümmern, wenn ich in den Krieg ziehe? Und du wirst sehen, mit zwei Wochen ist es nicht getan.«

Hennes verzog unzufrieden das Gesicht. »Seit du Vater bist, kommst du mir vor wie ein alter Mann«, murrte er. »Oder hält Bertha dich etwa zurück? Das sollte Leni mal versuchen!«

»Nein, natürlich schreibt Bertha mir nicht vor, wie ich mich zu verhalten habe, das sagt mir schon mein gesunder Menschenverstand. Nimm doch Vernunft an, Hennes. Das ist kein Spaß, das ist Krieg, kein Kinderspiel. Das sind richtige Waffen mit scharfer Munition. Ich bitte dich, melde dich nicht freiwillig.«

Aber es half nichts. Ein Jahr nach Ausbruch des Krieges wurden alle Männer aus dem Dorf, die jünger als fünfunddreißig Jahre waren, zu den Waffen gerufen.

Anderthalb Jahre lang kamen Hennes und Albert noch glimpflich davon. Sie mussten zunächst nicht in die Schützengräben, sondern gehörten zum Nachschub, der aus dem Hinterland die Soldaten an der Front mit Lebensmitteln und Munition versorgte. Zweimal durften sie in dieser Zeit auf Heimaturlaub nach Hause, und am Anfang sagte Hennes noch, er habe doch recht gehabt und Krieg sei gar nicht so schlimm. Aber schon bald musste er seine Meinung revidieren. Eines Abends gestand er Albert, dass er schreckliche Angst davor habe, an die Front zu kommen. »Solange wir hier aus dem Nachschub arbeiten, kann ich mir immer noch einreden, dass der Krieg weit weg ist, aber selbst ich muss einsehen, dass er immer näher kommt. Ich kann nur hoffen, dass wir zusammenbleiben«, sagte er zu Albert.

»Ja«, erwiderte der. »Und dass es doch nicht mehr allzu lange dauert, bis wieder Frieden ist und wir nach Hause zu unseren Frauen zurückkehren können.«

Hennes nickte. »Leni und ich wollen auf jeden Fall sofort

nach dem Krieg heiraten«, sagte er. »Das kann ja nicht mehr so lange dauern.«

»Meine Mutter und Bertha wollen sie bestimmt nicht mehr hergeben.« Albert lächelte. »Nach allem, was ich höre, macht sie sich bei uns unersetzlich. Am Ende will sie gar nicht mehr weg.«

»Na, das wollen wir doch erst mal sehen!«, war Hennes auf seinen kleinen Scherz eingegangen, und einen kurzen Moment lang hatten die beiden Freunde die düsteren Umstände vergessen.

Albert musste schlucken, als er jetzt daran dachte. Hennes hatte geglaubt, dass ihm nichts und niemand etwas anhaben könne.

Und wie er sich gefreut hatte, als der Brief von Leni gekommen war, in dem sie ihm die freudige Nachricht mitgeteilt hatte! »Albert, du fasst es nicht! Stell dir vor, ich werde Vater«, hatte er gejubelt. »Leni erwartet ein Kind!«

»Ihr seid doch gar nicht verheiratet«, neckte Albert ihn. »Was ist denn da passiert?«

»Wir wollten und konnten nicht mehr warten«, sagte Hennes. »Außerdem heiraten wir ja so oder so. Ach, ich freue mich so! Der Krieg muss ja nun bald mal vorbei sein.«

Und dann war der Krieg vorbei gewesen. Aber sein Kind hatte Hennes nicht mehr gesehen.

Auch Leni war früh aufgestanden, um Feuer im Ofen zu machen. Hildegard schlief noch, sie war ein braves kleines Mädchen, das nicht viel Arbeit machte, so als wüsste sie, dass Leni allein die Last der Verantwortung für sie trug.

Als das Feuer in Gang war, trat Leni ans Fenster und schaute in die Dunkelheit hinaus. Fröstelnd schlang sie die Arme um sich. Mit jedem Tag spürte sie, dass Hennes für sie auf immer verloren blieb. Manchmal war dieses Gefühl so übermächtig, dass es ihr die Luft raubte, so sehr vermisste sie ihn, so stark war ihr Verlangen, ihn wieder bei sich zu haben, ihn zu spüren und zu riechen, sich in seinen starken Armen sicher und geborgen zu fühlen.

Nur die Tatsache, dass sie ein Kind von ihm erwartete, hatte sie am Leben gehalten, als sie von seinem Tod erfahren hatte. Und als Hildegard auf der Welt war, hatte sie sich geschworen, alles zu tun, damit ihr Kind nichts entbehren musste. Für ihre über alles geliebte Tochter wollte sie Vater und Mutter zugleich sein.

Gerade wollte sie wieder nach dem Ofen schauen, als ihr eine Bewegung am noch dunklen Himmel auffiel. Sie öffnete das Fenster, um besser hinausschauen zu können. Und plötzlich war die Luft erfüllt von den Schreien der Kraniche. Leni lief ein Schauer über den Rücken, die Tränen traten ihr in die Augen, und ihr wurde auf einmal ganz feierlich zumute. Im schwachen Licht sah sie die V-förmigen Formationen der schönen Tiere, die in großen Schwärmen aus ihren Winterquartieren in Südeuropa und Nordafrika zurückkehrten und auf ihrer Route jedes Jahr zweimal über Wollseifen hinwegzogen. Der Flug der Kraniche, die mit so schlafwandlerischer Sicherheit ihren Weg fanden, war für sie wie ein Versprechen. Der lange, harte Winter ging dem Ende entgegen, und eine glücklichere, wärmere Zeit brach an.

Auf dem Lintermann-Hof hörten sie die Kraniche auch, aber für die beiden Männer, die ihre morgendliche Arbeit verrichteten, waren sie lediglich der Hinweis auf den bevorstehenden Wechsel der Jahreszeiten. »Wir müssten uns so langsam mal um das obere Feld kümmern«, sagte Matthes. »Wir könnten bald schon Kartoffeln setzen. Sie sind den Winter über gut gekeimt. Wenn wir den Acker jetzt vorbereiten, können wir sie in einer Woche setzen.«

»Was?« Albert fuhr erschrocken zusammen. In Gedanken war er wieder einmal ganz weit weg gewesen.

»Auf dem oberen Feld Kartoffeln setzen«, wiederholte Matthes geduldig. »Ich kann schon mal den Ochsen einspannen, und dann können wir los.«

»Ja, ich komme gleich«, stimmte Albert zu. »Ich gehe Karl holen, der kann uns helfen.«

Als er ins Haus kam, stand die Mutter in der Tür zum Schlafzimmer, kreidebleich, die Hand auf den Mund gepresst. Bertha, die neben ihr stand, stammelte immer nur: »Blut! Da ist so viel Blut!«

*Aus den Aufzeichnungen
des Lehrers Martin Faßbender*

2. April 1919

Kalt, regnerisch. Mittlerweile sind alle aus dem Krieg zurückgekehrt, die ihn überlebt haben. Albert Lintermann war vor zwei Monaten im Februar der Letzte aus Wollseifen, weil er so lange im Lazarett hatte liegen müssen. Ich habe ihn bisher nur einmal von Weitem gesehen, es heißt, er habe eine so schlimme Gesichtsverletzung, dass er sich nicht gerne zeige. Manche im Dorf reagieren aber auch nicht besonders mitfühlend auf die armen Kriegskrüppel, zumal wenn es wohlhabende Bauern sind wie Lintermann. Neid ist eben eine allzu menschliche Eigenschaft und gerade in so einer eng aufeinanderhockenden bäuerlichen Gemeinschaft wie hier in Wollseifen auch recht ausgeprägt. Aber manchmal werde ich schon wütend, wenn dann am Stammtisch irgend so ein Schlaumeier, der nie in vorderster Linie gekämpft hat, meint, es habe etwas mit Dummheit zu tun, wenn jemand so schwere Verletzungen davongetragen habe. Und überhaupt, tönen sie, den Daheimgebliebenen sei es doch viel schlechter gegangen, sie mussten Frauen und Kinder beschützen und dafür sorgen, dass alle zu essen hatten.

Dabei ist es kaum zu erahnen, was die Männer an der Front erlitten haben müssen. All die schrecklichen Verwundungen. Und es gab ja wohl auch nicht genug Medikamente. Einigen mussten Gliedmaßen ohne Betäubung amputiert werden. Ich vermag es mir gar nicht vorzustellen. Manche sind auch dabei, denen ist gar nichts anzusehen, aber sie haben Albträume in der Nacht, Zittern vom Nervengas und sind schwer traumatisiert.

Wir sind hier im Dorf doch noch glimpflich davongekommen, verglichen mit den furchtbaren Erlebnissen der Männer, die für uns den Kopf hingehalten haben.

Nach allem, was ich gehört und gelesen habe, geht es den anderen Nationen nicht besser als uns – die Auswirkungen dieses Krieges sind so gewaltig wie noch bei keinem Krieg zuvor. Und die unruhigen Zeiten nehmen kein Ende. Nach der Novemberrevolution letztes Jahr Anfang März die Kämpfe in Berlin. Sicher, die Hauptstadt ist weit weg, und hier in der Eifel kümmern wir uns ja doch eher um unser kleines Wohlergehen, aber trotzdem – wie oft hatte ich das Gefühl, dieser Winter nimmt kein Ende. Ebenso wie die Verhandlungen in Versailles.

Und dann noch diese entsetzliche Influenza-Welle, diese Spanische Grippe, wie sie genannt wird. Sie geht um die Welt, und die Menschen sterben wie die Fliegen. Bisher haben wir hier in Wollseifen Gott sei Dank noch nichts davon mitbekommen. Es heißt zwar, Gertrud Felten sei daran gestorben, weil sie sich in Köln angesteckt habe, aber ich weiß nicht, ob es tatsächlich die Spanische Grippe war, der sie erlegen ist, denn ihre Schwiegertochter hat sie ja nicht angesteckt. Zumindest diese Geißel bleibt uns also wohl hoffentlich erspart.

Und jetzt muss es doch endlich Frühling werden.

3

Samstagabends war in der Gastwirtschaft besonders viel los. Silvio stand am Zapfhahn hinter der Theke, und seine Frau Maria rannte zwischen Gaststube, Kegelbahn und Küche hin und her. Der dreizehnjährige Walter half seiner Mutter beim Bedienen, wobei er pflichtbewusst auch seine beiden jüngeren Brüder scharf im Auge behielt, die ebenfalls in der Gaststube herumliefen, aber seiner Meinung nach nur Dummheiten im Kopf hatten. Der neunjährige Julius schaute den Skatspielern über die Schulter und gab ungefragt fachmännische Ratschläge, und der siebenjährige Erwin saß selbstvergessen an einem Tisch und faltete Fantasiegebilde aus den Papierservietten, statt sich nützlich zu machen. In der Küche schlief die Jüngste, die knapp zweijährige Johanna, in ihrem Gitterbettchen unter den Fliegenstreifen, an denen immer eine schwarze Masse toter Fliegenleiber klebte. Rauchschwaden hingen in der Luft, und die Gäste unterhielten sich lautstark, spielten Karten und zogen an ihren Stumpen oder Pfeifen. Aus dem angebauten kleinen Saal, in dem sich die Kegelbahn befand, drangen das dumpfe Rollen der Kugel und die freudigen oder enttäuschten Ausrufe der Kegelbrüder, je nachdem, ob sie getroffen hatten oder nicht.

Das war auch an diesem grauen Aprilabend nicht anders. Fast alle Tische waren besetzt. An einem Tisch hinten in der Ecke saß der Hausierer, der zwei Jahre vor dem Krieg das erste Mal in der Gegend aufgetaucht war und seitdem regelmäßig mit seinen Kurzwaren über Land reiste. Die Frauen liebten den

»schönen Adolf«, wie er wegen seiner dunklen Augen und seiner schwarzen Locken genannt wurde, weil er ein wenig Schmuck und Putz in ihr arbeitsreiches Leben brachte. Die Seidenbänder, die hübsch bestickten Nadelmäppchen und die Broschen aus Silberblech mit den glänzend schwarzen Jettsteinen, die er verkaufte, brauchte niemand wirklich, aber sie machten den Alltag ein wenig heller. Heute war er wohl erst spät mit seinem Eselskarren angekommen, deshalb gewährte Silvio ihm Quartier. Er saß an seinem Tisch und löffelte einen großen Teller Linsensuppe. Zwei junge Burschen hatten sich zu ihm gesellt und wollten ihm wohl etwas abschwatzen, was sie ihren Mädchen schenken konnten. Sie zogen ab, als sich der Schmied von einem der anderen Tische erhob und mit seinem Bierkrug zu ihm setzte. Die beiden Männer lachten, als Hermann Schlösser dem Hausierer eine Geschichte erzählte, die er mit zahlreichen anzüglichen Handbewegungen unterstrich.

Als sich die Wirtshaustür öffnete und ein Schwall kalter Luft durch den dicken braunen Filzvorhang in die Gaststube drang, wurde es kurz leiser. Alle Köpfe drehten sich zu Albert, der, die Mütze tief ins Gesicht gezogen, unschlüssig an der Tür stehen geblieben war. Als sie ihn erkannten, schwoll der Geräuschpegel gleich wieder an.

Albert hatte es zu Hause nicht mehr ausgehalten. Er ging nicht oft ins Wirtshaus, aber heute Abend musste er raus. Er konnte die jammervolle, angewiderte Miene seiner Frau nicht mehr sehen, wollte Hedwigs Geschwätz nicht mehr hören, die nicht mit Bemerkungen darüber sparte, wie viel besser er es doch getroffen habe als ihr Heinrich, der nicht aus dem Krieg wiedergekommen war, wollte nichts mehr davon wissen, dass seine Mutter ihn beschwor, Bertha Zeit zu lassen, damit sie sich an seinen Anblick gewöhnen könne. Und jetzt auch noch die

Sorge um den Vater, der bisher noch nicht wieder auf die Beine gekommen war.

Sie hatten Dr. Simon aus Herhahn holen müssen. Er hatte den Vater untersucht, ihn lange abgehorcht mit seinem großen Hörrohr. Schließlich hatte er besorgt den Kopf geschüttelt und zu Albert und seiner Mutter gesagt: »Da kann ich nicht viel machen. Eigentlich müsste er ins Krankenhaus nach Mechernich, aber der Transport wäre jetzt viel zu anstrengend für ihn. Ich gebe ihm ein herzstärkendes Mittel, und dann müssen wir abwarten.«

Die Mutter blickte angstvoll auf den Vater, der ganz still unter dem schweren Plumeau lag, die dünnen grauen Haare schweißverklebt von der Anstrengung des Blutsturzes. Sein Brustkorb hob und senkte sich unter den flachen, rasselnden Atemzügen, und die Nase ragte spitz aus dem eingefallenen, blassen Gesicht.

»Woher kommt das viele Blut?«, fragte die Mutter bang.

Der Arzt hob die Hände. »Im Körper wird eine Ader geplatzt sein. Das kommt schon mal vor.«

»Er war nie krank«, sagte Albert, als er den alten Arzt, den er schon seit Kindertagen kannte, hinausbrachte.

Der zuckte resigniert mit den Schultern. »Einmal trifft es jeden«, sagte er. Er musterte Albert prüfend. »Dich hat es ja auch ganz schön erwischt, Junge. Hast du Schmerzen? Soll ich dir was dalassen?«

Albert schüttelte den Kopf. »Nein danke. Mir geht es gut.«

Er brachte den Arzt zur Tür. Im Hof schaute ihn der alte Mann noch einmal aufmerksam an. »In Bonn an der Universitätsklinik gibt es einen Spezialisten für solche Fälle wie dich«, sagte er dann. »Professor Siegburger. Du solltest mal hinfahren. Er kann dir bestimmt helfen.«

»Ja, ich weiß«, sagte Albert. »Der Doktor im Lazarett hat's

mir auch schon gesagt.« Er blickte den alten Arzt bekümmert an. »Wann sollte ich das denn machen? Ich kann doch die Mutter jetzt nicht allein lassen. Wann wird es denn dem Vater wieder besser gehen?«

Der Arzt legte Albert die Hand auf die Schulter. »Eben vor den anderen wollte ich es nicht so deutlich sagen: Dein Vater lebt nicht mehr lange. Höchstens ein paar Wochen noch, vielleicht geht es aber auch viel schneller. Er darf sich nicht anstrengen. Es ist auf jeden Fall gut, dass du wieder zu Hause bist.«

Er hatte ihm leicht auf die Schulter geklopft und sich zu seiner Kutsche gewandt. Matthes hatte ihm die Zügel gereicht. »Sagt mir Bescheid, wenn es so weit ist.«

»Albert!«, rief Silvio und trat hinter der Theke hervor auf ihn zu. »Willkommen! Schön, dass du da bist!« Er schlug ihm auf die Schulter, dann wies er auf den Stammtisch. »Setz dich. Ich bringe dir ein Bier.«

Der Schmied, den Albert bisher gemieden hatte, erhob sich, als er hörte, wie Silvio den neuen Gast begrüßte, und kam auf Albert zu. Er hatte ein offenes, rundes Gesicht mit zahlreichen Sommersprossen. Freundlich grinsend hielt er Albert die Hand hin und zeigte dabei eine beachtliche Lücke zwischen den Schneidezähnen. »Ich bin Hermann Schlösser. Der neue Schmied. Die Leute haben mir schon von dir erzählt. Freut mich, dich kennenzulernen.«

Albert schüttelte ihm die Hand. »Ich hab auch schon von dir gehört. Nur Gutes im Übrigen. In den nächsten Tagen wollte ich mich sowieso bei dir melden. Ich hab mir ein neues Pferd zugelegt, das muss beschlagen werden. Und für die Fahrkühe wäre es auch besser.«

Der Schmied nickte. »Immer gerne«, erwiderte er. »Du kannst

jederzeit vorbeikommen. Jetzt haben wir uns ja wenigstens schon mal gesehen.« Damit wandte er sich um und setzte sich wieder zum schönen Adolf.

Mittlerweile hatten auch ein paar andere Gäste die Sprache wiedergefunden. Lehrer Faßbender, der mit dem Pastor, dem Schreiner und ein paar anderen Leuten am Stammtisch saß, klopfte einladend auf die Bank neben sich. »Komm, Albert, hier ist noch Platz!«

Bisher hatte Albert den direkten Blickkontakt mit den meisten vermieden. Sie hatten ihn natürlich alle schon gesehen, das war unvermeidlich, wenn man seinem Tagwerk nachging, aber er hatte immer sorgfältig darauf geachtet, nur die »gute Seite« seines Gesichts zu zeigen, und die wenigsten hatten ihn direkt auf seine Kriegsverletzung angesprochen. Er hätte sich eine Tarnkappe gewünscht, wie in diesen alten Märchen, die ihm seine Großmutter früher an den langen Winterabenden erzählt hatte. Dann wäre er unsichtbar gewesen und hätte unbehelligt seines Weges ziehen können.

Jetzt jedoch blieb ihm gar nichts anderes mehr übrig, als sich den neugierigen Blicken zu stellen, und zu seiner Erleichterung merkte er, dass es so schlimm gar nicht war. Die Leute mussten sich ja auch erst an sein verändertes Aussehen gewöhnen. Er durfte nicht zu viel von ihnen erwarten.

Der Pastor nickte ihm freundlich zu. Albert ging regelmäßig sonntagmorgens in die Messe, und als Junge war er, wie alle hier, Messdiener gewesen. Pastor Molitor hatte es vor fünfundzwanzig Jahren frisch vom Priesterseminar in das kleine Eifeldorf verschlagen. Er war von einem Bauernhof in Euskirchen gekommen und kannte sich mit den Menschen hier und ihren Nöten aus. Ein weltfremder Geistlicher war er nicht, im Gegenteil. Und er saß gerne mit am Stammtisch, um den direkten Kontakt zu seinen Schäfchen nicht zu verlieren, wie er immer sagte. Die meisten glaubten allerdings, dass ihm auch etwas an dem guten Monschauer Bier lag, das Silvio ausschenkte.

Dem Lehrer war Albert mittlerweile schon einige Male begegnet, zumal ja Leni mit ihrer kleinen Tochter bei ihm wohnte und Albert auf Bitten der Mutter ihre Aussteuertruhe vorbeigebracht hatte, die bei ihnen im Schuppen gestanden hatte. Bei der Gelegenheit hatte er das kleine Mädchen, das Hennes' blaugraue Augen und seine dunklen Haare geerbt hatte, auf dem Schoß gehabt. Sie hatten in der Küche der kleinen Lehrerwohnung gesessen, und Leni hatte ihn gebeten, ihr alles von Hennes' letzten Stunden zu erzählen. »Du brauchst keine Angst zu haben, dass ich zusammenbreche«, hatte sie gesagt. »Ich will nur wissen, wie es ihm ergangen ist.«

»Er hat bis zuletzt fast nur von dir gesprochen und an dich gedacht«, hatte Albert ihr erzählt. »Und er hat sich so auf das Kind gefreut.« Da waren ihr doch die Tränen gekommen, und schnell, damit er es nicht merkte, hatte sie die kleine Hildegard auf den Arm genommen und sich weggedreht. Zum Glück war in diesem Moment der Lehrer ins Zimmer gekommen und hatte die trübe Stimmung durchbrochen.

Fritz Brettschneider, der alte Bauer, dem der kleine Hof direkt am Ortseingang gehörte, saß ebenfalls in der Runde am Stammtisch. Vor ihm brauchte Albert sein Gesicht nicht zu verstecken, er konnte sowieso kaum noch was sehen. »Bist du das, Albert?«, hatte er freundlich gefragt, als Albert ihn kurz nach seiner Heimkehr auf der Straße gegrüßt hatte. »Bist du heil aus dem Krieg zurückgekommen? Was für ein Glück!« Und damit war für ihn die Sache erledigt gewesen. Und der Schreiner, der lange Döres – na ja. Er nickte auch jetzt nur kurz zur Begrüßung und wandte sich dann wieder seiner Pfeife zu, die ihm gerade ausgegangen war. Sie waren zwar nicht verfeindet, aber er war, genau wie der Stellmacher, noch nie sein Freund gewesen, wohl auch, weil die Mädchen schon immer mehr nach Albert geguckt hatten, aber sie gingen einander meistens aus dem Weg, und wenn sie etwas zu verhandeln hatten, kamen sie auf eine sachliche Art und Weise miteinander aus. Theodor Schwarz war nur wenig älter als Albert, aber er hatte nicht als Soldat an die Front gemusst. Warum, wusste eigentlich keiner so genau, aber es hieß, er sei aus gesundheitlichen Gründen befreit gewesen. Anscheinend hatte er es an der Lunge. Alles an ihm war lang und dünn, er war das reinste Knochengestell, obwohl er Unmengen an Nahrung in sich hineinschaufelte, wenn er Gelegenheit dazu hatte. Seine Frau Katharina dagegen war klein und rundlich, und ab und zu lästerte schon einmal jemand, dass sie immer dicker wurde, je dünner der Döres wurde. »Der kriegt zu Hause nix! Die isst ihm alles weg!« Aber böse meinte das niemand.

Natürlich gab es auch die im Dorf, die weggucktern, sobald sie Albert sahen, oder dumme Bemerkungen machten. Als ob er zu seinem persönlichen Vergnügen so herumliefe oder als ob es ein Zeichen von Feigheit vor dem Feind wäre, wenn man so eine entstellende Verletzung davongetragen hatte. Er musste eben einfach darüberstehen. Solche Kandidaten gab es immer. Aber solange es wenigstens noch eine Handvoll Freunde gab, die zu ihm standen und mit ihm umgingen wie früher, konnte er damit leben.

Den fünften Mann am Stammtisch hatte Albert noch nie im Dorf gesehen, aber er kam ihm bekannt vor. Er mochte Mitte dreißig sein, war mittelgroß und untersetzt, mit einem runden Schädel, den ein schütterer Haarkranz krönte. Auffallend an ihm waren seine stechend hellblauen Augen, mit denen er den Neuankömmling ungeniert musterte. Plötzlich fiel es Albert ein. Er hatte den Mann auf dem Viehmarkt in Kall gesehen, bei der Pferdeversteigerung. Es war ungewöhnlich voll dort gewesen, was Albert gewundert hatte, denn eigentlich hatte man nur das Recht, ein Pferd zu ersteigern, wenn man im Besitz einer Versteigerungskarte war. Albert hatte mit Müh und Not eine ergattert, aber an diesem Tag hatten seltsamerweise viele Männer eine gehabt, auch der Fremde, der hier am Tisch saß. Er hatte so hoch auf den Braunen, den Albert im Auge gehabt hatte, geboten, dass er ihn schließlich auch bekommen hatte. Und schon da waren ihm diese kalten blauen Augen aufgefallen.

Albert nahm all seinen Mut zusammen. Er streckte die Hand quer über den Tisch aus und sagte: »'n Abend. Ich bin Albert Lintermann. Wir haben uns ja kürzlich erst gesehen.«

Der Fremde nickte ihm zu, ohne seine Hand zu ergreifen, und erwiderte knapp: »Johann Meller. Hab schon von dir gehört, ich wüsste aber nicht, dass wir uns schon gesehen hätten.«

Albert, dem auf der Zunge lag zu fragen, ob sie wohl schon zusammen im Sandkasten gesessen hätten, wollte gerade widersprechen, aber in diesem Moment trat Maria mit seinem Bier an den Tisch und stellte ihm das Glas hin.

»Hättest ihm wohl besser eine Schnabeltasse gebracht«, sagte Meller zu ihr. Albert spürte, wie ihm das Blut ins Gesicht schoss, aber da legte der Mann ihm schon die Hand auf den Unterarm und sagte scheinheilig: »Nichts für ungut! War nur ein Scherz!«

»Und ein schlechter dazu, Herr Meller«, warf der Lehrer ein, der den kleinen Wortwechsel verfolgt hatte.

»Ja, ich bitte um Entschuldigung«, sagte Meller und lächelte Albert an, doch in seinem Blick lag etwas Falsches, was Albert nicht genau benennen konnte. Er wusste nur, dass es ihm unangenehm war.

Um jedoch den anderen nicht die Stimmung zu verderben, beschloss er, nichts zu sagen. Wenn Meller nicht über den Pferdehandel reden wollte, dann war es ihm auch recht. Er nickte großmütig und sagte nur: »Ich glaube, ich habe von Ihnen auch gehört. Sie sind der Bauer von Gut Hahn.«

Der Mann lächelte schmallippig. »Bauer trifft es nicht ganz. Ich fände die Bezeichnung Gutsherr angebrachter.«

Die anderen Männer lachten ein wenig verlegen, aber Albert ließ sich nicht aus der Ruhe bringen. »Ja, sicher, Gutsherr«, sagte er freundlich.

»Ob Bauer oder Gutsherr tut doch nichts zur Sache«, warf Brettschneider ein. »Letztendlich machen wir alle das Gleiche. Ich hab übrigens gehört, dass der Amtsveterinär heute auf Gut Hahn war. Bei euch ist doch nicht etwa die Maul- und Klauenseuche ausgebrochen?«

Erstaunt sah Albert, wie Meller puterrot anlief. »Kümmere dich um deinen eigenen Mist, da hast du genug zu tun!«, herrschte er den alten Bauern an. »Dass ihr hier immer die Nase in die Angelegenheiten anderer Leute stecken müsst. Selbst wenn es so wäre, das erfahrt ihr noch früh genug!«

»Na, na«, sagte der Pastor besänftigend. »Ihr müsst euch ja nicht gleich an die Gurgel gehen. Wenn du wirklich die Seuche im Stall hast, muss das doch sowieso bekannt gegeben werden, schon um die anderen zu schützen. Und es ist nichts Ehrenrühriges, es kann ja jeden treffen.«

Alle sahen Meller erwartungsvoll an. »War nur ein Verdachtsfall«, murmelte er widerstrebend. »Da kommt nichts nach.«

Na, wenn das mal stimmt, dachte Albert, sagte aber nichts. Der Pastor hatte ja recht. Es stand in der Zeitung, wenn irgendwo ein Fall von Maul- und Klauenseuche auftrat, und der Stall wurde sofort dichtgemacht.

»In Versailles in Frankreich wird ja jetzt der Friedensvertrag verhandelt«, warf Lehrer Faßbender ein. Sein Themenwechsel hatte Erfolg. Sofort erhitzten sich die Gemüter.

»Ja«, sagte Fritz Brettschneider, »man hört nichts Gutes. Bis jetzt haben sie alles abgelehnt, was wir haben wollten.«

»Ich versteh das nicht«, sagte der lange Döres. »Die tun gerade so, als ob wir schuld am Krieg wären.«

»Ja, sind wir das nicht?«, fragte Albert. »Wir haben ihn doch mit vom Zaun gebrochen, als wir Österreich unsere bedingungslose Unterstützung zugesagt haben.«

Meller zog die Augenbrauen hoch. »Was bist du denn für einer?«, sagte er verächtlich. »Unterstützt du etwa die Sozis? Wir hätten den Krieg ohne Weiteres gewonnen, wenn uns diese vaterlandslosen Gesellen nicht in den Rücken gefallen wären. Du müsstest doch am besten wissen, dass das deutsche Heer im Feld ungeschlagen war.« Schon wieder das Du, das aus seinem Mund so verächtlich klang wie seine Worte.

Albert atmete einmal tief durch. »Das habe ich anders erlebt. Ich habe an der Westfront gekämpft. Und du?«

»Liebe Kinder!« Der Pastor hob beschwichtigend die Hände. »Lasst uns heute Abend nicht mehr über Krieg und Politik reden. Seien wir froh, dass wieder Frieden ist. Wir haben doch hier viel größere Probleme. Mir macht diese Spanische Grippe viel mehr Sorgen. Man liest und hört ja schlimme Sachen darüber. Das ist eine Seuche, so schrecklich wie die Pest im Mittelalter!«

Auch dazu hatte Meller eine Meinung. »Ach was«, sagte er. »Das betrifft uns hier doch gar nicht. Das ist eine Krankheit, die auf dem Land nicht vorkommt, nur in den Städten.«

»Nun ja«, warf der Lehrer ein. »Es heißt ja, Gertrud Felten sei daran gestorben. Die Krankheit kommt schon durchaus auch auf dem Land vor. Wir haben einfach nur Glück, dass sich sonst keiner angesteckt hat.«

»Das mag sein, aber die alte Felten war auf jeden Fall in der Stadt, und wenn sie es hatte, hat sie sich das dort eingefangen.« Meller hatte auf alles eine Antwort.

»Dein Vater hat aber nicht die Spanische Grippe, oder?«, fragte Döres.

Albert hatte sich das insgeheim auch schon gefragt, nachdem er von Gertruds Tod erfahren hatte. Aber der Vater war ja gar nicht mit dem Feltenhof in Berührung gekommen, wo sollte er sich also mit dieser Krankheit angesteckt haben? Außerdem hatte der Arzt von Schlagfluss geredet. Und gehustet hatte er auch nicht. Er schüttelte den Kopf. »Der Doktor hat nichts davon gesagt.«

»Er hätte schon Maßnahmen ergriffen, wenn er einen Verdacht gehabt hätte.« Der Lehrer nickte Albert beruhigend zu.

Albert griff nach seinem Krug und trank einen Schluck. Als er ihn absetzte und sich den Mund abwischte, begegnete er dem kalten Blick Mellers, der ihn nachdenklich musterte.

Danach war es dann um die ständig steigenden Preise für Saatgut gegangen, aber es war kein rechtes Gespräch mehr aufgekommen, und als Albert sein Bier ausgetrunken hatte, stand er auf und ging an die Theke, um zu bezahlen.

Silvio warf ihm einen prüfenden Blick zu. »Schon genug?«, fragte er.

»Die Gespräche sind heute Abend nicht so ganz nach meinem Geschmack«, antwortete Albert.

Silvio blickte zum Stammtisch. »Hm«, sagte er. »Ich weiß schon, was du meinst. Das Bier geht aufs Haus«, fügte er hinzu. »Soll ich dir morgen die Jungs zum Helfen schicken? Denen tut ein bisschen frische Luft ganz gut, dann hängen sie auch nicht ständig in der Gaststube rum.«

Albert schüttelte den Kopf. »Nein, höchstens Walter. Die Kartoffeln haben wir schon gesetzt. Karl hat mitgeholfen. Der Junge ist so groß geworden.« Er lächelte. »Er hütet freiwillig die Kühe! Das wäre mir in dem Alter nicht in den Sinn gekommen. Aber er hat wirklich ein ganz besonderes Händchen für die Tiere.« Er schwieg kurz, dann fuhr er fort: »Ich muss morgen dringend in den Wald. Da ist im Krieg alles liegen geblieben. Der Vater und Matthes haben es nicht geschafft, sich darum auch noch zu kümmern. Die Arbeit ist zu schwer für die Kinder. Matthes ist auch nicht mehr der Jüngste, er wird doch langsam klapprig, und ich muss so bald wie möglich einen neuen Großknecht einstellen. Wenn du jemanden weißt, sag mir Bescheid.«

»Mache ich.« Silvio nickte ihm zu. »Du brauchst nichts zu überstürzen. Das wird alles schon wieder. Und lass dich von Meller nicht provozieren. Ich habe mitbekommen, wie er dich dumm angequatscht hat. Er ist mit Vorsicht zu genießen.«

»Ja, das hab ich gemerkt«, sagte Albert. »Übrigens, wenn du magst, kannst du nächste Woche mit mir nach Kall fahren. Ich will mir ein paar Kühe und einen Bullen angucken. Und noch ein Pferd brauche ich auch. Das können wir auf dem Rückweg machen. In Schleiden hat einer ein Arbeitspferd in der Zeitung annonciert. Ich muss jetzt dringend zusehen, dass ich den Hof wieder auf Vordermann bringe. Ach ja, und einen Wachhund brauche ich auch wieder. Unser Hasso ist schon vor zwei Jahren eingegangen.«

»Na, bei den Tieren berate ich dich doch gerne«, erwiderte Silvio und zwinkerte ihm zu. »Maria hat mich schon lange nicht mehr vor die Tür gelassen. Und wenn wir zurück sind, koche ich für dich. Ich habe dir noch gar keinen richtigen Empfang bereitet!«

Mit Silvio hatte Albert sich schon vor dem Krieg gut verstanden. Der Wirt war zwar fast zehn Jahre älter als er, aber der Altersunterschied machte ihnen nichts aus, im Gegenteil, Albert genoss es, mit jemandem reden zu können, der schon so viel erlebt hatte im Leben. Silvio war Anfang zwanzig gewesen, als er 1900 mit einem Trupp anderer Norditaliener aus seiner

Heimatstadt Tione di Trento an die Urft gekommen war, um beim Bau der Talsperre mitzuarbeiten.

»Ein Freund von mir war schon da, und er hat uns anderen Bescheid gesagt, dass hier gutes Geld zu verdienen ist«, hatte er Albert erzählt.

»Hattest du kein Heimweh? Du konntest doch bestimmt kein Wort Deutsch«, fragte Albert.

Silvio zuckte bloß mit den Schultern. »Untereinander haben wir Italienisch geredet, wir waren ja viele, bestimmt zwölf oder fünfzehn, und Heimweh ... nein. Ich wollte Geld verdienen und was erleben. In Tione gab's keine Arbeit für mich. Hier gab es davon mehr als genug. Noch bevor die Talsperre fertig war, hab ich dann Maria kennengelernt, und ich kann dir sagen, sie war das schönste Mädchen, das mir je begegnet ist. Ist sie immer noch«, fügte er hinzu. »Und zum Glück hatte sie etwas für einen feurigen Italiener übrig.«

»Ja«, sagte Albert lachend, »die Geschichte kenne ich. Verliebt, verlobt, verheiratet – und jetzt ist aus dem abenteuerlustigen Italiener ein braver deutscher Gastwirt geworden.«

»Und Kioskbesitzer!«, hatte Silvio ergänzt und gelacht. Schließlich hatte er neben dem vom Schwiegervater übernommenen Gasthaus auch einen Kiosk an der Wollseifener Bucht, in dem er die zahlreichen Sommergäste mit Getränken und Kleinigkeiten zu essen versorgte.

Das Gasthaus war wichtig im Dorf. Es diente nicht nur als Treffpunkt für Stammtisch und Vereine, sondern hatte auch als eines der ersten Häuser in Wollseifen Telefon. Hier hatte Albert aus dem Lazarett angerufen, um seinem Vater Bescheid zu sagen, dass er entlassen würde. Als Wirt bekam Silvio alles, was im Dorf passierte, aus erster Hand mit. Er war ein verschwiegener, humorvoller Mann, und was man ihm anvertraute, blieb auch bei ihm.

Daran dachte Albert jetzt, als er durch das dunkle Dorf zu seinem Hof ging. Mittlerweile war Silvio seit neunzehn Jahren in Deutschland, und vierzehn davon hatte er in Wollseifen verbracht. Das Dorf Krummenauel war 1904 geflutet worden, damit der Bau der Talsperre abgeschlossen werden konnte. Die Bewohner hatten sich auf die umliegenden Dörfer verteilt, und einige von ihnen waren nach Wollseifen gekommen, so auch Maria mit ihrer Mutter. Als die Bauarbeiter nach und nach abgezogen wurden und sich wieder in ihre Heimatorte begaben, kam Silvio ebenfalls nach Wollseifen. Er pachtete die leer stehende Gaststätte, hielt um Marias Hand an, und ein Jahr später waren sie verheiratet. Ihr ältester Sohn Walter, der die dunklen Haare und die kräftige Statur seines Vaters geerbt hatte, war schon dreizehn.

Silvio war ein begnadeter Koch. In der Gaststätte kochte er häufig typische Eifler Gerichte wie Döppekooche. Selbst Pellkartoffeln mit Quark oder Leinöl, wie sie in den mageren Zeiten im Krieg häufig auf den Tisch gekommen waren, schmeckten bei ihm wie eine Delikatesse. »Von meiner Frau habe ich eure wunderbare deutsche Küche gelernt«, erzählte er gerne. An Sonntagen gab es manchmal Wild oder auch Fisch aus der Talsperre, dazu Kartoffeln und Salat. Die wenigsten jedoch wussten, dass seine wahre Liebe den Gerichten seiner Heimat galt, und nur seine Freunde bekamen bei besonderen Anlässen Coniglio con Polenta, Kaninchen mit Maisbrei, oder Cinghiale dolceforte, einen speziellen, sehr leckeren Wildschwein-Eintopf, vorgesetzt. Und wenn er besonders gute Laune hatte, machte er frische Nudeln, und es gab Tagliatelle con sugo, Bandnudeln mit Tomatensoße und geriebenem Käse darüber.

Albert lächelte, als er daran dachte, wie Silvio, als er auf Heimaturlaub gewesen war, für ihn und seine Familie gekocht hatte. Karl hatte von den Nudeln nicht genug kriegen können, und schließlich hatte der ganze kleine Kerl so ausgesehen, als ob er in die Schüssel mit der Tomatensoße gefallen wäre, so gut hatte es ihm geschmeckt. Die langen Nudeln waren aber auch schwierig zu essen gewesen. Nicht nur das Kind hatte damit zu kämpfen gehabt.

Albert bog in die Hofeinfahrt ein. Die Laterne im Durchgang flackerte. Der Hof lag schwarz und still. Anscheinend schliefen alle. Unten an der Treppe zog er seine Stiefel aus und schlich leise auf Socken hinauf in das obere Stockwerk. Das Knarren der vorletzten Stufe dröhnte ihm überlaut in den Ohren. Erschrocken blieb er stehen. Aber im Haus rührte sich nichts. Rasch trat er ins Schlafzimmer, schlüpfte aus Jacke und Hose und legte sich ins Bett.

Er lauschte den ruhigen Atemzügen von Bertha und Karl, aber was ihn sonst unweigerlich einschlafen ließ, hielt ihn heute wach. Unruhig wälzte er sich hin und her. So vieles ging ihm durch den Kopf, dass er einfach nicht zur Ruhe kam.

Leni kam anscheinend gut mit ihrer Situation zurecht. Er sah sie ab und zu, wenn sie im Dorf unterwegs war, und wenn sich die Gelegenheit ergab, redeten sie ein paar Worte miteinander. Manche Leute mochten sich darüber wundern, wie gefestigt ihre Stellung in der Dorfgemeinschaft war, obwohl sie doch ein uneheliches Kind hatte. Aber stillschweigend behandelten alle sie, als wäre sie Hennes' Witwe. Das lag sicher an ihrer zuversichtlichen, selbstsicheren Art. Sie hatte so etwas Unerschrockenes, Zupackendes. Wenn sie sich mit ihm unterhielt, schaute sie ihm immer so frei und offen ins Gesicht, dass er nie das Gefühl hatte, versehrt zu sein. Mit Bertha hingegen war er noch keinen Schritt weitergekommen. Sie arbeitete nicht mehr mit, saß oft nur teilnahmslos auf dem Stuhl am Fenster und schaute hinaus, ohne etwas zu sehen. Manchmal kam es ihm so vor, als hätte sie sich in eine ganz eigene Welt zurückgezogen, in die er nicht vordringen konnte. Noch nicht einmal Karl konnte sie aus ihrer Stimmung reißen. Sie kümmerte sich kaum noch um den Jungen und überließ alles ihrer Schwester, der es auch nicht gelang, sie aus ihrer geistigen Abwesenheit herauszuholen.

»Dat jecke Dier!«, hatte Hedwig wiederholt missbilligend zu Albert gesagt. »Ich weiß doch auch nicht, was mit ihr los ist. So schlimm siehst du ja nun auch nicht aus«, hatte sie nach einem kurzen Blick auf Alberts Gesicht hinzugefügt.

Das Verhalten seiner Frau quälte Albert, und er fragte sich unablässig, wie er die Situation ändern könnte. Bisher hatte er noch mit niemandem darüber gesprochen, aber vielleicht sollte er Silvio gegenüber einmal eine vorsichtige Andeutung machen. Er wusste bestimmt Rat.

Wegen Johann Meller hatte er ihm heute Abend ja auch einen Rat gegeben. Es hatte sich so angehört, als ob er ihn schon länger kannte, aber das konnte eigentlich gar nicht sein, schließlich war Meller erst seit Kurzem im Dorf.

Seltsam, dass der Mann so getan hatte, als wäre er nicht auf der Pferdeversteigerung gewesen. Aber vielleicht hatte er ihn tatsächlich nicht gesehen. Und es ging ihn auch nichts an. Wenn er nicht darüber reden wollte, nun ja. Wenn er mit Silvio zusammen nach Kall fuhr, konnte er ihm ja davon erzählen, denn Matthes hatte auch so eine Bemerkung gemacht, die darauf schließen ließ, dass Silvio ihn schon länger kannte.

Der Knecht hatte Albert erzählt, dass Johann Meller Anfang Januar 1919 im Dorf aufgetaucht war. »Ich hab in der Wirtschaft gesessen, und auf einmal geht die Tür auf, und ein Mann kommt herein«, hatte er gesagt. »Wie selbstverständlich geht er zum Stammtisch, wo an diesem Abend nur der lange Döres mit zwei Freunden sitzt und Skat kloppt, und setzt sich. Er nickt Silvio zu, der wie immer hinter der Theke steht. ›Ein Bier!‹, bestellt er.«

»Mach's nicht so spannend.« Albert wurde ungeduldig. »Und das war Meller?«

»Ja, warte doch mal.« Matthes liebte es, Geschichten zu erzählen. Bei der Arbeit war er Gott sei Dank nicht so umständlich. Doch jetzt ließ er sich nicht aus der Ruhe bringen. »Silvio zieht die Augenbrauen hoch. ›Meller!‹, sagt er staunend. ›Wo kommst du denn her?‹ Er zapft ihm das Bier und bringt es an den Tisch, aber der Kerl antwortet gar nicht auf seine Frage, sondern sagt nur: ›Mir gehört Gut Hahn.‹ – ›Kennst du den?‹, fragt der lange Döres. Sie hatten ihr Kartenspiel unterbrochen und ihre Aufmerksamkeit dem Wirt und dem neuen Gast zugewandt. ›Gestatten, meine Herren, Johann Meller!‹, sagt Meller. Er erhebt sich leicht und macht eine angedeutete Verbeugung. ›Besitzer von Gut Hahn.‹ – ›Im Hahnenhof ist doch ein Pächter‹, sagt Jupp Kievernagel. Fragend blicken die Männer Meller an. Der lächelt in die Runde. ›Ja, das stimmt‹, bestätigt der. ›Und der bleibt auch da, allerdings von nun an als mein Verwalter. Das Herrenhaus hat er ja sowieso nicht bewohnt.‹ Der lange Döres nickt. ›Er hat's nur in Ordnung gehalten‹, sagt er zu den anderen. ›Das weiß ich, weil die Kusine von meiner Katharina einmal die Woche da geputzt hat.‹ Ja, so war das.« Matthes nickte bedächtig.

»Hat Silvio denn gesagt, woher er ihn kennt?«, hatte Albert gefragt.

»Nein, keine Ahnung.« Matthes hatte bedauernd die Hände gehoben.

Das beeindruckende Gut Hahn, einer der größten Höfe in der Gegend, lag ein ganzes Stück außerhalb vom Dorf, am Rand der Hochebene. Von dort aus hatte man einen weiten Blick über die

Wiesen ins Tal, auf den Stausee und die bewaldeten Höhen ringsherum.

Früher einmal war es der größte und reichste Hof auf der gesamten Dreiborner Höhe gewesen, eine geschlossene Hofanlage mit Wohn- und Wirtschaftsgebäuden und ausgedehnten Stallungen, fast schon ein kleines Schloss. Seit Jahrhunderten wurde es von der Familie von Hahn bewirtschaftet, die im 17. Jahrhundert das Lehen übertragen bekommen hatte und in den Adelsstand erhoben worden war. Das prächtige zweigeschossige Herrenhaus mit seinen hohen gotischen Fenstern erstreckte sich über die gesamte Rückseite des Vierkanthofes, dessen Vordergebäude von einem riesigen Holztor mit schweren eisernen Beschlägen eingenommen wurde.

Aber so reich und prachtvoll das Gut auch war, es lag kein Segen darauf. In der männlichen Linie gab es zahlreiche frühe und gewaltsame Todesfälle. 1895 übernahm Jakob, der einzige Sohn des Landjunkers Wilhelm von Hahn, das Anwesen. Sein Vater war mit achtundvierzig Jahren bei einem Kutschenunfall ums Leben gekommen, und kurz darauf war Jakobs Mutter ihm ins Grab gefolgt. Jakob hatte keine Lust, »als Bauer auf dem Dorf zu versauern«, wie er immer sagte, und hielt sich nur selten in seinem landwirtschaftlichen Betrieb auf, der in den darauffolgenden Jahren dann auch immer mehr verkam. Statt sich um das Anwesen zu kümmern, gab der junge Herr sein Geld lieber in der Stadt aus. Die Dorfbewohner konstatierten missbilligend, dass der Gerichtsvollzieher schon mehrmals vergeblich versucht habe, Jakob von Hahn zu Hause anzutreffen, und dass er mit Haftbefehl gesucht werde. Etwas Genaues wusste man nicht, doch es wunderte niemanden, dass in den ersten Jahren des 20. Jahrhunderts, als ganz Wollseifen vom Bau der Urfttalsperre profitierte, der reiche Hahnenhof kurz vor dem Ruin stand. Irgendwann wohnte Jakob alleine auf dem Gut, er hatte alle Leute entlassen, alle Tiere verkauft und ließ alles verkommen. Das Anwesen wirkte immer mehr wie ein Geisterhaus.

Einen letzten spektakulären Auftritt hatte er, als er zu später Stunde völlig betrunken die Dorfstraße entlangtorkelte und lauthals das Dorf und alle seine Bewohner beschimpfte. »Keiner von euch hat mir in der Not geholfen«, lallte er. »Ich verfluche euch alle. Der Teufel soll euch und euer Dorf holen!«

Diese Worte wiederholte er mehrmals, unterbrochen von Hustenanfällen. Einige Male blieb er auch mitten auf der Straße stehen, um sich geräuschvoll zu erleichtern, aber dann ging es in unverminderter Lautstärke weiter.

Alle hörten seine Verwünschungen, aber keiner kam heraus. Er war keiner von ihnen, war es noch nie gewesen, und auch jetzt fühlte sich niemand angesprochen.

Ein paarmal noch wurde er beim Glücksspiel in der Kneipe bei der Talsperren-Baustelle gesehen, und dann war er auf einmal verschwunden. Tage später wurde seine Leiche hinter einem Gebüsch am Ufer der Urft gefunden. Seine Pistole lag neben ihm. Er hatte sich erschossen. Als Selbstmörder wurde er nicht auf dem Gottesacker bestattet, sondern an Ort und Stelle in ungeweihter Erde verscharrt. Später verschwand sein Grab unter den Wassermassen der neu gebauten Talsperre.

Zunächst blieb Gut Hahn unbewohnt, aber auf einmal übernahm dann doch ein Pächter den Hof. Über den eigentlichen Besitzer konnte er jedoch nichts sagen. Der lebe im fernen Berlin und werde von einem Anwalt aus Euskirchen vertreten, hieß es.

Und dann, als schon niemand mehr daran gedacht hatte, war Johann Meller auf einmal da gewesen und hatte seine Rechte beansprucht.

Wie ausgerechnet er an Gut Hahn gekommen war, wo er überhaupt hergekommen war, wusste keiner so recht, aber ein paar Tage nach seinem Einzug im Herrenhaus war Matthias Mirgel in die Gastwirtschaft gekommen. Er arbeitete in Schleiden auf dem Amt, wohnte aber in Wollseifen und führte hier eine kleine Nebenerwerbslandwirtschaft. Er hatte erzählt, dass Meller auf dem Amt seine Besitzurkunde vorgezeigt habe.

»Vielleicht hat er die auch irgendjemandem gestohlen«, sagte Mirgel. »Aber ich will natürlich keine Gerüchte in die Welt setzen. Es sah schon so aus, als ob alles seine Richtigkeit hätte. Und es ist eigentlich auch egal. Ins Gutshaus will doch sowieso keiner rein, seitdem der Jakob sich erschossen hat. Der Pächter hat ja schon im Nebengebäude ein mulmiges Gefühl.«

Die anderen nickten. Sie wussten, wovon der Amtmann redete. Es hieß, im Hahnenhof spuke es, weil der Geist des Selbstmörders wieder in sein Eigentum zurückwolle. Barbara, die Haushälterin von Pastor Molitor, hatte bei allen Heiligen geschworen, dass sie Jakob von Hahns Geist gesehen habe. Spätabends habe er auf einmal vor dem Fenster gestanden – »ein entsetzlicher Anblick, blutüberströmt und mit weit aufgerissenen Augen« – und ihr mit einer knochigen Hand gewunken, als wollte er sie zu sich holen. »Er findet keine Ruhe«, hatte sie gewispert. »Und hat er uns nicht alle verflucht?«

Daraufhin hatte der Pastor in der Sonntagspredigt von der Kanzel heruntergewettert, wie verdammenswert solcher Aberglaube in seiner Gemeinde sei und dass er das nicht dulden werde, aber es hatte nichts genützt – nicht nur die alten Weiber im Dorf glaubten Barbara.

Um all diese Geschichten kreisten Alberts Gedanken, und darüber schlief er schließlich doch ein. Wie immer waren seine Träume erfüllt vom grollenden Donner der Geschütze, von dem zähen, eisigen Schlamm, der ihn hinunterzog, vom Schreien und Stöhnen der Verwundeten, und noch im Schlaf schnürten ihm Angst und Entsetzen die Kehle zu. Unruhig wälzte er sich hin und her, und auf einmal schreckte er schweißgebadet auf.

»Albert! Der Vater! Der Vater! O Gott, o Gott!« Das gequälte Schreien der Mutter drang durch die Nacht.

4

Als Alberts Vater an einem kühlen Maimorgen 1919 zu Grabe getragen wurde, war fast das gesamte Dorf anwesend. Bertha stützte die Mutter, die klein und gebeugt in ihrem schwarzen Festtagsgewand hinter dem Sarg das kurze Stück Weg von der Kirche zum Friedhof herging. Hedwig folgte ihnen, Karl an der Hand, der ganz ernst und bekümmert schaute und sich die Tränen verbiss.

Das ganze Haus war auf den Beinen gewesen, als die Mutter mitten in der Nacht entdeckt hatte, dass der Vater friedlich im Schlaf gestorben war. Sie hatte so lange und so laut geschrien, dass an Schlaf nicht mehr zu denken gewesen war. Und seitdem war sie verwirrt und nicht mehr ansprechbar. Albert wusste nicht so recht, ob sie überhaupt begriffen hatte, dass der Vater nicht mehr da war. Noch beim gemeinsamen Frühstück hatte sie auf einmal in die Runde geblickt und gesagt: »Ich muss dem Vater einen Kaffee ans Bett bringen. Er kommt heute gar nicht herunter. Dabei wollte er doch den oberen Acker pflügen.«

Es war sicher schwer für sie, dachte Albert. Sie waren schon so lange verheiratet, hatten so schwere Zeiten miteinander durchgemacht, und jetzt war sie auf einmal allein.

In guten wie in schlechten Zeiten, dachte Albert. Auf die Eltern hatte das immer zugetroffen, aber bei Bertha würde er wohl langsam ein Machtwort sprechen müssen.

Die Kapelle spielte einen langsamen, traurigen Marsch, und Albert trug mit den Sangesbrüdern seines Vaters den Sarg. Der

Männergesangsverein Harmonia war in der wenigen Freizeit sein größtes Vergnügen gewesen, und er hatte einen schönen, melodischen Bariton gehabt. Vorneweg ging der Pastor mit zwei Messdienern.

Es war alles ganz schnell gegangen. Der Schrei der Mutter hatte Albert aus dem Schlaf gerissen, und an der Tür zum Schlafzimmer der Eltern hatte sie ihn schon völlig aufgelöst empfangen. So hatte er sie noch nie gesehen. Sonst war sie immer makellos frisiert, hatte die langen Haare im Nacken zum Dutt geschlungen. Jetzt hingen die grauen Zöpfe ihr über das Nachthemd. Albert wandte rasch den Blick ab. Es war schon alles zu spät, und Albert konnte seinem Vater nur noch die Augen schließen.

»Herzversagen«, sagte der Arzt aus Herhahn, den man dann nicht mehr ganz so eilig am nächsten Tag geholt hatte. Er konnte ja sowieso nichts mehr machen. Döres, der auch als Bestatter fungierte, war mit seiner schwarzen Kutsche gekommen und hatte die Leiche abgeholt.

Der Leichenschmaus fand nach der Beerdigung in der Gaststätte statt. Albert gab sich Mühe, mit allen ein paar Worte zu wechseln, er versuchte sogar, sich eine Pfeife zu stopfen und zu rauchen, wie er es vor dem Krieg häufig getan hatte, um sich behaglicher zu fühlen. Aber es half nichts. Abgesehen davon, dass der Tabakrauch aus dem Loch neben dem Mund drang und ihm beißend in die Nase stieg, sodass er das Gefühl hatte, auszusehen wie ein durchlöcherter Schornstein, schmeckte es ihm auch gar nicht mehr, sondern tat eher weh. Auf keinen Fall aber entspannte es ihn, und schon bald klopfte er seine Pfeife wieder aus. Aus Höflichkeit den Gästen gegenüber blieb er noch eine Stunde, als jedoch der Punkt gekommen war, wo alle nur noch auf das Wohl des Toten tranken und die allgemeine Fröhlichkeit hohe Wellen schlug, weil ja heute alles umsonst war, schlich er sich nach vorne zu Silvio. »Ich muss mich um das Vieh kümmern«, sagte er zu ihm. »Schreib an, was sie noch trinken, ich bezahle es dann.«

»Ist in Ordnung«, sagte Silvio. »Ich komme morgen mit Walter vorbei, um dir zu helfen. Ruh dich heute Abend ein bisschen aus. Du siehst müde aus.«

Albert zog die heile Augenbraue hoch, nickte aber. »Ich geh dann mal.«

»Soll ich mitkommen, Bauer?«, fragte Matthes, der an einem der Tische in der Nähe der Tür saß.

Albert schüttelte den Kopf. »Nein, nein«, sagte er. »Bleib du noch hier. Du kannst gleich mit Karl und den Frauen nachkommen. Ich komm schon zurecht.«

Auf dem Hof war es still und leer. Er zog sich um und ging in den Stall. Die Kühe standen friedlich kauend vor den Futterraufen, und auch die Schweine in ihrem Gehege ließen sich von seinem Anblick nicht in ihren Erdarbeiten stören. Die Pferde waren auf der Weide. Es war kalt, aber trocken, und an einem blassen Himmel kam sogar ab und zu die Sonne durch.

Unschlüssig blieb Albert mitten auf dem Hof stehen. Es war ein merkwürdiges Gefühl, dass er jetzt der alte Bauer war. Der Vater hatte den Hof geprägt, und auf einmal spürte Albert, wie sehr er ihn vermisste.

Entschlossen drehte er sich um und ging durch das Tor – er hatte es erst kurz vor dem Krieg einbauen lassen, vorher war da nur eine große Öffnung gewesen –, wieder auf die Straße, durch das Dorf, bis er am Waldrand ankam.

Hier war das Stück Wald mit Eichen und Buchen, das der Vater 1908 gekauft hatte. »Ich wollte immer einen Wald haben«, hatte er zu Albert gesagt. »Das hier ist zu klein, um zu jagen oder wirklich große Geschäfte zu machen, aber es ist doch groß genug, um Holz zu schlagen und vielleicht sogar ab und zu einen kleinen Gewinn damit zu machen.«

Es war ihm dann ziemlich schnell zu viel geworden, und schon ein paar Jahre später hatte er es Albert mit den Worten übereignet: »Da habe ich mich wohl übernommen. Ich hab's mir einfacher vorgestellt. Du kannst damit machen, was du willst.«

Und Albert hegte und pflegte den Ort, den er immer als seine ganz persönliche Sommerfrische empfand. Er hatte sich sogar eine kleine Hütte dort gebaut. Wenn er in seinen Wald kam, wurde er sofort ruhig. Er ließ die Hände über die raue Rinde der Bäume gleiten und blieb stehen. Ganz still war es um ihn herum. Nur ab und zu raschelte es im Unterholz. Er lehnte sich mit dem Rücken an einen Baum und schloss die Augen.

Er sah sich als Siebenjährigen auf der Weide, wo er die Kühe hütete, die langweiligste Beschäftigung, und doch machte er es gerne, ähnlich wie sein Sohn heute. Er sah sich von der Schule, wo er mal wieder vom Lehrer verdroschen worden war, weil er im Unterricht geträumt hatte, nach Hause kommen und hörte, wie der Vater sagte: »Du wirst sowieso Bauer, mach dir nichts draus!« Er sah den Vater hinter dem Pflug hergehen, während er selbst als Achtjähriger den Ochsen führte. Er sah sich als jungen Mann, wie er versuchte, dem Vater den Fortschritt und technische Neuerungen nahezubringen. Auf einmal fühlte er sich sehr allein. Nie wieder würde er den Vater um Rat fragen können, nie wieder würde er ihm die Entscheidung abnehmen können. Von jetzt an war er der Bauer, das Oberhaupt der Familie.

Nach einer Weile löste er sich von dem Baum, warf noch einen letzten prüfenden Blick durch seinen Wald, der bisher kaum Anzeichen erkennen ließ, dass der Winter vorbei war, und machte sich auf den Weg nach Hause.

Mitten in der Nacht wurde er wach. Seine versehrte Gesichtshälfte schmerzte pochend. Das Loch neben dem Mund hatte sich schon vor Tagen entzündet und war voller Eiter, den er schmecken konnte. Wieder einmal überkam ihn Verzweiflung. Das war doch kein Leben! Er wollte so nicht mehr weitermachen. Wenn doch wenigstens seine Frau ihn trösten würde. Er sehnte sich so nach ihrem weichen, warmen Körper, nach ihrer Berührung. Schlaftrunken tastete er nach Bertha, die leise neben ihm atmete. Im Schlaf drängte sie sich an ihn, und plötzlich überkam ihn eine wilde Wut. Sein Verlangen regte sich. Er zog sich die Hose herunter, schob ihr das Nachthemd hoch, und ehe sie beide recht merkten, was überhaupt geschah, drang er in sie ein und befriedigte das lange zurückgehaltene Bedürfnis. Mit einem leisen Stöhnen kam er und zog sich aus ihr zurück, bevor sie sich gegen ihn wehren konnte.

Bertha lag ganz starr da, und schließlich hörte er, dass sie leise zu weinen begann. Sofort überfielen ihn Schuldgefühle, und ungeschickt versuchte er sie zu trösten. Er streichelte ihr den Rücken und sagte beschwörend: »Wein doch nicht!«, aber sie rutschte von ihm weg bis zum äußersten Rand der Bettkante und flüsterte immer nur: »O Gott, o Gott! Was soll werden? Was soll bloß werden? Ich halt's nicht mehr aus!«

Ach, hör auf mit dem Gejammer, dachte er schließlich. Es ist doch mein gutes Recht. Du bist doch meine Frau. Er drehte sich um, wandte ihr den Rücken zu und schlief ein.

Bertha schlief nicht mehr ein. Sie lag wach, bis der Morgen graute, dann stand sie leise auf, um die Kühe zu melken. Sie wusste, was ihre Pflicht als Ehefrau war, aber als sie Albert zum ersten Mal nach seiner Kriegsverletzung gesehen hatte, war ihr übel geworden. Sie hatte an sich halten müssen, um sich nicht auf der Stelle zu übergeben. Niemand hatte sie darauf vorbereitet, wie ihr Mann aus dem Krieg zurückkommen würde. Und diese Fratze, in die sie blickte, hatte mit dem Albert, in den sie sich damals verliebt hatte, nichts mehr gemein. Sie hatte es einfach nicht über sich gebracht, ihn zu umarmen, geschweige denn zu küssen.

Natürlich redeten sie hinterher alle auf sie ein. Hedwig, ihre Schwiegermutter, sogar der Vater hatte ihr ein paar passende Worte gesagt, vor allem, als sie in den ersten Nächten nach Alberts Heimkehr ihr Nachtlager in der Wohnstube auf dem Plüschsofa mit der hohen Lehne aufgeschlagen hatte. Aber allein der Gedanke, neben diesem fremden Ungeheuer liegen zu müssen, schnürte ihr die Luft ab. Wer wusste schon, ob die Granate nicht auch etwas in seinem Kopf verletzt hatte? Am Ende waren sie und der Junge in seiner Nähe ihres Lebens nicht mehr sicher!

Nach einer Weile sah sie dann ein, dass sie ihm nicht ewig aus dem Weg würde gehen können. Karl hatte sich offensichtlich schon an das Aussehen seines Vaters gewöhnt, und die Tatsache, dass er nach wie vor rücksichtsvoll und vorsichtig mit ihnen allen umging, hatte sie so weit beruhigt, dass sie schließlich mit dem Kind wieder ins eheliche Schlafzimmer zurückgekehrt war.

Und jetzt das! Ihr ganzer Körper war in Aufruhr. Einerseits kam sie sich beschmutzt vor. Sie hatte während des Akts die Augen fest zusammengepresst, um nur ja nichts von diesem Gesicht, das keines mehr war, sehen zu müssen. Aber das war ihr sowieso erspart geblieben, weil er sie ja von hinten genommen hatte wie ein Tier. Doch zu der Scham darüber hatte sich auch die Erkenntnis gesellt, dass sein Körper und sein Geruch ihr noch so vertraut waren wie früher. Und seine starken Arme um sich zu spüren hatte sie mit einer Art Zuversicht erfüllt. Einen kurzen Moment lang hatte sie sich sogar unwillkürlich an ihn gedrückt. Aber als dann alles vorbei gewesen war, waren erneut Angst und Hoffnungslosigkeit in ihr aufgestiegen. Und wenn sie jetzt ein Kind erwartete? Am Ende würde es auch so aussehen wie seine Fratze! Nein, sie konnte ihn nie mehr anschauen! Nichts würde jemals wieder gut werden!

5

Endlich war es Sommer geworden. Die Hochebene leuchtete goldgelb vom blühenden Ginster. Das Getreide stand hoch auf den Feldern, und abends trafen sich die Familien vor den Häusern zu einem gemütlichen Schwatz. Mit den steigenden Temperaturen war auch der Lebensrhythmus leichter geworden, und die friedliche Abendstimmung über dem Dorf verstärkte sich noch, wenn aus den offenen Fenstern der Lehrerwohnung leise Klaviermusik drang.

Lehrer Faßbender war ein begabter Pianist. Ursprünglich hatte er diese Laufbahn auch einschlagen wollen, aber dann hatte er geheiratet und sich doch für den sicheren Broterwerb als Lehrer entschieden. Jetzt spielte er, sooft es seine Zeit zuließ. In seiner Wohnung stand eines von zwei Klavieren im Dorf, das andere befand sich im kleinen Saal der Wirtschaft. Auch auf diesem spielte der Lehrer, aber nur zur Begleitung bei den Chorproben des Männergesangsvereins. Und er spielte die Orgel in der Kirche St. Rochus.

An einem dieser warmen Sommertage kam der schöne Adolf ins Dorf und zog mit seinen Waren von Tür zu Tür. Bei diesem Wetter waren die Frauen in besonders guter Kauflaune, das wusste er. Nach der Ernte kam die Kirmes, und da wollte jede etwas Besonderes haben. Das von Zecken übersäte Eselchen vor seinem Karren ging geduldig immer nur ein paar Schritte, um dann erneut stehen zu bleiben, damit er auch kein Haus ausließ. Selbst Bertha erwachte aus ihrem Jammer und ihrem

Selbstmitleid und hielt vor dem Tor Ausschau nach ihm, um sich ein paar neue Bänder und Knöpfe zu kaufen.

Adolf, der es gewöhnt war, dass die Frauen in der Eifel ihn umringten, wenn er irgendwo auftauchte, lächelte strahlend in die Runde und zeigte seine prächtigen Zähne.

Was für ein hübscher Mann, dachte Bertha. Zuvor war ihr noch nie aufgefallen, wie gut der Hausierer aussah. Beinahe so gut wie Albert, bevor er so entstellt aus dem Krieg zurückgekommen war. Adolf hielt ihr ein besonders schönes breites Seidenband hin und sagte schmeichelnd: »Grüne Seide für die schöne Frau! Grün wie die Hoffnung!«

Er blickte sie dabei so bewundernd an, dass ihr die Röte ins Gesicht schoss. Was meinte er damit? Wollte er ihr etwa zu verstehen geben, dass er sich Hoffnungen auf sie machte? Er würde ihr ja gefallen, aber sie war doch eine verheiratete Frau. Es war sicher eine Anspielung auf ihren Zustand. Sah man es ihr denn schon an? Unwillkürlich glitt ihre Hand zu ihrem Bauch. Verlegen ergriff sie das Band und warf ihm einen forschenden Blick zu, aber er hatte sich schon Hedwig, die ebenfalls nach draußen gekommen war, zugewandt, um ihr die neuen Körbe zu zeigen, die er hinten in der Karre stehen hatte.

Karl war seit ein paar Monaten in der Schule. Albert war ganz gerührt gewesen, als er den kleinen Burschen mit seinen kurz geschorenen Haaren und dem grauen Kittel inmitten der anderen Schulkinder hatte stehen sehen. Albert fühlte sich unwillkürlich an seine Schulzeit erinnert.

Es hatte nicht lange gedauert, und Karl war der Liebling von Lehrer Faßbender geworden. Rasch lernte er lesen und rechnen und las jetzt abends in der Küche den anderen immer aus der Bibel und manchmal sogar aus der Zeitung vor. Selbst Alberts Mutter, die den ganzen Tag versunken in ihre eigene Welt dasaß und nichts mehr mitbekam, blickte dann auf und lächelte dem Jungen zu. Und Hedwig betrachtete ihn so liebevoll, als wäre er ihr eigener Sohn. Das Schreiben fiel ihm ein bisschen schwerer, aber er bemühte sich sehr. In jeder freien Minute nahm er seinen Griffel zur Hand und malte mit unendlicher Geduld Kringel und Buchstaben auf die quietschende Schiefertafel. Und wenn er davon genug hatte, wurde aus den Kringeln auch schon mal ein Haus oder ein kleines Tier, das im Gras saß. Bertha schimpfte ihn oft deswegen aus. »Das ist ja nicht zum Aushalten mit deinem Gekratze. Du machst mich wahnsinnig!«, giftete sie.

Hedwig, die stillschweigend so gut wie alle Pflichten der Schwester übernommen hatte, seit man Bertha ansah, dass sie in der Hoffnung war, nahm ihn in Schutz. Sie fand, dass der kleine Kerl ganz wundervoll zeichnen konnte, und war insgeheim stolz auf ihn. »Wenn es ihm doch solchen Spaß macht«, sagte sie. »Sieh nur, wie gut ihm das Kaninchen gelungen ist. Es sieht beinahe so aus wie unser Böckchen. Und der Junge muss schon so viel auf dem Hof helfen, lass ihm doch die Freude.«

Das stimmte. Auf den Höfen im Dorf wurde jede Hand gebraucht, auch wenn sie noch so klein war. Alberts Hof war da keine Ausnahme. Karls Aufgabe war es, morgens den Schweinen das Futter zu bringen, die Kartoffelschalen und die gekochten Kartoffeln, die immer im großen Kessel auf dem Ofen standen. Oft arbeitete er auch auf dem Feld mit, hackte Unkraut auf dem Kartoffelacker oder half dem Vater, die Körbe für den Markt zu bestücken. Und wenn im Sommer Heu gemacht wurde, war sowieso die ganze Familie auf den Beinen. Karl übernahm jede Aufgabe freiwillig und ohne Murren. Die Kinder waren es nicht anders gewöhnt. Sie mussten früh aufstehen, und erst nach getaner Pflicht konnten sie in die Schule gehen. Zum Glück war

Lehrer Faßbender ein freundlicher Mann, der sich auskannte. Manchmal brauchte er ja selbst seine Schüler, damit sie ihm in seinem Garten halfen, in dem er vieles anbaute, was er zum täglichen Leben brauchte. Deshalb drückte er schon mal ein Auge zu, wenn eines der Kinder ein paar Minuten zu spät kam oder, was auch schon mal passierte, im Unterricht einschlief. Im Gegensatz zu anderen Lehrern gab es bei ihm keine Prügel mit dem Rohrstock, und die Kinder dankten es ihm, indem sie gerne bei ihm lernten, allen voran der kleine Karl.

Die anderen Kinder machten es ihm aber auch nicht leicht. Oft spotteten sie über das Aussehen seines Vaters, und dann wusste er sich manchmal nicht anders zu helfen, als weinend nach Hause zu laufen und sich im Stall zu verkriechen.

Wenn sie ihn zu sehr drangsalierten, blieb er auch schon mal im Stall an der Schule, in dem der Lehrer zwei Ziegen und ein paar Kaninchen hielt. Dort fand Faßbender ihn eines Tages, als er Löwenzahn für die Kaninchen ausgestochen hatte und das Futter in den Stall brachte.

Er stutzte, als er im Halbdunkel sah, dass der kleine Junge mit tränenverschmiertem Gesicht bei den Ziegen in der Box saß.

»Karl, was machst du denn hier? Deine Mutter wartet mit dem Essen auf dich«, sagte er.

Karl sprang auf und wollte an ihm vorbei zur Tür hinauslaufen. Er hielt ihn am Arm fest.

»Du hast ja geweint.« Er blickte ihm forschend ins Gesicht. »Was ist denn passiert? Hat dir einer was getan?«

Karl schüttelte den Kopf. »Nein«, sagte er schließlich leise. »Sie sagen alle, mein Vater ist ein Ungeheuer. Sie haben Angst vor ihm, und Heinrich Sauer hat gesagt, wenn er ihm im Dunkeln begegnen würde, würde er schreiend weglaufen.«

Der Lehrer schüttelte den Kopf. »Du kannst stolz auf deinen

Vater sein«, sagte er und blickte den Jungen eindringlich an. »Er ist ein tapferer Mann. Er hat im Krieg gekämpft, und er ist schlimm verwundet worden. Ich knöpfe mir die anderen einmal vor. Und jetzt wasch dir das Gesicht und geh nach Hause. Deine Mutter macht sich bestimmt schon Sorgen. Und du musst auch deine Hausaufgaben noch machen, oder?«

Karl blickte ihn zweifelnd an. Seine Mutter machte sich bestimmt keine Sorgen. Sie schaute kaum nach ihm. Aber der Lehrer hatte natürlich recht. Tante Hedwig wartete sicher schon mit dem Essen auf ihn.

Martin Faßbender setzte sich müde an den Tisch in seiner kleinen Wohnung, der ihm als Ess- und Schreibtisch zugleich diente. Am liebsten wäre er schon zu Bett gegangen, aber erst noch wollte er rasch aufschreiben, was ihm dieser Tage so durch den Kopf ging und ihn bewegte. Sie aufzuschreiben war eine gute Art, die Gedanken zu ordnen, hatte er festgestellt, und manchmal, wenn ihn die Ereignisse um ihn herum überwältigten, notierte er sie eben.

Ein anderes probates Mittel für ihn, zur Ruhe zu kommen, war das Klavierspielen. Darin konnte er so versinken, dass er alles um sich herum vergaß. Aber heute war ihm nicht danach.

Er setzte seine runde Nickelbrille ab und rieb sich die brennenden Augen. In der letzten Zeit wurde ihm alles zu viel. Er merkte deutlich, dass er nicht mehr so leistungsfähig war wie früher. Seit seine Elisabeth gestorben war, fiel ihm alles viel schwerer. Es war so schnell gegangen. Sie hatte über Rückenschmerzen geklagt, dann hatte sie Blut erbrochen, und während in der Welt um ihn herum noch der Krieg getobt hatte, war sie innerhalb von zwei Wochen tot gewesen, und er stand auf einmal alleine da. Sie war doch dreißig Jahre lang immer an seiner Seite gewesen. Zuerst konnte er sich kaum vorstellen, wie er ohne sie weitermachen sollte. Aber es ging dann doch, zumal der Alltag und die Arbeit mit den Kindern seine ganze Aufmerksamkeit erforderten. Er unternahm viel mit den Kindern und legte großen Wert darauf, ihnen einen abwechslungsreichen Unterricht zu bieten, der auch einen Bezug zu ihrem Leben in Wollseifen darstellte. Für dieses Schuljahr plante er noch einen Ausflug zur Talsperre, um seinen Schülern etwas über die Geschichte des Bauwerks zu erzählen. Auch ging er regelmäßig mit den Kindern in den Wald, damit sie etwas über Bäume und heimische Pflanzen lernten. Beim Pilzesammeln im Herbst konnten sie gleich lernen, essbare Pilze von giftigen zu unterscheiden.

Die Pläne gingen ihm nicht aus, aber in der letzten Zeit war ihm aufgefallen, dass er manches vergaß, wenn er es nicht beizeiten notierte. Na ja, er wurde schließlich auch nicht jünger, da funktionierte das Gedächtnis wohl nicht mehr so gut. Also schrieb er lieber auf, was er behalten musste, auch wenn er noch so müde war. Er zog Tinte in seinen Füller und begann mit seinen Notizen.

Bertha wurde immer seltsamer, je mehr ihr Bauch wuchs. Seit die Mutter nicht mehr bei Verstand war, war niemand mehr da, der sie ab und zu ins Gebet nahm. Wenn Albert sie ansprach, zuckte sie erschreckt zusammen und bekreuzigte sich. Wäre Hedwig nicht gewesen, hätte sich niemand um Karl oder um die Mutter gekümmert.

Eines Abends hielt Albert es nicht mehr aus und vertraute sich Silvio an. »Ich weiß nicht, was ich machen soll«, sagte er. »Ich erkenne sie nicht mehr wieder. Was soll denn werden, wenn jetzt das zweite Kind da ist? Ich kann doch nichts dafür, dass ich so aus dem Krieg wiedergekommen bin.«

Silvio schüttelte den Kopf. »Nein, um Gottes willen. Natürlich kannst du nichts dafür. Hast du mal den Doktor gefragt, ob er ihr irgendein Pulver verschreiben kann, damit es ihr wieder besser geht?«

Albert zuckte mit den Schultern. »Ja, das sollte ich vielleicht machen. So geht es auf jeden Fall nicht weiter.«

»Vielleicht redest du vorher mit dem Pastor«, schlug Silvio vor. »Er kann ihr doch mal ins Gewissen reden.«

Am Samstag darauf saß Albert bei Pastor Molitor im Beichtstuhl. Er zählte seine Sünden auf, aber bevor der Pastor ihn mit zwei *Gegrüßet seist du, Maria* und drei *Vaterunser* entlassen konnte, fügte er hastig hinzu: »Hochwürden, verzeihen Sie, aber da ist noch etwas. Meine Frau, sie guckt mich nicht mehr an. Immer wenn sie mein Gesicht sieht, wendet sie sich ab und bekreuzigt sich.«

»Mein Sohn«, sagte Pastor Molitor milde, »so schlimm kann es ja nicht sein. Ich habe Bertha im Ort gesehen, und sie ist doch gesegneten Leibes?«

»Ja, schon«, sagte Albert zögernd, »aber das war nur einmal, und sie wollte es gar nicht. Sie ...« Er räusperte sich. »Sie will nicht bei mir liegen. Ich habe sie ... sie gezwungen.«

»Nun«, sagte der Pastor, »das ist wohl kaum eine Sünde, mein Sohn. Ihr seid ja verheiratet. Bete noch drei Rosenkränze, und dann ist dir auch das vergeben.«

»Nein, nein, so meinte ich das nicht«, warf Albert hastig ein. »Oder ... ja, natürlich werde ich die Rosenkränze beten, aber ...« Warum wollte ihn der Pastor nicht verstehen?

»Aber?«, fragte Molitor nach.

»Aber ich habe gedacht, Sie könnten vielleicht einmal mit ihr reden.« Jetzt war es heraus. Vielleicht hatte Silvio ja recht, und der Pastor konnte tatsächlich etwas bewirken.

Kurz war es still hinter dem durchbrochenen Wandschirm. Dann sagte der Pastor. »Geh nach Hause, mein Sohn. Ich werde sehen, was ich tun kann. Aber ich kann dir nichts versprechen.«

»Danke! Ich danke Ihnen, Hochwürden«, sagte Albert.

Danach wurde es ein bisschen besser mit Bertha. Einmal kam sie sogar von sich aus zu Albert. Es war ein ungewöhnlich heißer, sonniger Tag im August, und Albert pflügte mit den beiden Arbeitskühen das obere Feld. Die Gerste, die dort gestanden hatte, war geerntet und gedroschen, und jetzt wollte er Senfsaat einsäen, damit sich der Boden erholen konnte. Die Arbeit war mühselig, und nirgendwo gab es Schatten. Als er kurz innehielt, um sich den Schweiß von der Stirn zu wischen, sah er Bertha auf sich zukommen. Mittlerweile sah man ihr die Schwangerschaft schon deutlich an, und das Laufen fiel ihr schwer. In der einen Hand trug sie einen zugedeckten Korb, mit der anderen hielt sie sich den Bauch. Der steile Weg zur Anhöhe hatte sie völlig aus der Puste gebracht, schwer atmend ließ sie sich auf die grob gezimmerte Bank am Holunder fallen, der am Rand des Ackers wuchs.

Albert kam besorgt angelaufen. »Ist dir nicht gut? Warte, setz dich mehr in den Schatten.« Er wollte ihr aufhelfen, aber sie winkte ab.

»Nein, ist schon gut, ich muss nur ein bisschen verschnaufen. Hier, ich habe dir was zu essen und zu trinken gebracht. Dir ist doch sicher warm.«

Erstaunt sah er sie an und nahm dankbar die Flasche entgegen, die sie mit Wasser aus ihrem Brunnen gefüllt hatte. Das Brot war ganz frisch, offensichtlich hatte sie gebacken. Das erstaunte ihn noch mehr, und ein bisschen irritierte es ihn auch.

Eine Weile saßen sie schweigend nebeneinander auf der Bank, Albert kaute, trank das Wasser aus, und gerade als er wieder aufstehen und weiterarbeiten wollte, sagte Bertha: »Ich werde mich schon daran gewöhnen. Nimm es mir nicht übel, Albert.« Sie hatte zwar den Kopf in seine Richtung gedreht, schaute jedoch eher an ihm vorbei, als ob sie etwas hinter ihm beobachten müsste, doch Albert kamen die zwei Sätze vor wie ein Meilenstein.

Er nickte, und da er nicht wusste, was er darauf antworten sollte, sagte er: »Ist schon recht. Vielleicht kaufe ich eine von diesen neumodischen Zugmaschinen. Das macht das Pflügen leichter«, fügte er übergangslos hinzu. Dann wandte er sich ab und machte sich wieder an die Arbeit.

Im ersten Friedensjahr nach dem Krieg fand im September zum ersten Mal wieder die Prozession von Wollseifen nach Barweiler statt. Seit fast hundert Jahren nahmen die Gläubigen den viertägigen Marsch zur Muttergottes mit der Lilie, der Friedenskönigin, auf sich, um zu ihr zu beten. Ursprünglich war die Tradition in Wollseifen entstanden, aber mit den Jahren hatten sich zahlreiche Dörfer in der Umgebung daran beteiligt. Jetzt, nach dem Krieg, nahmen vor allem Frauen an der Fußwallfahrt teil, um die Muttergottes darum zu bitten, dass ihre Väter, Männer und Söhne nie mehr in einen solch grauenhaften Krieg ziehen mussten.

Die Abwesenheit von zu Hause, die Gemeinschaft, der Zusammenhalt, all das war ein großes Ereignis in ihrer kleinen Welt, die hauptsächlich von Arbeit bestimmt war, und die Frauen festigten auf den Wallfahrten ihre freundschaftlichen Beziehungen, zu denen im Alltag nur selten Zeit blieb.

Leni und Marie Felten hatten sich schon vor Ausbruch des Kriegs bei einer Wallfahrt nach Echternach näher kennengelernt, die der Pastor von Wollseifen im Frühjahr 1914 organisiert hatte. Damals war die Gräfin bereits seit einem Jahr Witwe gewesen. Ihr Mann, der Erbe des Feltenhofs, ein Hof, der Gut Hahn an Größe in keiner Weise nachstand, hatte sich einem durchgehenden Pferdegespann entgegengestellt und war dabei ums Leben gekommen. Seitdem galt ihre ganze Sorge ihrer Tochter Josefine, die mit schweren Behinderungen zur Welt gekommen war und ihr Leben lang auf Pflege angewiesen sein würde. An der Springprozession wollte sie teilnehmen, um beim Heiligen Willibrord für ihr krankes Kind zu beten.

Und so brach eine kleine Gruppe aus Wollseifen nach Echternach auf. Leni und die Gräfin tanzten in einer Reihe mit anderen Frauen. Sie hielten sich dabei nicht an den Händen, sondern jede hielt einen Zipfel eines weißen Tuchs, mit dem sie untereinander verbunden waren. Zu den Klängen der Echternacher Polka ergaben sich die Schritte ganz von selbst in der vorgeschriebenen Reihenfolge seitwärts und vorwärts. Zwischendurch wurde gebetet, mit Pastor Molitor und Döres in ihrer Gruppe als Vorredner.

Am Abend in der Unterkunft erzählte Marie Felten Leni, die instinktiv spürte, wie einsam die ältere Frau war, ihre Geschichte.

Ihre Schwiegereltern hatten sie von Anfang an abgelehnt, weil sie sich für ihren Sohn eine bessere Partie versprochen hatten. Und dann war er ausgerechnet mit einer aus Malmedy angekommen, die zudem aus einer Bürgersfamilie stammte und Bücher las! In ihren Augen setzte sie sich ins gemachte Nest und führte sich auf wie eine Hochherrschaftliche mit ihrem französischen Akzent, ihrem Reitpferd und dem hochmütigen Getue. Dass sie dahinter nur ihre Angst vor dem Leben in dem entlegenen Eifeldorf und ihre Schüchternheit verbarg, waren psychologische Feinheiten, die den alten Feltens entgingen. »Hätt nix, kann nix, ävver füehrt sich op, als wör et jet Besseres. Wie die Frau Gräfin«, sagte der Schwiegervater immer, und die

»Gräfin« blieb dann auch an ihr hängen. Der Titel passte einfach so gut zu ihrer vornehmen Erscheinung, wenn sie mit ihrem kleinen Gig, vor den ein Rappe gespannt war, durchs Dorf fuhr.

Als dann statt des erhofften Hoferben das kranke Finchen auf die Welt kam, ein Kind, das von Geburt an buchstäblich in Watte gepackt werden musste, sah der alte Eifelbauer seine Meinung bestätigt. Zum Glück konnte er seiner Schwiegertochter jedoch nicht mehr lange das Leben schwer machen. Er war kurz nach seinem Sohn bei einem seiner berüchtigten und gefürchteten Wutanfälle an einem Gehirnschlag gestorben.

Seitdem bewirtschaftete sie den Hof allein mithilfe ihrer Schwiegermutter, die zugänglicher war und mehr Mitgefühl hatte als ihr Ehemann. Es erwies sich, dass die Bürgerstochter aus Belgien in die Hände spucken und anpacken konnte, zumal sie den Willen hatte, den Hof erfolgreich zu führen, um ihrem Kind eine sorgenfreie Zukunft zu ermöglichen. Schon zu Lebzeiten ihres Mannes hatte sie mit dem Aufbau einer Pferdezucht begonnen, anfangs misstrauisch beäugt von den Dorfbewohnern, aber als ihre Tiere immer begehrter wurden, waren die zweifelnden Stimmen verstummt.

Und nicht zuletzt auf der Springprozession, von der die Dorfbewohner, die mitgegangen waren, noch Jahre später voller Begeisterung redeten, war die Gräfin eine von ihnen geworden, eine Frau, die zum Dorf gehörte und von allen mit Respekt behandelt wurde.

So ging sie auch jetzt, auf der Wallfahrt nach Barweiler, ganz selbstverständlich in der Gemeinschaft der Frauen des Dorfes. Mit Leni zusammen hatte sie ein Auge auf die schwangere Bertha, die sich entschlossen hatte, ebenfalls mitzukommen, obwohl sie im fünften Monat war und bereits stark zugenommen hatte. Die Muttergottes in Barweiler werde auch ihr Frieden schenken, habe Pastor Molitor zu ihr gesagt, vertraute sie den beiden Frauen an. Und eine Schwangerschaft sei ja nun keine Krankheit, die einen davon abhalte, auf Wallfahrt zu gehen. In regelmäßigen Abständen hob der Vorbeter mit lauter Stimme an, den Rosenkranz zu beten. »Gegrüßest seist du, Maria«, fielen alle monoton ein und leierten die Gebete in der vorgeschriebenen Abfolge herunter. Zwischendurch jedoch schwiegen sie, und es war in diesen Schweigeminuten, in denen jede Frau ihren eigenen Gedanken nachhing und ihre eigenen Gebete sprach.

Aus den Aufzeichnungen
des Lehrers Martin Faßbender

5. Juli 1920

Das Klima im Dorf ist rauer geworden, die Leute sind nicht mehr so hilfsbereit und zugewandt. Jeder macht sein eigenes Ding und sieht zu, wo er bleibt. Ob das etwas mit dem Ausgang des Krieges zu tun hat? Oder mit dem politischen Klima in Deutschland? Zusätzliche Unruhe bringt der Meller ins Dorf, das ist deutlich zu spüren. Manche sind fasziniert von ihm, weil er so mit dem Geld um sich wirft und sich als Wohltäter gibt, aber viele schenken auch seinen nationalistischen Parolen Gehör. Mir redet er ein bisschen zu viel von Rasse. Sind wir nicht alle Menschen? Eigentlich ist es mir gar nicht recht, dass er Leni so den Hof macht, aber sie ist ja großjährig, und ich bin nicht ihr Vater, sondern nur ihr Dienstherr. Trotzdem habe ich gestern mit aller Vorsicht versucht, ihr eine Äußerung zu entlocken, denn ich wüsste schon gerne, wie sie zu ihm steht, aber sie lächelt nur freundlich und äußert sich mir gegenüber nicht. Ich werde den Dingen wohl ihren Lauf lassen müssen. Und ich darf auch nicht so egoistisch sein, sie bei mir behalten zu wollen – ich glaube zwar nicht, dass ich jemals wieder so eine tüchtige und liebe Haushälterin finde, aber sie ist ja eine junge Frau, sie will heiraten und eine Familie gründen, das liegt in der Natur der Sache. Vielleicht sollte ich mir schon einmal den Text für die Annonce in der Zeitung überlegen.

11. Juli 1920

Gestern Abend herrschte große Aufregung in der Gaststätte, als ich hereinkam. In Schleiden ist Kunstdünger angeboten und verkauft worden, der aus Munitionsabfällen bestand und gar nicht zu Düngezwecken gebraucht werden durfte. Bei uns im Dorf hat zum Glück niemand etwas davon gekauft, aber ein Landwirt aus Sötenich hat mit diesem Dünger wohl seine gesamte Haferernte vernichtet. Auch die zweite Saat ging nicht auf, da nach dem Unterpflügen der Boden vergiftet war. Und anscheinend kann es auch zu Explosionen kommen, wenn man das Gemisch auf dem Acker ausbringt. Ich bin ja nach wie vor der Meinung, dass Mist der beste Dünger ist. Das ist die reine Natur, und man kann nichts falsch damit machen. Aber die Kunstprodukte werden natürlich auch so in der Zeitung annonciert, dass die Bauern denken, sie tun dem Boden und damit ihrem Ertrag etwas Gutes. Wer kann es ihnen schon verdenken? Und wo ein Geschäft zu wittern ist, ruft das natürlich sofort die Betrüger und Schurken auf den Plan. Ein Unding, dass mit solchem Gift Geschäfte gemacht werden und dadurch ein ganzer Berufsstand in Gefahr gerät. Aber die Sache wird jetzt wohl von den Gerichten verfolgt. Der Schreiner hat erzählt, in der Zeitung sei ein Aufruf gewesen, dass diejenigen, die dieses Düngemittel in gutem Glauben gekauft haben, sich melden sollen, damit nachvollzogen werden kann, woher der Dünger stammt, und die Schuldigen zur Rechenschaft gezogen werden können.

13. Juli 1920

Den Bendermacher haben die Zöllner erwischt. Es hat wohl sogar ein Handgemenge gegeben, weil er sich zunächst losgerissen hatte und weglaufen wollte, aber der schwere Rucksack hat ihn behindert. Jetzt erwartet ihn ein Gerichtsverfahren, und er wird Strafe zahlen müssen. Und die ganzen Dinge, die er eingetauscht hatte, sind auch weg. Die Bauern hier behaupten alle, die Zöllner würden die Sachen behalten und untereinander aufteilen, aber ich weiß nicht, ob das stimmt. Tatsache ist auf jeden Fall, dass sich niemand abhalten lässt, auch wenn mal einer erwischt wird. Dazu ist die Notlage einfach zu groß. Und ich kann froh sein, dass sie mich und den Pastor gleich mitversorgen, sonst stünden wir arm da.

6

Meller war 1922 der Erste im Dorf, der sich ein Automobil zulegte. Die Kutsche mit den beiden Rappen davor war schon unerhört elegant gewesen, aber die Dorfbewohner, von denen nicht wenige hinter seinem Rücken lästerten, das sehe ja aus wie ein Leichenwagen, genauso schwarz lackiert wie der von Schreiner Döres, und dann auch noch die schwarzen Pferde, hatten kaum Zeit, sich daran zu gewöhnen. Meller ging mit der Zeit: Neuerdings hörte man den Herrn von Gut Hahn schon von Weitem, weil das Automobil, ein ebenfalls schwarzer, schon ein wenig in die Jahre gekommener Mercedes, so laut knatterte.

Sie genossen ihn mit einer gewissen Vorsicht im Dorf, den feinen Herrn, nicht weil immer noch nicht klar war, ob er sein Vermögen nicht mit irgendwelchen dunklen Geschäften gemacht hatte, darüber konnten die meisten hinwegsehen, sondern weil sie ihn einfach nicht einschätzen konnten. Er gab viel Geld für alle möglichen Verbesserungen im Dorf, aber er war jähzornig und behandelte die polnischen Arbeiter, die auf dem Gut arbeiteten, schlecht. Vor allem hörte – und sah – man, dass sie nicht genug zu essen bekamen, ein Unding für die Bauern im Dorf, denen sehr daran gelegen war, durch gutes Essen die Arbeitskraft ihrer Knechte zu erhalten.

Nach und nach jedoch gewöhnten sie sich an ihn. Er war jetzt nun einmal da. Silvio wusste etwas über ihn, so viel war klar, aber er sagte nichts, und mit der Zeit war das Thema auch nicht mehr so wichtig. Es geriet in Vergessenheit, und alle gingen wieder ihren Geschäften nach.

Und so fiel auch zunächst kaum jemandem auf, dass Meller auf Brautschau war. Seit er sie das erste Mal gesehen hatte, ging ihm Leni nicht mehr aus dem Kopf. Er war kein romantischer Mann, aber um standesgemäß auf Gut Hahn zu residieren, würde er die passende Frau brauchen, das war ihm schon von Anfang an klar gewesen. Natürlich hätte er sich in der Stadt eine anlachen können, aber er wollte seine Stellung festigen und in Wollseifen anerkannt sein, und dazu brauchte er eine Frau aus dem Dorf.

Leni schien ihm genau die Richtige zu sein. Mit ihren dicken dunkelblonden Haaren, die sie meistens zu einem Zopf geflochten trug, und den klaren blauen Augen war sie eine angenehme Erscheinung. So musste nach seiner Meinung eine Frau aussehen. Vielleicht war sie ein bisschen zu intelligent und schnippisch ihm gegenüber, wie er bei verschiedenen Gelegenheiten schon festgestellt hatte, aber das würde er ihr schon austreiben, wenn sie erst einmal verheiratet waren.

Sie hatte ein Kind, aber das passte ihm umso besser in den Plan, denn als ledige Mutter konnte sie ja nur froh sein, wenn er sie heiratete. Sollte sich das Kind als lästig erweisen, konnte man immer noch überlegen, ob es nicht im Kinderheim besser aufgehoben wäre. Adoptieren würde er das Balg nämlich auf gar keinen Fall. Leni würde ihm eigene Kinder schenken, und nur die sollten seinen Namen tragen.

Wesentlich mehr als das kleine Mädchen störte ihn der zu vertraute Umgang mit den Lintermanns, der ihm aufgefallen war. Schon häufiger hatte er sie im Gespräch mit diesem Gesichtskrüppel auf der Straße gesehen. Wenn sie erst einmal verheiratet waren, kam das nicht mehr infrage. Albert Lintermann war ein Sozi, das roch er doch auf zehn Meilen gegen den Wind.

Mit so jemandem wollte er nichts zu tun haben. Und seine Frau sollte sich natürlich ebenfalls von diesen Leuten fernhalten. Aber so weit waren sie noch nicht. Erst einmal musste er um sie werben.

Die Zeiten waren nicht einfach. Das Geld wurde immer weniger wert, und jedem, der ein bisschen was über den Krieg gerettet hatte, war klar, dass er es in Sachgüter investieren musste, weil man zusehen konnte, wie die Inflation fortschritt.

Darüber dachte Albert auf dem Weg zur Gaststätte nach. Er hatte Kartoffeln und Eier auf den Leiterwagen geladen, um sie zu Silvio zu bringen.

Alberts Bestand an Vieh war mittlerweile wieder so groß wie vor dem Krieg. Er hatte weitere Milchkühe, einen kräftigen Bullen, zwei Fahrkühe und noch ein Arbeitspferd erworben. Auch ein Wachhund, ein Schäferhund, lief an der langen Kette wieder über den Hof. Jetzt spielte er mit dem Gedanken, sich neben einem Traktor eine der ganz neu entwickelten Drill-Sämaschinen zuzulegen, die viel leichter waren als die alten Maschinen, für die man mindestens zwei Zugtiere brauchte. So eine hatte es auf dem Hof noch nie gegeben, sie hatten bisher immer mit der Hand gesät, aber jetzt waren neue Zeiten angebrochen, und er legte seinen Ehrgeiz darein, dass der Hof größer wurde und bessere Erträge lieferte.

Die Eltern hatten in den goldenen Jahren des Talsperrenbaus und der Zeit danach einiges zur Seite legen können, weil sie die Baustelle mit Kartoffeln, Milch und Eiern beliefert und immer Zimmer an Sommergäste vermietet hatten. Das konnten sie sich nur erlauben, weil ihnen außer Albert weitere Kinder nicht vergönnt gewesen waren. Statt jedoch über das Unglück, nur einen einzigen Sohn zu haben, zu jammern, zogen sie Nutzen daraus. Zum einen brauchten sie ihr Land nicht unter zahlreichen Kindern aufzuteilen, was bei vielen Bauern in der Region zu winzig kleinen Parzellen führte, zum anderen hatten sie reichlich überflüssigen Platz im Haus.

Albert konnte sich noch gut an die Zeit erinnern. Er hatte, genau wie Karl jetzt, im Schlafzimmer seiner Eltern geschlafen, und da die Großeltern früh gestorben waren, konnten sie zwei Zimmer im ersten Stock vermieten. Die Mutter hatte damals extra neue Vorhänge genäht, und die Betten mit den mächtigen Plumeaus waren mit der guten Leinenbettwäsche bezogen worden, die die Mutter in ihrer Aussteuertruhe mit in die Ehe gebracht hatte.

»Ich hab eben daran denken müssen, wie das war, als meine Eltern früher Sommergäste hatten.« Albert wuchtete den schweren Kartoffelsack aus dem Wagen. »Schade, dass du nicht bei uns gewohnt hast«, sagte er zu Silvio. »Das wäre bestimmt lustig gewesen.«

»Ich hätte gar nicht das Geld gehabt, um mir ein eigenes Zimmer zu leisten«, entgegnete Silvio. »Ich habe doch jeden Pfennig gespart, um Maria heiraten zu können.«

Aber auch ohne Silvio war es für Albert eine abwechslungsreiche Zeit gewesen. Aufgrund seiner Lage war Wollseifen als Luftkurort vorgeschlagen worden, und das alleine zog die Gäste an. Einmal hatte ein Düsseldorfer Kunstmaler den ganzen Sommer über bei ihnen gewohnt. Albert konnte ihm stundenlang dabei zuschauen, wie seine Bilder, meistens Ansichten vom Dorf oder der Landschaft darum herum, entstanden. Er mochte den hageren jungen Mann, der mit ihm redete, als wäre er ein gleichaltriger Freund. Die Mutter sagte immer: »Der arme Kerl ist ja so dünn, dem kann man das *Vaterunser* durch die Backen blasen!« Sie versorgte ihn immer besonders gut mit Essen und achtete darauf, dass er schon vor dem Frühstück einen Becher kuhwarme Milch trank, damit »er was auf die Rippen« bekam.

»Ich kann Milch nicht ausstehen«, vertraute der Maler Albert einmal an, »aber wenn ich mich weigere, sie zu trinken, ist deine Mutter böse mit mir.« Und das wollte er nicht riskieren, dazu mochte er Alberts Mutter zu gerne. Als er nach drei Monaten wieder nach Düsseldorf zurückkehrte, schenkte er der Familie ein Ölgemälde vom Dorf, auf dem ihr Hof deutlich zu erkennen war. Es bekam einen Ehrenplatz in der guten Stube über dem Sofa. Der Maler versprach hoch und heilig, im nächsten Jahr wiederzukommen, aber er kam nie mehr.

Besonders interessant war es für Albert gewesen, als dann der Staudamm fertig geworden war und die Talsperre ein beliebtes Ziel für Sommergäste wurde. Einmal, 1906, war ein Ehepaar aus Münster da gewesen. »Stell dir vor, sie sind extra angereist, weil Kaiser Wilhelm die Talsperre besichtigt hat. Das war vielleicht ein Auflauf hier in der Gegend!«

»Hast du dir den Festakt damals auch angeguckt?«, fragte nun Silvio. »Ich war nämlich mit Maria dabei. Aber wir haben nicht viel mitbekommen. Maria war so enttäuscht. Sie hatte sich vorgestellt, dass der Kaiser mit einer Krone auf dem Kopf und einem Hermelinumhang ankommt, aber dann war alles so voller Menschen, dass wir nicht mehr von ihm gesehen haben als seinen Umhang und seine Mütze.«

Albert lachte. »Viel mehr habe ich auch nicht gesehen. Dazu war er auf der Staumauer viel zu weit weg. Aber die Leute aus Münster haben abends beim Essen ganz begeistert davon erzählt, wie beeindruckend alles gewesen ist. Die Frau war ganz aufgeregt. ›Herrlich, Frau Lintermann‹, hat sie zu meiner Mutter gesagt, ›es war herrlich, das kann ich Ihnen sagen. Und das in Ihrer wundervollen Eifel! Das ist tatsächlich eine aufstrebende Feriengegend hier.‹ Mein Vater hat dann gesagt, dass wir nicht viel Zeit zum Ferienmachen haben, und da hat sie so gelacht und gemeint: ›Sie sollen ja auch keine Ferien machen,

Herr Lintermann. Sie wohnen ja hier. Nein, aber wir werden uns ein kleines Boot auf den See legen, was meinst du, Friedrich? Und dann kommen wir jedes Jahr zur Erholung her. Sie müssen nur noch ein bisschen umbauen in Ihrem Haus. Und vielleicht sollte das Dorf auch die Anerkennung als Luftkurort beantragen, Sie liegen doch so hoch. Das würde bestimmt viele Gäste anziehen. Bei uns in der Stadt ist die Luft ja so schlecht!‹«

Albert verzog grinsend seine heile Gesichtshälfte, zuckte aber sofort zusammen, weil die Muskeln auf der anderen Seite die Bewegung mitmachen wollten. »Aua«, sagte er unwillkürlich und hielt sich die Hand vors Gesicht. »Ich glaube, wenn sie nicht so viel Geld für Kost und Logis bezahlt hätten, wären meinen Eltern andere Gäste vielleicht lieber gewesen. Aber so ... Und sie sind auch tatsächlich jedes Jahr im Sommer wiedergekommen, bis kurz vor dem Krieg. Seitdem haben wir nichts mehr von ihnen gehört.«

»Ich habe damals auch über Fremdenzimmer nachgedacht. Es wäre gar nicht so dumm gewesen«, sagte Silvio, »aber wir hatten gerade erst mit der Familiengründung angefangen, und da war uns das alles zu teuer.« Er schwieg einen Moment. »Christel hat mich gefragt, ob ich ihren Laden übernehmen will. Zusätzlich zum Gasthaus. Sie wollen sich wohl zur Ruhe setzen. Rochus ist ja nicht ganz gesund, und es ist zu anstrengend für ihn, die Ware mit dem Handwagen immer aus Gemünd zu holen. Aber ich weiß nicht so richtig. Das Geld wird immer weniger wert. Und wir haben auch noch den Kiosk.«

»Ja, aber gerade deshalb solltest du zugreifen. Ich würde es mir an deiner Stelle überlegen. Du kannst doch der Konsum-Genossenschaft beitreten. Wir müssen in die Zukunft investieren«, gab Albert zu bedenken. »In unsere und in die der Kinder. Ich werde mir jedenfalls ein paar von den neuen Maschinen zulegen. Vieh habe ich erst einmal genug, und es wäre doch schön, wenn wir eine Arbeitserleichterung hätten. Es ist mühsam, alles von Hand zu machen, auch wenn Helena und Thadeusz jetzt auf dem Hof sind.«

Matthes, der Albert in den ersten beiden Jahren nach seiner Heimkehr noch nach Kräften unterstützt hatte, war mit der Zeit doch arg klapperig geworden. Gerade in den letzten Monaten hatte er sehr abgebaut. Natürlich lebte er nach wie vor auf dem Hof, konnte aber nicht mehr viel mithelfen und genoss jetzt sein wohlverdientes Altenteil. Deshalb hatte Albert vor einem halben Jahr das polnische Landarbeiterehepaar Pacyna eingestellt. Mittlerweile konnte er sich gar nicht mehr vorstellen, wie es ohne sie wäre, und sie gehörten schon beinahe zur Familie. Sie hatten drei Kinder, die ebenfalls auf dem Hof mithalfen. Die beiden älteren gingen mit Karl zusammen in die Volksschule.

»Haben sie eigentlich Papiere?«, fragte Silvio.

Albert schüttelte den Kopf. »Nein, ich habe in Schleiden auf dem Amt gefragt, und sie haben mir gesagt, das ist schon in Ordnung so. Sie können mir vorläufig die Arbeitskräfte genehmigen, weil ich nachweisen kann, dass ich sie brauche.«

Silvio verzog das Gesicht. »Pass bloß auf! Ich habe von der Gräfin gehört, dass sie ihr die polnischen Arbeiter, die sie eingestellt hat, wieder wegnehmen wollen.«

»Nicht zu fassen!«, sagte Albert. »Die arme Frau! Immer haben sie es zuerst mit der Gräfin. Als wenn sie es mit dem behinderten Kind nicht schon schwer genug hätte. Meller beschäftigt doch viel mehr Polen und auch Russen.«

»Ja, schon, aber nur, weil er die richtigen Leute kennt – und schmiert«, sagte Silvio. »Die Regierung möchte eigentlich all die Fremdarbeiter nach Hause schicken, weil wir immer mehr Arbeitslose im Land haben. Und deshalb wird das mit den ausländischen Arbeitern immer schwieriger.«

»Aber anscheinend ist doch die Arbeit auf dem Land den

Arbeitslosen zu anstrengend.« Albert schüttelte den Kopf. »Und wie ist es mit dir? Dich lassen sie doch in Ruhe, oder?«, fragte er besorgt.

Silvio winkte ab. »Was sollen sie mir denn tun? Mich hatten sie noch nie im Visier. Außerdem bin ich eingebürgert. Ich rate dir nur, halt die Ohren und Augen offen. Am Ende ist noch einer neidisch auf dich und zeigt dich an. Du hast den Hof in den paar Jahren seit Kriegsende ganz schön nach vorne gebracht.« Er zog an seinem kalten Stumpen, den er immer im Mundwinkel hatte. Albert konnte sich nicht erinnern, dass er jemals richtig geraucht hatte. Wahrscheinlich hatte er nur den einen Stumpen. »Wenigstens vor Meller bist du sicher im Moment. Der hat alle Hände voll mit seiner Brautwerbung zu tun.«

»Um wen wirbt er denn?«

»Weißt du das nicht? Er hat schon seit einer ganzen Weile ein Auge auf Leni geworfen. Ständig fährt er mit seinem dicken Automobil zur Schule. Und du musst nicht glauben, dass er den Lehrer besuchen will.«

»Nein, das wusste ich nicht«, sagte Albert. Warum versetzte es ihm einen solchen Stich? Hennes war ja tot, und Leni war frei. Sie hatte es verdient, eine vorteilhafte Ehe einzugehen. Aber musste es gerade Meller sein?

»Ich sehe dir an, was du denkst.« Silvio lachte leise. »Darauf haben wir keinen Einfluss, mein Freund. Na komm, wir haben Wichtigeres zu tun.«

Als Albert auf den Hof kam, spielte seine Tochter gerade mit dem Hund. Sie warf ihm kleine Ästchen hin, und er rannte eifrig an seiner langen Kette hinterher, um sie ihr wiederzubringen. Immer wenn er ihr eins vor die Füße warf und auffordernd mit dem Schwanz wedelte, damit sie es erneut warf, jauchzte sie vor Freude. Bei ihrem Anblick hellte sich Alberts

Miene auf. Unwillkürlich verzog er das Gesicht zu einem Lächeln, auch wenn die verunstalteten Züge das nicht ganz mitmachen wollten. Wie immer, wenn er sein kleines Mädchen ansah, regte sich in ihm der Wunsch, etwas gegen seine hässliche Fratze zu unternehmen. Sicher, er und seine Umgebung hatten sich beinahe schon an sein Aussehen gewöhnt, aber es war ja auf die Dauer kein Zustand.

Die kleine Annemarie, Annemie, wie sie genannt wurde, war zwei Jahre alt. Seit sie auf der Welt war, ging es allen ein bisschen besser. Auch Bertha schien durch sie wieder neuen Lebensmut gefasst zu haben, und wenn sie auch Albert immer noch nicht unbefangen ansehen konnte, so redete sie doch zumindest mit ihm, und so langsam kamen sich die Eheleute wieder ein bisschen näher. Hedwig war beinahe ein bisschen eifersüchtig, weil Bertha jetzt auf einmal ihre Pflichten als Mutter wieder wahrnahm und sich liebevoll um beide Kinder kümmerte.

»Ich komme mir so überflüssig vor«, hatte sie sich einmal bei der Schwester beklagt. »Am besten wäre es wohl, ich suche mir was Eigenes und verlasse den Hof.«

Doch das war nur eine vorübergehende Verstimmung gewesen, denn Hedwig hing an den Kindern. Und so ganz wollte sie sich nicht darauf verlassen, dass Bertha jetzt wieder das Ruder im Haushalt übernahm. Dazu kannte sie ihre kleine Schwester zu gut.

Annemarie verzauberte alle, und auch Karl liebte die kleine Schwester abgöttisch. Sie war aber auch ein besonders hübsches Kind mit ihren braunen Locken und den großen blauen Augen, die sie von ihrer Mutter geerbt hatte.

»Papa, Papa!« Lachend lief sie auf ihn zu und ließ sich von ihm hochheben und in der Luft herumschwenken. »Bello, Stöckchen!«, brabbelte sie vergnügt. Als sie die Ärmchen um seinen Hals schlang und ihm einen feuchten Kuss auf die Wange drückte, schnürte es Albert die Kehle zu. Seine Tochter sollte nicht wie Karl gehänselt werden, weil ihr Vater aussah wie ein Ungeheuer. Dafür würde er sorgen.

7

»Ich fahre nach Bonn und gehe zu Professor Siegburger«, sagte Albert halblaut.

Silvio warf ihm einen Blick zu. »Jetzt doch? Woher kommt der Sinneswandel? Du hast doch immer gesagt, das kommt für dich nicht infrage. Und dann auch noch Bonn! Das ist so weit!«

Albert nickte. »Ich habe mir lange eingeredet, es ginge auch so. Aber seit Annemarie auf der Welt ist, denke ich immer nur, dass mein kleines Mädchen einen Vater haben soll, den sie anschauen kann, ohne sich zu fürchten. Sie ist jetzt zweieinhalb und wird immer verständiger, und ich will nicht, dass sie eines Tages vor mir wegläuft. Da beiße ich lieber in den sauren Apfel und gehe nach Bonn zu diesem berühmten Professor.«

»Sie würde nie vor dir weglaufen, sie kennt dich ja nicht anders, aber ich kann verstehen, wenn du ... Pst!«, unterbrach Silvio sich. »Bleib mal stehen. Hast du das auch gehört?«

Es war tief in der Nacht. Vor einer Stunde hatten sich die beiden Männer auf den fast fünfstündigen Weg nach Wirtzfeld in Belgien gemacht. Sie waren sicher nicht die Einzigen, die in der Dunkelheit unterwegs waren. Die Zeiten waren für alle schlecht, und jeder war froh, wenn er seine Waren gewinnbringend tauschen konnte. Zu tauschen war allemal sinnvoller, als zu kaufen. Für das Papiergeld bekam man ja nichts.

In Belgien konnten sie Eier und Butter gegen Reis, Kaffee, Tabak, Zucker und Petroleum tauschen. Silvio hatte immer auch einen Vorrat an selbst gemachten Nudeln dabei, die ihm in

Wirtzfeld nahezu aus den Händen gerissen wurden. Aber man musste aufpassen, die belgischen Zöllner waren allgegenwärtig.

Die Provinzen Eupen, Malmedy und St. Vith hatten vor dem Krieg zum Deutschen Reich gehört, und die meisten Bauern aus den umliegenden Dörfern konnten immer noch nicht begreifen, warum die Gemeinden jetzt auf einmal durch eine streng bewachte Grenze von ihnen getrennt waren und zu einem anderen Land gehörten. Für sie war es Behördenwillkür, was da im Versailler Vertrag festgelegt worden war.

Jeder Mann in Wollseifen kannte die besten Schmuggelpfade, aber trotzdem kam es immer wieder vor, dass die Zöllner jemanden erwischten, und dann war die ganze Mühe umsonst gewesen. Albert und Silvio gingen grundsätzlich zu zweit, und sie machten sich bevorzugt bei schlechtem Wetter auf den Weg, weil dann die Gefahr nicht so groß war, erwischt zu werden. Welcher Zöllner lief schon freiwillig im strömenden Regen und in der Dunkelheit herum? Und wenn man aufpasste, konnte sich einer von beiden immer noch in Sicherheit bringen, während der andere die Beamten auf eine falsche Fährte lockte.

Jetzt blieben sie beide stehen und spähten angestrengt in die Dunkelheit. Zu sehen war nichts, aber ganz in der Nähe knackte es im Unterholz. Dann jedoch ertönte ein lautes Schnaufen, und Albert atmete erleichtert aus. Ohne es zu merken, hatte er die Luft angehalten.

»Wildschweine«, flüsterte er.

Silvio nickte und rückte seinen schweren Rucksack zurecht, damit sie weitergehen konnten. »Ich finde es sehr mutig von dir, dass du zu dem Professor in Bonn gehst. Er soll wohl gut sein, oder?«

»Ja. Ich kann es mir zwar nicht so richtig vorstellen, wie er mein Gesicht wieder in Ordnung bringen will, aber der Arzt im Lazarett hat ihn mir schon empfohlen, und auch unser alter

Hausarzt Doktor Simon hat gesagt, dass er der Beste ist und große Erfolge mit seiner Operationsmethode hat. Er hat mir ein Schreiben für Professor Siegburger aufgesetzt, genau wie der Arzt im Lazarett damals.«

»Ich wünsche es dir, dass alles wieder in Ordnung kommt.«

Eine Weile gingen die Freunde schweigend nebeneinanderher. Sorgfältig setzten sie ihre Schritte, damit sie auf dem nassen Waldboden nicht ausrutschten. Zum Glück mussten sie keine größeren Steigungen bewältigen, sondern bewegten sich hauptsächlich in der Ebene. Das machte das Gehen leichter, aber trotzdem stand ihnen der Atem in weißen Schwaden vor dem Mund.

»Ich hätte nie gedacht«, sagte Albert nach einer Weile, »dass ich den Entschluss zur Operation fasse, nur weil mich mein Kind so anschaut. Ich weiß nicht, wie ich es sagen soll, aber ich möchte ihr alles Hässliche ersparen und dafür sorgen, dass sie nur Schönes erlebt.«

Silvio lächelte. »Ja, deine Annemie ist schon ein ganz besonderes Kind, das sagen alle. Aber Karl ist auch ein guter Junge, und es wundert mich ein bisschen, dass du es für das Kind machst und nicht für deine Frau.«

»Ach, ich weiß nicht«, sagte Albert. »Ich will auch lieber nicht zu viel darüber nachdenken, sonst überlege ich es mir am Ende noch anders.«

Sie waren mittlerweile am Waldrand angekommen, und am Horizont war schon ein dünner heller Streifen zu sehen.

Silvio runzelte die Stirn. »Komm, lass uns ein bisschen schneller gehen. Hier sind wir so ungeschützt, und es wird bald hell. Bei Tagesanbruch sollten wir in Wirtzfeld sein.«

Sie beschleunigten ihre Schritte, und Albert sagte schwer atmend: »Es hat noch einen Grund, warum ich unbedingt mein Gesicht wiederherstellen lassen will – wenn das überhaupt möglich ist. Bertha bekommt wieder ein Kind.«

Silvio lachte leise. »Maria auch.«

Albert riss die Augen auf. »Noch eins? Wird euch das nicht zu viel?«

»Das fragt der Richtige.« Silvio lachte gutmütig. »Na komm, dann beeilen wir uns mal, damit wir für unsere großen Familien sorgen können.«

Als sie weitergingen, sagte Albert: »Ich finde, es wäre langsam mal an der Zeit, dass wir endlich eine richtige Stromversorgung im Dorf bekommen. Es hat mich schon immer gefuchst, dass die Alten bei uns nichts davon wissen wollen. Das mit dem Windrad von Döres ist ja schön und gut, und für seine Bandsäge kann er es auch gut brauchen, aber für das ganze Dorf taugt es nicht. Du bist immer vom Wetter abhängig. Es geht ja nicht nur um elektrisches Licht im Haus, sondern auch um elektrische Maschinen, die sicher die Arbeit sehr erleichtern. Es ist doch eine neue Zeit, und wir müssen uns schon ein bisschen darauf einstellen.«

Silvio nickte. »Damals, nach dem Bau der Talsperre, wäre es so einfach gewesen, da haben sie es uns ja schon angeboten, aber da wollte es keiner, und jetzt müssen wir eben selbst die Ärmel hochkrempeln. Es ist bestimmt ein teures Vergnügen, die Leitungen zu verlegen, aber wenn wir uns zusammenschließen, müsste das doch zu machen sein. Wir sollten das auf der nächsten Gemeindesitzung mal anregen. Ich bin sicher, mittlerweile würden die meisten mitmachen. Es ist längst überfällig. Und wer weiß, vielleicht will ja der Meller mal wieder eine größere Summe spenden.«

»Ja, das ist auf jeden Fall eine gute Idee, ob mit oder ohne Meller. Wenn wir uns mit den anderen zusammentun, dann müssten wir das hinbekommen. Keine Ahnung, wie viel das kostet.«

Albert hing schweigend seinen Gedanken nach. Immer wieder drängte sich das Vorhaben, sich endlich operieren zu lassen, in den Vordergrund. Nach einer Weile sagte er: »Weißt du, noch mal wegen der Operation. Ein anderer hätte es wahrscheinlich gleich in Angriff genommen, aber ich war auch der Meinung, das ist nur was für die reichen Leute. Wer arm ist, stirbt eben hässlich.«

Silvio zog die Augenbrauen hoch. »Ach was!«

Die Ironie im Tonfall des Freundes hörte Albert gar nicht. Ernsthaft setzte er ihm auseinander: »Und außerdem hatte ich bislang auch gar keine Zeit für solche kostspieligen Arztbesuche. Wer soll sich denn um den Hof kümmern, wenn ich nach dem Eingriff nicht gleich wieder arbeiten kann? Aber seitdem Helena und Thadeusz da sind, geht es natürlich ein bisschen besser.«

»Weißt du, was mich so ärgert?«, fragte Silvio. »Du hast deinen Kopf für den Kaiser hingehalten, bist ganz übel zerschossen worden, und Hennes ist gestorben wie so viele andere auch. Ich finde, dass solche Operationen für jemanden wie dich kostenlos sein müssten, als Wiedergutmachung quasi für das, was du durchgemacht hast.«

Albert nickte. »Ja, das wäre schön. Aber es ist nun mal nicht so. Und ich werde es auch so schaffen. Meine Kinder sollen sich nicht für ihren Vater schämen müssen.« Er schwieg kurz, dann fügte er hinzu: »Und ehrlich gesagt bin ich auch Mellers blöde Bemerkungen leid. Im Wirtshaus hält er sich immer noch zurück, aber auf der Straße lässt er keine Gelegenheit aus, mir mit Worten einen mitzugeben. Ständig stänkert er. Ich weiß wirklich nicht, was er gegen mich hat. Ich habe ihm doch nichts getan.«

Silvio runzelte die Stirn. »Er ist einfach von Natur aus gehässig. Und vielleicht ärgert es ihn auch, wie gut dein Hof dasteht.«

Der blasse rötliche Streifen am Horizont war breiter geworden, aber noch waren in der Dunkelheit keine klaren Formen auszumachen, nur schwarze Umrisse zeichneten sich ab. Ihr Atem stand ihnen weiß vor dem Gesicht von der Anstrengung.

Albert verlagerte erneut das Gewicht seines Rucksacks. Er hatte extra noch eine Speckhälfte und einen Schinken eingepackt, damit er für Bertha und Hedwig genügend Kaffee eintauschen konnte. Ihm war es gleich, er trank auch Muckefuck, aber die Frauen waren immer so wild auf echten Bohnenkaffee. Jetzt drückte ihn der Rucksack doch auf den Schultern. Er war ganz schön schwer. Na, bald sind wir ja da, dachte er.

Als hätte er seine Gedanken gelesen, sagte Silvio: »Jetzt dauert es nicht mehr lange. Noch eine gute Stunde. Da vorne ist schon die Bank an der Weggabelung.« Er nickte zu der grob gezimmerten Bank aus Baumstammhälften, die unter den Buchen stand. »Ist dein Rucksack auch so schwer?«, fragte er noch, und ehe Albert antworten konnte, sagte er unvermittelt: »Ich wollte es dir schon lange erzählen, aber bisher habe ich nie den richtigen Zeitpunkt gefunden.«

Überrascht warf Albert ihm einen Blick von der Seite zu.

»Die Sache ist die«, sagte Silvio, »ich kenne Meller von früher. Aus meiner Zeit beim Bau der Urfttalsperre.«

»Ja«, sagte Albert verwirrt. »Ich hab mir so was schon gedacht. Matthes hat mir erzählt, wie du reagiert hast, als er das erste Mal bei euch in der Wirtschaft war. Aber da du mir gegenüber nie ein Wort erwähnt hast, habe ich mir gedacht, du hast schon deine Gründe. Und ehrlich gesagt hatte ich es auch schon vergessen.«

»Na ja, so besonders gerne erinnere ich mich nicht an die Zeit mit Meller«, gab Silvio zu. »Ich habe mich nicht gerade mit Ruhm bekleckert damals.«

Albert schwieg und wartete.

»Das hört sich jetzt vielleicht großartiger an, als es tatsächlich war, aber ich habe Meller zweimal das Leben gerettet. Beim ersten Mal kannte ich ihn noch gar nicht. Eines Abends war ich spät noch unterwegs und bin mitten in eine Prügelei geraten. Drei oder vier Arbeiter haben auf einen Mann eingedroschen, der am Boden lag. Ich wusste nicht, was da los war oder was der Prügelei vorausgegangen war, mir kam es nur einfach nicht richtig vor, dass so viele auf einen Mann einschlugen. Drei der Männer kannte ich nur vom Sehen, aber der vierte war ein Landsmann von mir. Also bin ich dazwischengegangen, und es ist mir auch gelungen, sie voneinander zu trennen. Giorgio, mein Landsmann, hat sich aufgeregt, dass ich mich eingemischt hatte. Er sagte, sie wollten dem Meller nur einen Denkzettel verpassen. Sie waren sich sicher, dass er beim Kartenspiel betrogen und ihnen ihr mühsam verdientes Geld aus der Tasche gezogen hat, und sie würden ihm nur wieder wegnehmen, was ihnen gehört hat.«

»Und, hat er betrogen?«, fragte Albert. »Zuzutrauen wär's ihm.«

»Ja, er hat bestimmt falschgespielt, aber das wusste ich damals nicht. Giorgio war auch nicht der Ehrlichste, und außerdem hat er sich gerne geprügelt, deshalb konnte es auch genauso gut andersherum sein. Tatsache ist, dass die jungen Kerle Meller mit Sicherheit totgeprügelt hätten. Die hatten einfach zu viel Kraft. Er war schon übel zugerichtet.«

Albert zuckte mit den Schultern. »Ich hätte bestimmt nicht anders gehandelt als du. Was war daran unehrenhaft? Warum schämst du dich heute dafür?«

»Ich hab ihn damals zum Arzt geschleppt, und der hat ihn wieder zusammengeflickt, und danach hing Meller mir erst mal am Bein. Wie ein Hündchen ist er mir überallhin nachgelaufen. Ich hab mich, so gut es ging, von ihm ferngehalten, aber er war so hartnäckig und wollte sich unbedingt erkenntlich zeigen, und da habe ich mich dann doch mal breitschlagen lassen und beim Kartenspielen mitgemacht. Ich habe schon gemerkt, dass er betrogen und dafür gesorgt hat, dass ich gewinne, aber ich habe nichts gesagt und das Geld eingesteckt.«

»Das ist zwar nicht gerade die feine Art, aber ich kann dich schon verstehen«, meinte Albert. »Du warst ja noch so jung, und du konntest das zusätzliche Geld sicher gut brauchen.«

Silvio nickte. »Ja, ich habe damals viel nach Hause zu meinen Eltern geschickt. Aber trotzdem, richtig war es nicht, und nach einer Zeit habe ich ihm dann gesagt, dass er mich in Ruhe lassen soll. Ich hätte ihm vielleicht sagen sollen, dass ich ihn durchschaut habe und dass er ein Betrüger ist, aber das habe ich nicht getan. Und dann habe ich eines Abends einen Spaziergang gemacht nach der Arbeit und gesehen, wie einer von den jungen Kerlen, denen er große Summen abgeknöpft hatte – und dabei rede ich nicht nur von Spielgeld, Albert, das war schon richtig viel –, mit dem Messer auf ihn losgeht. Na ja, ich bin wieder dazwischen, du kennst mich ja, ich bin einfach so, und konnte es auch verhindern. Ich hab dem Jungen das Messer abgenommen, und er hat sich getrollt. Und am nächsten Tag hat's dann geheißen, dass er sich umgebracht hat, genau wie ein paar Jahre zuvor der Jakob Hahn.«

»Ja, aber das war doch nicht deine Schuld«, sagte Albert. »Er hat sich doch nicht wegen dir umgebracht.«

Silvio zuckte mit den Schultern. »Nein, natürlich nicht. Aber ich habe mich noch lange danach gefragt, ob ich das nicht hätte verhindern können. Der Meller hat ja das ganze Geld unrechtmäßig gewonnen. Ich hätte vielleicht einfach mal was sagen müssen oder sonst irgendwie versuchen sollen, ihn davon abzubringen. Stattdessen habe ich den Mund gehalten und eine Zeit lang sogar noch mitgemacht, obwohl ich wusste, dass er ein Vermögen anhäuft, weil er einfach jeden übers Ohr haut.«

»Wie war es denn anschließend mit Meller, als der Selbstmord bekannt wurde? Hatte er nicht wenigstens ein schlechtes Gewissen?«

Silvio schüttelte den Kopf. »Ich weiß nicht. Er ist noch am

selben Abend verschwunden. Der Boden ist ihm wohl zu heiß geworden. Ich habe ihn jedenfalls nicht mehr wiedergesehen, bis er dann auf einmal in Wollseifen wieder aufgetaucht ist. Als Besitzer vom Hahnenhof! Ich kann mir fast denken, wie er an die Besitzurkunde gekommen ist. Noch am selben Abend habe ich ihm gesagt, bei uns wird nicht gespielt, aber er hat ganz unschuldig reagiert: Nein, auf keinen Fall, und er sei ja jetzt Gutsbesitzer, da habe er das sowieso nicht nötig. Vor allem hat er so getan, als wären wir die besten Freunde, wollte mir dauernd auf die Schulter klopfen und hat mir zu verstehen gegeben, dass es mein Schaden nicht sein soll, wenn ich ihn im Dorf ein bisschen einführe und dafür sorge, dass er mit am Stammtisch sitzen kann. Na ja, den Wunsch konnte ich ihm nicht gut verwehren, auch wenn er mir nicht sympathisch ist. Was hätte ich denn auch machen sollen? Hätte ich von vornherein zu ihm sagen sollen: ›So jemanden wie dich wollen wir hier nicht haben? Nimm deine Siebensachen und verschwinde?‹ Du kennst mich. So was fällt mir schwer.«

Albert nickte. »Das kann ich verstehen. Ich hätte es auch nicht gekonnt. Ich gehe ja dem Meller auch lieber aus dem Weg.«

»Aber ich zweifle doch«, fuhr Silvio fort. »Die Geschichte geht nämlich noch weiter. Er wurde immer vertrauensseliger, sagte, ich wäre der Einzige, der ihm jemals geholfen hat, und hat mir schließlich erzählt, er hätte eine Schatulle mit Wertsachen, einen richtigen Schatz, hinter dem Friedhof vergraben. Wenn ich mal klamm wäre, hat er mir zu verstehen gegeben, dann soll ich ihm nur Bescheid sagen.« Er blickte Albert an. »Wenn du willst, zeige ich dir die Stelle, ich weiß nämlich mittlerweile, wo er seinen Schatz versteckt hat.«

Albert wehrte ab. »Ich habe immer schon gedacht, dass der Meller so was Verschlagenes hat. Ehrlichkeit kannst du von ihm nicht erwarten. Aber dass er sich am Leid anderer so bereichert hat, das ist wirklich der Gipfel. Ich will gar nicht wissen, wo er sein Vermögen hortet. Was soll ich damit anfangen? Ich will nichts mehr davon hören.«

»Na ja, vielleicht änderst du deine Meinung irgendwann«, sagte Silvio nachdenklich. »Aber du hast ja recht. Wir sollten nicht so viel über ihn reden. Das gibt ihm viel zu viel Bedeutung. Dabei ist und bleibt er einfach nur ein Dreckskerl!«

Mittlerweile war es hell geworden, und die Freunde hatten schon seit einer Weile die grüne Grenze überquert. Es war nicht mehr weit bis zum ersten Dorf, in dem sie ihre Waren tauschen konnten. Jetzt hieß es aufpassen. Aber sie hatten Tag und Uhrzeit gut gewählt. Alles ging glatt, und kein Zollbeamter behelligte sie.

Als Albert müde mit seinen Schätzen heimkehrte, kam Bertha ihm aufgeregt entgegengelaufen. »Hedwig ist ins Krankenhaus gekommen. Sie haben sie nach Mechernich gebracht.«

Sie hatte am Nachmittag über starke Bauchschmerzen geklagt.

»Ich hab ihr noch von meinem Magen- und Verdauungssalz gegeben«, sagte Bertha aufgebracht. »Du weißt schon, das von Doktor Bufleb, das ich beim schönen Adolf gekauft habe, und ich wollte ihr auch einen Blutreinigungstee machen, aber sie musste sich immer wieder übergeben, und dann hat sie auf einmal so hohes Fieber bekommen, dass ihr Gesicht förmlich geglüht hat. Und sie hat so mit den Zähnen geklappert.« Bertha machte das laute Geräusch vor. »Es war schrecklich, und du warst nicht da!«

In ihrer Angst und Ratlosigkeit hatte sie Matthes schließlich angewiesen, das Pferd vor den Wagen zu spannen, damit sie Hedwig zum Doktor nach Herhahn fahren konnten. Und der hatte Hedwig sofort mit seinem Automobil ins Krankenhaus nach Mechernich gebracht. Und da lag sie jetzt und war am Darm operiert worden.

»Es war auf die letzte Minute«, berichtete Bertha mit aufgerissenen Augen. »Sie haben gesagt, im Darm wäre irgendetwas geplatzt, und sie hätte daran sterben können. Aber sie hat wohl alles gut überstanden. Nach Hause kann sie allerdings frühestens in zwei Wochen wieder.«

»Kommst du zurecht ohne ihre Hilfe?«, fragte Albert. »Oder soll ich mich darum kümmern, dass du ein Mädchen für den Haushalt kriegst?«

Bertha war zwar beinahe wieder so wie früher, aber er wurde einfach die Angst nicht los, dass ihr Gesundheitszustand nicht stabil war. Am Ende würde eine solche Aufregung sie wieder aus dem Gleichgewicht bringen.

Doch Bertha winkte ab. »Aber ja, natürlich komme ich ohne Hedwig zurecht. Was denkst du denn? So viel hat sie nun auch nicht geholfen«, fügte sie hinzu.

Es klang in Alberts Ohren ein wenig großspurig, er wusste ja, was Hedwig ihr alles abgenommen hatte, aber wahrscheinlich machte er sich zu viele Gedanken. Es ging ihr wohl wirklich wieder sehr viel besser. Und spätestens in ein paar Wochen würde Hedwig ja auch zurückkommen.

Doch Hedwig traf im Krankenhaus auf Eugen. Der schwer kriegsversehrte Mann hatte ein Bein und eine Hand verloren, und als er so aus dem Krieg nach Hause zurückgekehrt war, hatte seine Verlobte sich von ihm abgewandt. Und da er seit den endlosen Tagen und Nächten in den Schützengräben an einer Art Entzündung litt, die auch die noch heilen Gliedmaßen bedrohte, musste er noch Jahre nach dem Krieg zahllose Untersuchungen und Eingriffe über sich ergehen lassen. So lag er zur gleichen Zeit wie Hedwig im Krankenhaus in Mechernich.

Finanziell war er zum Glück gut gestellt. Zwar konnte er seinen Beruf als Schuster nicht mehr ausüben – die künstliche Lederhand war zu nichts nütze –, doch hatte er zu seiner Kriegsversehrtenrente von der Seite seiner Mutter ein kleines Haus in Scheven geerbt. Dort fehlte ihm nur noch eine treusorgende Frau, die ihm ein gemütliches Heim bereitete. Und ausgerechnet im Krankenhaus begegnete er Hedwig, die sich nichts mehr wünschte, als einem Mann eine gute Ehefrau zu sein und von ihm versorgt zu werden.

Jedenfalls schwärmte sie schon, als Bertha sie besuchte, der Schwester von ihrer romantischen Begegnung im Park des Krankenhauses vor. Es war für beide Patienten der erste Ausflug an die frische Luft gewesen, und beide hatten sie im Rollstuhl gesessen, als sich ihre Blicke begegnet waren.

»Es war Liebe auf den ersten Blick«, sagte sie und sah Bertha selig an. »Ich wusste gleich, dieser Mann hat eine schöne Seele.«

Bertha, die seit frühester Kindheit als die jüngere, hübschere der beiden Schwestern daran gewöhnt war, dass Hedwig in allem zurückstand und immer nur die Vernunft walten ließ, ohne Rücksicht auf die eigenen Bedürfnisse, warf ihr einen skeptischen Blick zu. »Schöne Seele! So was Verstiegenes! So kenne ich dich ja gar nicht. Wie kommst du nur darauf?«

Aber Hedwig bemerkte die offensichtliche Missbilligung ihrer Schwester gar nicht. Sie schwelgte in ihrer Glückseligkeit. Mochte ihr Liebster auch kriegsversehrt sein, für sie war er die Erfüllung all ihrer Träume.

Anscheinend erwiderte Eugen diese Gefühle, denn bereits zwei Tage nach der Entlassung aus dem Krankenhaus besuchte er Hedwig in Wollseifen. Mitten in der Woche stand er am helllichten Vormittag vor der Tür, mit einem offensichtlich unterwegs selbst gepflückten Wiesensträußchen. Hedwig war gerührt. Sie hatte es ja gewusst – Eugen war der Mann ihrer Träume!

Schon an Weihnachten waren sie verlobt. »Worauf sollen wir denn warten?«, sagte Hedwig zu Bertha, als die Schwester eine Bemerkung über ihre unchristliche Hast machte. »Wir haben keine Zeit zu verlieren. Und ich freue mich schon so sehr darauf, mit Eugen meinen eigenen Hausstand zu gründen.«

Bertha warf ihr einen zweifelnden Blick zu, aber im Gesicht der Schwester fand sie nur reine Freude. Ihr schien es tatsächlich nichts auszumachen, dass ihr Verlobter nicht mehr der Jüngste und dazu auch noch ein Krüppel war.

»Bist du denn gar nicht traurig, dass du nicht mehr hier wohnst, wenn das Kind kommt?«, fragte sie kläglich und legte unwillkürlich die Hand auf ihren immer runder werdenden Bauch. Sie hatte sich so an Hedwigs Unterstützung gewöhnt, dass sie sich insgeheim davor fürchtete, alleine zurechtkommen zu müssen.

»Ach, ich bin doch nicht aus der Welt, Bertha«, tröstete Hedwig sie. »Wenn du Hilfe brauchst, komme ich natürlich. Aber zunächst einmal gönne mir doch mein Glück.«

Die Trauung fand zwei Monate später in einer schmucklosen Zeremonie auf dem Standesamt in Dreiborn statt, und einen Tag danach heirateten sie, ebenfalls im kleinsten Kreis, in der Kirche in Wollseifen. Albert konnte leider nicht teilnehmen, weil zu dieser Zeit gerade seine erste Operation stattfand und er noch im Krankenhaus lag.

Die Braut trug ein schwarzes Kleid, aber einen weißen Schleier, und der Bräutigam einen dunklen Anzug. Und beide strahlten vor Glück.

Aus den Aufzeichnungen
des Lehrers Martin Faßbender

3. November 1922

Eben kam Leni und berichtete, dass es auf der Dorfstraße so voll sei. »Die Leute kommen in Scharen aus der Stadt, weil sie glauben, hier auf dem Land bekommen sie die Lebensmittel preiswerter«, sagte sie. »Aber wir haben doch auch nichts zu verschenken.«
Es ist ein Elend mit der Geldentwertung, man mag gar nicht hingucken. Die Preise steigen immer weiter.
Ich habe mir im September einen Wintermantel gekauft für sechstausend Mark, eine unvorstellbare Summe für einen Mantel, wie ich damals fand, aber jetzt im November wäre er schon fast doppelt so teuer. Der Dollar steht bei viertausend Mark, wer weiß, wie es zum Jahresende aussieht. Die Preise steigen immer weiter in schwindelnde Höhen.
Aber ich will nicht immer nur lamentieren. Am Sonntagnachmittag fahre ich nach Schleiden ins Konzert. Es wird bestimmt ganz wunderbar, ein Opernsänger aus Köln und ein bekannter Klavierkünstler sind angekündigt mit Liedern von Schumann, Schubert und anderen und mit Klavierstücken von Scarlatti und Chopin. Ersteren liebe ich sehr, und auch Chopin gehört zu meinen Lieblingskomponisten – ich freue mich sehr auf die Vorstellung. Vielleicht leiste ich mir ja ein Abonnement über die Wintersaison. Die Einzelkarten kosten hundert Mark, und im Abonnement ist es viel preiswerter.

10. November 1922

Die Bauern hier im Dorf gehen die Teuerung beherzt an und investieren Geld, statt abzuwarten, bis es immer weniger wert wird. Auf der letzten Gemeinderatssitzung haben wir über notwendige Neuerungen in Wollseifen gesprochen, und es wurde allgemein dem Wunsch Ausdruck verliehen, Elektrizität im Dorf zu haben. Ich finde, das zeigt einmal mehr, dass sich die Menschen hier nicht unterkriegen lassen. Trotz der Inflation wollen sie in die Zukunft investieren. Meller war an dem Abend Gott sei Dank nicht da, sonst hätte er bestimmt wieder das große Wort geführt und alles andere im Keim erstickt!

Dieses Mal jedoch kamen die anderen zu Wort, und so konnten Silvio und Albert ihre Ideen für eine allgemeine Stromversorgung im Dorf vorstellen. Zuerst gab es Widerspruch, weil vor allem der Schreiner der Meinung war, das Ganze sei viel zu teuer. Er ist ein findiger Kopf, es ist schon zu bewundern, wie er sein Windrad konstruiert hat, um damit seine Bandsäge elektrisch betreiben zu können, aber das reicht ja nicht für Elektrizität im ganzen Dorf. Das weiß er natürlich auch, und vielleicht hat er hauptsächlich deshalb widersprochen, weil dadurch sein Erfinderruhm geschmälert wird. Das mag ich ihm jedoch nicht unterstellen, denn als Albert ihm dann vorrechnete, dass das Projekt, wenn alle Waldbesitzer Holz für die Strommasten zur Verfügung stellen, für jeden bezahlbar wird und ihnen großen Nutzen bringt, hat er es doch eingesehen, zumal auch der Pastor das Vorhaben kräftig unterstützt. Und dabei steht doch sonst für ihn immer die Kirche an vorderster Stelle.

Ich bin auf jeden Fall gespannt, was der Meller dazu zu sagen hat, wenn er davon erfährt. Aber eigentlich dürfte auch er nichts dagegen haben, er macht mir im Großen und Ganzen nicht den Ein-

druck eines Mannes, der sich aus Geiz vor dem Fortschritt verschließt. Er mag viele unangenehme Charakterzüge haben, doch Geiz gehört nicht dazu, und er wird bestimmt seinen Teil beitragen.

17. November 1922

Ich habe gehört, dass auch über zentrale Wasserversorgung nachgedacht wird. Eine eigene Wasserleitung wäre schön, auch wenn es hier eigentlich reichlich Wasser gibt. Die zahlreichen Quellen (Siefen) haben dem Ort ja schließlich in Verbindung mit den Wölfen hier in der Gegend (die jetzt zum Glück nicht mehr so nahe an die Siedlungen herankommen wie früher) ihren Namen gegeben. Aus Wolfssiefen wurde im Laufe der Zeit Wollseifen. Eine dieser stetig sprudelnden Quellen speist übrigens den Waschplatz, den »Wolzig«, einen vor allem bei den Frauen beliebten Treffpunkt in der Dorfmitte.

Seitdem nun der Krieg vorbei ist, haben wir allerdings immer mehr Feriengäste und Sommerfrischler zu Besuch, und es scheint, das Wasser reicht nicht aus. In der Talsperre läge es ja bereit, aber die Frage ist natürlich, wie bekommen wir es hierherauf? Die Kreisverwaltung zeigt sich nicht bereit, diese schwierige Aufgabe in Angriff zu nehmen. Die Kosten sind wohl sehr hoch. Vielleicht muss also auch in diesem Fall die Dorfgemeinschaft wieder zur Tat schreiten.

8

Albert atmete einmal tief durch, als er auf den belebten Bahnhofsvorplatz trat. Von Gemünd aus war er mit der Eifelbahn nach Euskirchen gefahren und von dort nach Bonn. Der Trubel um ihn herum machte ihn ganz nervös. Automobile hupten, an der einen Ecke war eine große Baustelle, auf der eine Maschine großen Lärm machte, und an der anderen wurde ein mehrstöckiges Haus gebaut.

Aber es nützte ja nichts, er musste zu Professor Siegburger. Der alte Dr. Simon hatte ihm den Termin besorgt, was nicht einfach gewesen war. »Junge«, hatte er ihm eingeschärft, »du musst pünktlich um elf Uhr dreißig in der Universitätsklinik auf der Matte stehen, sonst war das alles umsonst. Der Professor ist ein viel beschäftigter Mann, die Leute rennen ihm die Bude ein. Wenn du zu spät kommst, ist der Termin verfallen.«

Albert nickte vor sich hin, als er jetzt daran dachte. Er wäre auch gar nicht auf die Idee gekommen, zu spät zu erscheinen – so einen wichtigen Mann ließ man nicht warten. Aber ein bisschen Angst hatte er schon. Was mochte er ihm sagen? Vielleicht schickte er ihn ja gleich wieder weg, weil bei ihm nichts zu machen war. Und wenn er auch Angst hatte: Er wünschte sich nichts sehnlicher, als wieder ein einigermaßen normales Gesicht zu haben.

Nervös zupfte er an seinem steifen Kragen, der ihm ins Kinn pikste und ihm die Luft abschnürte. Seinen Sonntagsanzug trug er sonst nur an hohen Festtagen, und so ganz wohl fühlte er sich nicht darin. Das letzte Mal hatte er ihn bei der Beerdigung des Vaters angehabt. Er war ihm zu weit geworden, hatte er gemerkt, als er heute früh in die Hose geschlüpft war. Aber er konnte dem berühmten Arzt ja schließlich nicht in seinen Arbeitsklamotten gegenübertreten.

Er fragte einen der Droschkenkutscher, die vor dem Bahnhof warteten, nach dem Weg. Es war nicht weit, und eine Viertelstunde später stand er vor der Pförtnerloge. Er nahm seine Kappe ab und sagte zu dem Mann hinter dem kleinen Fenster: »Guten Tag! Ich bin Albert Lintermann, Herr Professor Siegburger erwartet mich.«

Der Pförtner blickte kaum auf. Er blätterte in einem großen Buch, dann nickte er und sagte: »Dritter Stock, rechts durch die Flügeltür. Sie müssen sich im Sekretariat anmelden.«

Der Schweiß perlte Albert in dicken Tropfen von der Stirn, als er die breite Treppe hinaufging. Himmel, stell dich nicht so an, dachte er. Heute passiert ja noch gar nichts.

Professor Richard Siegburger war ein zierlicher Mann, fast einen Kopf kleiner als Albert, mit einem wirren dunklen Haarschopf. Zu Alberts Überraschung war er nicht allein. Neben ihm stand eine ältere Frau, ebenfalls in einem weißen Kittel, mit kurzen grauen Haaren, die ihm freundlich zulächelte.

»Wenn es Ihnen nichts ausmacht, wird Frau Doktor Lissenich bei unserem Gespräch dabei sein«, sagte Professor Siegburger. »Sie ist eine Kollegin, auf deren Meinung ich großen Wert lege. Sie sind von ihrem Mann, Doktor Arno Lissenich, im Lazarett behandelt worden.«

»Nein, nein, natürlich habe ich nichts dagegen«, murmelte Albert. Verstohlen warf er einen Blick auf die Frau. Er musste sich auf eine Untersuchungsliege setzen, und dann trat der Professor vor ihn und musterte sein Gesicht. Er hatte freundliche braune Augen, die Albert sofort Vertrauen einflößten, obwohl er sich den berühmten Mann älter vorgestellt hatte. Ihm kam er noch ziemlich jung vor.

Auch die Ärztin betrachtete ihn eingehend. Albert schluckte, er hatte nicht damit gerechnet, von einer Frau untersucht zu werden. »Und Sie kommen aus Wollseifen, Herr Lintermann?«, sagte sie unvermittelt. »Sind Sie mit Wilhelm Lintermann verwandt?«

Überrascht blickte Albert sie an. »Das war mein Vater.«

»War?« Die Ärztin zog fragend die Augenbrauen hoch, während sie mit kühlen Fingern die Haut auf der versehrten Seite abtastete, vor allem die Wundränder an der Stelle, wo einmal seine Nase gesessen hatte.

»Ja«, nuschelte Albert. »Er ist kurz nach dem Krieg verstorben.«

»Oh, das tut mir leid.« Ihr Gesichtsausdruck wirkte ehrlich betroffen, und Albert fragte sich verwirrt, woher sie seinen Vater wohl kannte. »Ich war oft in Wollseifen, und Ihr Vater war mir ein lieber Freund.«

Bevor Albert sie fragen konnte, sagte Professor Siegburger: »Darf ich?« Er nickte Albert zu. »Machen Sie bitte mal den Mund weit auf.«

Gehorsam, wenn auch etwas verlegen, öffnete Albert den Mund. Auf der versehrten Seite fehlten ihm so gut wie alle Zähne, und der Kiefer fühlte sich ständig wund an. Auch die verbliebenen Zähne auf der anderen Seite wackelten, und schon lange konnte er nur noch unter Schmerzen kauen.

Der Professor fasste ihn leicht am Kinn, drehte seinen Kopf hierhin und dorthin und examinierte ihn aufmerksam. Albert schloss die Augen. Seine Gedanken überschlugen sich. Sollte es wirklich möglich sein, dass der Arzt ihm helfen konnte? Und was hatte sein Vater damit zu tun?

»Hm«, machte Siegburger schließlich und ließ Alberts Kinn los. »Warten Sie bitte einen Moment im Nebenzimmer«, sagte er. »Ich hole Sie dann herein.«

»Was halten Sie von diesem Fall, verehrte Kollegin?«, wandte Siegburger sich fragend an die ältere Ärztin.
Luise Lissenich überlegte nicht lange. »Es ist keine einfache Verletzung, aber wenn einer diesem Mann helfen kann, dann Sie, Siegburger. Arno ist nach der Behandlung im Lazarett im Übrigen der gleichen Meinung. Es wird viel davon abhängen, ob die Narben nach den Operationen gut verheilen, aber der Mann ist gesund und kräftig, und es dürfte eigentlich keine größeren Probleme geben. Sollten sich trotzdem Schwierigkeiten beim Heilungsprozess einstellen, dann kann meine Schwester immer noch eine keramische Maske anfertigen, die er wie eine Gesichtsprothese tragen kann.«
»Ja, aber das möchte ich eigentlich vermeiden«, murmelte Siegburger wie zu sich selbst. Er sah Luise Lissenich an. »Die Masken Ihrer Schwester sind hervorragend gearbeitet, gar keine Frage, ich habe immer bewundert, wie fein und unauffällig sie wirken, aber sie bleiben doch Notlösungen. Lieber wäre mir, ich könnte das Gesicht wiederherstellen. Sie dürfen ja nicht vergessen, der Mann ist als Landwirt ständig an der frischen Luft, und dabei müsste so eine Maske einiges aushalten, jedenfalls wenn er sie immer tragen will.«
Die Ärztin lächelte ihn an. »Ich weiß, mein lieber Siegburger. Sie machen die Menschen gerne glücklich. Und in diesem Fall wäre es mir tatsächlich auch lieber, Albert Lintermann glücklich zu machen.« Erklärend fügte sie hinzu: »Der Vater meines ersten Mannes hatte häufig geschäftlich in Wollseifen zu tun. Das ist ein ganz idyllisches Dorf. So habe ich es jedenfalls in Erinnerung.« Sie sah die strohgedeckten Fachwerkhäuser, die

die staubige Dorfstraße säumten, vor sich, während sie weiterredete. »Mein erster Mann und ich waren Nachbarskinder, und manchmal hat sein Vater uns mitgenommen, und wir haben dann mit den Kindern im Dorf gespielt.«

Siegburger nickte, war aber mit den Gedanken immer noch bei dem Patienten und ging im Geiste die verschiedenen Schritte durch, die nötig sein würden, um Lintermann ein neues Gesicht zu verschaffen. Er war mit Leib und Seele Arzt, und die plastische Chirurgie entsprach seinen Neigungen so sehr, dass er manchmal das Gefühl hatte, die neue Fachrichtung sei eigens für ihn erfunden worden. Schon früh in seiner ärztlichen Tätigkeit war es ihm ein wichtiges Anliegen gewesen, denen zu helfen, die durch Brandverletzungen oder Krankheiten entstellt waren. Und als im Weltkrieg die Zahl der Gesichtsversehrten zugenommen hatte, hatte er sich bereits einen Namen als Chirurg gemacht.

Luise Lissenich unterbrach seine Gedankengänge. »Ich kann leider nicht bleiben, Richard. Ich werde in meiner Praxis gebraucht. Aber ich würde mich freuen, wenn Sie mich gerade bei diesem Patienten auf dem Laufenden halten.«

Siegburger sprang auf. Wenn er lächelt, dachte Luise, sieht er aus wie ein Pennäler. Sie kannte Siegburger seit über zehn Jahren. Damals hatte sie den jungen Arzt aufgesucht, der sich bereits einen Ruf als Chirurg erworben hatte, um ihm die Gesichtsmasken ihrer Schwester vorzulegen. Isabella fertigte keramische Masken von solcher Feinheit und Qualität, dass Luise sie für geeignet hielt, um Entstellungen im Gesicht zu verdecken. Sie hatten sich, vor allem auf fachlicher Ebene, auf Anhieb gut verstanden, und seitdem wandte sich der Professor häufig an Luise, wenn er einen besonders interessanten Fall vor sich hatte.

»Nicht nur bei diesem Patienten, verehrte Kollegin«, sagte

Siegburger. »Sie wissen, wie sehr ich oft auf Ihren Rat angewiesen bin.«

Luise lachte. »Nur nicht so bescheiden, mein Lieber. Angewiesen ist eindeutig das falsche Wort. Und jetzt muss ich los, ich bin schon viel zu spät.«

Durch die gepolsterte Tür drang kein Laut, aber Siegburger beriet sich offensichtlich mit der älteren Ärztin. Als die Sekretärin des Professors ihn wieder ins Ordinationszimmer schickte, saß Professor Siegburger hinter seinem Schreibtisch und bedeutete Albert, sich auf den Besucherstuhl davor zu setzen. Vorsichtig ließ sich Albert auf der Stuhlkante nieder, während der Arzt sich etwas notierte. Die Ärztin war nicht mehr da.

Als er fertig war, faltete er die Hände und hielt sie wie ein Zeltdach vor seinen Mund. »Hm«, sagte er. »Herr Lintermann, ich glaube, ich kann Ihnen helfen. Haben Sie mir eine Fotografie von sich mitgebracht, damit ich mir einen Eindruck verschaffen kann, wie Sie vor dem Krieg ausgesehen haben?«

Albert nickte und reichte ihm sein Hochzeitsbild. Dr. Simon hatte ihm eingeschärft, die Fotografie auf keinen Fall zu vergessen. »Er muss wissen, wie du vorher ausgesehen hast, Junge. Darauf stimmt er seine Eingriffe ab.«

Siegburger betrachtete das Bild. Schließlich nickte er zufrieden und sagte: »Wir müssen Sie natürlich noch gründlich untersuchen und einige Tests mit Ihnen machen, aber wir werden die Nase und die Lippe wiederherstellen können. Frau Doktor Lissenich hat das bestätigt. Wenn es nicht möglich gewesen wäre, hätte sie Ihnen eine keramische Maske fertigen lassen, aber das wird nicht nötig sein. Sie sind jung und gesund, wir werden Ihnen Ihre eigene Haut ins Gesicht transplantieren können.«

Vor lauter Aufregung konnte Albert ihm kaum folgen. Er

hörte nur, dass Siegburger Nase und Lippe wiederherstellen konnte.

»Die Sehkraft auf dem rechten Auge kann ich Ihnen leider nicht zurückgeben«, fuhr der Arzt fort, »aber ich versichere Ihnen, wenn wir ein gutes Glasauge einsetzen, fällt es gar nicht mehr so auf.« Er lächelte leicht, ließ die Hände sinken und legte sie vor sich auf das polierte Nussbaumholz der Schreibtischplatte.

Albert hätte gerne gefragt, wie das alles gehen sollte, was der Arzt ihm da schilderte, aber er bekam kein Wort heraus. Staunend blickte er Professor Siegburger an. Sein Aussehen schien den Mann gar nicht zu erschrecken. Auch Frau Dr. Lissenich hatte völlig gelassen reagiert. Wer weiß, was die beiden schon alles gesehen haben, ging es Albert durch den Kopf.

»Auch den Wangenknochen und das Kinn kann ich aufbauen. Und die Zähne …« Siegburger blickte Albert auf den Mund. »Sie werden natürlich ein Gebiss brauchen. Wir müssen die restlichen Zähne ziehen. Das ist bedauerlich, weil Sie erst Mitte dreißig sind, aber sehen Sie es mal so – dann haben Sie auch nie wieder Zahnschmerzen.« Ganz leicht verzog er die Mundwinkel, als ob er sich ein bisschen über seinen eigenen Witz amüsierte.

Albert blickte ihn leicht benommen an. Das hörte sich tatsächlich so an, als ob dieser Arzt ihm sein Gesicht zurückgeben wollte. »Aber«, sagte er und betastete das Loch neben seinem Mund, »ist denn überhaupt genug Haut da, um das alles wieder in Ordnung zu bringen?«

Professor Siegburger nickte. »Auf jeden Fall. Was wir brauchen, nehmen wir uns von der Innenseite der Oberarme oder der Oberschenkel. Ich will keine falschen Hoffnungen wecken, es wird ein langer, mühevoller Prozess werden, und Sie werden sicher nicht genauso aussehen wie früher. Man wird Ihnen ansehen, dass Sie eine Kriegsverletzung hatten, das kann ich nicht ungeschehen machen, aber ich kann dafür sorgen, dass sich niemand mehr erschrecken wird, wenn er Sie ansieht. Sie werden wieder ein normales Gesicht haben, zwar mit einigen Narben, aber ansonsten heil.«

Albert schluckte. Das hörte sich zu schön an, um wahr zu sein. Er hatte plötzlich einen ganz trockenen Hals. Auf einmal merkte er, wie sehr ihn sein Aussehen gequält und beschäftigt hatte, und bei der Aussicht, wieder halbwegs normal auszusehen, stockte ihm fast der Atem.

Der Arzt holte eine Mappe aus dem Schreibtisch und zog einige Fotografien heraus, die er Albert vorlegte. »Hier sehen Sie ein paar der Fälle, die bei mir vorstellig geworden sind.« Er zeigte auf ein Gesicht, in dem so gut wie gar nichts mehr zu erkennen war. Nur ein Auge ragte aus einem völlig zerstörten Wulst heraus. Albert schluckte, und ihm wurde leicht übel. Der Mann sah ja noch viel schlimmer aus als er.

»Wir haben mehrere Hautübertragungen machen müssen. Die Haut dazu haben wir von den Oberschenkeln genommen«, erläuterte der Arzt. »Insgesamt wurde der Mann sechsmal operiert. Es wären eigentlich nur fünf Operationen notwendig gewesen, aber einmal ist ein Hautlappen nicht gut angewachsen, und die Stelle hat sich entzündet. Das Risiko besteht natürlich immer. Heute sieht er so aus.« Er legte ein weiteres Foto daneben, auf dem Albert einen Mann sah, dessen Gesicht zwar vernarbt war, aber im Vergleich zu dem rohen Fleischklumpen auf dem ersten Foto konnte man es anschauen, ohne dass es einen würgte.

»Und ich muss betonen«, sagte Professor Siegburger, »Sie gehören nicht zu den wirklich schlimmen Fällen. Hier zum Beispiel, dieser Mann ...« Er zog eine weitere Fotografie aus der Mappe. Das Gesicht des Mannes war so gut wie gar nicht mehr vorhanden. Wenn es noch eine Steigerung zu dem Foto des Mannes davor gab, hier war sie. Auch hier blickte nur ein einziges Auge verzweifelt aus dem Krater, der einmal ein Gesicht gewesen war. Albert schluckte.

»Hier konnte ich nicht mehr viel bewirken, deshalb mussten wir mit einer keramischen Maske arbeiten.« Siegburger zeigte Albert das zweite Foto. Der Mann trug jetzt eine schön gearbeitete Halbmaske, die zumindest drei Viertel seines Gesichts vor der Öffentlichkeit verdeckte. Wenn man nicht ganz genau hinschaute, konnte man den Übergang von der Maske zum Gesicht kaum erkennen.

Der Arzt blickte auf. »Die Schwester von Frau Doktor Lissenich fertigt diese Masken. Sie leistet wirklich Großartiges damit. Aber wie gesagt, bei Ihnen wird das nicht notwendig sein. Nein, wenn alles gut geht, werden Sie nach den Operationen ganz passabel aussehen, glauben Sie mir.«

Albert räusperte sich. »Wie viel wird es denn kosten?«, stellte er die Frage, die ihn innerlich am meisten beschäftigte. Im Geiste überschlug er schon fieberhaft, ob das Geld, das er bekäme, wenn er die Ringe seiner Mutter verkaufte, überhaupt reichen würde.

Bevor er aufgebrochen war, hatte die Mutter ihn in einem ihrer wenigen hellen Momente noch einmal beiseitegenommen. Sie hatte ihren Ehering und den des Vaters, den sie seit seinem Tod am Mittelfinger trug, abgenommen und ihm in die Hand gedrückt. »Sie sind aus Gold, Junge«, hatte sie gesagt. »Du kannst sie in Bonn verkaufen. Ich brauche sie nicht mehr, aber dir helfen sie vielleicht.« Und dann hatte sie nach kurzem Zögern noch die Kette abgenommen, die sie immer, Tag und Nacht, um ihren Hals trug. An ihr hing ein Ring, den Albert noch nie an ihrem Finger gesehen hatte – ein dünner Goldreif mit einer schönen, nicht ganz runden Perle in der Mitte. »Wenn die beiden Eheringe nicht reichen, dann kannst du den hier auch noch verkaufen.«

Als Albert sie fragend angesehen hatte, hatte sie hinzugefügt: »Dein Vater hat ihn mir zur Verlobung geschenkt. Das ist eine Flussperle aus dem Perlenbach im Monschauer Land. Sie ist sehr wertvoll.« Versonnen hatte sie den Schmuck angeschaut, und einen Moment lang war sie Albert beinahe vorgekommen wie eine junge Frau. Jetzt kramte er umständlich in seiner Jackentasche, um die Ringe hervorzuholen, aber Siegburger machte eine abwehrende Handbewegung.

»Machen Sie sich wegen des Geldes keine Sorgen. Wenn Sie sich bereit erklären, mir für meine Vorlesungen zur Verfügung zu stehen, damit ich meinen Studenten am lebenden Objekt erklären kann, wie sie was machen müssen, dann entstehen Ihnen überhaupt keine Kosten. Was sind Sie von Beruf?«

»Landwirt«, sagte Albert. »In Wollseifen in der Eifel.«

»Ja, genau«, erwiderte Siegburger. Jetzt lächelte er offen, und auf einmal sah er aus wie ein Junge. »Naturalien werden natürlich immer gerne genommen. Am besten fangen wir so schnell wie möglich mit den Operationen an. Jetzt im Winter sind Sie ja abkömmlich. Ist Ihnen das recht? Und würden Sie sich denn als Studienobjekt zur Verfügung stellen? Was halten Sie von meinem Vorschlag? Sind Sie einverstanden?« Er wirkte auf einmal ganz belebt von der Aussicht, dem fremden Mann helfen zu können.

Albert überlegte nur kurz. Am meisten freute ihn, dass er der Mutter die Ringe wiederbringen konnte. »Ja. Selbstverständlich. Ich danke Ihnen, Herr Doktor. Vielen Dank!« Er sprang auf und streckte dem Arzt die Hand hin. »Danke. Vielen Dank!«

Siegburger wehrte ab. »Bedanken sollten Sie sich erst, wenn alles gelungen ist. Aber ich verspreche Ihnen, ich werde mein Bestes tun. Lassen Sie sich von meinem Sekretariat Termine für die Voruntersuchungen geben. Sie sollen sie Ihnen aufschreiben.« Er nickte ihm freundlich zu, und damit war Albert entlassen.

Während Albert voller Hoffnung wieder zum Bonner Bahnhof lief, war Johann Meller auf Freiersfüßen.

Prüfend musterte er sich im Spiegel. Er sah doch wirklich passabel aus, vor allem mit dem schneidigen kurzen Bärtchen über der Oberlippe. Während er seinen Dachshaarpinsel in der Schachtel mit der Rasierseife hin und her wirbelte und sein Gesicht zur Rasur gründlich einschäumte, drehte er den Kopf und betrachtete sich aus allen Perspektiven. Ja, er war ein stattlicher Mann im besten Alter, da gab es nichts zu meckern. Er würde das Weib schon herumkriegen. Bisher gab sie sich ja noch ein bisschen spröde, aber das stachelte ihn eigentlich nur an. Er hatte ihr kleine Geschenke gemacht, die er von seinen Besuchen in Köln mitgebracht hatte, teure Pralinen, einen Schal, ein Fläschchen Mouson Lavendel. Sogar an das Kind hatte er gedacht. Und für heute hatte er sich den Klunker bereitgelegt, den er diesem Judenbengel beim Spiel abgeluchst hatte. Das Bürschchen war so aufs Spielen versessen gewesen, dass es nach und nach den gesamten Schmuck seiner Mutter angeschleppt hatte. Und es waren ein paar wirklich schöne Stücke dabei! Auf jeden Fall würde der Ring an Lenis schlanken Fingern viel passender und eleganter aussehen als an jeder anderen Hand. Zufrieden lächelnd verzog er die Mundwinkel und trug mit einer fast schwungvollen Bewegung den letzten Klecks Rasierschaum auf. Dann allerdings konzentrierte er sich nur noch auf die Rasur. Das Rasiermesser war höllisch scharf, da konnte er es sich nicht leisten, sich durch Gedanken an eine Frau ablenken zu lassen.

Als er sich Rasierwasser ins Gesicht klopfte, hatte er seinen

Plan geschmiedet – er wollte ins Dorf fahren und Leni wie zufällig besuchen, um sie zu einer Spazierfahrt abzuholen. Es würde ihr und dem Kind bestimmt gefallen, im traditionsreichen Rur-Café in Monschau ein leckeres Stück Torte zu essen. Und dabei würde sich sicherlich auch die Gelegenheit ergeben, ihr den Antrag zu machen. Er rechnete nicht damit, dass sie ihm ihre Hand verweigern würde. Er hatte sie lange genug umworben. Jetzt war sie reif. Er brauchte sie nur noch zu pflücken.

9

Der Besuch bei Professor Siegburger hatte Albert aufgewühlt. Er musste jetzt erst einmal allein sein, um wieder einen klaren Kopf zu bekommen. Statt auf direktem Weg nach Hause zu gehen, bog er vor dem Dorf ab und ging in seinen Wald.

Er lag so günstig am Rand des Reichsforstes, dass ihn niemand störte, wenn er sich hier aufhielt. Eigentlich ging er lieber hierher als in die Messe. Wenn er zwischen den hohen Stämmen stand und der Stille lauschte, wurde ihm immer ganz feierlich zumute, beinahe wie in einem großen Dom.

Zwar hatte er nur selten Zeit, sich untätig hierhin zurückzuziehen und dieses Gefühl der Geborgenheit zu genießen, aber in den letzten Jahren hatte er immer häufiger jede Gelegenheit wahrgenommen. Die Hütte, die er sich gebaut hatte, lag im Schutz der hohen Bäume, aber von der Bank vor dem Haus blickte man weit über die Landschaft.

Dort saß er jetzt, trotz des ungemütlichen Wetters, und ließ sich seinen Besuch bei Professor Siegburger noch einmal durch den Kopf gehen. Er hatte Angst vor dem Eingriff, ja, das schon, aber seinem Eindruck nach schien Siegburger seinem guten Ruf gerecht zu werden. Und die Frau Doktor hatte offenbar seinen Vater gekannt … War das vielleicht ein gutes Omen? Außerdem, was hatte er schon für eine Wahl? Er musste sich vertrauensvoll in die Hände des Arztes begeben und es so nehmen, wie es kam. Schlimmer konnte sein Gesicht ja nicht mehr werden.

Leni aß mit Genuss das leckere Monschauer Dütchen, das sie sich im Café Rur bestellt hatte. Hier war sie noch nie gewesen, und die gemütliche Konditorei gefiel ihr ausnehmend gut. Wie nett von Meller, dass er mich mit Hildegard zusammen hierhin ausführt, dachte sie und warf ihrer Tochter einen liebevollen Blick zu. Das kleine Mädchen hatte das Gleiche essen wollen wie die Mutter, und obwohl Leni insgeheim schon befürchtet hatte, sie würde sich mit Sahne und Preiselbeeren bekleckern, aß sie für ihr Alter sehr manierlich.

Meller bemühte sich schon seit geraumer Zeit um sie. Im Anfang hatte sie sein Werben nicht ernst genommen. Sie hatte es für den Zeitvertreib eines gelangweilten reichen Herrn gehalten, und daran war sie nicht interessiert. Außerdem verglich sie jeden Mann unwillkürlich mit Hennes, und da kam Meller nicht so gut weg. Nicht nur, dass sie ihn äußerlich nicht so ansprechend fand, darüber hätte sie noch hinwegsehen können, nein, sie spürte auch etwas Unaufrichtiges an ihm.

Doch obwohl sie zunächst reserviert war, hörte er nicht auf, um sie zu werben. Ständig brachte er ihr kleine Geschenke, über die sie sich freute, mal Pralinen aus einer teuren Konditorei in Köln, mal ein Fläschchen Mouson Lavendel, ein Duft, den sie besonders liebte. Und er vergaß auch nie, Hildegard ein Spielzeug oder Ähnliches mitzubringen. Letztens war er sogar mit einem Puppenwagen angekommen, den die Kleine jetzt stolz in der Wohnung herumfuhr. Die Freude ihres Kindes hatte den Ausschlag gegeben, und seitdem sah Leni Meller mit anderen Augen. Jemand, der so freigiebig und umsichtig Geschenke machte, konnte kein schlechter Mensch sein. Immer häufiger gestattete sie sich den Gedanken, wie angenehm das Leben für sie und Hildegard sein könnte, wenn sie mit einem Mann wie Meller verheiratet wäre.

»Jetzt gerade haben Sie bestimmt an etwas Schönes gedacht,

Fräulein Leni. Lassen Sie mich teilhaben?« Meller, der sich einen Weinbrand zu seinem Kaffee bestellt hatte, beobachtete sie aufmerksam.

Leni blickte ihn an. »Ich dachte gerade, wie herrlich es ist, an einem Wochentag hier gemütlich im Café zu sitzen und so köstlichen Kuchen zu essen. Mit diesem Ausflug haben Sie mir, uns ...« Sie strich ihrer Tochter über die Haare. »... eine große Freude gemacht.«

Meller strahlte. »Ich muss zugeben, dass ich Sie nicht ohne Hintergedanken ausgeführt habe. Ich hoffe, Sie verzeihen mir meine kleine List.« Er nestelte ein viereckiges Etui aus seiner Jackentasche. Und während Leni noch überlegte, was er mit seinen Worten meinen könnte, ging er vor ihr auf die Knie, hielt ihr das aufgeklappte Kästchen entgegen und sagte: »Leni, wollen Sie, willst du meine Frau werden?«

Hildegard hatte aufgehört zu essen und schaute den Mann, der vor ihrer Mutter auf dem Boden kniete, aufmerksam an. Auch andere Gäste im Café drehten sich bereits nach ihnen um.

»Ich bitte Sie, Herr Meller, stehen Sie doch auf!«, stammelte Leni verlegen.

Er blickte sie unverwandt an und machte keine Anstalten, sich zu erheben.

Es war also so weit. Ihre Gedanken überschlugen sich. Sie dachte daran, wie selig sie damals gewesen war, als Hennes sich mit ihr verlobt hatte. Er hatte ihr nie einen so förmlichen Antrag gemacht, hatte nicht vor ihr auf den Knien gelegen, aber sie war trotzdem so glücklich gewesen, dass sie die ganze Welt hätte umarmen können. Das empfand sie in diesem Moment nicht. Aber Meller war nicht Hennes. Dass er ihr und ihrer Tochter ein sicheres Leben bot, war auch eine Form von Glück. Oder? Sie schaute auf den funkelnden Diamantring, der auf blauem Samt in dem kleinen Kästchen lag, warf ihrer Tochter, die die Szene mit offenem Mund verfolgte, einen Blick von der Seite zu und räusperte sich nervös. »Ja«, sagte sie dann. »Ja, Johann, ich will.«

Als Albert ins Dorf zurückkehrte, sah er, wie der Mercedes vor dem Schulhaus hielt. Meller stieg aus. Was mochte er mit dem Lehrer zu bereden haben? Oder wollte er gar nicht zum Lehrer? Er hatte den Gedanken noch nicht zu Ende gedacht, als Meller die Beifahrertür des glänzenden schwarzen Automobils öffnete und Leni mit der kleinen Hildegard ausstieg. Albert zog sich die Mütze tief ins Gesicht und wollte rasch an ihnen vorbeigehen, aber Leni hatte ihn natürlich schon gesehen und grüßte ihn freundlich.

Verlegen tippte er sich an die Mütze. Meller würdigte ihn keines Blickes. Er hatte nur Augen für Leni. »Leni, ich danke dir. Du machst mich zum glücklichsten Mann der Welt!«, sagte er so laut, dass Albert es auf keinen Fall überhören konnte. Zum Abschied zog er Lenis Hand an seine Lippen und strich Hildegard über die Haare.

Dann stieg er wieder ein und brauste davon, während die beiden im Schulhaus verschwanden. Dreck und Kieselsteine spritzten ans Hosenbein von Alberts gutem Anzug. Unwillkürlich sprang er zur Seite, wobei er dem Wagen nachdenklich hinterherschaute.

Die kleine Szene beschäftigte ihn so sehr, dass einen Moment lang sogar der Besuch bei Dr. Siegburger in den Hintergrund rückte. Wieso machte Leni Meller zum glücklichsten Mann der Welt?

Darüber dachte er noch immer nach, als er zu Hause durch die Hintertür in die Küche trat.

»Bertha, hältst du es für möglich, dass der Meller die Leni heiraten will?«, fragte er seine Frau.

Die schaute ihn aus ihren großen hellblauen Augen so unbestimmt wie immer an. »Möglich. Er scharwenzelt ja schon lange um sie herum«, erwiderte Bertha. »Wieso?«

»Ich habe die beiden gerade gesehen. Meller hat zu Leni gesagt, dass sie ihn zum glücklichsten Mann der Welt macht. Warum hast du mir nie etwas davon erzählt, dass es zwischen den beiden schon so weit ist?«

Bertha schüttelte leicht irritiert den Kopf. »Ich habe nicht gedacht, dass es dich interessiert. Du willst doch auch sonst von Frauengeschichten nichts hören.« Sie legte die Hand auf ihren dicken Bauch und lächelte vage. »Erzähl mir lieber, wie es in Bonn war. Was hat der Professor gesagt?«

Jetzt erst fiel Albert sein Gespräch mit Siegburger wieder ein. Er erwiderte ihr Lächeln und legte seine Hand auf die seiner Frau. Bertha hatte ja recht. Es ging ihn eigentlich gar nichts an, Leni konnte tun und lassen, was sie wollte, und für ihn gab es Wichtigeres zu bereden. Und weil Bertha gerade den Kopf wegdrehte, gab er ihr rasch einen Kuss, bevor eines der Kinder oder Helena in die Küche kamen.

»Stell dir vor«, fuhr er fort. »Professor Siegburger will mich operieren, und er sagt, mein Gesicht wird wieder heil werden. Er meint, es wird natürlich nicht mehr ganz so wie früher, aber man wird mich auf jeden Fall wieder normal anschauen können. Er hat mir so viel Hoffnung gegeben, und er hat mir Bilder gezeigt von Fällen, die er schon behandelt hat. Bertha, da waren viel, viel schlimmere Gesichter als meines, es war ganz furchtbar. Und er hat ihnen allen wieder neuen Lebensmut gegeben.«

Zum ersten Mal seit Jahren sah sie ihn wieder direkt an. »Albert, das wäre zu schön, um wahr zu sein!«

»Ja, und das Beste ist«, fügte er eifrig hinzu, »es kostet mich gar nichts. Er will mich seinen Studenten vorführen, und dann macht er alle Operationen umsonst. Er hat gemeint, wenn ich mich erkenntlich zeigen will, kann ich ja ab und zu mal ein Pfund Butter oder ein paar Eier mitbringen. Schon in zwei Wochen will er mit dem Operieren anfangen, damit ich nicht so viel Arbeitszeit verliere.«

Das Gespräch mit Professor Siegburger hatte ihm das erste Mal seit Langem die Zuversicht wiedergegeben, dass auch für ihn das Leben noch nicht vorbei war. Wenn es dem Arzt tatsächlich gelingen würde, sein Gesicht wiederherzustellen, dann sah seine Zukunft – und die seiner Kinder – gleich viel freundlicher aus, ganz egal, welche Widrigkeiten das Schicksal noch für ihn bereithielt. Auf einmal hatte er das sichere Gefühl, dass ihm die Welt wieder offenstand und er alles schaffen konnte.

Trotzdem war ihm beklommen zumute, als er vierzehn Tage später das Krankenhaus betrat. Dabei war zu Hause alles geregelt und geordnet. Er hatte den Hof in den fähigen Händen von Matthes und Thadeusz zurückgelassen, und auch Silvio würde ab und zu nach dem Rechten schauen. Außerdem war ja auch auf die Frauen Verlass. In dieser Hinsicht brauchte er sich also gar keine Sorgen zu machen.

Doch dass die erste Operation immer näher rückte, ließ ihn schon seit Tagen nicht mehr los. In den Nächten hatte er wach gelegen, während ihm unablässig immer wieder die gleichen Fragen durch den Kopf gegangen waren: wenn nun die Operationen gar nichts nützten, wenn das Gesicht nicht heilte und er am Ende schlimmer aussehen würde als vorher? Wenn er vielleicht sogar sterben würde? Was würde dann aus Bertha und den Kindern? Wer gab ihm denn eine Garantie dafür, dass alles gut ging? Meistens war er dann erschöpft erst in den frühen Morgenstunden in einen unruhigen, von wilden Träumen geplagten Schlaf gefallen, aus dem er sich schon ein, zwei Stunden später wieder hatte erheben müssen, um seinem Tagwerk nachzugehen. Selbst Bertha war sein jämmerlicher Zustand aufgefallen, und sie hatte versucht, ihn zu trösten. »Es wird schon nicht so schlimm«, hatte sie gesagt, »Und außerdem ist es doch gleichgültig, wie du aussiehst. Wir sind ja jetzt schon alle daran gewöhnt.« Albert schüttelte leicht den Kopf, als er an ihre Worte dachte. Manchmal hatte er das Gefühl, seine Frau gar nicht mehr zu kennen.

Und jetzt war es also so weit. Heute wurden noch diverse Untersuchungen durchgeführt, und morgen früh war die erste Operation angesetzt.

Die Schwestern auf seiner Station waren allesamt Nonnen, und er fühlte sich bei ihnen bestens aufgehoben, auch wenn es ihn genierte, dass er sich vor ihnen auskleiden und in ein kratziges Krankenhaushemd schlüpfen musste, das hinten peinlicherweise offen war. Dann nahmen sie ihm Blut ab, er wurde gewogen und vermessen, und als er schließlich in seinem Bett lag, war es schon später Nachmittag. Professor Siegburger kam noch einmal zu ihm, um ihm den Ablauf des nächsten Tages zu erklären, und allein sein Anblick in dem frisch gestärkten Arztkittel beruhigte Albert.

Als er wieder gegangen war, blickte er sich in dem großen Saal, in dem er lag, um. Insgesamt zählte er zwölf Betten. Um ihn herum herrschte lärmendes Treiben. Ein paar Männer, einer mit einem Stumpen im Mundwinkel, hatten sich zum Kartenspielen auf einem Bett zusammengehockt, andere unterhielten sich lautstark. Zwei, drei Patienten lagen still da, mit dick bandagierten Gliedmaßen, und Albert fragte sich, ob sie wohl auch an Kriegsverletzungen operiert worden waren. Gerade näherte sich ein Mann, der sich an zwei hölzernen Krücken bewegte, seinem Bett, als eine Schwester hereinkam und um Albert herum einen Vorhang zuzog. »Sofort wieder ins Bett mit dir!

Aber ein bisschen fix!«, sagte sie zu dem Mann auf Krücken. Ihrer Stimme war anzuhören, dass sie Widerspruch nicht duldete. »Der Patient braucht absolute Ruhe. Er wird morgen früh operiert. Wehe, ich erwische einen von euch, dass er ihn stört! Und seid ein bisschen leiser. Kartenspielen kann man auch, ohne zu schreien. Im Übrigen auch, ohne diese stinkenden Stumpen zu rauchen«, fügte sie hinzu, »den gibst du mir am besten gleich mal mit!«

»Jawoll, Frau Generalin!«, sagten ein paar Männer, und als die Schwester gegangen war und Albert geschützt hinter seinem dicken Vorhang lag, drang tatsächlich nur noch gedämpftes Stimmengemurmel zu ihm. Er drehte die glänzende Kastanie zwischen den Fingern. Karl hatte sie ihm geschenkt. »Hier, Papa«, hatte er gesagt, »sie bringt dir Glück. Du musst sie in der Hand halten und dir ganz fest etwas wünschen. Dann geht es in Erfüllung.«

Sein Junge! Gerührt betrachtete Albert die Kastanie. Dann schloss er fest die Finger darum und wünschte sich ein neues Gesicht. Die Geräusche um ihn herum traten immer mehr in den Hintergrund, und bald hörte er gar nichts mehr, denn das Schlafmittel, das die Nonne ihm verabreicht hatte, wirkte, und als er nach tiefem, traumlosem Schlaf erwachte, war es schon Morgen, und sein Vorhang wurde gerade zur Seite geschoben.

Er tauchte aus einem grauen Nebel wieder auf. Dumpf erinnerte er sich an gleißendes Licht, an Wortfetzen, an das Pfeifen der Granaten, das Zischen der Kugeln, die ihnen um die Ohren flogen. Plötzlich fasste jemand nach seiner Hand, und eine Stimme drang in sein Bewusstsein.

»Herr Lintermann? Herr Lintermann! Schauen Sie mich an. Sind Sie wach?«

Mühsam blinzelte er. Über sich sah er das runde Gesicht der

jungen Nonne, die ihn am Morgen in den Operationssaal geschoben hatte.

Sie lächelte, als sie sah, dass er sie erkannte, und drückte seine Hand. »Da sind Sie ja wieder! Es ist alles gut verlaufen. Sie bleiben noch eine Weile hier auf der Wachstation, aber morgen können wir Sie dann schon wieder auf Ihr Zimmer bringen.«

Albert schaute sie an. »Die Kastanie«, sagte er, aber es kam nur ein unverständlicher Laut aus dem Loch, das der Verband um seinen Mund gelassen hatte. Er versuchte den Kopf zu drehen und hob die Hand. »Die Kastanie!«, sagte er noch einmal.

»Schscht!« Die junge Nonne legte den Finger an die Lippen. »Sie sollen noch nicht sprechen. Aber warten Sie«, fügte sie hinzu, »das hier habe ich heute früh in Ihrem Bett gefunden, als wir Sie in den OP geschoben haben.« Sie reichte ihm Karls Kastanie.

Professor Siegburger kam jeden Tag und schien mit den Fortschritten seines Patienten recht zufrieden. An manchen Tagen brachte er Frau Dr. Lissenich mit. Albert wusste mittlerweile, dass sie eine Praxis in Monschau hatte, in der sie jedoch nur noch an drei Tagen in der Woche arbeitete. Zuerst hatte er sich ein bisschen gewundert, dass sie so häufig bei ihm vorbeischaute, aber dann hatte sie einen langen Nachmittag bei ihm am Bett gesessen und ihm erzählt, dass sie und sein Vater sich als Kinder gekannt hatten, weil ihr späterer Schwiegervater als Tuchfabrikant Handel mit den Bauern in Wollseifen getrieben hatte. Staunend hatte Albert ihr zugehört – der Vater hatte nie etwas davon erwähnt.

»Ihr Vater hat uns auch in Monschau besucht«, erzählte sie ihm. »Wir haben als Kinder sogar Flussperlen gesammelt. Eigentlich mussten wir sie alle abgeben, aber einmal haben wir jeder eine besonders schöne Perle als Freundschaftspfand behalten.«

Albert gab einen zustimmenden Laut von sich. Ja, sicher, das musste die kostbare Perle sein, die seine Mutter als Anhänger trug. Aber die Ärztin achtete nicht darauf. Zu sehr war sie in ihre eigene Erinnerung versunken. Schließlich zuckte sie mit den Schultern. »Wir waren Kinder. Doch mit der Zeit haben wir uns aus den Augen verloren. Unsere Lebenswege waren einfach zu unterschiedlich. Aber ich kann Ihnen gar nicht sagen, wie es mich freut, dass ich, zumindest indirekt, Wilhelms Sohn helfen konnte. Und so wie es aussieht«, sie hatte ihn prüfend gemustert, »machen Sie tatsächlich ausgezeichnete Fortschritte.«

Albert selbst konnte den Heilungsprozess nicht beurteilen. Sie gaben ihm keinen Spiegel, und aus den Lauten, die der Arzt von sich gab, wenn er alle paar Tage die Verbände wechselte, wurde er nicht so recht schlau. Er traute sich aber auch nicht zu fragen. Er bekam flüssige Nahrung durch ein Trinkröhrchen, weil lediglich für den Mund und das heile Auge Öffnungen gelassen worden waren.

Eines Nachmittags verkündete Siegburger: »Herr Lintermann, morgen kommt eine Gruppe meiner Studenten mit zur Visite, damit ich ihnen an Ihrem Beispiel die Eingriffe im Gesicht erläutern kann. Dann werde ich Ihnen die Verbände endgültig abnehmen. Was sagen Sie?«

Albert schluckte. Vor diesem Moment hatte er sich gefürchtet. Der Anblick, der ihn damals im Lazarett nach dem Entfernen der Verbände erwartet hatte, hatte sich tief in sein Gedächtnis eingeprägt. Und wenn es jetzt wieder so war? Er hatte Angst, dass er sich dann nicht beherrschen könnte und trotz der zahlreichen Menschen um ihn herum in Tränen ausbrechen würde.

Professor Siegburger musste wohl die Angst in seinem heilen

Auge sehen, denn er legte ihm die Hand auf die Schulter und sagte beruhigend: »Na, na, Herr Lintermann, ich bin guter Hoffnung. Machen Sie sich keine Sorgen – es wird alles zu Ihrer Zufriedenheit sein. Sie werden staunen, wie gut Sie schon wieder aussehen! Nur noch ein paar kleine Korrekturen, und Sie sind wieder ganz der Alte. Nein, was sage ich, Sie werden wesentlich besser aussehen als der alte Albert Lintermann!«

Aus den Aufzeichnungen des Lehrers Martin Faßbender

18. März 1923

Es grenzt beinahe an ein Wunder, was dieser Bonner Arzt an Lintermanns Gesicht bewirkt hat. Er ist kaum noch wiederzuerkennen. Als er mir das erste Mal von den Operationsmethoden dieses Mediziners erzählte, konnte ich mir kaum vorstellen, dass an einem solchen Gesicht überhaupt noch etwas zu machen sein könnte. Eine Hälfte war ja so gut wie nicht mehr existent, und wenn man ihn sah, erschrak man unwillkürlich. Aber jetzt ist die Nase wiederhergestellt, der Mund ist nicht mehr nur ein verzerrtes Loch, und er kann die Lippen wieder schließen. Es ist einfach großartig! Und Albert ist ein neuer Mensch. Man sieht ihm an, dass er so langsam wieder Freude am Leben findet. Ach, ich freue mich so für ihn, wenigstens einer, dem nach diesem Krieg und in diesen schwierigen Zeiten etwas Gutes erwachsen ist.

Mal sehen, ob sich auch für mich etwas Gutes ergibt. Ich habe gestern eine Anzeige aufgegeben, um eine neue Haushälterin zu finden. Leni wird ja in zwei Monaten heiraten, und ich kann nicht sagen, dass ich mit ihrer Wahl einverstanden wäre. Mir sagt dieser Meller nicht zu. Er hat so eine verschlagene Art, und ich verstehe ehrlich gesagt nicht, was sie in ihm sieht. Aber meine Meinung ist natürlich nicht maßgeblich. Sie ist nicht meine Tochter, auch wenn mir das gut gefallen würde, sondern eine erwachsene Frau und muss wissen, was sie tut. Und sie muss natürlich auch daran denken, dass sie und Hildegard versorgt sind. Geld hat er ja wohl, und von dem, was ich mitbekommen habe, scheint ihm ehrlich etwas an ihr zu liegen. Wollen wir mal hoffen, dass sie ihr Glück gefunden hat.

Ich muss jetzt auf jeden Fall eine neue Person finden, die mir den Haushalt besorgt und auch ein Händchen für meinen Garten hat.

23. März 1923

Molitor hat mir erzählt, dass Papst Pius XI. in Rom öffentliche Gebete angeordnet hat, damit es nie wieder Krieg gibt. Das ist eine gute Sache, und vielleicht hilft es ja, vor allem, wenn man bedenkt, wie zerstritten die Mächte schon wieder sind und wie unruhig die Lage bei uns im Reich ist.

10

Albert stand kurz vor seiner zweiten Operation. Alles war gut und schnell verheilt, und er war zu Hause, als Bertha nach Weihnachten von ihrem dritten Kind entbunden worden war. Es war ein kleiner Junge, der in seinen ersten Minuten auf der Welt so laut brüllte, dass die Hebamme nur einen Blick auf ihn warf und sagte: »Na, mit dem werdet ihr Spaß haben!« Sie nannten ihn Gottfried, und wenn Albert seine Kinderschar betrachtete, war er heilfroh, dass er sich hatte operieren lassen. Professor Siegburger hatte recht behalten. In der stundenlangen Operation waren Wangenknochen und Nase wiederaufgebaut und das Loch am Mund geschlossen worden, und selbst Albert fand, dass er schon wieder ganz passabel aussah. Jetzt sollte in einem weiteren Eingriff in das versehrte Auge ein Glasauge eingesetzt werden, damit die leere Augenhöhle vor weiteren Schäden geschützt war, wie der Arzt ihm erklärt hatte. Für den Moment verlieh ihm die schwarze Augenklappe noch ein leicht verwegenes Aussehen. Später war dann in einer dritten Operation noch der endgültige Aufbau der Kinnpartie an der Reihe.

Kurz nach der Geburt von Gottfried war Leni mit ihrer Tochter zu ihnen gekommen. An ihrem Finger prangte ein Verlobungsring mit einem großen Diamanten, den sie Bertha und Hedwig, die gerade zu Besuch war, verlegen lächelnd präsentierte.

»Ich kann es kaum glauben, aber das ist ein echter Diamant«, sagte sie. »Johann Meller hat um meine Hand angehalten. Wir wollen im Frühjahr heiraten.« Sie zog Hildegard, die mit ihren fünf Jahren ein ungewöhnlich ernstes, stilles Kind war, auf den Schoß. »Und er hat gesagt, er will für Hildegard sorgen wie für ein eigenes Kind. Sie wird Blumen streuen auf unserer Hochzeit.« Sie drückte ihrer Tochter einen Kuss auf den Scheitel.

Die beiden Frauen brachen beim Anblick des Ringes in bewundernde Rufe aus. Die kleine Annemie, die in einer Ecke der Küche mit ihrer Stoffpuppe gespielt hatte, kam neugierig angelaufen. Auch sie durfte einen Blick auf den glitzernden Edelstein werfen. Albert, der draußen Holz gehackt hatte und mit einem Korb voll Feuerholz in die Küche kam, blieb erstaunt auf der Schwelle stehen, als er die Frauen zusammenstehen sah. Verlegen stellte er den Korb ab und wollte gleich wieder hinausgehen, aber Leni hielt ihn zurück.

»Albert«, sagte sie, »das ist schön, dass ich dich auch sehe. Wie geht es dir denn? Hast du deine Operation gut überstanden?«

Albert nickte grüßend. »Ja danke. Mir geht es gut«, murmelte er und fasste sich unwillkürlich an die Wange. »Es ist alles so weit gut verheilt, nächste Woche muss ich wieder in die Klinik.«

»Leni hat sich mit Johann Meller verlobt«, warf Bertha ein. »Ist das nicht wundervoll? Ich freue mich so für dich, Leni! Und so ein prächtiger Ring! Ach, wenn die Mutter das noch erlebt hätte.«

»Ja, nächste Woche ist schon Sechswochenamt«, sagte Leni wehmütig. »Die Mutter wäre bestimmt froh für mich gewesen.«

Alberts Mutter war vor fünf Wochen gestorben. Albert, der sehr an seiner Mutter gehangen hatte, schmerzte am meisten, dass sie nicht mehr erlebt hatte, welche Wunder Professor Siegburger am Gesicht ihres Sohnes vollbracht hatte.

Nach dem Gespräch mit Professor Siegburger hatte er ihr die Eheringe und ihren Perlenring wiedergegeben, aber sie war schon wieder so tief in ihrer eigenen Welt versunken, dass sie ihn nur mit einem verständnislosen Blick bedacht hatte.

»Herzlichen Glückwunsch zur Verlobung«, sagte Albert mit rauer Stimme. Er hatte auf einmal einen Kloß im Hals.

Natürlich gönnte er es Leni, dass sie endlich heiratete. Niemand konnte von ihr erwarten, dass sie ihr Leben lang um Hennes trauerte, sie war jung und gesund, und sie wollte ja auch eine Familie. Aber musste es ausgerechnet Meller sein? Gab es niemand anderen? Doch als er sah, wie Leni vor Glück strahlte, kam er sich auf einmal ganz erbärmlich vor, dass er ihr diese gute Partie nicht gönnte. »Wann ist es denn so weit?«, rang er sich ab. »Wann wollt ihr denn heiraten?«

»Im Mai«, erwiderte Leni. »Johann will nicht mehr so lange warten. Er ist ja nicht mehr der Jüngste.« Sie lachte ein wenig verlegen. »Es kommt mir immer noch ganz unwirklich vor, wie ein Traum. Er trägt mich auf Händen. Ich brauche bloß einen Wunsch zu äußern, und er erfüllt ihn mir. Die Hochzeitsreise machen wir nach Italien, stellt euch das mal vor!«

Hedwig und Bertha drückten ihre Bewunderung so überschwänglich aus, dass auch Albert nicht zurückstehen wollte. Er nickte beifällig und rang sich ein Lächeln ab. »Das ist ja großartig!«, sagte er, aber seine Worte kamen ihm unaufrichtig und hölzern vor. Leni schien jedoch nichts zu bemerken. Sie beugte sich über den Stubenwagen, in dem Gottfried lag, und strich dem schlafenden Säugling über die Wange. »Ich muss dann auch mal wieder«, sagte sie. »Ich wollte mir nur mal schnell den neuen Erdenbürger ansehen und euch bei der Gelegenheit die Neuigkeiten mitteilen. Ach, es ist schön, dass ihr euch mit mir freut!«

Anfang Mai 1923 wurden Leni Irnich und Johann Meller in der kleinen Dorfkirche getraut. Der Bräutigam trug einen Cutaway mit Zylinder, ein Kleidungsstück, das in Wollseifen noch nie jemand gesehen hatte, aber am meisten beeindruckte die zahlreichen Schaulustigen die Braut. Sie trug ein cremefarbenes, wadenlanges Kleid mit Spitzenbesatz an Ausschnitt und Saum, dazu helle Wollstrümpfe und schwarze Lackschuhe mit kleinem Absatz. Die Farbe des Kleides stellte auch die alten Frauen im Dorf zufrieden, die vorher gemurrt hatten, dass Leni ja nun auf keinen Fall in Weiß heiraten könne, schließlich sei sie schon Mutter. Der prächtige Spitzenschleier hingegen, von einem Blütenkranz auf den zur Zopfkrone geflochtenen Haaren gehalten, war von einem strahlenden Weiß und so lang, dass er auf dem Boden schleifte. Leni hatte glückstrahlend erzählt, dass der kostbare Schleier Johanns Großmutter gehört habe, aber im Dorf wurde gemunkelt, dass er sich ihn wie so vieles andere ergaunert hatte.

»Dem Meller glaube ich kein einziges Wort. Leni wird ihm schon noch auf die Schliche kommen«, prophezeite Silvio düster, als Albert am Abend vor der Hochzeit bei ihm an der Theke stand und ein Feierabendbier trank. »Hoffentlich gibt es für sie kein böses Erwachen.«

»Ich wünsche ihr, dass sie glücklich wird.« Albert blickte den Freund nachdenklich an. »Aber ob das mit Meller möglich ist? Ich finde ja, seit er in diese neu gegründete NSDAP eingetreten ist, hat er sich zum Schlimmeren verändert.«

Silvio nickte. »Er redet für meinen Geschmack ein bisschen viel über diesen Adolf Hitler. Und ständig stänkert er gegen die Juden, die seiner Meinung nach alle verschlagen und geldgierig sind. Na, wenn er damit mal nicht sich selber meint. Ich glaube ja, er hat so seine eigenen Albträume.«

»Hm.« Albert trank einen Schluck aus seinem Krug. »Vielleicht ändert er sich ja, wenn er erst mit Leni verheiratet ist.«

Der Wirt zog vielsagend eine Augenbraue hoch. »Tja, das bleibt zu hoffen.«

»Hedwig und Bertha wollen unbedingt an der Kirche gucken gehen, und ich soll mitkommen«, sagte Albert düster.

Silvio warf ihm einen mitleidigen Blick zu. »Und? Tust du dir das an?«

Albert schüttelte den Kopf. »Nein. Die Freude mache ich ihm nicht, dass ich dastehe und gaffe wie ein armer Schlucker. Eingeladen hat er mich ja nicht.«

Silvio zuckte mit den Schultern. »Sollen die Frauen doch gucken gehen. Ich glaube, meine Maria will sich das Schauspiel auch nicht entgehen lassen. Sie hat mich schon gefragt, ob sie Robert bei mir lassen kann.« Er grinste. »Der Stubenwagen steht ja sowieso in der Küche. Und Robert merkt man kaum. Das perfekte Gaststättenkind!«

Eigentlich hatten er und Maria geglaubt, dass sie keine Kinder mehr bekommen würden, und sie waren mit ihren drei Jungs und der kleinen Johanna, die nächstes Jahr in die Schule kam, auch zufrieden gewesen. Aber dann war Maria, die geglaubt hatte, schon im Wechsel zu sein, auf einmal doch wieder schwanger geworden. Und nur wenige Tage nach dem Tod der alten Frau Lintermann hatte die Hebamme aus Herhahn auf einmal alle Hände voll zu tun gehabt in Wollseifen, weil sowohl Bertha als auch Maria im Abstand von nur wenigen Stunden jeweils einen gesunden Jungen zur Welt gebracht hatten. »Wo viere satt werden, reicht es auch noch für ein fünftes«, hatte Silvio gelassen erklärt.

Jetzt sagte er zu Albert: »Aber hier kannst du sie dir genauso gut angucken. Sie kommen ja nach der Kirche zu mir in die Gaststätte zu einem Umtrunk, und dazu ist das ganze Dorf eingeladen.«

Albert hob abwehrend die Hände. »Um Himmels willen, das

schon gar nicht. Ich muss morgen dringend mit dem Roden auf dem Schiffelland anfangen. Wenn ich es jetzt nicht mache, dann kann ich es für dieses Jahr vergessen. Ich will im Herbst Winterroggen aussäen, das Dach müsste mal wieder neu gedeckt werden.«

Schiffelland war der Teil der Hochebene, der alle paar Jahre von der Gemeinde unter den Landwirten verlost wurde. Um dieses Land bebauen zu können, mussten Ginster, Weißdorn und Hundsrose erst einmal mühsam ausgegraben und die Grasnarbe Stück für Stück abgetragen werden. Anschließend ließ man Gestrüpp und Gras den Sommer über trocknen, um sie dann im Herbst zu verbrennen. Die Asche wurde als Dünger auf dem Acker verstreut und mit der Hacke untergegraben. Auf diesem fruchtbaren Boden gedieh der Winterroggen, der anschließend ausgesät wurde, besonders gut, und seine schönen langen Halme konnten als Belag für die traditionellen Strohdächer genutzt werden.

Allerdings wurden in der letzten Zeit immer weniger Häuser auf diese Art und Weise eingedeckt. In Firmenich und Schwerfen gab es neuerdings Betriebe, bei denen man schwarz glasierte Tonziegel kaufen konnte. Albert hatte insgeheim auch schon mit dem Gedanken geliebäugelt, das Dach damit einzudecken. Es machte einen viel eleganteren Eindruck, fand er, und war wahrscheinlich auch langlebiger. Andererseits jedoch hatte die traditionelle Methode auch ihre Vorteile, und roden, um den Boden fruchtbar zu machen, musste er ja sowieso.

Silvio warf ihm einen Blick von der Seite zu. »Einen Tag hätte das wohl noch Zeit. Mir machst du nichts vor, mein Freund. Aber du hast ja recht, es reicht, wenn die Frauen sich das Schauspiel anschauen. Was sollen wir Männer dastehen und glotzen?«

Albert grinste schief. »Genau, wir haben Besseres zu tun.«

»Es heißt, dass er die reinste Fürstenhochzeit ausrichtet, da auf seinem Gutshof, jedenfalls, was die Pracht angeht. Er hat angeblich kistenweise Champagner in Frankreich geordert, und für das Festbankett lässt er extra Köche aus Köln kommen.«

»So ganz verstehe ich es ehrlich gesagt nicht.« Albert verzog das Gesicht. »Das ist so gar nicht Lenis Art. Ich begreife nicht, was sie an ihm findet. Wenn das der Hennes noch erlebt hätte ...«

»Na ja, was weiß man schon von den Frauen?« Silvio hielt das Glas, das er gerade abgetrocknet hatte, prüfend gegen das Licht. »Der Reichtum wird's ihr angetan haben. Dir kann es doch gleichgültig sein, oder?«

Albert nickte zögernd, aber das sah Silvio schon nicht mehr, weil sich die Wirtschaft zunehmend füllte. Schweigend trank Albert sein Bier aus, legte das Geld auf den Tresen und ging.

Es war ihm nicht gleichgültig, aber das hätte er noch nicht einmal Silvio gestanden, so vertraut der Umgang mit dem Wirt mittlerweile auch geworden war. Wie hätte er jemandem erklären können, was er für die Verlobte seines verstorbenen besten Freundes empfand? Er konnte es sich ja noch nicht einmal selbst erklären. Himmel, er war verheiratet und hatte drei Kinder. Bertha mochte nicht immer ganz einfach sein, sie hatte Stimmungen und Launen und hatte ihm in den letzten Jahren weiß Gott das Leben schwer gemacht, aber sie war seine Frau, und er hatte vor Gott versprochen, sie zu lieben und zu ehren. Dass er sich in Lenis Gesellschaft so wohlfühlte, war wahrscheinlich noch auf seine enge Freundschaft mit Hennes zurückzuführen. Sie war und blieb ja für ihn Hennes' Frau, und er hatte wohl einfach das Bedürfnis, sie zu beschützen.

Dieser verfluchte Krieg, dachte er. Wenn Hennes noch leben

würde, wäre das alles nicht passiert. Aber dann wäre auch er unversehrt geblieben, und die Schwierigkeiten mit Bertha hätte es wahrscheinlich nie gegeben.

Und so stand er am nächsten Morgen in aller Herrgottsfrühe mit Thadeusz auf dem Land, das die Gemeinde ihm erneut zugesprochen hatte, und hackte wie ein Wilder auf die Büsche und Sträucher ein. Es war Schwerstarbeit, weil vor allem Ginster und Hundsrose tiefe, fest sitzende Wurzeln hatten und der Boden hart wie Stein war.

Das Feld war ein einziger Farbenrausch, alle Sträucher standen in voller Blüte, aber dafür hatte Albert keinen Blick. Schweißüberströmt hackte und schlug er auf das Dickicht ein und machte nur ab und zu eine Pause, um einen Schluck Wasser zu trinken.

Vor dem Krieg hatte ihn Matthes immer bei dieser Arbeit unterstützt. Er ist jetzt auch schon seit einem halben Jahr tot, dachte Albert. Aber wenigstens hatte er noch ein paar gute, friedliche Jahre. Er hatte nur noch getan, was ihm Freude gemacht hatte, sich um Jupp und um seinen kleinen Garten gekümmert, und ansonsten, wie er immer gesagt hatte, den lieben Gott einen guten Mann sein lassen. Doch dann war das Pferd gestorben, was angesichts seines hohen Alters nicht weiter verwunderlich war.

Matthes konnte den Tod seines liebsten Gefährten nicht verwinden, und wenige Monate später starb auch er. Als Albert für den Bestatter die Papiere heraussuchte, stellte er überrascht fest, dass Matthes 1835 geboren war. Dass er schon so alt war, hatte er nicht gewusst. Albert trauerte sehr um ihn. Nach dem Vater war der alte Knecht seit seiner Kindheit seine wichtigste Bezugsperson gewesen.

Auch daran dachte Albert jetzt, während er verbissen die

Wurzeln der Büsche aus dem harten Boden hackte. Ein Teil des Gestrüpps wurde später gehäckselt und gab dann eine gute Streu für die Ställe ab. Sein Gesicht und sein Oberkörper waren schweißnass. Thadeusz, der mit seinem Tempo mithielt, warf ihm ab und zu einen besorgten Blick von der Seite zu. Schließlich verkündete er: »Wir machen Pause, Bauer! Ich muss essen und trinken!«

Albert nickte stumm. Der Mann hatte ja recht. Sie arbeiteten jetzt schon seit vier Stunden ohne Unterbrechung, aber das fiel ihm erst auf, als die Kirchenglocken läuteten. Jetzt begann die Hochzeitsmesse.

Bertha hatte nicht verstanden, warum er unbedingt am heutigen Tag das Land roden wollte. »Leni wird enttäuscht sein, wenn du ihr nicht gratulierst. Und du brauchst dich doch auch nicht mehr zu verstecken«, hatte sie hinzugefügt und ihm über die Wange gestreichelt.

Sie war beinahe wieder so wie früher ihm gegenüber. Professor Siegburger hatte wahre Wunder bewirkt, und seitdem Albert auch noch eine brandneue Zahnprothese hatte, sah er kaum noch entstellt aus. Die Narben in seinem Gesicht verliehen ihm eher etwas Verwegenes. Doch je liebevoller sich Bertha seitdem wieder ihm gegenüber verhielt, desto mehr zog sich Albert innerlich von ihr zurück. Er konnte es nicht verwinden, dass sie ihn abgelehnt hatte, als er schwer versehrt aus dem Krieg nach Hause gekommen war.

»Oder kränkt es dich, dass er uns nicht eingeladen hat?«, hatte Bertha gefragt. »Das musst du dir nicht zu Herzen nehmen. Leni hat mir gesagt, sie wollte uns einladen, wir sind ja eigentlich ihre Familie, aber Meller war dagegen. Warum, konnte sie auch nicht so genau sagen, und sie hat nur klein beigegeben, weil sie nicht gleich zu Anfang Streit mit ihm haben wollte.«

Das sah Meller ähnlich, aber Albert war eigentlich froh, dass sie nicht eingeladen waren. Es ersparte ihm zuzusehen, wie Leni diesem Mann angetraut wurde.

Er war im Lauf der Jahre mit Meller immer wieder aneinandergeraten, nicht nur bei den politischen Diskussionen in der Wirtschaft. Auch wenn sie sich im Dorf begegneten, genügte ein abfälliger Blick, ein Feixen des Gutsbesitzers, um Albert innerlich auf die Palme zu bringen. Einmal waren sie gleichzeitig vor der Eingangstür des Wirtshauses angekommen, und ehe Albert so richtig gewusst hatte, wie ihm geschah, hatte Meller ihn grob beiseitegeschoben und war mit den Worten »Platz da!« als Erster eingetreten.

Er behandelte ihn wie einen seiner Arbeiter. Albert hatte mehr als einmal erlebt, wie herrisch er gegenüber den Polen, die für ihn arbeiteten, auftrat. Auch ihm gegenüber hatte er sich so aufführen wollen, war aber an dessen ruhiger Gelassenheit immer wieder gescheitert. Wenn er ihm im Ort begegnete, murmelte er meistens entweder ein höhnisches Schimpfwort, oder er fuhr so schnell in seinem prächtigen Automobil an ihm vorbei, dass Albert Staub und Kies ins Gesicht wirbelten. Irgendetwas an ihm gefiel dem feinen Herrn anscheinend nicht, aber Albert achtete sorgfältig darauf, ihm keinen Anlass zum Wortwechsel, geschweige denn zu einem Streit zu geben. Meller hatte einfach etwas gegen ihn, und Albert war klar, dass sie in diesem Leben keine Freunde mehr werden würden. Es war ihm auch lieber so, aber dadurch, dass Meller Leni heiratete, schuf er eine Verbindung zu den Lintermanns, die Albert nicht behagte.

Na, wer weiß, dachte er, vielleicht irre ich mich ja in dem Mann, und Leni bringt das Gute in ihm zum Vorschein.

Sie waren noch lange nicht fertig, als sie am späten Nachmittag nach Hause gingen. Morgen war Sonntag, da musste die Arbeit ruhen, aber am Montag würden sie weitermachen, und bis zur Wochenmitte hatten sie es wahrscheinlich geschafft. Sie wuschen sich den Schweiß und die Erde an der Pumpe im Hof ab, als Karl angelaufen kam und ganz aufgeregt von der Hochzeit erzählte, bei der die Schulkinder Leni zu Ehren gesungen hatten. Er war groß für seine neun Jahre, und Albert war insgeheim stolz darauf, dass Lehrer Faßbender ihm nur die besten Noten gab.

»Der Junge schreibt wie gestochen«, sagte Hedwig immer bewundernd, und es stimmte auch. Das zähe Üben hatte sich ausgezahlt. Bei ihm saß jeder Buchstabe. Aber er konnte nicht nur schönschreiben, auch im Rechnen und Lesen war er gut. Er hatte eine schnelle Auffassungsgabe, und man brauchte ihm nichts lange zu erklären.

»Da waren ganz viele Automobile an der Kirche«, rief er aufgeregt. »Es waren so viele Gäste aus der Stadt da. Ein paar sogar in Uniform! Und alle aus dem Dorf haben zugeguckt, als Leni und Herr Meller aus der Kirche gekommen sind. Da waren Rosenbögen aufgestellt, und als sie da hindurchgegangen sind, haben wir gesungen. Und die Blaskapelle hat gespielt.«

Albert lächelte ihn an und wuschelte ihm durch die weizenblonden Haare.

»Leni hat sehr schön ausgesehen«, berichtete der Junge weiter. »Aber als sie dann zum Gasthaus gegangen sind, hat der Herr Meller auf einmal so böse geguckt, weil die Fine mit dem Rollstuhl ganz vorne stand, damit sie was sehen konnte. ›Schafft die Missgeburt da weg‹, hat er gesagt, ›die stört mir die ganze Feststimmung.‹«

Josefine war die Tochter von Marie Felten, der Gräfin. Sie war schon elf Jahre alt, war aber geistig und körperlich zurückgeblieben, weil es bei der Geburt Komplikationen gegeben hatte. Da sie häufig Krampfanfälle bekam, saß sie im Rollstuhl, damit ihr nicht noch mehr passierte. Um den Kopf hatte sie einen ledernen Schutz, wie ihn Boxer manchmal trugen. Marie versuchte ihr Kind, das nicht mit den anderen Kindern in die Dorfschule gehen konnte, so gut es ging zu Hause zu fördern. Helena, die ab und zu auf dem Feltenhof ihre Freundin Lucyna besuchte, die aus dem gleichen Ort in Polen kam wie sie, hatte Bertha und Hedwig erzählt, wie viel Mühe sie sich damit gab, der Kleinen wenigstens ein paar Worte und einige einfache Verrichtungen beizubringen. »Josefine ist eine kleine Kämpferin«, hatte sie gesagt. »Das hat sie bestimmt von ihrer Mutter. Die Gräfin hat ihr schon so viel beigebracht, das ist nicht zu fassen. Sie kann jetzt sogar alleine essen!«

Viele Dorfbewohner bewunderten, wie die Gräfin ihr Schicksal meisterte, und nahmen Anstoß an Mellers gehässiger Bemerkung. Laut sagte allerdings niemand etwas. Dazu war das festliche Ereignis viel zu aufregend.

Der Umtrunk nach der Hochzeit in der Gaststätte, an dem die Gräfin mit ihrer Tochter natürlich nicht mehr teilnahm, war ebenso prächtig wie die Hochzeit, und er bot den Dorfbewohnern noch lange Gesprächsstoff. Die Einstellung zu Meller änderte sich ein wenig, insoweit war sein Kalkül wohl aufgegangen, und unter denen, die ihn am Anfang nicht hatten leiden können, gab es jetzt einige, die meinten, so schlimm könne er wohl doch nicht sein, wenn er der Leni mitsamt ihrer Tochter ein so schönes und sicheres Heim bot. Dass er so hässlich auf Josefine reagiert hatte, geriet bald in Vergessenheit.

*Aus den Aufzeichnungen
des Lehrers Martin Faßbender*

31. Juli 1923

Es war eine gute Idee, dass ich mich für keine der Bewerberinnen auf die Anzeige in der Zeitung entschieden, sondern stattdessen ein Mädchen aus dem Dorf genommen habe. Bei der Anzeige hatte ich wohl die leise Hoffnung, dass sich eine Frau bewirbt, die auch für mich als Hausfrau infrage käme, aber es war dann doch ziemlich erschreckend, was da auf einmal alles so vor meiner Tür stand. Und es waren so viele, dass ich kaum noch den Überblick hatte. Sogar am Stammtisch haben sie darüber geredet! Allerdings war das auch gut so, denn dann hat sich das Problem zum Glück schnell erledigt, weil Molitor mir Nellessens Älteste, Lisbeth, empfohlen hat. Hätte ich ihn mal früher gefragt! Ich hätte mir die ganze Mühe sparen können. Seit zwei Wochen kommt sie jeden Tag, und ich habe nur den besten Eindruck von ihr. Sie ist zuverlässig, fleißig und freundlich, und sie hat immer gute Laune. Wirklich, es ist eine Freude, sie im Haus zu haben!

12. Dezember 1923

Gestern ist unter großem Jubel aller die neue Stromleitung eingeweiht worden. Wer sich hat anschließen lassen, hat jetzt elektrisches Licht im Haus. Ein Wunder, und äußerst komfortabel dazu! Nie mehr die stinkenden, blakenden Petroleumlampen. Nie mehr abhängig vom Wind. Man dreht einen Schalter um, und es wird taghell im Zimmer!

Dieses Prinzip haben allerdings noch nicht alle begriffen. Einige Frauen haben wohl Angst bekommen, als sie feststellten, dass sie das Licht nicht auspusten konnten. Nun ja, man muss sich an alles erst einmal gewöhnen.

Stolz bin ich darauf, dass unsere tatkräftige Dorfgemeinschaft die Stromleitung sozusagen ganz alleine aufgebaut hat! Es ist eine gute Sache, zu so einer Gemeinschaft zu gehören.

11

Kirmes war immer ein großes Ereignis im Dorf. Wenn die Ernte eingefahren war, fand die Kirmes statt. Unter den ledigen jungen Männern, die im Jünglingsverein zusammengeschlossen waren, wurden schon im Mai drei »Höötjonge« gewählt, deren Aufgabe es war, die Kirmes zu organisieren und darauf zu achten, dass alles seine Ordnung hatte. Buden wurden aufgebaut, es gab ein Kinderkarussell und eine Schiffschaukel, für die Kinder im Dorf die größte Attraktion überhaupt, und zum Höhepunkt fand das alljährliche »Hanneköppen« statt.

Das war eigentlich ein heidnischer Brauch, der überall in bäuerlichen Gemeinden gepflegt wurde, um den Naturgottheiten ein Opfer zu bringen und sie für die nächste Ernte gnädig zu stimmen. Nicht einmal der Pastor hatte gegen das Vergnügen etwas einzuwenden. Es gehörte schließlich zum Brauchtum. Ein Hahn – früher ein lebendiger, später dann allerdings nur noch ein toter – wurde mit dem Kopf nach unten durch die Öffnung in einen Korb gesteckt und an einem Ast aufgehängt. Die Männer, die um den Titel des »Hahnenkönigs« wetteiferten, mussten mit verbundenen Augen versuchen, den Kopf des Hahns mit einem Säbel oder einem Knüppel abzuschlagen.

Albert dachte an die letzte Kirmes vor dem Krieg, als Hennes, der ja nicht verheiratet gewesen war, einer der Hütejungen gewesen war. »Na«, hatte er im Spaß zu Hennes gesagt, »du suchst dir doch hoffentlich nicht Leni als Höötmädchen aus, oder? Dann dürfte ich ja nicht mal mit ihr tanzen!«

Hennes hatte nur gelacht. »Ich erteile dir eine Sondergenehmigung«, hatte er gesagt. »Aber nur für einen einzigen Tanz, das sage ich dir. Alle anderen gehören mir!«

Dreizehn Jahre war das jetzt schon her, dachte Albert. So lange schon, und dieses Jahr nahm er zum ersten Mal wieder an den Vergnügungen der Kirmes teil. Er freute sich über sein neues Gesicht. Es war ein Gefühl, als wäre ihm das Leben ein zweites Mal geschenkt worden. Manchmal, wenn er sich rasierte und vor dem Spiegel stand, betastete er staunend die neuen Züge, die ihm vertraut und doch fremd waren.

In diesem Jahr beteiligte er sich sogar am Hahneköppen, obwohl er diesen Brauch eigentlich nicht mochte. Es widerstrebte ihm, blindlings mit dem Säbel herumzufuchteln, aber er wollte sich nicht länger von den Vergnügungen im Dorf ausschließen. Er hatte sich lange genug zurückgezogen. Also ließ er sich die Augen mit einem dicken weißen Tuch verbinden und nahm den Säbel entgegen, der ihm gereicht wurde. Dann griffen harte Hände nach ihm, und er wurde mehrmals schnell im Kreis gedreht. Albert schwankte leicht, als er schließlich zum Stehen kam. Tastend schwenkte er das Schwert, denn gewinnen wollte er auf keinen Fall. Aber die Gefahr bestand wohl auch nicht. Ihm war so schwindlig von dem ganzen Gedrehe, dass er sowieso nicht mehr wusste, wo vorne und hinten war, geschweige denn, dass er sich hätte merken können, wo der Hahn hing. Um ihn herum johlten die Leute und feuerten ihn an. »Ja, wird doch schon wärmer, Albert«, rief einer. »Na los, hau feste drauf!« Aber er stellte sich absichtlich ungeschickt an und musste schließlich ausscheiden, weil er in der vorgeschriebenen Zeit noch nicht einmal in die Nähe des Vogels gekommen war. Meller hingegen schien die Sache ernster zu nehmen. Er kämpfte verbissen um den Titel und war sichtlich wütend, als der lange Döres ihn besiegte und dem toten Vogel schließlich den Kopf abschlug. Albert gönnte es dem Schreiner von Herzen, dass er der Hahnenköneck wurde.

Danach spielte eine Kapelle zum Tanz auf, und in dem großen Festzelt mit Holzboden tanzte Albert mit seiner Frau, und beinahe war es wieder so wie vor dem Krieg. Allerdings nur beinahe. Sie fanden nicht mehr zu ihrer alten Vertrautheit zurück. Manchmal hatte er sogar das Gefühl, dass sie anderen Männern schöne Augen machte, aber mit leisem Erschrecken stellte er dann fest, dass es ihm egal war, solange sie ihre Pflichten im Haus und als Mutter nicht vernachlässigte.

Heute Abend jedoch ließ sie sich wie ein junges Mädchen von ihm herumwirbeln. Nach dem dritten Tanz allerdings geriet sie außer Atem. Sie war in den Schwangerschaften schwer geworden. »Lass mich mal ein bisschen verschnaufen«, sagte sie zu Albert.

»Ach komm«, drängte er. »Nur noch zwei Tänze.«

»Nein, ich kann nicht mehr«, sagte Bertha und lachte. »Weißt du was, du kannst doch Leni auffordern, sie hat heute Abend noch gar nicht getanzt. Der Meller hält anscheinend nicht viel vom Tanzen.« Sie kicherte. »Vielleicht kann er es ja auch gar nicht.«

Albert blickte zum Tisch, an dem Leni ein wenig verloren alleine saß. Bertha hatte ihm gesagt, dass sie endlich ein Kind erwartete. Sie war bereits drei Jahre mit Meller verheiratet, aber bisher hatte sich noch kein Nachwuchs eingestellt. Leni hatte ihr die Schwangerschaft zwar nur im Geheimen anvertraut, weil es noch niemand wissen sollte, sie wollte zuerst ganz sichergehen, dass auch alles in Ordnung war, aber Bertha hatte nichts dabei gefunden, es gleich an ihren Mann – und natürlich auch an Hedwig – weiterzutragen. Bald würde es ja sowieso offenbar werden, dachte sie.

Meller stand rauchend mit einer Gruppe von Männern am

Zelteingang. Er führte das große Wort und würdigte seine Frau keines Blickes.

»Ja, wenn du meinst«, sagte Albert zu Bertha. »Dann geh ich mal.«

Leni freute sich sichtlich, als er sich vor ihr verbeugte. »Ja, gerne«, sagte sie. Schon bei den ersten Takten der Musik fanden sie mühelos zusammen in den Rhythmus.

Albert stellte fest, dass es ihm gefiel, ihren Körper so dicht an seinem zu spüren. Und dass ihm sogar ein wenig heiß wurde, lag nicht nur an der schnellen Bewegung, sondern auch an Lenis strahlendem Lächeln. »Mit dir tanze ich fast so gut wie mit Hennes«, sagte sie und warf den Kopf ein wenig zurück. Im gleichen Augenblick jedoch spürte Albert, wie sie sich verkrampfte. Ihr Lächeln erlosch. Meller stand auf einmal neben ihnen und packte seine Frau grob am Arm. Sein Gesicht war hochrot.

»Geh sofort wieder an den Tisch zurück!«, zischte er.

Albert runzelte die Stirn. »He, was soll das, Mann?«, sagte er. »Du kannst ihr doch nicht verbieten zu tanzen!«

»Pass auf, was du sagst!« Meller funkelte ihn wütend an. »Das ist meine Frau! Lass deine schmutzigen Pfoten von ihr, sonst kriegst du es mit mir zu tun.«

Albert starrte ihn an. »Bist du noch bei Verstand? Für wen hältst du dich?«, gab er zurück, aber Leni hatte sich schon von ihm gelöst.

»Lass gut sein, Albert«, sagte sie leise. »Ich gehe wieder an den Tisch. Danke für den Tanz.« Sie warf ihrem Mann einen kühlen Blick zu. »Führ dich nicht so auf!«, sagte sie zu ihm. Meller drehte sich abrupt um und ging mit finsterer Miene wieder zurück zu den Männern, mit denen er zusammengestanden hatte.

Einen Moment lang blieb Albert stehen und schaute dem

Gutsbesitzer fassungslos nach. Was war das denn gewesen? Warum ließ Leni sich so von ihm herumkommandieren? Es war doch nichts dabei, wenn sie auf der Kirmes tanzte. Aber Mellers bösem Gesichtsausdruck war deutlich anzusehen gewesen, dass er offenbar nicht wollte, dass seine Frau sich amüsierte. Und anscheinend schon gar nicht mit ihm. Albert zuckte mit den Schultern. »Du hast sie gar nicht verdient«, murmelte er bei sich.

In den Monaten danach geriet der kleine Zwischenfall in Vergessenheit; als jedoch Lenis Bauch gar nicht wuchs, fragte Bertha nach.

»Es ist abgegangen«, sagte Leni.

Da fiel Bertha auf einmal die Kirmes ein. »Hat dein Mann etwas damit zu tun? Hat er dich geschlagen?«, fragte sie besorgt.

Aber Leni schüttelte den Kopf. »Nein, nein, es hat einfach nicht gehalten.«

12

»Ach herrje, Kind, du bist ja so weiß im Gesicht wie Klatschkies!« Hedwig, die extra für das Schlachten aus Scheven angereist war, betrat gerade schwer bepackt die Waschküche. Sie musterte Annemarie besorgt. »Bertha, ich habe noch Salz und Pfefferkörner mitgebracht. Reichen die Einweckgläser, die wir hier haben? Sonst koche ich noch welche aus.«

Gottfried und Robert, die ebenfalls in der Waschküche herumlungerten und darauf warteten, ob etwas für sie abfiel, blickten sie an.

»Klatschkies?«, sagte Robert und kicherte albern. »Das ist ja ein lustiges Wort.«

»Kennst du das nicht?«, belehrte ihn sein Freund. »Den tut man aufs Butterbrot.«

Robert schüttelte den Kopf. »Wieß wie Klatschkies! Annemie, isch kann nit mie!«, rief er und lachte sich kaputt. »Annemie, isch kann nit mie!«

Das Mädchen stieß ihn an und würgte. »Hier riecht es so komisch, Tante Hedwig. Ich glaube, ich muss brechen. Das war so eklig mit dem Blut!«

»Um Gottes willen, doch nicht in der Waschküche«, rief Bertha, die in einem großen Kessel mit Fleischbrocken rührte. »Geh raus auf den Hof.« Zu ihrer Schwester sagte sie, als Annemarie hinausrannte, froh darüber, dem nach Blut und Fleisch riechenden Dampf entkommen zu sein: »Auf wen kommt das Kind bloß? So was Empfindliches habe ich ja noch nie erlebt.

Oder«, sie wurde leiser, damit die Jungen es nicht mitbekamen, »meinst du, sie hat schon ihre Tage gekriegt?«

»Ach was.« Hedwig runzelte die Stirn. »Sie ist doch noch viel zu jung. Und du, hör endlich auf!«, verwies sie Robert, der immer noch »Annemie, isch kann nit mie« skandierte. »Ihr macht mich noch raderdoll! Jeht lieber in die Werkstatt zu den Männern!« Dann wandte sie sich wieder an ihre Schwester. »Aber das ist auch nicht jedermanns Sache, zuzugucken, wie das Blut aus dem Schwein rausfließt. Und dabei hat Annemie mir gestern noch so fleißig geholfen, die beiden Schweine ordentlich mit der Bürste sauber zu machen.«

Schon seit einer Woche hatten sie umfangreiche Vorbereitungen getroffen, um heute schlachten zu können. Früher hatte das bei Lintermanns der Bauer immer selber gemacht, aber seit einigen Jahren musste Metzger Schulz aus Dreiborn kommen, weil nur er befugt war, die Tiere sachgerecht zu töten und dem Fleisch den Amtsstempel aufzudrücken.

Es ging ganz schnell. Das Tier wurde möglichst ruhig aus dem Stall geführt und über dem Schlachttrog festgebunden, in dem es später mit heißem Wasser abgewaschen wurde. Mit einem Bolzenschuss in den Kopf wurde das Schwein betäubt, und dann stieß der Metzger dem Tier das Messer in den Hals, sodass das Blut in hohem Bogen herausschoss und in einen vorbereiteten Kessel lief. Bertha stand schon bereit, um zu rühren, damit es nicht gerann. Als es abgekühlt war, gab sie Salz hinein, und dann wurde der Kessel abgedeckt ins Kühle gestellt, damit die Frauen später Blutsuppe daraus machen konnten.

Schon bei diesem Vorgang war dem Kind alle Farbe aus dem Gesicht gewichen, das hatte Hedwig, die immer ein Auge auf ihre Nichte hatte, genau gesehen. Gottfried war da anders, eher robust, so wie die meisten Kinder im Dorf, aber Annemarie war etwas Besonderes. Danach war sie erst einmal nicht mehr aufgetaucht, aber als Bertha Annemie gerufen hatte, damit sie ihr Gelatine brachte, war sie zwar gehorsam angelaufen gekommen, aber so kalkweiß im Gesicht gewesen, dass sie aussah, als würde sie gleich ohnmächtig werden.

Draußen auf dem Hof holte Annemie tief Luft, um die Bilder und Gerüche loszuwerden, aber heute gelang ihr das einfach nicht. Alle um sie herum waren mit den Schweinen beschäftigt. Ihr Vater schlachtete in diesem Jahr gleich zwei Schweine. Ein Tier hing schon in zwei Hälften aufgeschnitten in der zum Hof offenen Werkstatt an Haken von den Dachbalken. Das andere Schwein war bereits ausgeblutet, und der Metzger brühte ihm gerade die Borsten ab, wobei Silvio, Karl und Walter das Tier beständig drehten, damit er überall drankam. »Heißes Wasser!«, brüllte Metzger Schulz zwischendurch immer wieder. »Ich brauch heißes Wasser!«

Albert stand in seiner blutbespritzten Schürze an der Pumpe und wusch die Därme des Schweins in einem Eimer mit Essigwasser aus, eine Arbeit, auf die er besondere Sorgfalt verwandte, schließlich sollte die gewürzte Wurstmasse hineingefüllt werden. Das war eine Aufgabe, die er nicht dem Metzger überließ. Bertha und Hedwig bereiteten die Masse für Leberwurst und Blutwurst nach einem alten Familienrezept ihrer Großmutter mit viel Thymian und einem besonderen Gewürz, das sie nicht verrieten, zu, und ihre Würste schmeckten viel besser als die von Metzger Schulz.

Bei dem Anblick stieg erneut Übelkeit in Annemie auf. »Vater, darf ich ins Schulhaus zum Lehrer?«, bat sie ihn. »Mir ist ganz schlecht. Ich hasse den Schlachttag. Ich möchte lieber Klavier spielen.«

Albert erlaubte es ihr, blickte ihr aber kopfschüttelnd nach, als sie erleichtert vom Hof lief. Für die meisten Kinder war der Schlachttag ein Fest. Ein Kind, das auf dem Land aufwuchs, wurde von früh auf mit Geburt und Tod konfrontiert. So wie die Kinder es mitbekamen, wenn ein Kälbchen zur Welt kam oder die Sau Ferkel warf, erlebten sie auch mit, wie Tiere geschlachtet wurden. Natürlich hing ab und zu schon mal ein Kind besonders an irgendeinem Tier, vielleicht einem Kaninchen oder einer Gans, manchmal gab es auch ein Kälbchen, das mit der Flasche großgezogen werden musste, weil die Mutter es nicht trinken ließ. Karl war als kleiner Junge auch so empfindsam gewesen. Einmal hatte er ein Lämmchen vom Schäfer angeschleppt und wollte es allen Ernstes behalten. »Es kann doch bei mir im Zimmer schlafen«, hatte er gesagt. »Die Mutter will es nicht, und ich würde gut für es sorgen.« Sogar einen Namen hatte er ihm schon gegeben. Bei der Erinnerung schüttelte Albert den Kopf. Der Schäfer hatte auch nicht mehr alle Tassen im Schrank, dass er dem Kind ein Lämmchen als Haustier mitgegeben hatte. »Junge, das geht auf gar keinen Fall«, hatte Albert damals gesagt. »Was sollen wir mit einem Lämmchen? Das findet sich hier doch gar nicht zurecht ohne die anderen Schafe. Und selbst wenn ich es dem Schäfer abkaufe, nachher muss ich es ja doch schlachten, und dann ist das Geschrei groß.«

Sosehr Karl auch bettelte, Albert blieb hart, und der Junge musste das Tier wieder zurückbringen. Aber so war es eben, alles hatte seinen festen Platz, und damit musste sich auch Karl abfinden. Letztlich sah er es dann auch ein, aber danach zeichnete er lange Zeit nur Tiere, Lämmer, Kaninchen, Schweine, Kühe und Hühner, alles, was zu seiner Welt gehörte. Wo er einen Fetzen Papier ergatterte und einen Bleistiftstummel fand, malte der Junge. Sogar Szenen von dem Gemälde, das im Wohnzimmer hing, hatte er abgemalt, aber am liebsten zeichnete er Tiere. Und bis heute ging er ganz besonders achtsam mit allen Tieren um. Ein Freund des Schlachtens war er auch nicht, doch er sah zumindest die Notwendigkeit ein und trug seinen Teil zu der Arbeit bei. In dieser Hinsicht unterschied er sich von seiner Schwester, aber, dachte Albert jetzt, vielleicht auch nur notgedrungen, weil er es von ihm erwartete.

Und jetzt habe ich wieder so ein Kind, sinnierte Albert, das zu empfindsam für diese Welt ist. Aber sie ist ein kleines Mädchen, und deshalb brauche ich ihr gegenüber nicht so streng zu sein. Sie war eben eher für alles Schöne zu haben. Alberts Mundwinkel gingen automatisch nach oben, als sich ein Bild aus dem Sommer in seine Gedanken schlich. Sie hatten die Kirschen für Hedwigs Kirschwein geerntet, und während die Jungs eher die Gelegenheit genutzt hatten, sich so den Bauch vollzuschlagen, dass sie ständig ermahnt werden mussten, auch noch was für den Wein übrig zu lassen, hatte sich Annemarie zwei besonders schöne Exemplare über die Ohren gehängt. »Guck mal, was ich für tolle Ohrringe habe!«, hatte sie gesagt, dabei aber fleißig weitergeerntet.

Albert war ungeheuer stolz auf seine Tochter. Seit einiger Zeit hatte sie sogar Klavierunterricht beim Lehrer. Diese Ehre war bisher noch keinem Kind aus dem Dorf zuteilgeworden. Aber er hatte es ja immer gewusst: Seine Annemie war etwas Besonderes! Er hatte sogar schon daran gedacht, ein eigenes Klavier zu kaufen. In Gemünd hatte eine Witwe ein gut erhaltenes Klavier annonciert. Vielleicht sollte er es sich einmal anschauen. Dann könnte Annemie ihnen auch hier zu Hause etwas vorspielen.

Die Därme waren mittlerweile glatt und sauber, und er brachte sie zu Hedwig und Bertha in die Waschküche, wo sie gerade das ausgelöste gekochte Fleisch durch den Wolf drehten. Gottfried und Robert halfen ihnen dabei, aber die Frauen mussten ihnen ständig auf die Finger klopfen, weil sie am liebsten nur probiert hätten. Wurstmachen war Frauenarbeit. Die Männer kümmerten sich ums Fleisch, und so ging auch Albert sofort wieder in die Werkstatt zu den Männern, die gerade die Klauen des zweiten Schweins herausrissen und dann damit begannen, das Tier in zwei Hälften aufzusägen.

Der Schlachttag war für alle ein Fest. Geschlachtet wurde einmal im Jahr, bei Lintermanns immer in der stillen Jahreszeit, in der all die Arbeiten erledigt wurden, die über Frühjahr und Sommer liegen geblieben waren. Die Frauen spannen Flachs und Wolle, die Männer reparierten die Gerätschaften, und zu Beginn des Winters wurde eben geschlachtet. Albert behielt immer ein paar Ferkel für sich, die er kastrierte und mästete, die übrigen verkaufte er.

Ein Höhepunkt für die Kinder war es, wenn sie eine oder zwei Schweinsblasen ergattern konnten. Sie bliesen sie prall auf, und dann wurden sie von einer johlenden Gruppe von Kindern die Dorfstraße entlanggetrieben. Natürlich hielten die Blasen nicht allzu lange, wenn sie als Fußball benutzt wurden, aber das machte nichts. Eine Zeit lang hatten alle ihren Spaß damit.

Karl hatte Hedwig einmal beschwatzt, ihm für die Schweinsblase eine Hülle zu nähen. »Aus einem festen Stoff«, hatte er gesagt. »Am besten aus Leder, dann hält sie länger.«

Zuerst hatte Hedwig abgewunken. »Ich hab zu viel zu tun«, meinte sie. »Du kommst immer auf Ideen. Und Leder hab ich schon gar keines, woher soll ich das nehmen?« Aber da sie ihrem Neffen nichts abschlagen konnte, besorgte sie dann schließlich doch beim Sattler in Gemünd ein passendes Stück Leder, und Eugen nähte es wie einen Beutel zusammen. Anschließend steckten sie die Schweinsblase hinein, bliesen sie auf und verschlossen die Öffnung. Der Ball, den Karl »erfunden« hatte, war strapazierfähiger gewesen als nur die Blase, und weil er ihn eifersüchtig gehütet und nur selten an andere Kinder verliehen hatte, hatte er fast einen Monat lang gehalten. Aber dann war er doch kaputtgegangen.

Es war schon dunkel, als die Männer mit dem Zerlegen der beiden Schweine fertig waren. Sie verstauten die einzelnen Stücke sorgfältig, damit sie im ersten Morgengrauen gleich weiterverarbeitet werden konnten. Die Hühner hatten auf dem Hof bereits so eifrig gepickt und gescharrt, dass man schon beinahe nichts mehr von dem blutigen Geschäft des heutigen Tages sehen konnte. Auch der Metzger packte zusammen, kassierte seinen Lohn und nahm die Stücke mit, die er sich hatte aussuchen dürfen. Er hatte eine Vorliebe für die Innereien, und da sonst niemandem viel daran lag, nahm er sich immer das Herz mit. Die Leber allerdings bekam traditionell Silvio, der sie auf eine einzigartig leckere Art und Weise zuzubereiten verstand.

Annemie war schon längst wieder nach Hause gekommen und hatte die Botengänge im Dorf erledigt, die Albert ihr aufgetragen hatte: frischen Speck und einen Braten für die Witwe Nellessen, zwei Koteletts und ein großes Stück Speck für den Lehrer. »Und sag dem Lehrer herzlichen Dank und zu Weihnachten gibt es auch einen Schinken«, hatte er ihr eingeschärft.

Über dem Sandplatz im Hof lag ein intensiver Blutgeruch, den auch der Misthaufen, der in der kalten Abendluft anfing zu dampfen, nicht übertünchte. Aber alle waren zufrieden mit dem Ergebnis des Tages.

»Wir haben doch eigentlich ein schönes Leben«, sagte Albert nachdenklich zu Silvio, als er ihn nach Hause begleitete, um in der Wirtschaft, in der heute Abend Maria mit ihren Kindern das Zepter schwang, noch ein Bier zu trinken. »Unsere Familien sind gesund, wir haben trotz Rationierung genug zu essen, selbst die Geldentwertung trifft uns nicht so wie manchen Städter. Und schau dich um, wie schön es hier ist.« Er blickte die dunkle Dorfstraße entlang, die das Mondlicht in einen silbernen Schimmer tauchte. »So friedlich. Doch anderswo brodelt es, und nach den Erfahrungen, die ich gemacht habe, habe ich manchmal Angst, dass das Glück auf einmal vergeht.«

Silvio legte ihm die Hand auf die Schulter. »Mach dir nicht so viele Gedanken, mein Freund. Das Grübeln führt zu nichts. Es kommt sowieso, wie es kommen muss. Der Krieg ist lange vorbei. Du wirst schon sehen, mit der Wirtschaft geht es wieder bergauf, und dann liegt eine lange friedliche Zeit vor uns.«

Teil II

1930–1939

13

Der Winter war schneereich gewesen, und die Kinder hatten mit ihren Skiern und Schlitten die Dorfstraße unsicher gemacht. Doch jetzt waren die Kraniche auf ihrem Flug nach Norden wieder über Wollseifen hinweggezogen. Wie immer hatte Leni den pfeilförmigen Formationen nachgeschaut und den Orientierungsschreien der Vögel gelauscht. Aber obwohl sie den Frühling ankündigten, hatte sie dieses Mal nicht die Verheißung empfunden, die ihr sonst das Herz schneller hatte schlagen lassen.

Mitten in der Nacht wurde Leni wach. Schwerfällig erhob sie sich. Um sie herum war alles dunkel, und die Stille wurde nur unterbrochen vom leisen Schnarchen ihres Mannes, der neben ihr lag.

Seit zwei Wochen schon kam sie nicht mehr zur Ruhe. Sie hatte in der Schwangerschaft übermäßig zugenommen, und ihre Füße waren so angeschwollen, dass sie kaum noch in ihre Holzpantinen hineinkam. Sie trank schon den ganzen Tag Brennnesseltee, aber es half nichts. In der Nacht wusste sie kaum, wie sie im Bett liegen sollte, und wenn sie sich umdrehen wollte, hatte sie das Gefühl, sich aus eigener Kraft gar nicht mehr bewegen zu können. Sie kam sich vor wie ein Elefant. Heute Nacht jedoch hatte nicht die Schwangerschaft sie geweckt. Es war ein Traum gewesen, der sie aus dem Schlaf gerissen hatte. Wovon hatte sie geträumt? Sie konnte sich nicht erinnern, wusste nur, dass es dumpf und traurig in ihr nachhallte.

Sie setzte sich auf die Bettkante und schlüpfte in ihre Pantoffeln. Ihr Morgenmantel lag am Fußende bereit, und sie zog ihn über. Müde schlurfte sie in die Küche. Sie würde sich einen Tee kochen. Meller würde schon nicht aufwachen, da brauchte sie sich keine Sorgen zu machen. Er hatte keine Schlafprobleme. Meistens, vor allem, wenn er mit seinen Kumpanen gezecht hatte, schnarchte er wie ein Sägewerk. Die Nachtruhe seiner Frau interessierte ihn nicht.

Sieben Jahre waren sie jetzt verheiratet, sieben lange Jahre, in denen Leni nach und nach ihre »Blütenträume«, wie sie sie bei sich nannte, begraben hatte. Immer häufiger fragte sie sich, ob es nicht ein Fehler gewesen war, ihn zu heiraten. Je länger der ersehnte Hoferbe auf sich warten ließ, desto aufbrausender und unduldsamer verhielt er sich ihr gegenüber.

Nach der ersten Fehlgeburt war sie damals sofort wieder schwanger geworden, hatte aber auch dieses Kind verloren und ein Jahr darauf ein weiteres. Und mit jedem Verlust war auch sie ein wenig gestorben. Als die Jahre vergingen und sich im Hause Meller kein Nachwuchs einstellte, machten sich einige Leute im Dorf lustig über die Zeugungsfähigkeit des Großbauern, der keinen Erben zustande brachte. »Was nützt ihm der schöne große Hof, wenn er keinen Erben hat«, hieß es im Dorf spöttisch. »Am Ende muss er sich noch mit Hildegard zufriedengeben.«

Meller kam das Gerede natürlich ebenso zu Ohren wie ihr, es gab immer einen sogenannten Freund, der es ihm zutrug. Aber während Leni ihren Mann pflichtschuldig verteidigte, wenn es gar zu arg wurde, witterte er überall nur Verrat und Betrug, auch von ihr.

Nachdenklich rührte Leni in ihrem dampfenden Tee. Misstrauen lag einfach in seiner Natur, dachte sie. Im Grunde war er ein schwacher Charakter, das hatte sie schon im ersten Jahr ihrer Ehe erkannt. Deshalb fühlte er sich auch unter seinen Parteigenossen so wohl. Außer ihnen vertraute er niemandem, noch nicht einmal ihr. Doch in den letzten Monaten war er wenigstens freundlicher ihr gegenüber gewesen. Dieses Mal hatte die Schwangerschaft gehalten, endlich hatte es geklappt. In vier Wochen würde das Kind kommen. Unwillkürlich seufzte Leni. Sie freute sich auf das Kind, natürlich, es war immer wieder ein Wunder, dass in ihrem Bauch ein kleiner Mensch heranwuchs, aber sie war auch bedrückt. Wenn es nun kein Junge war? Würde er das wieder an ihr auslassen? Oder am Ende sogar an ihrer Tochter? Er hatte ihr zwar noch nie ein körperliches Leid zugefügt, aber manchmal hatte sie doch Angst vor ihm. Er war unberechenbar, und mehr als einmal hatte sie gedacht, dass ihr viel Kummer erspart geblieben wäre, wenn sie einen Mann aus dem Dorf geheiratet hätte. Einen Mann wie Albert ... Versonnen blickte sie vor sich hin, aber dann rief sie sich selbst zur Ordnung. Was waren das nur für Gedanken?

Erschrocken schaute sie auf, als sie leise Schritte auf der Treppe hörte. War Meller am Ende doch wach geworden? Aber dann atmete sie erleichtert auf. Hildegard stand in der Küchentür. »Mutti, kannst du auch nicht schlafen?«, flüsterte sie.

Leni schüttelte den Kopf. »Komm her, Kind«, sagte sie liebevoll und streckte die Hand nach dem zwölfjährigen Mädchen aus. »Du hast ja gar keine Hausschuhe an! Du wirst dich erkälten. Willst du einen Schluck Tee?« Sie zog ihre Tochter an sich. Wie jedes Mal, wenn sie sie anschaute, dachte sie an Hennes, der in ihrer Erinnerung immer der unbeschwerte, fröhliche junge Mann ihrer Träume blieb.

»Der Mond scheint heute Nacht so hell«, sagte Hildegard. »Deshalb bin ich aufgewacht.« Sie kniete sich vor die Mutter und legte ihren Kopf auf ihren Bauch. Kurz verharrte sie so, dann schaute sie Leni lächelnd an. »Es hat sich bewegt. Ich habe es deutlich gespürt.«

Hildegard war bereits als Fünfjährige dadurch aufgefallen, dass sie ungefragt aufgetaucht war, wenn einer Kuh oder einer Stute eine komplizierte Geburt bevorgestanden hatte. Sie sagte kaum etwas. Sie legte einfach dem betreffenden Tier die Hand auf den Bauch und blickte es schweigend und tief konzentriert an. Meistens entspannten sich die Muttertiere dann, sodass die Geburt ohne weitere Probleme verlief.

Fragte man sie nach dem Grund ihres Erscheinens und nach dem, was sie da tat, zuckte sie nur die Schultern. »Ich weiß nicht«, sagte sie. »Gott sagt mir, wo ich hingehen und was ich tun soll. Ich bete.«

»Uns Hildejard«, sagten die Leute im Dorf, und dass sie eine Heilerin sei. Hildegard hatte die Gabe, den Tieren Schmerz zu nehmen und Heilung zu bringen. Niemand zweifelte daran, dass ihre Gabe von Gott kam. Immer wieder gab es Menschen in der Eifel, die besondere Fähigkeiten hatten, Brandwunden auch aus der Ferne heilen oder starke Schmerzen durch Handauflegen lindern konnten. Sie gehörten zu der rauen, kargen Landschaft wie der Ginster und die Spukgeschichten, die man sich an den langen, kalten Winterabenden am Herd erzählte.

Als Hildegard älter wurde, vermittelte sie zunehmend nicht nur den Tieren, sondern auch den Menschen in ihrer Umgebung Trost und Kraft. Sie brauchte sie nur still anzuschauen und die Hand aufzulegen, und alle Schmerzen, körperliche wie seelische, wurden gelindert. Immer häufiger wurde nach ihr geschickt, wenn irgendwo jemand krank und elend darniederlag, und sie half immer bereitwillig.

An den Spielen der anderen Kinder im Dorf beteiligte sie sich zu Lenis Kummer nur selten. Am liebsten hielt sie sich auf dem Feltenhof auf. Dort spielte sie stundenlang mit Fine oder schaute sich mit ihr Bilderbücher an. Wenn Hildegard da war, war das junge Mädchen ruhig und glücklich und hatte keine Krämpfe.

Manchmal saßen die beiden auch nur im Stall und sahen den Pferdeknechten bei der Arbeit zu. »Fine mag es, dass es im Stall so gut riecht«, hatte Hildegard einmal zu ihrer Mutter gesagt. »Und die Pferde machen so friedliche Geräusche, wenn sie kauen.«

Zu Hause blieb sie für sich und las stundenlang in ihrem Zimmer, häufig in der Bibel, aber auch in einem dicken medizinischen Buch, *Die natürliche Heilweise*, das ihr der Lehrer auf ihre Bitte hin geliehen hatte. »Normalerweise hätte ich es ihr verweigert, weil sie noch zu jung dafür ist«, hatte er zu Leni gesagt, »aber das gilt für Hildegard nicht. Lass sie ruhig darin lesen. Es ist schon das Richtige für sie.«

Das Lernen fiel ihr leicht, doch auch in der Schule war sie eher still und unauffällig. Die anderen Kinder ließen sie in Ruhe. Sie hatten eine gewisse Scheu vor ihr, aber sie respektierten sie auch. Hildegard rodelte nicht im Winter die abschüssige Dorfstraße hinunter, und der Badespaß im Sommer an der Talsperre interessierte sie nicht. Aber niemand zog sie deswegen auf – sie war eben anders.

Leni strich ihrer Tochter über die Haare. Das war auch so eine Sache, die ihr zu schaffen machte. Meller passte es nicht, dass Lenis Tochter schon früh in der gesamten Gegend als Heilerin galt, und er verbot ausdrücklich, nach ihr zu schicken, wenn irgendwo ein Unglück drohte. Aber sie widersetzte sich seinen Verboten immer wieder und fand trotzdem den Weg zu den Leuten, die sie brauchten. »Das ist doch nichts als dummer Aberglaube«, schimpfte ihr Stiefvater. Aber auch er konnte nicht leugnen, dass etwas an ihr war, was den Menschen und Tieren um sie herum guttat. Sie wusste, dass er sich beinahe fürchtete, wenn er in die seltsam tiefen Augen des Kindes blickte. Am Anfang hatte er versucht, seiner Frau und deren Tochter ein für alle Mal klarzumachen, wer der Herr im Haus war, aber Leni hatte schnell gemerkt, dass er ihr nicht viel entgegensetzen konnte, solange sie nur freundlich und gelassen blieb, auch wenn es sie viel Kraft kostete, immer die Ruhe zu bewahren. Und für ihre Tochter wurde sie zur Löwenmutter. Ihr war klar, dass er Hildegard gerne in ein Internat gesteckt hätte, damit sie ihn nicht mehr störte, aber das würde sie auf keinen Fall zulassen. Und vielleicht würde er ja sein Verhalten auch ändern, wenn erst sein eigenes Kind auf der Welt war.

»Komm, Liebes«, sagte sie zu Hildegard, »lass uns wieder schlafen gehen. Die Nacht ist kurz. Weißt du was? Ich lege mich einfach zu dir, dann haben wir es gemütlicher.« Und tatsächlich dauerte es nicht lange, und sie schliefen tief und fest.

Aus den Aufzeichnungen des Lehrers Martin Faßbender

12. Juni 1930

Hipp hipp hurra! Seit ein paar Tagen steht unsere Wasserleitung! Es war eine große Kraftanstrengung, und es hat auch lange genug gedauert, aber jetzt ist alles fertig. Sonst war in den Sommermonaten hier oben bei uns doch das Wasser immer knapp, zumal ja in den letzten Jahren zunehmend Sommerfrischler hier gewohnt haben und in der Umgebung auch zahlreiche Ferienhäuser entstanden sind. Doch wegen der Höhenlage des Dorfes hat sich die Gemeindeverwaltung nie an die Umsetzung des Projekts herangetraut, und wieder einmal mussten die tatkräftigen Wollseifener sich selbst helfen. Und trotz des sehr hohen Kostenaufwands für das Pumpwerk mit Hochbehälter, was für uns notwendig war, haben sie das Werk vollbracht. Wollseifen ist endgültig in der Neuzeit angekommen!

8. Dezember 1930

Heute habe ich Annemarie außer der Reihe erlaubt, Klavier zu spielen. Normalerweise mache ich das nicht, es soll schon etwas Besonderes für sie sein, auch wenn es mir immer eine Freude ist, ihr zuzuhören. Aber sie stand so unglücklich da, und da musste ich es ihr einfach erlauben. Der Schlachttag, der für alle anderen ein Fest ist – auch für mich im Übrigen –, war für sie schon immer eine Qual, es schüttelt sie förmlich, wenn sie nur daran denkt. Also habe ich ihr mal wieder gestattet, außer der Reihe an meinem Klavier zu improvisieren, und während ich Arbeiten korrigiert habe, spielte sie Mozart und Chopin auf ihre ganz eigene Weise. Es erstaunt mich immer wieder, was für vielfältige, außerordentliche Begabungen dieses kleine Mädchen hat. Es ist eine Freude, so eine Schülerin zu haben! Ich werde Lintermann dringend empfehlen, dem Kind eine höhere Schulbildung zu ermöglichen, damit sie sich nicht nur in musikalischer Hinsicht weiterbilden kann.

Zudem hat mich ihr Klavierspiel auch ein wenig von meinen Sorgen abgelenkt, von denen wir auch hier in unserem schönen Dorf nicht verschont bleiben.

10. Dezember 1930

Man liest in den Zeitungen immer mehr von Adolf Hitler und seiner Nationalsozialistischen Deutschen Arbeiterpartei. Zwar spielten sie bei den diesjährigen Reichstagswahlen weiter keine große Rolle, und in Berlin-Brandenburg waren sie sogar ein Jahr lang verboten, aber mich beschleicht immer ein ungutes Gefühl, wenn ich von ihnen lese. Ich mag vielleicht kein ausgesprochener Kenner der großen Politik sein, aber dieses Unbehagen, das ich selbst hier, in unserem abgelegenen kleinen Dorf empfinde, hat nicht zuletzt etwas mit Johann Meller zu tun.

Auch Meller ist Mitglied dieser Partei. Meines Wissens sogar schon beinahe seit den Anfängen. Er betont es oft genug. All diese Aufmärsche, dieses martialische Auftreten, das entspricht so ganz seinem Naturell, es passt zu ihm. Und obwohl er hier lebt, empfindet er die Menschen, die Umgebung nicht als angemessen für sich. Für mein Empfinden ist er nichts als ein Blender, und ich bin nicht der Einzige, der das so sieht.

Zunehmend höre ich, dass über ihn abfällig oder auch empört geredet wird. Dank meiner Lisbeth habe ich mittlerweile das Ohr direkt am Dorf. Ich bräuchte gar nicht mehr vor die Tür zu gehen, da ich alles in die Stube gebracht bekomme.

Meine Perle ist mir in den vergangenen Jahren sehr ans Herz gewachsen!

Jetzt gerade hat mir Lisbeth einen frisch gebrühten Kaffee gebracht. Was für ein Luxus in diesen mageren Zeiten! Auch Tabak für meine Pfeife hat sie mir beschafft. »Heute ist so usseliges Wetter, Herr Faßbender«, hat sie gesagt. »Gönnen Sie sich mal eine Pause von Ihrer vielen Arbeit, und machen Sie es sich richtig gemütlich.« Auf meine Frage, wo sie Kaffee und Tabak herhabe, hat sie nur gelächelt. »Das kann ich Ihnen nicht sagen. Ein kleines Vögelchen hat mir die Sachen gebracht.« Aber ich weiß natürlich, woher diese kostbaren Güter kommen. Immer mehr Dorfbewohner machen sich heimlich auf den Weg über die Grenze nach Belgien. Der Schmuggel blüht mal wieder hier bei uns. Man muss schon Angst haben, erwischt zu werden, aber die Leute kennen sich gut aus, und bisher ist noch nicht allzu viel passiert.

Und zum Glück für mich sind die heimlichen Schmuggler auch noch freigiebig und bedenken ihren armen Lehrer ebenfalls. Für mich ist es jedenfalls ein Segen, dass ich Dorflehrer in Wollseifen bin – in der Stadt ginge es mir wahrscheinlich nicht halb so gut!

14

Annemarie strampelte die Landstraße entlang. Jetzt kam noch die lange Steigung, und dann ging es bis nach Hause leicht den Berg hinunter. Eigentlich machte ihr die Strecke von Schleiden nach Wollseifen nicht viel aus, im Gegenteil, sie war stolz darauf, dass sie sie ganz alleine mit dem Fahrrad zurücklegen durfte. Es gab ihr ein Gefühl von Freiheit, sich so schnell und ungezwungen bewegen zu können, und sie liebte ihren Vater allein schon dafür, dass er ihr das gebrauchte schwarze Damenfahrrad gekauft hatte. Die Mutter war nicht einverstanden gewesen, sie hatte geschimpft: »Als wenn es nicht schon genug wäre, dass sie auf die Höhere Schule geht, jetzt muss sie auch noch ein eigenes Fahrrad haben. Und was bekommen Karl und Gottfried?«

Ängstlich hatte Annemarie den Vater angeschaut, aber da hatte sich Karl schon eingeschaltet. »Mutter«, hatte er gesagt, »im Gegensatz zu Annemie brauche ich kein Fahrrad, mir ist der Traktor lieber. Und Gottfried hat zwei gesunde Beine.« Karl war eben der beste große Bruder, den man sich vorstellen konnte. Zu ihr hatte er gesagt: »Und lass dir bloß nicht einfallen, Gottfried das Fahrrad zu leihen. Der kriegt das schneller kaputt, als du ›Aufgepasst‹ sagen kannst!« Gottfried war zum Glück bei dem Gespräch nicht dabei gewesen, er hätte sich sonst bestimmt geärgert. Aber Karl hatte recht, der Junge war ein richtiger Draufgänger. Sie liebte ihren kleinen Bruder, aber er hatte eine Menge Unsinn im Kopf. Wie neulich, als er sich mit Robert aus Holzlatten und Leinenstoff, den er aus Mamas Truhe stibitzt hatte, Flügel gebastelt hatte. Sie hatten sie sich an die Arme gebunden und waren auf die alte Buche am Dorfrand geklettert. Robert sprang als Erster, blieb aber mit einem Flügel im Geäst hängen, und statt zu fliegen, fiel er vom Baum. Gottfried versuchte es daraufhin erst gar nicht, sondern kletterte hastig wieder hinunter, um dem Freund zu helfen, der weinend auf der Erde saß und sich den Arm hielt. Der Doktor hatte kommen müssen, und er hatte Robert ins Krankenhaus nach Schleiden mitgenommen, wo der Arm in Gips gelegt worden war. Ein Glück, dass nichts Schlimmeres passiert war.

Und dann das eine Mal, als sie keine Lust gehabt hatten, zur Schule zu gehen, und vor dem Unterrichtsbeginn die Stinkbombe ins Klassenzimmer geworfen hatten. Lehrer Faßbender hatte gleich gewusst, wer dahintersteckte, und zur Strafe hatten sie beide ganz allein zwei Stunden in dem stinkenden Raum sitzen und zweihundertmal schreiben müssen: *Ich darf keine Stinkbomben werfen.*

Annemie grinste, als sie daran dachte, und der Gedanke lenkte sie einen Moment lang von ihren schlimmen Bauchschmerzen ab. Seit gestern schon tat ihr der Bauch weh, aber sie hatte nichts gesagt, weil sie unbedingt heute für den letzten Schultag in die Schule gewollt hatte. Schwester Konstantina, ihre Klassenlehrerin, hatte für jede Schülerin immer eine kleine Tüte mit Süßigkeiten für die Ferien bereit, und darauf hätte Annemie um nichts in der Welt verzichten wollen. Außerdem gab es am letzten Schultag vor den Sommerferien immer eine Abschlussversammlung in der Aula der Schule. Es wurde gebetet, die Direktorin hielt eine kleine Ansprache, bevor die Kinder in die langen Ferien entlassen wurden, und zum Schluss hatte Annemie auf dem Flügel, der in der Aula stand, das Abschlusslied begleiten dürfen. Diese Ehre war ihr in der Sexta schon zuteilgeworden, als Schwester Konstantina zufällig entdeckt hatte, wie gut das kleine Bauernmädchen Klavier spielen konnte. Seitdem begleitete sie Schülerinnen und Kollegium bei *Freude, schöner Götterfunken* auf dem Klavier.

Es wäre undenkbar gewesen, daran nicht teilzunehmen. Also hatte sie die Zähne zusammengebissen und war losgeradelt. Den Vormittag über war es nur wie ein dumpfer Druck gewesen, aber es hatte schon wehgetan, als sie die Stufen zur Bühne der Aula hinaufgestiegen war. »Stimmt etwas nicht, Kind?«, fragte Schwester Konstantina besorgt. »Du bist so blass!« Aber Annemarie schüttelte den Kopf, setzte sich ans Klavier und spielte. Zugegeben, heute war sie nicht besonders gut gewesen, aber zum Glück hatte nur sie es gehört, dass sie zweimal gepatzt hatte.

Auf dem Heimweg jedoch tat ihr der Bauch immer mehr weh, vor allem, als sie wegen der Steigung fester in die Pedale treten musste. Und als sie jetzt den Berg hinuntersauste, durchzuckte sie auf einmal ein so starker Schmerz, dass ihr schwarz vor Augen wurde. Sie verriss den Lenker, prallte mit dem Vorderreifen an den Kilometerstein und wurde in hohem Bogen in den Straßengraben geschleudert. Hart prallte sie mit dem Kopf auf einem Stein auf.

Der Fahrer des schwarzen Wagens, der sich kurz darauf auf dem Weg nach Schleiden mit hoher Geschwindigkeit der Unfallstelle näherte, hatte von Weitem alles mit angesehen. Kurz zögerte er, ob er überhaupt anhalten sollte, er hatte es eilig, aber dann trat er doch auf die Bremse und brachte den Wagen zum Stehen. Das Fahrrad ragte halb aus dem Straßengraben, und als er sah, dass die kleine Gestalt am Boden sich regte, seufzte er und trat zu ihr, um sie hochzuheben und in sein Auto zu tragen.

»Meller, du bist zu gut für diese Welt«, murmelte er. Er legte das stöhnende Mädchen auf die Rückbank, nicht ohne vorher die Autodecke darunter auszubreiten. »Am Ende versaust du mir noch die Polster mit all dem Blut«, sagte er mehr zu sich selber als zu dem halb bewusstlosen Kind.

Dann stieg er auf den Fahrersitz, wendete und fuhr wieder zurück nach Schleiden, um die kleine Annemarie ins Krankenhaus zu bringen.

Albert blickte prüfend zum Himmel. Nicht ein Wölkchen trübte das klare Blau. »Morgen machen wir Heu, Thadeusz«, sagte er. »Das Wetter hält sich.«

»Ja, da hast du wohl recht«, sagte Thadeusz. »Und mit Karls neuer Maschine brauchen wir sicher auch nur die Hälfte der Zeit.«

Das Frühjahr war zu kalt und zu nass gewesen, wochenlang hatte es geregnet, und alle hatten befürchtet, dass schon wieder eine Missernte drohte wie im vergangenen Jahr, als das Korn auf dem Feld verfault war und die Kartoffeln schwarz geworden waren. Es war eine Katastrophe für Mensch und Tier gewesen, und wer keine Rücklagen gehabt hatte, war auf die Hilfe der Dorfgemeinschaft angewiesen. Pünktlich zum Sommeranfang jedoch war das Wetter dieses Jahr schön geworden. Seit einer Woche war es jetzt schon heiß und trocken, und er war sich sicher, dass es auch so bleiben würde. Morgen begannen die Sommerferien, dann konnten die Kinder mithelfen.

Karl, der Älteste, war ihm eine große Hilfe. Der Junge begeisterte sich für die Landwirtschaft, und da er nach der Volksschule noch drei Jahre nach Bitburg auf die Landwirtschaftsschule gegangen war, hatte er von dort auch jede Menge neue Ideen und neuen Schwung in den Betrieb mitgebracht. Albert, der sich in ihm wiedererkannte, ließ ihn gewähren, bremste nur ab und zu ein bisschen, wenn er das Gefühl hatte, dass die Pläne zu hochfliegend oder zu kostspielig waren. Meistens aber ließ er sich von den Argumenten seines Ältesten überzeugen. Sein Vater hatte ihn früher in vielem behindert, einfach weil er es nicht besser gewusst hatte und wohl auch nicht aus seiner Haut konnte. Aber man musste mit der Zeit gehen, und mit den moderneren Maschinen hatte man eben auch besseren Ertrag, weil sie ganz andere Mengen bewältigten als Menschen.

Auf Karls Drängen hin hatten sie jedenfalls einen stärkeren Traktor angeschafft, mit dem er auch im Wald Holz schleppen konnte. Noch längst nicht alle seine Nachbarn hatten einen Traktor. Viele schwankten zwischen Neid und Misstrauen gegenüber Fahrzeugen, die mit Motor liefen, und verbargen das hinter spöttischen Bemerkungen. »Der Trecker stinkt und raucht und läuft nie, wenn man ihn braucht«, war ein beliebter Spruch. Doch Albert fand, dass er einem die Arbeit erleichterte. Die Leute mussten sich nur daran gewöhnen. Jahrhundertelang waren sie in der Landwirtschaft mit Tieren umgegangen, und jetzt mussten sie eben lernen, auch die Technik zu beherrschen.

Karl jedenfalls liebäugelte schon mit einem der hochmodernen Mähdrescher, wie sie aus Amerika auf den Markt kamen. Diesen Wunsch erfüllte Albert ihm allerdings nicht. »Das erscheint mir nun wirklich ein wenig verfrüht«, wandte er ein. »Du weißt ja gar nicht, ob die Maschinen schon genügend erprobt sind. In Amerika herrschen doch andere Verhältnisse als hier.«

»Wir müssen in die Zukunft investieren«, entgegnete Karl, ließ es aber dieses Mal dabei bewenden, weil sein Vater ja doch meistens auf ihn hörte und trotz schlechter Ernten einen Teil seiner Rücklagen in die neuen Maschinen gesteckt hatte.

Das Getreide schnitten und bündelten sie also weiter mit dem mittlerweile ein wenig altmodischen Mähbinder, und gedroschen wurde es weiterhin den Winter über von Tagelöhnern, die der neuen Technik grundsätzlich feindselig gegenüberstanden, weil sie ihnen die Arbeit wegnahm. Aber es blieb ja trotzdem immer noch genug zu tun – das Heu musste von Hand gewendet und von den hoch gelegenen Wiesen mit dem Ochsenkarren zum Hof gefahren werden, – eine knifflige Angelegenheit, weil man darauf achten musste, dass der Wagen gleichmäßig beladen war, damit er auf den holperigen Wegen nicht umkippte. Gottfried liebte diese Aufgabe, aber Albert sah es nicht so gerne, wenn er die Fuhre ins Tal brachte. Der Junge war zwar geschickt und furchtlos, aber auch oft wild und unvorsichtig, und nachdem er einmal mit einer vollen Ladung an einer schwer zugänglichen Stelle die Kontrolle über den Wagen verloren hatte und – zum Glück nur beinahe – umgekippt war, übertrug er die Arbeit lieber jemand anderem.

Vor allem die steilen Wiesen oberhalb der Talsperre mähte Albert immer noch gerne mit der Sense, und dann half die ganze Familie beim Heuwenden und Aufbocken.

Annemie allerdings arbeitete eher selten draußen auf dem Feld mit. Als kleines Mädchen, ja, da war sie Karl auf Schritt und Tritt gefolgt und hatte alles machen wollen, was auch der große Bruder machte. Sogar beim Ausbessern der Zäune hatte sie helfen wollen.

Doch seit sie in der Schule war, hatte ihr Interesse an der Landwirtschaft schlagartig nachgelassen. Seitdem war sie eher für die häuslichen Pflichten zu haben, und Albert ließ sie gewähren. Er und Bertha platzten vor Stolz auf die Zwölfjährige, die jeden Tag nach Schleiden auf die Höhere Mädchenschule fuhr. Lehrer Faßbender hatte ihnen dringend empfohlen, das begabte Kind, das sich in allen Fächern hervortat, zu den Schwestern vom armen Kinde Jesu zu schicken. Zuerst hatten sie gezögert. Die Töchter auf die Höhere Schule zu schicken war nicht nur in ihrer Familie völlig unüblich. Wozu sollte das gut sein, sie würde ja doch heiraten, hatte Bertha zunächst eingewandt, aber letztlich hatten sie sich vom Lehrer überzeugen lassen. »Annemarie ist ein ganz besonderes Kind«, hatte er zu ihnen gesagt. »So eine Schülerin hatte ich noch nie. Sie ist in jeder Hinsicht außergewöhnlich begabt. Es wäre ein Verbrechen, sie mit vierzehn von der Schule abgehen zu lassen.«

Da es keine Bahnverbindung nach Schleiden gab und der Weg zu Fuß anderthalb Stunden dauerte, hatte Albert seiner Tochter ein Fahrrad gekauft, und jetzt fuhr das Mädchen bei jedem Wetter nach Schleiden in die Schule. Nur im tiefsten Winter brachte Albert sie mit dem Trecker nach Herhahn, wo der Bus nach Schleiden abfuhr.

Sie machte ihnen nichts als Freude, brachte nur gute Noten nach Hause und lernte mit einer Leichtigkeit, die ihren Brüdern völlig abging. Dabei war sie hübsch und freundlich, und sie hatte eine wunderschöne, klare Singstimme.

Albert, der immer noch ein schlechtes Gewissen hatte, wenn er an die Nacht ihrer Zeugung dachte, fragte sich manchmal, was Gott ihm damit sagen wollte, dass er gerade dieses Geschöpf so perfekt gemacht hatte. Insgeheim fürchtete er immer, dass er ihnen das schöne, kluge Kind wieder entreißen könnte. Aber über diese Angst redete er mit niemandem, nicht mit Bertha und noch nicht einmal mit Silvio.

Gottfried, ihr Jüngster, hatte hingegen nur Unsinn im Kopf. Mit dem gleichaltrigen Robert dachte er sich ständig die aberwitzigsten Streiche aus. Das Stillsitzen in der Schule gefiel beiden nicht besonders gut, und da sie in den Ferien schlimmer zu hüten waren als ein Sack Flöhe, würde sie die Hilfe bei der Heuernte wenigstens müde machen.

Der Tag war so schön, und die Arbeit ging ihm und Thadeusz so leicht von der Hand, dass ihn nichts und niemand darauf hätte vorbereiten können, dass in diesem Moment etwas passierte, was er auch noch im hohen Alter als das schlimmste Ereignis seines Lebens empfinden würde.

Am Nachmittag machten sie sich auf den Weg nach Hause, und als sie an der Pumpe standen und sich den Schweiß abwuschen, kam Bertha in den Hof.

Die geblümte Schürze spannte sich um ihren Bauch, und sie keuchte leicht vor Anstrengung, als sie zu Albert sagte: »Annemie ist noch nicht zu Hause. Sie müsste eigentlich längst da sein, und es ist doch gar nicht ihre Art, auf dem Heimweg zu trödeln. Ich bin ihr eben ein Stück entgegengegangen, sie ist aber noch nicht zu sehen.«

Albert zuckte mit den Schultern. »Vielleicht hat sie einen Platten und muss das Fahrrad schieben.«

»Ja, aber auch dann müsste sie langsam hier sein«, sagte Bertha besorgt. »Kannst du ihr nicht mit dem Wagen entgegenfahren? Ich habe so ein komisches Gefühl.«

»Warten Sie hier«, sagte die Oberschwester herrisch zu Meller. Sie hatte ihm das Kind abgenommen und lief bereits den Krankenhausflur entlang. Unschlüssig blieb er stehen. Er hatte eigentlich vorgehabt, sofort wieder zu fahren, aber die Nonne hatte einen Tonfall wie ein Dragoner, und er traute sich nicht, einfach wegzufahren.

Er brauchte nicht lange zu warten. Ein Arzt kam mit wehendem Kittel auf ihn zu.

»Sind Sie der Vater?«, fragte er und musterte Meller, der in Jackett und Reithose mit Stiefeln wie ein Landjunker vor ihm stand.

»Nein, nein«, wehrte Meller ab. »Die Kleine hat einen Unfall auf der Straße gehabt, und ich bin gerade mit meinem Wagen vorbeigekommen. Ich habe sie nur ins Krankenhaus gebracht.«

Die Miene des Arztes wurde freundlicher, als er das Parteiabzeichen auf Mellers Jackett entdeckte. »Wissen Sie, wer das Mädchen ist? Wir tun unser Möglichstes, aber ihr Zustand ist kritisch.«

Meller nickte. »Ja, ich kenne die Eltern.« Jetzt muss ich die auch noch benachrichtigen, dachte er wütend. Ich hätte das Kind besser liegen gelassen. Aber jetzt fahre ich erst einmal zur Bank. Ich kann ja den Termin nicht einfach sausen lassen. Die Lintermanns können warten, sie kommen so oder so zu spät. Und ich bringe sie nicht auch noch hierher. Da müssen sie schon selber sehen, wie sie das machen. Dummes Bauernpack, setzte er im Geiste hinzu. Können nicht mal richtig Fahrrad fahren. Dieser Lintermann war ihm einfach zuwider. Und seine Brut war nicht viel besser, da konnte Leni noch so viel dagegenreden.

»Nun«, sagte der Arzt, »sie sollen so schnell wie möglich ins Krankenhaus kommen.«

Albert brauchte nicht weit zu fahren. Auf der Hochebene zwischen Wollseifen und dem Gestüt sah er das Fahrrad schon von Weitem. Der schwarze Rahmen ragte aus dem Graben. Hastig sprang er vom Bock und rannte hin.

Da war niemand. Fassungslos stand er da und starrte das Fahrrad an. Sein Blick fiel auf einen großen Feldstein, der dahinter lag. War das Blut? Er bückte sich, um sich die Stelle genauer anzusehen, als er Motorgeräusche hörte.

»He, Lintermann!«, rief eine Stimme. Albert drehte sich um. Meller hatte die Scheibe auf der Beifahrerseite heruntergekurbelt und beugte sich zu ihm. »Deine Tochter hatte einen Unfall. Ich habe sie nach Schleiden ins Krankenhaus gebracht.« Der Mann zögerte und fügte dann leiser hinzu: »Du sollst sofort hinkommen.«

Er gab Gas und war weg, bevor Albert reagieren konnte.

Einen Moment lang schaute er ihm erschrocken nach, aber dann rannte er zu seinem Karren und fuhr los.

Er kam zu spät. Annemarie war tot. Der Arzt, der nicht annähernd so freundlich und mitfühlend war wie Professor Siegburger, fertigte ihn auf dem Flur ab. »Wir haben unser Bestes getan«, sagte er, »aber sie ist nicht mehr zu Bewusstsein gekommen. Wahrscheinlich akute Appendizitis.« Als Albert ihn nur angstvoll und verständnislos ansah, fügte er hinzu: »Blinddarmdurchbruch. Allerdings hat sie auch viel Blut verloren, weil sie bei ihrem Sturz wohl mit dem Hinterkopf auf einem Stein aufgeschlagen ist.«

»Darf ich zu ihr?«, bat Albert. »Ich möchte sie sehen.«

Der Arzt nickte und wies die Schwester an, ihn zu der Toten zu führen. »Mein Beileid«, sagte er knapp, dann ging er.

Benommen starrte Albert auf die Leiche seiner Tochter. Die Gestalt, die sich unter dem Laken auf der Krankentrage abzeichnete, wirkte so klein. Ja, dachte er, sie ist ja auch noch ein Kind. War, korrigierte er sich automatisch. Er zog das Laken von ihrem Gesicht und beugte sich über Annemie, um ihr einen Kuss auf die Stirn zu drücken. Ganz friedlich lag sie da, als ob sie schliefe, aber ihre Haut wurde schon kalt. Am liebsten hätte er sie in die Arme genommen, aber weitere Berührungen traute er sich im Beisein der Nonne nicht.

»Ich lasse sie vom Bestatter abholen«, sagte er zu der Ordensschwester, »damit sie bei uns in Wollseifen aufgebahrt werden kann.«

Er hätte hinterher nicht mehr sagen können, wo er das Pferd festgebunden hatte, wie er wieder auf den Wagen gestiegen und zurück ins Dorf gefahren war. Sogar das Fahrrad hatte er mitgenommen. Er fuhr in den Hof, kletterte vom Bock und warf

Thadeusz die Zügel zu. Dann lud er das Fahrrad ab, stellte es an die Hauswand und ging wie in Trance hinein.

Bertha saß mit Hedwig und ihrem Mann in der Küche und blickte ihm angstvoll entgegen. »Sie ist tot«, sagte er ohne Umschweife. »Sie hatte einen Blinddarmdurchbruch und ist mit dem Fahrrad gestürzt.« Seine Worte hörten sich falsch an, so als ob er sie gar nicht gesagt hätte. »Ich geb Döres Bescheid.«

Als er sich umdrehte und wieder hinausging, kam Bertha hinter ihm hergerannt. Sie stellte sich vor ihn und packte ihn am Hemd. »Sag, dass das nicht wahr ist«, keuchte sie. »Sag, dass das nicht wahr ist!«

Albert blieb stehen und nahm sie in die Arme. »Doch, es ist wahr«, sagte er leise. Sie schaute ihn mit aufgerissenen Augen an und begann zu wimmern. Albert fühlte nichts. In ihm war alles wie tot.

Döres holte Annemarie noch am selben Abend im Krankenhaus ab und brachte sie zu ihnen nach Hause. »Ich kann sie euch nur bis morgen früh dalassen«, sagte er, als er Albert die Leiche übergab. »Es ist zu warm. Wir müssen sie morgen Mittag beerdigen. Ich sage dem Pastor Bescheid.«

Albert nickte und trug seine Tochter in die gute Stube. Hier war es dunkel. Die Läden waren immer geschlossen, damit die Bezüge der Polstermöbel nicht im Sonnenlicht ausblichen. Nur ein paar vereinzelte Sonnenstrahlen fielen tagsüber durch die Ritzen.

Vorsichtig legte er Annemie ab. Dann richtete er sich auf und betrachtete sie schweigend. Plötzlich jedoch besann er sich. Luft, er musste die Fenster aufmachen, damit die Seele des Kindes hinausfliegen konnte. In dem Moment, wo er die hölzernen Läden aufstieß und die kühle Nachtluft in den Raum drang, kam der Schmerz. Er stand am geöffneten Fenster und begann zu weinen. Die Tränen stürzten ihm über die Wangen, und er bekam kaum noch Luft, so stark war die Erschütterung. Schluchzend rannte er aus dem Zimmer.

Bertha, die schweigend zugesehen hatte, wie der schwarze Leichenwagen von Döres mit den beiden Friesenrappen davor auf den Hof gefahren war, und mit ihrem Mann ihr Kind in Empfang genommen hatte, stand einen Moment lang bewegungslos vor der Leiche, dann nickte sie Hedwig zu, und sie machten sich gemeinsam daran, das Kind zu waschen und anzukleiden.

Karl und Gottfried, die stumm und unschlüssig auf der Schwelle standen, schickten sie in die Küche zu Eugen.

Mittlerweile war die Nachricht von Annemies Tod wie ein Lauffeuer durchs Dorf gegangen, und obwohl es schon spät war, gaben sich die Dorfbewohner die Klinke in die Hand. Alle kamen sie, um dem kleinen Mädchen, das mittlerweile in seinem besten Kleid mit der Totenkrone auf dem Kopf dalag wie eine Prinzessin, die letzte Ehre zu erweisen. Ihr Wehklagen und die Gebete erfüllten die gute Stube wie das Summen eines Hornissenschwarms, als ob etwas Bedrohliches in der Luft läge.

Und jeder brachte etwas zu essen mit. In der Küche bog sich der Tisch schon bald unter Töpfen mit Suppe und Eintopf, Kuchenblechen und Schüsseln mit allen möglichen Gerichten.

Bertha saß teilnahmslos auf einem Stuhl neben ihrem aufgebahrten Kind. Eine Zeit lang stand Albert hinter ihr, aber als sich immer mehr Leute in dem kleinen Wohnzimmer versammelten, flüchtete er nach draußen und setzte sich mit seinen Söhnen auf die Bank an der Scheune. Dort fand ihn der Pastor, der gekommen war, um die Einzelheiten der Beerdigung zu besprechen, und auch der Lehrer, dessen rot geränderte Augen davon zeugten, wie sehr ihn der Tod seiner Lieblingsschülerin mitnahm, ging gar nicht erst ins Haus. Hedwig hielt unterdessen die Stellung in der Küche, wo sie mit tränennassem Gesicht gemeinsam mit Eugen versuchte, der Flut an Lebensmitteln Herr zu werden.

An der Hintertür zur Küche zog Leni unwillkürlich ihre Tochter an sich und nahm den zweijährigen Siegfried auf den Arm, als sie das Summen hörte, das aus dem Trauerzimmer drang. In der Küche wurde sie von Helena empfangen. Sie blickte Leni aus verweinten Augen an. »Du kannst gleich durchgehen«, sagte sie und nahm den Kuchen entgegen, den Leni gebacken hatte. Dann streckte sie die Arme nach Siegfried aus. »Komm zu Tante Helena, mein kleiner Schatz«, sagte sie zu dem kleinen Jungen. »Du bleibst bei mir. Magst du einen Keks?« Sie wandte sich an Leni. »Soll Hildegard nicht auch besser hierbleiben?« Liebevoll strich sie dem dunkelhaarigen Mädchen über die Wange.

Leni schüttelte den Kopf. »Nein, sie will unbedingt mit.«

Helena schaute auf Siegfried, der sich vertrauensvoll in ihre Arme schmiegte. Sie seufzte. »Na, dann komm, mein Zuckerstückchen«, sagte sie. »Dann gucken wir mal, was es für dich Leckeres gibt.«

Hildegard war mit ihren vierzehn Jahren schon einen ganzen Kopf größer als ihre Mutter. Ihr schmales, ernstes Gesicht wurde beherrscht von großen graublauen Augen, die jeden sofort in ihren Bann zogen. Jetzt legte sie beschützend der Mutter den Arm um die Schultern, als wollte sie ihr versichern, dass sie gut auf sie aufpassen würde.

Bertha saß wie erstarrt neben ihrer toten Tochter. Nur ab und zu erhob sie sich schwerfällig und ging wie eine Schlafwandlerin in die Küche oder zur Toilette, aber die meiste Zeit saß sie stumm betend da, bewegte nur unmerklich die Lippen und ließ die Perlen des Rosenkranzes durch ihre Finger gleiten. Sie konnte doch ihr Kind nicht aus den Augen lassen. Morgen früh schon kam der Schreiner, um Annemie in die Kirche zu bringen, wo sie für die Trauermesse aufgebahrt wurde. Direkt danach fand die Beerdigung statt, länger konnten sie bei den sommerlichen Temperaturen nicht warten.

Bertha hatte auch nicht aufgeblickt, als Albert hinausgegangen war. Er war nicht wiedergekommen, und sie wusste, warum. Er hatte ein schlechtes Gewissen, hatte sich all die Jahre schuldig gefühlt, und sie hatte nichts getan, um ihm das Schuldgefühl zu nehmen, auch wenn sie glücklich über das wohlgeratene Kind gewesen war.

Er hatte nie verstehen wollen, welche Angst sie befallen hatte, als sie ihn mit seiner Fratze das erste Mal gesehen hatte. Das Ungeheuer, das sie angeblickt hatte, hatte keine Ähnlichkeit mit ihrem Mann gehabt. Und doch hatte er von ihr erwartet, dass sie mit ihm umgehen sollte, als wenn nichts wäre. Selbst die Operation hatte letztlich daran nichts geändert, auch wenn sie eine Zeit lang gehofft hatte, es könne wieder so werden wie vor dem Krieg. Doch sie bekam die grausige Fratze einfach nicht aus dem Kopf, und jetzt war ihr, als hätte sie ihr das Kind geraubt. Und an allem war nur Albert schuld, dachte sie in einer erneuten Aufwallung von Gefühlen. Es geschah ihm recht, dass ihn Schmerz und Schuld überwältigten.

15

Als Leni mit ihrer Tochter das nur schwach beleuchtete Wohnzimmer betrat, hob Bertha zum ersten Mal seit Stunden den Kopf. Hildegard trat sofort zu ihr und schaute sie mit ihren großen Augen ernst an. Dann streckte sie die Hand aus und streichelte vorsichtig ihren Arm. Sie sagte nichts, sondern schaute sie nur an. Leni legte ihrer Tochter die Hand auf die Schulter, als sie sah, wie Bertha unwillkürlich zusammenzuckte. »Hildegard«, sagte sie leise, aber Bertha war aus ihrer Erstarrung erwacht und wehrte ab.

»Nein, lass sie. Es tut mir ja gut.«

»Ich bin so traurig«, sagte Leni. »Es zerreißt mir das Herz, Annemie so daliegen zu sehen. Sie war so ein besonderes Kind. Wenn ich irgendwie helfen kann, sagt Bescheid.«

Unter Hildegards Berührungen schien es Bertha tatsächlich besser zu gehen. Sie schaute das Mädchen an und rang sich ein Lächeln ab. »Du bist ein braves Kind«, sagte sie und strich ihr über die Wange. Doch kaum hatten die beiden das Totenzimmer verlassen, verfiel sie erneut in ihre Starre.

Als sich der erste schwache rote Schimmer am Horizont zeigte, erhob sich Albert von der Bank an der Scheune. Die beiden Jungs waren irgendwann in der Nacht schlafen gegangen, und auch im Haus war noch alles still. Um acht wollte Döres kommen, aber Albert hatte nicht vor, dabei zu sein, wenn der Schreiner sein Kind abholte. Steifbeinig ging er leise hinein und warf einen Blick ins Wohnzimmer. Bertha war wach. Der Rosenkranz glitt wie Wasser durch ihre Hände. Als sie Albert sah, wurde ihre Stimme lauter. »Gegrüßet seist du Maria, voll der Gnaden, du bist gebenedeit unter den Weibern und gebenedeit ist die Frucht deines Leibes ...«

»Ich gehe ins Heu«, sagte Albert. Seine Stimme klang barscher, als er beabsichtigt hatte. Er warf einen Blick auf seine geliebte Annemie. Wie ein Engel lag sie da, ganz still, mit gefalteten Händen. »Ich habe keine Zeit zum Trauern«, fügte er hinzu. Bertha schaute noch nicht einmal auf. »Zur Messe bin ich wieder da.«

Als er auf den Hof trat, um das Pferd vor den Wagen zu spannen, kam Silvio um die Ecke. Er hatte seine Sense geschultert. »Ich habe mir so was schon gedacht. Ich komme mit und helfe dir.«

Schweigend fuhren sie zur Wiese, und sie schwiegen auch, während sie ihre Sensen gleichmäßig durch das Gras schwangen. Schließlich blickte Silvio zum Himmel und sagte: »Komm, lass uns fahren. Es ist Zeit.«

Das gesamte Dorf war auf den Beinen, als sie die kleine Annemarie Lintermann zu Grabe trugen. Der strahlend blaue Himmel, an dem nur vereinzelt ein paar weiße Schäfchenwolken dahinsegelten, stand in krassem Gegensatz zu der düsteren Trauergemeinde, die in die Kirche strömte. »Wen Gott so früh zu sich holt, liebt er ganz besonders«, sagte der Pastor in seiner Predigt. »Daher wollen wir nicht traurig sein, sondern dem Herrn dafür danken, dass er Annemarie im blühenden Alter von zwölf Jahren zu sich in sein Reich geholt hat.«

Albert und Bertha saßen in ihrer dunklen Trauerkleidung wie erstarrt in der ersten Reihe, eingerahmt von ihren beiden Söhnen. Karl sah so aus, als würde er am liebsten weinen, aber er wusste natürlich, dass sich das für einen jungen Mann von fast zwanzig Jahren nicht schickte. Er hielt den Blick gesenkt, und man sah nur am Zucken seiner Kinnlinie, dass er mit seinen Gefühlen kämpfte. Er konnte die Predigt des Pastors kaum ertragen. Was war das für ein Gott, der ein unschuldiges Mädchen sterben ließ, das niemandem etwas getan hatte, aber die schlechten Menschen, die es hier in Wollseifen wie überall auf der Welt gab, leben ließ? Karl war so stolz auf seine hübsche, kluge kleine Schwester gewesen, er hatte sie so sehr geliebt, gerade weil sie erst auf die Welt gekommen war, als er schon gar nicht mehr darauf gehofft hatte, jemals Geschwister zu bekommen. Er liebte auch seinen kleinen Bruder, aber nicht mit dieser heftigen Intensität, wie er Annemie geliebt hatte. Und jetzt hatte Gott Anspruch auf sie erhoben? Hatte er sich niemand anderen aussuchen können? Es gab doch genug alte und kranke Leute.

Unwillkürlich glitt sein Blick zu Johanna, Silvios Tochter. Über ihr Madonnengesicht mit den dunkelbraunen, in der Mitte gescheitelten Haaren, die zu zwei langen Zöpfen geflochten waren, liefen die Tränen. Auf der letzten Kirmes war sie ihm zum ersten Mal so richtig aufgefallen, und seitdem hatte er sie schon ein paarmal gemalt. Zur Sicherheit hatte er die Zeichnungen allerdings unter seiner Matratze versteckt. Nicht auszudenken, wenn sein kleiner Bruder sie fände.

Er hatte Johanna natürlich immer schon gekannt, aber da war sie ein Kind gewesen, sie war ja nur drei Jahre älter als seine kleine Schwester. Doch jetzt war sie fünfzehn, und sie kam ihm auf einmal so erwachsen vor. Sie hatte so eine ruhige, bestimmte Art, beinahe schon wie eine junge Frau. Er hatte auf dem Kirmesball letztes Jahr sogar einmal mit ihr getanzt und dabei das Gefühl gehabt, am Ziel all seiner Wünsche angekommen zu sein. Nichts war zwischen ihnen ausgesprochen worden, aber wenn sie einander begegneten, gab es keine Fremdheit, keine Scheu, sondern alles war so, als wären sie bereits verlobt, obwohl sie natürlich beide noch viel zu jung waren. Doch insgeheim hatte Karl sich schon vorgenommen, auf sie zu warten. Und wenn sie achtzehn war, würde er mit Silvio reden. Die drei Jahre würde er wohl warten können. Er glaubte nicht, dass der beste Freund seines Vaters etwas gegen die Verbindung einzuwenden hätte.

Auch jetzt spürte sie seinen Blick und schaute auf. Ganz leicht zog sie die Mundwinkel nach oben und nickte ihm unmerklich zu. Getröstet richtete er seine Aufmerksamkeit wieder auf die Predigt des Pfarrers.

Gottfried weinte nicht, natürlich nicht, aber er hatte die Lippen so fest zusammengepresst, dass ihm der Kummer über den Tod der geliebten großen Schwester deutlich ins Gesicht geschrieben stand. Und trotz aller angestrengten Beherrschung ließ er es zu, dass sein Vater seine Hand ergriff und sie fest drückte.

Neben Gottfried saßen Hedwig und ihr Mann Eugen. Hedwig war außer sich gewesen über Annemies Tod. »Ihr hättet viel besser auf sie aufpassen müssen. Wie konntet ihr sie auch jeden Tag mit dem Fahrrad die weite Strecke fahren lassen!«, war nur einer der Vorwürfe gewesen, die sie in ihrer Fassungslosigkeit den Eltern gegenüber zum Ausdruck gebracht hatte. Annemie war für sie die Tochter gewesen, die ihr durch den Heldentod des Verlobten verwehrt geblieben war, und sie hätte sie am liebsten adoptiert und für immer bei sich behalten. Ständig hatte sie mit Bertha um die Liebe des Kindes gewetteifert, und als die Eltern sich dazu entschieden hatten, Annemie aufs Gymnasium nach Schleiden zu schicken, hatte sie heftig dagegen argumentiert. »Lasst sie doch bei uns wohnen«, hatte sie gesagt. »Sie kann in Euskirchen aufs Gymnasium gehen. Eugen kann sie jeden Morgen mit dem Auto hinfahren.« Aber Albert und Bertha hatten sich nicht darauf eingelassen, und jetzt war ihre schlimmste Angst wahr geworden und Annemie war gestorben. Karl und Gottfried standen ihr auch nahe, aber sie hatten ihr nie so viel bedeutet wie dieses Kind.

Die Augen von Bertha und Albert waren trocken, aber ihre Gesichtszüge waren wie versteinert. Das ist Gottes Strafe dafür, dass ich Bertha mit Gewalt genommen habe, dachte Albert. Der Gedanke hatte sich in ihm festgesetzt wie ein wucherndes Geschwür, er wurde ihn nicht mehr los. Der Schmerz über den Tod seines Kindes war mit nichts zu vergleichen, er war so gewaltig, dass er ihm fast den Atem nahm.

Besorgt warf er einen Blick auf seine Frau, die vollkommen bewegungslos dasaß. Er tastete nach ihrer Hand, aber sie entzog sie ihm. Schon wieder war sie meilenweit von ihm entfernt.

Als die Glocken läuteten, erhoben sich alle. Albert und Karl sowie Silvio und seine drei großen Söhne trugen den Sarg, der Albert lächerlich klein und leicht erschien, von der Kirche über die Dorfstraße zum Friedhof. An der Grabstätte der Familie mit dem dreiteiligen schwarzen, auf Hochglanz polierten Stein, die der Vater damals gekauft hatte, nachdem sie durch die Sommergäste zu bescheidenem Wohlstand gekommen waren, stellten sie den weißen Kindersarg ab. Albert schluckte, als er daran dachte, dass seine Annemie jetzt gleich in die bereits ausgehobene Grube gesenkt werden würde. Und dann würde neben den Namen seiner Großeltern und Eltern auch der Name seiner kleinen Tochter eingemeißelt werden. Und dabei wären doch zuerst sein Name und der Berthas an der Reihe gewesen. Es war nicht richtig, dass sie sterben musste, bevor sie überhaupt richtig gelebt hatte. Wie lächerlich gering sich doch ihre Lebensspanne gegenüber denen der Vorfahren ausmachte ...

»Lasset uns beten«, sagte der Pastor. Die Männer zogen die

Kappen ab, und alle begannen mit gesenkten Köpfen das *Vaterunser* zu beten. Als der Sarg schließlich zu den getragenen Klängen der Bläser des Musikvereins in die Grube heruntergelassen wurde, schluchzten fast alle Frauen, und auch viele Männer wischten sich verstohlen über die Augen. Annemie war beliebt gewesen im Dorf, und die meisten Bewohner hatten großen Anteil daran genommen, dass eines ihrer Kinder, und zudem noch ein Mädchen, so klug war, dass es auf das Gymnasium in Schleiden gehen konnte.

Bertha und Albert warfen gemeinsam die erste Schaufel Erde auf den Sarg, und dieses Mal ließ sie es zu, dass er ihre Hand mit seinen kräftigen Fingern umschloss und führte. Ihre Schultern zuckten, als sie in die Grube blickte, in der jetzt ihre einzige Tochter lag.

Der Zug der Trauernden, die der Familie kondolierten, nahm kein Ende. Die Kondolenzwünsche kamen von Herzen. In der Vergangenheit hatte es immer wieder schreckliche Unfälle mit Kindern gegeben, und jeder wusste, was es bedeutet, ein Kind zu verlieren. Der Satz »Ein Kind sollte nicht vor seinen Eltern sterben« war für die meisten von ihnen keine leere Floskel. Aber Albert war auch klar, dass schon bald alle wieder zur Tagesordnung übergehen würden. Das Leben musste ja weitergehen.

Auch Leni war mit Hildegard und Siegfried gekommen. Der Kleine hatte während der Predigt laut gebrabbelt, und einige ältere Frauen hatten Leni missbilligende Blicke zugeworfen. Wo gab es denn so etwas? Kleine Kinder hatten auf Beerdigungen nichts verloren! Aber Leni achtete nicht auf ihre Umgebung. Ihre ganze Aufmerksamkeit war auf die trauernde Familie gerichtet. Sie nahm Bertha und die Jungen stumm in den Arm und drückte Albert fest die Hand. Er hielt den Blick gesenkt und sah sie nicht an.

In den hinteren Reihen wurde getuschelt. Wo war Meller denn überhaupt? Fast alle waren anwesend. Er wollte doch immer unbedingt zur Dorfgemeinschaft gehören, aber wenn es drauf ankam, war nichts von ihm zu sehen. Und dabei war sein Wagen genau um die Uhrzeit, als das Kind mit dem Fahrrad unterwegs gewesen sein musste, auf der Landstraße gesehen worden. Sicher, Döres hatte berichtet, Meller sei zufällig an der Unfallstelle vorbeigekommen und habe das Kind ins Krankenhaus gefahren, aber wer wollte das überprüfen? Schließlich war ja niemand dabei gewesen. Und jetzt ließ er sich noch nicht einmal bei der Beerdigung blicken.

Etwa zwei Wochen nach der Beerdigung nahm Silvio Albert beiseite. »Im Dorf wird geredet«, sagte er. »Bendermachers Gerd behauptet, er hätte gesehen, dass Meller am Tag des Unfalls mal wieder viel zu schnell durchs Dorf gerast ist. Er war gerade im Garten, konnte allerdings aus der Entfernung nur erkennen, dass es ein schwarzer Wagen war. Du weißt ja, wie schlecht seine Augen sind.«

»Und? Was soll das bedeuten?«, fragte Albert. »Selbst wenn es Meller war, der fährt doch immer zu schnell.«

»Ein paar Leute meinen jetzt, Meller könnte möglicherweise etwas mit ihrem Tod zu tun haben. Und außerdem war er nicht auf der Beerdigung. Das hat zu dem Gerede noch beigetragen. Ich wollte es dir nur erzählen, bevor du oder Bertha von anderer Seite etwas davon hört.«

Albert schüttelte den Kopf. Er wollte sich mit solchen Geschichten nicht belasten. Er hatte schon genug gegrübelt. »Das bringt doch nichts«, sagte er. »Er war wohl in Berlin am Tag der Beerdigung. Leni hat so etwas gesagt. Irgendwelche wichtigen Angelegenheiten, keine Ahnung. Aber davon mal abgesehen, ich weiß gar nicht, ob es mir lieber wäre, einen Schuldigen für den Unfall zu haben. Meller ist nicht der Einzige auf der Welt mit einem schwarzen Wagen. Und selbst wenn er es war, der da schnell vorbeigefahren ist, dann heißt es trotzdem nichts. Der Arzt hat doch gesagt, Annemie wäre an einem durchbrochenen Blinddarm gestorben. Vielleicht ist es ihr schlecht geworden, und sie ist deshalb gestürzt.«

Aber er hatte schon die ganze Zeit gegrübelt, ob das tatsächlich die Ursache für das Unglück war. Es wäre ihnen doch sicher frühzeitig aufgefallen, wenn sie sich nicht wohlgefühlt hätte. Oder hatten Bertha und er ihr eigenes Kind so wenig gekannt, dass sie ihre Erkrankung nicht bemerkt hatten? Nein, das konnte nicht sein, da war ihm der Gedanke schon lieber, dass irgendjemand möglicherweise die Schuld an diesem Unfall trug. Andererseits hatte es gar keine Anzeichen für ein Fremdverschulden gegeben. Und wem würde es nützen, wenn er jetzt seine ganze Kraft darauf verwendete, einen Schuldigen zu finden? Es waren doch alles nur Vermutungen. Im Gegenteil, so schwer es ihm fiel, er musste Meller sogar noch dankbar sein, dass er das Mädchen wenigstens ins Krankenhaus gebracht hatte, denn sonst wäre sie im Straßengraben elendig verreckt.

Und wozu waren überhaupt all diese Gedanken gut? Nichts, nichts von dem, was er dachte oder tat, machte Annemie wieder lebendig. Sein Kind blieb tot, genau wie Hennes. Der Pastor konnte ja viel erzählen von einem Leben nach dem Tod. Wiedergekommen war noch nie einer, und es hatte sich auch nie jemand gemeldet. Wenn es nach dem Tod weitergehen würde, hätte Hennes ihm doch sicher wenigstens in seinen Träumen Bescheid gesagt. Nein, da war nichts, davon war Albert überzeugt.

Manchmal, nachts, sann er darüber nach, ob ihm diese fatalistische Haltung aus dem Krieg geblieben war. Damals hatte es angefangen, dass er an Gott und seinen Wegen gezweifelt hatte.

Und das hinderte ihn auch jetzt daran, Trost aus den Worten des Pastors zu ziehen. Es war, wie es war, und er konnte nichts daran ändern.

Er wandte sich zum Gehen. »Lass gut sein, Silvio. Ich weiß, dass es dich auch quält, aber wir werden nie erfahren, was wirklich passiert ist. Und was hätten wir auch davon? Ich hätte Ärger mit Meller, und das Kind wird davon nicht wieder lebendig.«

Silvio nickte. »Ja, da hast du leider recht. Mir schmeckt es nicht, dass es Meller war, der das Kind gefunden und ins Krankenhaus gefahren hat, aber wir sollten uns mit Anschuldigungen besser zurückhalten. Es heißt ja, er hat mächtige Freunde in der Partei. Und ich habe läuten hören, dass die mit Leuten, die ihnen nicht passen, nicht gerade zimperlich umgehen. Allerdings sehe ich auch nicht ein, dass wir in Zukunft jedes Wort zweimal im Mund umdrehen sollen, nur weil Meller Angst und Schrecken verbreitet. Deshalb hab ich gedacht, ich erzähl dir besser, was im Ort so geredet wird.«

»Ja, ist schon in Ordnung. Ich habe keine Angst vor ihm. Ich will einfach nur nichts mit ihm zu tun haben. Und wie gesagt, mein Kind bringt es mir nicht wieder zurück. Die Politik kann mir gestohlen bleiben. Sollen die da oben doch machen, was sie wollen. Ja, ich weiß, ich weiß …« Er hob abwehrend die Hände, als Silvio ihn unterbrechen wollte. »Du siehst das anders, und ich bewundere auch, wie du dich immer einmischst und deine Meinung sagst, wenn irgendwo Unrecht geschieht. Aber ich will einfach in Ruhe mein Land bestellen und meinen Hof führen. Was anderes will ich nicht. Was ich im Krieg erlebt habe, hat mir gereicht. Ich möchte nur in Ruhe und Frieden leben, und vielleicht ist das ja hier in unserem kleinen Dorf möglich.«

Silvio verzog mitfühlend das Gesicht. »Ich versteh dich ja. Und was das Unglück mit Annemie angeht, da gebe ich dir vollkommen recht. Ich traue Meller alles zu, aber was würde es uns nützen, wenn wir wüssten, dass er etwas damit zu tun hat. Davon wird sie weiß Gott nicht mehr lebendig. Womit du aber unrecht hast: Wir sind hier nicht weit genug weg, um von der großen Politik verschont zu werden. 1914 sind wir ja auch hineingezogen worden. Und es nützt nichts, einfach nur den Kopf in den Sand zu stecken und so zu tun, als würde nichts passieren. Ich sage dir, Albert, dieser Adolf wird immer mächtiger.«

Albert runzelte die Stirn. »Welcher Adolf? Der schöne Hausierer?«

Silvio ging auf seinen etwas mühsamen Versuch, einen Scherz zu machen, gar nicht ein. »Wir werden die Auswirkungen auch hier auf dem Land zu spüren bekommen. Diesen Leuten kann man kaum ausweichen. Denk an meine Worte!«

Silvios kleine Rede hing Albert nach, als er nach Hause ging. Er sagte Bertha nichts vom Geschwätz über das schwarze Auto, dessen Fahrer möglicherweise ihre Tochter auf dem Gewissen hatte. Sie steckte seit Annemies Tod sowieso wieder in einer schwermütigen Phase. Es lag wohl in ihrer Natur, dass sie nicht anders mit solchen Schicksalsschlägen umgehen konnte, und Albert hatte sich damit abgefunden, dass er in ihr keinen Halt und keine Stütze hatte. Aber in jener Nacht träumte er zum ersten Mal seit langen Jahren wieder vom Krieg, und die Bilder von Hennes und Annemie vermischten sich mit den Schreckensbildern der Schlachtfelder.

16

Silvio sollte recht behalten. Kein halbes Jahr nach Annemies Tod wurde Adolf Hitler Reichskanzler, und Johann Meller stolzierte durchs Dorf, als hätte er persönlich diesem Mann und dieser Partei zur Macht verholfen. Die meisten scherten sich nicht viel um die Politik, sie waren zu sehr damit beschäftigt, fürs tägliche Brot zu sorgen, aber es gab auch einige wenige im Dorf, die die neue Entwicklung begrüßten. Die NSDAP tue viel für das Volk, hieß es, sie verschaffe den Menschen Arbeit und sie gebe dem Bauernstand die Bedeutung zurück, die er in den wirtschaftlich schwierigen Zwanzigerjahren verloren habe. Davon, dass Demokratie und Gewaltenteilung langsam, aber sicher zersetzt wurden, bis nichts mehr übrig war, war auf dem Land kaum die Rede.

Albert behauptete zwar immer, mit Politik nichts am Hut zu haben, aber er verfolgte das Geschehen doch, und ihm bereitete die Blut-und-Boden-Ideologie der Nationalsozialisten eher Magendrücken. Der Krieg hatte ihn zu einem Pazifisten durch und durch gemacht, und das Auftreten der Nationalsozialisten, die prächtigen Aufmärsche und Paraden, die Uniformen, das kam ihm viel zu martialisch vor, als dass er auf ihre guten Absichten vertraut hätte. Außerdem konnte er mit dem ganzen Gerede über die Reinhaltung der arischen Rasse und der Verachtung gegenüber Kirche und Religion nichts anfangen. Doch wenn Meller am Stammtisch das große Wort führte, ihnen allen goldene Zeiten in Aussicht stellte und von Adolf Hitler als dem

Führer schwärmte, der ihnen ein besseres Leben schenken würde, schwieg er. Lieber hielt er sich aus solchen Gesprächen heraus, geriet mit niemandem aneinander, auch wenn Meller gar nicht dabei war. Er war sich sowieso nicht sicher, wer im Dorf für den neuen Reichskanzler war und wer nicht. Und eigentlich war es doch auch egal, wer im fernen Berlin regierte, solange man sie hier in Wollseifen in Ruhe ließ. Er wollte einfach nicht wahrhaben, dass das alles in der Eifel Auswirkungen haben könnte. Sie hatten wahrhaftig andere Sorgen als die große Politik. Das tägliche Leben war hart genug.

Silvio war ganz und gar nicht seiner Meinung. »Ich weiß nicht, woher du deinen Kinderglauben nimmst«, sagte er. »Denkst du immer noch, wenn man nicht hinsieht, passiert es auch nicht? Du liest doch auch ab und zu die Zeitung. Ich finde, die Welt ist klein geworden. Denk doch bloß mal daran, wer im Großen Krieg alles betroffen war. Da sind wir auch nicht verschont geblieben.«

»Ja, aber jetzt ist kein Krieg, und wir sind viel zu abgelegen und unwichtig hier, um für die da oben von Bedeutung zu sein«, erwiderte Albert. Warum sollte die große Politik denn Interesse an ihrer bäuerlichen Einöde haben? »Auch wenn Meller es noch so gerne hätte«, sagte er weiter. »Der redet ja von nichts anderem. Manchmal denke ich, es müsste ihm mal einer das Maul stopfen. Keine Sorge«, fügte er hinzu, als Silvio die Augen zusammenkniff. »Ich tue ihm nichts. Obwohl – so ein nächtlicher Überfall mit der Mistgabel, wenn er aus der Wirtschaft kommt ...« Er grinste schief.

Silvio blickte ihn nachdenklich an. »Unterschätz ihn nicht«, sagte er nicht zum ersten Mal. »Ich kann dich nur immer wieder warnen. Geh ihm aus dem Weg, der Mann ist gefährlich, daran haben auch Leni und das Kind nichts geändert. Und vor allem hüte deine Zunge – du kannst nicht wissen, wer ihm hier im Dorf etwas zuträgt und wer nicht. Die beiden Söhne von Nellessen sind jetzt auch in der Partei.« Er schüttelte den Kopf. »Dem Arno hätte ich das auch jederzeit zugetraut, der hat schon immer so was Gemeines gehabt. Und er verspricht sich genau wie Meller mit Sicherheit einen Vorteil davon. Aber der Adi, ich weiß nicht. Na ja, vielleicht macht er es ja nur, weil sein großer Bruder auch dabei ist.«

Johann Mellers Gesicht glänzte vor Selbstzufriedenheit. »Stell dir vor«, sagte er freudestrahlend zu seiner Frau: »Die Partei hat uns, das heißt unsere Region, ausgewählt, um hier ein Reichsschulungslager zu errichten. Eines von dreien in ganz Deutschland! Und der Vorschlag kam von mir! Sie sind *meinem* Vorschlag gefolgt, und werden sich um das Land auf dem Erpenscheid bemühen. Ist das nicht großartig? Es gibt so viele Regionen in Deutschland, die dafür geeignet wären, aber ausgerechnet uns hat der Führer ausgesucht.« Erwartungsvoll blickte er Leni an. Jetzt musste sie ihm doch Beifall zollen. Sie musste doch erkennen, was für einen bedeutenden, wichtigen Mann sie geheiratet hatte!

Die Differenzen zwischen ihnen hatten für sein Gefühl schon bald nach der Eheschließung begonnen. Meller hatte es sich entschieden leichter vorgestellt, die Frau nach seinen Wünschen zu formen. Zuckerbrot und Peitsche, das war seine Vorstellung von einem gesunden Miteinander in der Ehe, ein paar kostspielige Geschenke hier und da, hatte er gedacht, ab und zu auch einmal ein strengeres Wort, aber Leni hatte sich seinen Versuchen immer wieder entzogen. Am Schmuck, den er ihr mitbrachte, lag ihr nichts, und seine gelegentlichen Strafpredigten schienen an ihr abzuprallen. Und eigentlich konnte er ihr auch nichts vorwerfen. Sie widersprach ihm nicht, sie erfüllte auch ihre ehelichen Pflichten, doch insgeheim fand er, dass sie es am nötigen Feuer fehlen ließ. Zum Glück hatte sie ihm wenigstens den Sohn geschenkt, den er sich immer gewünscht hatte. Siegfried! Er verzog zufrieden das Gesicht, als er an den Kleinen dachte. Leni hatte ihn Wolfgang nennen wollen, aber da hatte er ihr gezeigt, wer der Herr im Haus war. Ihr Vorschlag war überhaupt nicht infrage gekommen, nein, sein Sohn sollte Siegfried heißen, wie der Held der Oper von Richard Wagner, den Adolf Hitler so verehrte. Und so war es dann auch gekommen.

Seine Frau tat auch gut daran, sich in dieser Hinsicht seinen Wünschen zu fügen, schließlich hatte es lange genug gedauert, bis sie endlich ihre Pflicht erfüllt hatte! An ihm konnte es nicht liegen, das hatte er ja zur Genüge unter Beweis gestellt. Bedauerlich, dass sie erst nach mehreren Fehlschlägen endlich ein Kind ausgetragen hatte.

Die Mädchen in der Stadt jedenfalls hatten sich über seine Manneskraft noch nie beklagt. Doch obwohl er sich das, was er brauchte, bei seinen häufigen geschäftlichen Reisen holte, fühlte er sich dennoch in Lenis Gegenwart unsicher. Sie estimierte ihn nicht, das spürte er. Und er wurde das Gefühl nicht los, dass sie andere Männer interessanter fand als ihn.

Hildegard war vom gleichen Schlag wie ihre Mutter. Er hätte besser von Anfang an klargestellt, dass er das Kind in seinem Haus nicht haben wollte! Aber das war sein Problem, er war viel zu nachgiebig. Dabei hatte Hildegards Ernsthaftigkeit ihn schon immer mit Unbehagen erfüllt, und wenn sie ihn so anschaute mit ihren großen, tiefen Augen, dann wurde ihm ganz blümerant, als ob sie ihm bis in die Tiefen seiner Seele sehen könnte. Ihr ganzes Wesen war ihm von Grund auf fremd.

Und dann ständig diese Krankenbesuche! Kinder hatten am Krankenbett nichts verloren. Aber sooft er es ihr auch verbot, sie tat es immer wieder. Und Leni unterstützte sie noch dabei. Sie machten ihn zum Narren in seinem eigenen Haus! Und er konnte mit niemandem darüber reden. Mit niemandem im Dorf, in dem er immer noch ein Fremder war, und auch nicht mit seinen Freunden in der Partei – die würden ihn als Schlappschwanz auslachen, wenn er ihnen seine Ängste offenbarte. Also trug er sie weiter mit sich herum und beobachtete seine Umgebung mit misstrauischen Blicken.

Vor allem Albert Lintermann war ihm nicht geheuer. Was bildete der verunstaltete Bauerntrampel sich ein, wer er war? Diese langen, vertrauten Gespräche mit dem Wirt. Diese ständigen Vorschläge für technische Neuerungen im Dorf. Es war schon so weit gekommen, dass die Leute zu ihm aufsahen und seinen Rat suchten. Kürzlich hatte einer sogar vorgeschlagen, ihn zum Ortsbürgermeister zu wählen, weil er sich so für die Belange des Dorfes einsetzte. Das war doch eigentlich eher seine Rolle, dachte Meller. War er nicht immer freigiebig? Er warf den Leuten doch das Geld mit vollen Händen hinterher! Aber immer noch gab es Vorbehalte gegen ihn, das spürte er.

Und die größte Kränkung von allen war die Zuneigung, die Leni offensichtlich für den Bauern empfand, immer schon für ihn empfunden hatte. Jetzt waren sie schon so lange verheiratet, doch statt an seiner Seite zu stehen, wurde sie ihm immer fremder. Ständig widersprach sie ihm, versuchte ihn von seinen Überzeugungen abzubringen, und es kostete ihn viel Kraft dagegenzuhalten. In Gegenwart des hässlichen Bauern jedoch war sie eine ganz andere Frau. Da war sie fröhlich und heiter und zeigte sich von ihrer besten Seite. »Er war doch der beste Freund meines gefallenen Verlobten«, hatte sie zu ihm gesagt. Als ob das irgendetwas erklären würde. Vor allem nicht nach all den Jahren!

Meller jedenfalls empfand Albert als Bedrohung, und er behielt ihn scharf im Auge. Einmal hatte er sogar an den Prinzen zu Schaumburg-Lippe geschrieben, der als Ortskommandant für

Wollseifen zuständig war, und angedeutet, dass Lintermann sich wiederholt um Belange im Dorf kümmere, die ihn doch gar nichts angingen und die er doch besser der Kreisverwaltung überlasse. Bisher hatte er allerdings noch keine Antwort bekommen. Und jetzt in Berlin hatte er zwar mit Robert Ley höchstpersönlich gesprochen, doch da war es dem Leiter der Deutschen Arbeitsfront tatsächlich nur um das Land auf dem Erpenscheid gegangen. Für alles andere hatte er wenig Interesse gezeigt.

Aber der Mann war gut! Es konnte nicht schaden, wenn er sich ihn zum Freund machte. Vielleicht konnte man ja an die gemeinsame Herkunft aus dem Oberbergischen anknüpfen – Ley kam aus Niederbreidenbach. Zu ärgerlich, dass ihm das in Berlin nicht eingefallen war, allerdings hatte ihn da die Umgebung der Reichskanzlei doch sehr eingeschüchtert, auch wenn er das noch nicht einmal vor sich selbst gerne zugab. Das war wohl ein Überbleibsel aus seiner eigenen elenden Kindheit in Nümbrecht, wo sich alle acht Kinder vor den unkontrollierten Wutausbrüchen und Prügelstrafen des Vaters gefürchtet hatten. Vor strengem Auftreten und befehlsgewohntem Ton duckte er sich noch heute.

Er wischte sich über das Gesicht, als ihn die unerwünschte Erinnerung an die dunkle Stube und das Gebrüll des betrunkenen Vaters, der als Schulmeister nicht in der Lage gewesen war, seine ständig wachsende Familie zu ernähren, unerwartet traf. Er war frühzeitig entkommen. Und er hatte auf seine Art sein Glück gemacht. Das würde er sich von niemandem je wieder nehmen lassen.

Er zuckte zusammen, als Leni ungläubig fragte: »Die Anregung ist von dir ausgegangen? Wann? Und vor allem warum?«

Rasch fing er sich wieder. Er war nicht in seinem düsteren Elternhaus, und hier stand nicht sein Vater, der seine Handlungen anzweifelte, sondern seine Frau.

»Als ich letztes Jahr in Berlin war«, erklärte Meller triumphierend. »Was glaubst du, aus welchem Grund ich dorthin gereist bin?«

»Ach, Johann!« Leni seufzte. »Ja, warum nur? Du hättest dir die Reise sparen sollen und wärst besser auf die Beerdigung von Annemarie Lintermann gegangen. Die Leute haben es nicht gut aufgenommen, dass ausgerechnet du nicht da warst. Es wird geredet im Dorf.«

»Haben die denn alle nichts Besseres zu tun?«, brauste Meller auf. »Sieht denn keiner, was ich für Wollseifen und die Menschen hier bewirke?«

Leni schüttelte den Kopf. »Ich halte das für keine gute Idee. Das gibt nur wieder Unruhe. Das hier ist Bauernland. Wäre so eine Einrichtung nicht besser in der Nähe einer größeren Stadt aufgehoben?«

Meller kniff die Augen zusammen. Es irritierte ihn, dass seine Frau ständig ihre eigene Meinung vertrat. Schon wieder fand sie ein Haar in der Suppe! Ungehalten winkte er ab. »Ach, das versteht ihr Frauen nicht. Das ist höhere Politik. Du hast ja gar keine Ahnung, was der Führer alles für Deutschland erreichen wird. Nicht nur dieses Dorf, nein, die gesamte Eifel wird davon profitieren. Berühmte Persönlichkeiten werden hierherkommen, und der Führer höchstpersönlich wird das Schulungslager einweihen, das steht schon fest. Das wird ein Jahrhundertbauwerk! Hier wird die Elite Deutschlands ausgebildet werden.«

Leni spürte nicht zum ersten Mal diese Erschöpfung, die sie überfiel, wenn sie sich mit ihrem Mann und seinen großartigen Ideen auseinandersetzen musste. Seine pompöse Ausdrucksweise war ihr manchmal unerträglich. Er kannte keine Mäßigung mehr. Seit Hitler Reichskanzler war, war das Zusammenleben mit Meller anstrengend für sie geworden, und es fiel ihr zunehmend schwer, mit ihm umzugehen. Sie hatte ihn nicht aus Liebe geheiratet, darüber war sie sich schon lange im Klaren, aber selbst dann noch hatte sie sich eingeredet, ihn sich schon heranziehen zu können, vor allem, als sie ihm dann endlich den ersehnten Erben geschenkt hatte.

Doch mittlerweile bereute sie es, so lange bei ihm ausgeharrt zu haben. Es wurde immer schlimmer mit ihm, er wurde immer unerträglicher, und wenn jetzt auch noch dieses Reichsschulungslager hier in direkter Nachbarschaft zu Wollseifen gebaut werden würde ...

Ekel stieg in ihr auf, wenn sie an sein protziges Gehabe dachte, seine Großmannssucht – wie ein eitler Gockel kam er ihr vor, das Dorf sein Hühnerhof, in dem er herumstolzierte. Für die Dorfbewohner hatte er nur Verachtung übrig, selbst die, die ebenfalls in die Partei eingetreten waren und ihm nach dem Mund redeten, waren für ihn nur minderes Fußvolk.

»Mama, Mama!« Siegfried, der im Sandkasten gespielt und mit großem Eifer Kuchen gebacken hatte, kam lachend auf sie zugelaufen. Leni hockte sich hin und breitete die Arme aus. »Wer kommt in meine Arme?«, rief sie und schwenkte den Dreijährigen herum. Langsam wird er zu schwer für mich, dachte sie, als sie dabei aus der Puste geriet. Sie drückte ihn an sich und küsste ihn auf die blonden Löckchen. Wenn Siegfried nicht wäre – vielleicht würde sie sich dann trauen, sich scheiden zu lassen.

Einen Moment verharrte sie so und atmete tief den Duft des Kindes ein. Dann schüttelte sie den Kopf und setzte ihn wieder ab.

Albert zog sein schmutziges Taschentuch aus seiner Arbeitshose und putzte sich zum wiederholten Mal die Nase. Er musste sich irgendwo erkältet haben. Das war ganz ungewöhnlich für ihn, normalerweise husteten und schnieften alle um ihn herum, nur er wurde nicht krank. Aber dieses Mal hatte es auch ihn erwischt. Und er hatte so einen Verdacht, wo er sich die Erkältung eingefangen hatte. Das musste gewesen sein, als er die halbe Nacht lang das Kalb gesucht hatte. Schließlich hatte er es gefunden, es war im Bach gelandet, das dumme Vieh, und hatte sich so im Unterholz verkantet, dass es aus eigener Kraft nicht mehr herausgekommen war. Und dabei war es noch nicht einmal sein Kalb gewesen, sondern das von der alten Nellessen. Aber die arme Frau hatte es ja schon schwer genug. Schäng war vor fünf Jahren an den Spätfolgen seiner Kriegsverletzungen gestorben, und seitdem schlug sie sich so durch. Lediglich ihre Tochter unterstützte sie ein bisschen, soweit sie etwas von dem Lohn beim Lehrer erübrigen konnte. Die beiden älteren Söhne waren ihr keine große Hilfe. Vor allem Arno, der Älteste, nicht. Seit er in der Partei war, nahm er ständig an irgendwelchen Versammlungen und Kundgebungen teil, statt seiner Mutter bei ihrer kleinen Landwirtschaft zu helfen. Er träumte von einer großen Karriere und hoffte wohl, dass eines Tages einer der wichtigen Männer in der Partei auf ihn aufmerksam würde. Wie seine Mutter zurechtkam, war ihm egal.

Aber sie hatte nur diese eine Kuh, und da hatte Albert das Kalb doch nicht ertrinken oder erfrieren lassen können. Obwohl, dachte er so bei sich, er hätte es so oder so nicht ertrinken lassen. Auch nicht, wenn es Meller gehört hätte. Das Tier konnte ja nichts dafür.

Auf jeden Fall hatte er bis zu den Knien im kalten Wasser gestanden, und als er herausgekommen war, hatte auch noch der Wind ganz schön gepfiffen. Nass, wie er gewesen war, hatte er das Kalb zu Nellessens zurückgetrieben, und dabei hatte er sich bestimmt den Schnupfen geholt. Na ja, so viel Unvernunft musste bestraft werden, dachte er, aber er würde es schon überleben.

Er verstaute sein Schnupftuch wieder in der Tasche und setzte den Traktor in Bewegung, um weiterzupflügen. Doch kaum war er ein kleines Stück gefahren, als die Pflugschar an einem dicken Stein hängen blieb. Dieser verdammte Boden hier! Mehr Steine als Erde. Fluchend stieg Albert vom Trecker, um sich den Schaden anzusehen. Fachmännisch betrachtete er die Pflugschar. Sie war für die steinigen Böden hier schon mit Eisen verstärkt, aber sie wurde trotzdem immer aufs Neue stumpf. Jetzt musste er schon wieder zum Schmied! Kopfschüttelnd zog er sich die Kappe in die Stirn. Öfter mal was anderes.

Als er sich aufrichtete, sah er, dass sich eine große schwarze Limousine näherte, die auf dem holperigen Feldweg nur schwer vorankam. Albert zog die Nase hoch und blickte dem Wagen mit zusammengekniffenen Augen entgegen. Was wollten die denn hier?

Als der Wagen auf seiner Höhe war, hielt er an, und ein Mann in brauner Uniform mit Reitstiefeln stieg aus. »Heil Hitler«, sagte er und riss den Arm hoch. Zum Glück wartete er Alberts halbherzige Erwiderung des Grußes gar nicht erst ab, sondern redete gleich weiter. »Wo ist denn hier der Erpenscheid?«, fragte er barsch und blickte sich so ungeduldig um, als erwartete er, dass der Berg auf ihn zukommen würde.

Albert zog die Augenbrauen hoch. »Da sind Sie hier ganz falsch«, sagte er in seinem besten Schriftdeutsch. Der Mann hörte sich nicht so an, als ob er mit dem Dialekt der Gegend vertraut wäre. »Sie müssen hier wenden und vorne an der Landstraße wieder zurück bis zum Walberhof, und dort fahren Sie links den Weg hoch, bis Sie eine Schafherde sehen. Da ist der Erpenscheid.«

Hinten im Wagen wurde eine Scheibe heruntergekurbelt, und ein Mann mit scharfen Gesichtszügen und schütteren blonden Haaren steckte den Kopf zum Fenster heraus. Er war nicht in

Uniform, sondern trug ein Tweedjackett. Auf dem Aufschlag sah Albert ein Parteiabzeichen. »Danke, guter Mann!«, sagte er freundlich. »Sie haben uns sehr geholfen.« Lässig hob er die Hand. »Heil Hitler!« Dann ging die Scheibe wieder hoch. Der Mann in Uniform stieg wieder auf der Beifahrerseite ein, und der Wagen wendete einigermaßen mühsam auf dem schmalen Feldweg.

Albert blickte ihm hinterher, als er zurück zur Landstraße rumpelte. Warum wollten diese Leute zum Erpenscheid? Da oben war doch nichts außer Wiesen und Weideland. Aber das mit der nachlässigen Handbewegung, das würde er sich merken, das wirkte wenigstens nicht so militärisch.

Als Albert nach der Sonntagsmesse die Tür zur Wirtschaft öffnete, wurde bereits lautstark debattiert. Zahlreiche Bauern aus Wollseifen, die Land auf dem Erpenscheid besaßen, waren angeschrieben worden.

Rademachers Jüpp, der seine Schafe immer auf den Erpenscheid trieb, sagte gerade: »Ich habe mir das vom Lehrer auf Deutsch übersetzen lassen. Ein normaler Mann versteht das ja gar nicht. Also, es sieht so aus, dass man sein Land an die aus Berlin verkaufen muss, sonst wird man einfach enteignet.« Seine Hände zitterten, als er sich eine Zigarette drehte.

»Das können die doch nicht machen«, eiferte sich Hubert Baumgarten. Er besaß ebenfalls Wiesen und Weiden oben am Erpenscheid und gehörte zu denen, für die der Schäfer die Tiere hütete. Seine störrischen schwarzen Haare standen ihm buchstäblich zu Berge, wie immer, wenn er sich aufregte.

Früher einmal hatten so gut wie alle Höfe in der Gegend Schafe gehalten. Die Tiere waren genügsam, vertrugen das raue Klima, und die Tuchfabriken in Monschau, Aachen und Euskirchen hatten ihnen jedes Jahr zuverlässig die Wolle zu guten

Preisen abgekauft. Auch Alberts Vater hatte eine große Schafherde gehabt. Aber mit der Industrialisierung hatte der Niedergang der kleineren Tuchfabriken begonnen. Sie hatten sich zu spät darauf eingestellt, in moderne Maschinen zu investieren, und konnten nicht mehr mit den großen Produktionsstätten konkurrieren. Im Krieg war wegen des Bedarfs an Tuch für Uniformen gerade die Wolle des robusten Eifelschafs noch einmal gefragt gewesen, und ein paar der Bauern, die auf Milchwirtschaft umgestellt hatten, hatten sich schon geärgert, aber letztlich hatte es nur einzelne Fabriken betroffen, und mittlerweile war der Absatz endgültig eingebrochen. Jetzt besaßen nur noch vereinzelt Familien im Dorf Schafe, und immer mehr schafften sich Kühe an. »Wo soll der Jüpp denn in Zukunft die Schafe hintreiben? Und was ist mit den Kuhweiden oben am Erpenscheid?«

Döres, der ebenfalls am Stammtisch saß, zuckte mit den Schultern. »Regt euch doch nicht auf«, sagte er. »Du kannst dir ja einfach ein paar neue Weiden pachten, Hubert, die vielleicht sogar mehr in der Nähe liegen. Und du«, er wandte sich an Jüpp, »kannst die Schafe auch woanders hintreiben. Ist doch genug Platz! Wenn ich Land da oben hätte, würde ich lieber das Geld nehmen, als mir das Land wegnehmen zu lassen. Das könnte nämlich durchaus sein.«

»Ja«, sagte der Pastor und rieb sich die Nase. »Es ist eine Überlegung wert. Außerdem kommt so Geld ins Dorf, und wer weiß, am Ende könnten wir sogar eine größere Kirche bauen. Damals, als die Talsperre errichtet worden ist, ist ja auch viel Geld reingekommen. Bei den Dreibornern jedenfalls hat es da sogar für eine neue Kirche gereicht. Ah, Albert! Komm, setz dich zu uns.« Er winkte ihn heran.

Albert nickte Silvio, der hinter der Theke stand, zu. »Tu mir ein Bier«, sagte er. Dann setzte er sich zu den anderen. Das

Thema interessierte ihn. Er gehörte nicht zu denen, die Land auf dem Erpenscheid besaßen, und war auch froh darüber, denn er hätte ungern gutes Ackerland an eine Partei verkauft, die ihm nicht geheuer war, aber das sahen wohl nicht alle im Dorf so.

Der Lehrer hatte berichtet, dass einige zu ihm gekommen waren, um sich den Inhalt des Schreibens erklären zu lassen. Es schien Methode dahinterzustecken, es absichtlich so zu formulieren, dass die meisten Leute gar nicht verstanden, wovon die Rede war.

»Wenn die Nationalsozialisten hier eines von drei Reichsschulungslagern bauen wollen«, fuhr der Pastor fort, »dann bringt das auch für unser Dorf Arbeitsplätze und Geld. Was meint ihr, wie viele Leute dann hierherkommen! Die brauchen ja was zu essen und müssen eine Unterkunft haben. Und später, wenn das Bauwerk fertig ist ...« Er beendete den Satz nicht, aber jeder konnte ihm ansehen, dass er sich die Zukunft mit dem Bauvorhaben in leuchtenden Farben ausmalte.

»Glauben Sie, dass auch nur einer von denen in Ihre Kirche kommt, Pastor? Nach allem, was ich weiß, haben die Nationalsozialisten es nicht so mit dem katholischen Glauben«, warf Albert ein.

»Das mag sein, mein Sohn«, gab der Pastor zu, »aber ich denke ja auch an das Wohlergehen des großen Ganzen, und für das Dorf bedeutet der Bau des Schulungslagers Einkünfte, so wie damals der Bau der Talsperre.«

»Ja, der Pastor hat recht«, sagte der Schäfer zögernd und kratzte sich die grauen Bartstoppeln. »Aber ein ungutes Gefühl habe ich trotzdem. Warum gerade in unserer Gegend? Mir wäre es lieber, hier bleibt alles so, wie es ist.«

»Ich habe gehört«, sagte Döres, »hier in der Gegend soll noch mehr gebaut werden. Offensichtlich ist für später auch noch ein Flugplatz geplant, ich weiß allerdings nicht, wo sie den bauen wollen.«

»Das kann ich dir sagen«, warf Silvio ein. »Der Walberhof ist im Gespräch. Die Familie will ihn ja schon lange verkaufen. Sie müssen doch ständig Geld zuschießen.«

Der große Hof zwischen Gemünd und Wollseifen, dessen Ursprünge sogar bis ins Mittelalter zurückgingen, gehörte einer adeligen Familie aus Aachen. Sie hatten sich nie selber um den Hof gekümmert, sondern ihn immer verpachtet. Der letzte Pächter, Adam Stinnes, war ständig betrunken gewesen, und seit er vor vier Jahren gestorben war, passierte auf dem Hof nicht mehr viel. Ein Mitglied der Familie hatte kurzfristig zwar noch dort gewohnt, aber anscheinend hatten die Erben jetzt genug von der Landwirtschaft.

Albert nickte. »Auf jeden Fall ist schon mal eine Abordnung gekommen, um sich die Gegend hier anzuschauen. Ein paar Männer wollten von mir wissen, wo es zum Erpenscheid geht.«

»Wie?«, warf Baumgarten ein. »Sie haben dich gefragt? Nicht den Meller?«

»Sie haben die falsche Abzweigung genommen und sind bei mir auf dem Acker gelandet. Es waren mehrere Männer in einem großen schwarzen Automobil, und als ich es dem Lehrer erzählt habe, hat er gesagt, da wäre wahrscheinlich auch der Architekt dabei gewesen. Er kommt aus Köln und heißt Clemens Klotz.«

»Na, wenn der so baut, wie er heißt, dann gute Nacht, Marie«, meinte Döres. Aber er hatte nicht allzu viel gegen die neue Baustelle. Für einen Schreiner gab es dort sicher jede Menge Arbeit.

Albert verzog die Mundwinkel zu einem schiefen Grinsen. »Und dann habe ich auch noch gehört, dass in Schwammenauel die Rur gestaut wird. Da soll noch eine große Talsperre entstehen. Am Ende rücken wir hier aus dem Hinterland noch ganz nach vorne in den Mittelpunkt des Weltgeschehens. Das wäre mir allerdings nicht recht.«

»Wieso?« Baumgarten grinste. »Das wäre doch was! Wollseifen wird zur Metropole!«

»Könnte durchaus sein.« Silvio war an den Stammtisch getreten. »Meller hat gestern Abend erwähnt, dass sie möglicherweise Wollseifen in die Planung mit einbeziehen.«

»Was soll das denn heißen?«, fragte Albert misstrauisch.

»Sie wollen eine Art Vorzeigedorf aus Wollseifen machen. So ein Musterdorf, in dem nur glückliche Bauern herumlaufen, weil alles so schön ist. Ein Dorf, das sich die Städter als Beispiel angucken können.«

Baumgarten lachte wiehernd. »Na, das wäre ja wie im Varieté! Kriegen wir dann auch vorgeschrieben, was wir anziehen müssen? Albert, dann kannst du aber nicht mehr in deiner alten blauen Arbeitsjacke rumlaufen. Und du musst dich bestimmt öfter mal waschen, Jüpp!«, sagte er zum Schäfer.

Rademacher nahm grinsend einen Zug von seiner Zigarette. »Das wüsste ich aber«, sagte er. »Da erkennt mich ja keiner mehr, vor allem meine Schafe nicht.«

Albert hingegen verzog ungläubig das Gesicht. »Ach was«, sagte er zu Silvio. »So was habe ich ja noch nie gehört. Das hat Meller bestimmt nur erfunden. Der Mann hat eine blühende Fantasie. Das können die doch nicht mit einem ganzen Dorf machen! Wir sind hier ja nicht beim Film.«

»Na, ich weiß nicht. Möglich ist alles«, warf Silvio ein. Weiter sagte er nichts dazu, aber Albert sah ihm an, was er dachte.

*Aus den Aufzeichnungen
des Lehrers Martin Faßbender*

23. September 1933

In ganz Deutschland werden Bücher verbrannt, Bilder als »entartete Kunst« deklariert, seitdem Hitler Reichskanzler ist. Überall wird unschätzbar wertvolles Kulturgut in die Flammen geworfen. Man denkt: »Was sind das nur für Banausen?« Aber wenn es nur das wäre. Es steckt ja so viel mehr dahinter, so viel Hass und politisches Kalkül. Jetzt brennen die Bücher – und am Ende der Mensch?

17. Februar 1934

Im Westdeutschen Beobachter läuft seit einem Monat eine Artikelserie, Unsere Vorfahren im Kampf gegen das Judentum. Es ist schon auffällig, wie schnell AH, der doch erst seit einem Jahr Reichskanzler ist, seine Auffassung von der Rassenlehre umsetzt. Und dass eine regierungstreue Zeitung wie der WB gerade zum jetzigen Zeitpunkt eine solche Serie abdruckt, um anhand zahlreicher Beispiele aus der Historie zu belegen, dass die Juden durch alle Jahrhunderte hindurch eine Gefahr dargestellt haben sollen. Damit bereiten sie den Boden für den Nationalsozialismus. Und für den, der auf die Zeichen achtet, ist es kaum verwunderlich, dass jüdische Kaufleute verleumdet oder angegriffen werden. Auch hält man die Leute davon ab, bei ihnen einzukaufen. Und das passiert nicht nur in den großen Städten wie Köln oder Berlin, sondern auch bei uns in der Eifel in Orten wie Euskirchen oder Bad Münstereifel.

Albert Lintermann hat mir von einem Viehhändler erzählt, der durch üble Nachrede in den Bankrott getrieben wurde. Bei anderen sorgt üble Nachrede dafür, dass die Kunden glauben, sie verkauften verdorbene Ware.

In Euskirchen ist eine merkwürdige Sache passiert: Bei nächtlichen Schießereien sind mehrere Schaufenster jüdischer Geschäfte zu Bruch gegangen, doch in der Zeitung stand die lapidare Meldung, Angehörige der NSDAP hätten damit nichts zu tun. Ein jüdischer Kaufmann, der den wohlbegründeten Verdacht hatte, dass SA-Männer hinter der Angelegenheit steckten, regte sich darüber in der Öffentlichkeit dermaßen auf, dass er in einer Zwangsjacke abtransportiert wurde. Kurz darauf soll er in Bonn verstorben sein. Ich lese solche Meldungen mit großer Sorge. Schon letztes Jahr standen doch SA-Männer vor den Türen jüdischer Geschäfte und hinderten die Leute daran, dort einzukaufen. »Kauft nicht bei Juden«, heißt es allerorten, und niemand scheint Anstoß daran zu nehmen. Wo soll das noch enden?

4. März 1934

Jetzt ist es also beschlossene Sache. In der Zeitung hat gestanden, das Gelände, das die Nationalsozialisten für ihr Reichsschulungslager beanspruchen, umfasse über hundert Hektar. Es wird wie eine mächtige Festung auf dem Erpenscheid neben unserem kleinen Dorf thronen. Ursprünglich wollten die Nationalsozialisten wohl die Gemarkung Im Vogelsang, einige Kilometer entfernt, erwerben, doch dieses Gebiet erwies sich als zu klein, sodass man sich für den Erpenscheid entschieden, den poetischeren Namen Vogelsang aber beibehalten hat. Ein sehr friedlicher Name für so eine martialische Anlage, aber ich denke mal, gerade das hat ihnen gefallen.

In den letzten Tagen standen täglich Bauern vor meiner Tür, um sich die Schreiben, die sie wegen ihrer Liegenschaften auf dem Erpenscheid bekommen hatten, übersetzen zu lassen. Sie sind in einem teilweise so komplizierten Amtsdeutsch verfasst, dass selbst ich manchmal Schwierigkeiten hatte, den Inhalt richtig zu erfassen. Viele dachten eigentlich gar nicht ans Verkaufen, weil sie fürchten, dann nicht mehr genug zum Leben erwirtschaften zu können, aber die Sorge konnte ich ihnen nehmen, weil die zahlreichen Bauvorhaben um uns herum der Region auf jeden Fall wirtschaftlichen Aufschwung bringen werden.

Doch abgesehen davon denke ich mit Sorge daran, was diese Entwicklung für unser friedliches Dorf bedeutet. Auf jeden Fall wird es in der nächsten Zeit sehr voll hier werden, wenn der Bau erst mal begonnen hat, zumal ja unsere gesamte Gegend eine einzige Baustelle wird. In Schwammenauel beginnen sie mit dem Bau der Rurtalsperre. Und zusätzlich zu Vogelsang ist wohl auch ein Flugplatz geplant.

Fragt sich nur, ob uns das alles zum Segen gereicht oder uns ins Verderben führt. Ich habe kein gutes Gefühl bei dem Ganzen. Ein so klotziger Bau, wie dieses Reichsschulungslager offensichtlich wird, richtet in unserer abgeschiedenen Landschaft viel zu viel Aufmerksamkeit auf unsere kleine Gemeinde.

16. März 1934

Heute fand der erste Spatenstich für das Schulungslager auf dem Erpenscheid statt. Überall hingen Hakenkreuzfahnen, die Presse und eine große Menge Schaulustiger hatte sich versammelt, um dem Ereignis beizuwohnen. Mit den Musikzügen aus Mechernich und Köln, die aufmarschiert sind, hatte das Ganze eine Anmutung wie ein Volksfest. Die Baustelle ist so groß, dass sie sicher viel Geld in die Gegend bringen wird, aber ich weiß es nicht, mir ist das Ganze unbehaglich.

29. April 1934

Lisbeth hat mir erzählt, dass jetzt auch ihr kleiner Bruder in die Partei eingetreten ist. Offensichtlich hat Arno ihn dazu überredet. Sie hat sich sehr darüber aufgeregt. »Dä nixnutzije Kääl«, so schimpft sie immer. Sie sagt, er habe das Arbeiten nicht erfunden und er sei nur deshalb in die NSDAP eingetreten, weil er sich dort einen bequemeren Posten als in einem anständigen Beruf erhoffe. Da er nichts gelernt hat, bleibt ihm ja nur die Landwirtschaft, und das ist ihm wohl viel zu mühsam. Für Adolf hat sie nicht ganz so harte Worte, aber das Problem bei ihm scheint zu sein, dass er seinem großen Bruder alles nachmacht, weil er ihn so bewundert. Doch wenigstens habe ich ihren Worten entnommen, dass sie mit der Partei nichts am Hut hat. Ich brauche wohl nicht zu fürchten, dass ich meine tüchtige Haushälterin an die Nationalsozialisten verliere.

17

Ein bleigrauer Morgen dämmerte herauf, als die Nationalsozialisten mit den Erdarbeiten für das Reichsschulungslager begannen und das riesige Gelände aufrissen. Der größtenteils felsige Untergrund musste gesprengt werden, und gewaltige Detonationen erschütterten die Umgebung. Die Fahrzeugkolonnen, die Arbeiter und Material aus den umliegenden Orten heranschafften, wurden zum gewohnten Bild. Vom Dorf aus hatte man über die Weiden und Wiesen einen guten Blick auf die Baustelle, und der Lärm, den die Baumaschinen machten, war weithin zu hören. Der Kölner Architekt Clemens Klotz war tatsächlich mit der Planung beauftragt worden, und die meisten Wollseifener verdrehten vielsagend die Augen, wenn sie den Namen hörten. »Na, das wird was werden ...«, sagten sie. »Und dann der ganze Trubel! Da werden einem ja die Tiere scheu!«

Aber bei Weitem nicht alle standen dem Projekt ablehnend gegenüber. Einige hatten ziemlich schnell begriffen, welche wirtschaftlichen Chancen sich ihnen durch das Bauvorhaben boten. Sie hatten sich als Arbeiter auf der Baustelle verdingt und verdienten jetzt wesentlich mehr Geld, als sie es aus der Landwirtschaft gewöhnt waren. Auch die Handwerker aus der Gegend hatten genügend zu tun. Und wieder andere vermieteten Zimmer mit Verpflegung an die Bauleute.

Es herrschte auf einmal eine ganz neue Geschäftigkeit im Ort, und alle spürten, dass jetzt ein anderer Wind wehte.

Am Stammtisch wurde erörtert, dass Wollseifen nun wieder

ähnlich in den Mittelpunkt des Geschehens rücke wie Jahre zuvor beim Bau der Urfttalsperre.

»Und damals ist ja sogar der Kaiser hier gewesen!«, erinnerte sich der alte Bendermacher. »Das hat dem Dorf gutgetan.«

»Dieses Mal wird alles noch viel gewaltiger«, brüstete sich Meller. »Nicht zu vergleichen mit der läppischen Talsperre, zumal auch mit dem Rursee noch eine weitere hinzukommt. Nein, ihr seht ja selbst, welchen Raum die prachtvolle Anlage einnimmt. Mein Freund Robert Ley hat beim Besuch auf der Baustelle gesagt: ›Wir bauen ein Fundament, das ewig sein wird.‹ Und so wird es sein. Für alle Ewigkeit!« Sein Tonfall wurde geradezu schwärmerisch. »Zu der Anlage auf Vogelsang wird es noch zahlreiche andere Bauwerke geben. Ein Dorf, in dem die Menschen wohnen, die auf der Burg arbeiten, einen Flugplatz, wo Piloten ausgebildet werden können, und noch vieles mehr. Und«, fügte er hinzu und blickte in die Runde, als erwartete er Applaus, »zur Einweihung von Vogelsang wird der Führer höchstpersönlich erscheinen.«

»Hattest du nicht was gesagt, dass Wollseifen in so eine Art Vorzeigedorf verwandelt werden soll? Kriegen wir etwa Geld dafür, dass wir unsere Häuser herrichten, oder wie soll ich mir das vorstellen?«, fragte der Schmied.

Meller winkte ab. »Das kann schon sein, aber im Moment ist es noch nicht spruchreif. Jetzt müssen erst einmal die wichtigsten Gebäude der Anlage fertiggestellt werden, also Hauptgebäude und Unterkünfte, damit möglichst bald der erste Unterricht stattfinden kann. Alles Weitere wird sich dann ergeben. Aber ihr werdet sehen, es wird großartig!«

Auch in Wollseifen war die Zeit nicht stehen geblieben. Silvio hatte vor einem Jahr mit seinen Söhnen einen lang gehegten Traum endlich in die Wirklichkeit umgesetzt: Er hatte von der

Gemeinde ein leer stehendes Gebäude gekauft und es in ein Kaufhaus verwandelt, in dem er auf zwei Etagen alles anbot, was im Alltag gebraucht wurde. Endlich musste man nicht mehr nach Schleiden oder Gemünd fahren, wenn die Kinder Schulsachen oder neue Schuhe brauchten. In Silvios Laden gab es alles, von Lebensmitteln und Dingen des täglichen Gebrauchs über Kleidung, Schreibbedarf und sogar Düngemittel, bis zu Hacken und Schaufeln oder Gummistiefel. Walter, der Älteste, leitete das Kaufhaus und den Kiosk. Sein jüngerer Bruder Erwin stand ihm dabei zur Seite.

Walter, der nach der Volksschule drei Jahre lang in Schleiden die Höhere Handelsschule besucht und anschließend eine kaufmännische Lehre gemacht hatte, hatte zunächst in Euskirchen bei Goldenberg gearbeitet, aber schon bald hatte es ihn in die Großstadt gezogen, und er hatte eine Stelle im großen Kölner Kaufhaus Tietz angetreten.

»Ich hab schon gedacht, der Junge ist auf immer für das Landleben verloren«, hatte Silvio zu Albert gesagt. »Wir wollten den Kiosk schon aufgeben, weil es für uns zu viel Arbeit wurde. Und Maria hat die ganze Zeit gejammert, dass sie ihren Ältesten nie mehr sieht.«

Aber dann war Walter auf einmal doch wieder nach Hause gekommen und hatte eine Braut mitgebracht. Katharina, Kätt, Hundgeburth war eine Stadtpflanze, in Köln geboren und aufgewachsen. Mit dem Landleben hatte sie nichts am Hut, aber aus Liebe zu Walter hatte sie sich im Dorf eingerichtet, auch wenn sie so oft wie möglich ihre Mutter in Köln besuchte. Von da an hatte er mit dem Vater Pläne für das Wollseifener Kaufhaus geschmiedet. Und jetzt blickten sie voller Stolz auf ihren gut sortierten Laden.

Die Einweihung war das reinste Volksfest gewesen. Der Männergesangsverein hatte gesungen, die Kapelle des Musikvereins hatte gespielt, und der Ortsvorsteher hatte eine Rede gehalten.

»Walter will sogar italienische Lebensmittel einführen«, sagte Silvio zu Albert. »Du wirst sehen, wir werden noch ganz international. Mit dem Kaufhaus selbstständig zu sein ist das Richtige für den Jungen. Für die Kneipe war er sowieso nie geeignet. Er ist einfach nicht zum Wirt geboren. Das passt viel besser zu Julius. Der hat ja auch neue Pläne für den Ausbau der Fremdenzimmer. Am liebsten würde er ein Hotel bauen.«

Albert machte große Augen. »Ein Hotel in Wollseifen? Wäre das nicht ein bisschen übertrieben?«

Silvio grinste. »Ja, er will hoch hinaus, mein Herr Sohn. Ganz im Gegensatz zu Erwin. Für den ist es wohl das Beste, wenn er seinem großen Bruder ein bisschen helfen kann. Er hat so was Verträumtes, aber ich finde, als Verkäufer macht er sich gut.«

»Das habe ich auch gehört.« Albert nickte. »Vor allem hat er wohl ein Händchen für Mode und solche Kinkerlitzchen. Bertha und Leni haben sich kürzlich darüber unterhalten, dass er die Frauen richtig gut beim Kleiderkauf berät. Es wundert mich ein bisschen, dass er noch keine Braut hat.« Er zuckte mit den Achseln. »Wird wohl die Richtige noch nicht dabei gewesen sein. Na, auf jeden Fall habt ihr euch eine wahre Goldgrube geschaffen.« Er lachte. »Ein kleines Familienimperium.«

»Hm.« Silvio nickte. »Lass das nicht den Meller hören. Der wird nur wieder neidisch. Der steckt seine Nase in alle Geschäfte. Letztens hat er am Stammtisch die ganze Zeit gegen jüdische Kaufleute wie den Goldenberg in Euskirchen gestänkert. Und wo er schon mal dabei war, hat er die Viehhändler auch gleich dazugenommen.«

»Ja, das wird immer schlimmer«, pflichtete Albert ihm bei. »Aber du hast hoffentlich nichts gesagt, oder? Bei ihm musst du aufpassen! Ich kriege jedenfalls schon ein mulmiges Gefühl, wenn er bloß den Mund aufmacht.«

»Keine Sorge, mein Freund.« Silvio lächelte schmallippig. »Ich weiß schon, was ich von Meller zu halten habe. Wo denkst du hin? Aber manchmal möchte ich ihm den Mund am liebsten mit Seife auswaschen.«

Und während sich Wollseifen veränderte, wuchs Vogelsang rasch, eine beeindruckende, wuchtige Anlage, die sich architektonisch raffiniert den Hügel hinaufzog. Da vom Dorf aus nichts den Blick nach Westen versperrte, waren die Fortschritte unübersehbar. Schon wurden unterhalb der Anlage die ersten Häuser gebaut, in die Lehrkräfte und Bedienstete des Reichsschulungslagers mit ihren Familien einziehen sollten.

Auch die Vorarbeiten für den Flugplatz machten Fortschritte. Der Walberhof war tatsächlich von der Deutschen Arbeitsfront gekauft worden. Da die Landebahn so erweitert werden sollte, dass auch große Maschinen dort landen konnten, wurde angeblich auch Land vom Feltenhof benötigt. Das hatte jedenfalls Meller behauptet. Als Albert davon gehört hatte, hatte er bei sich gedacht, dass der Flugplatz durchaus auch ein Vorwand sein konnte, um auf billige Art und Weise in den Besitz des Feltenhofs zu kommen. Er konnte sich zwar nicht vorstellen, wie Meller das bewerkstelligen wollte, aber ihm würde bestimmt etwas einfallen.

Bisher dachte die Gräfin allerdings nicht daran, das Land zu verkaufen, das ihr gehörte und von dem sie lebte. Sie hatte in den letzten Jahren große Teile ihres Ackerlandes verpachtet und sich mehr und mehr auf die Pferdezucht beschränkt. Wenn sie also ihr Land für den Flughafen verkaufen würde, würden auch ihre Pächter darunter leiden. An den Abenden in der Gaststätte wurde nicht nur am Stammtisch darüber diskutiert.

»Sie muss das Land so oder so abgeben«, behauptete Arno Nellessen. Albert musterte ihn. Der älteste Sohn von Schäng Nellessen sah seinem Vater ziemlich ähnlich mit dem kantigen Schädel und den kurzen braunen Haaren, die glatt gekämmt an seinem Kopf klebten. Er gehörte zu Johann Mellers Bewunderern und war seit ein paar Jahren ebenfalls in der Partei. »Es bleibt ihr gar nichts anderes übrig.«

»Ach, und warum?«, fragte der Schmied. »Woher willst du denn das wissen?«

»Na, als Jüdin darf sie gar nicht so einen großen Hof haben. Außerdem ist sie nicht von hier.«

»Ich bin auch nicht von hier.« Hermann Schlösser warf ihm einen verächtlichen Blick zu. »Willst du etwa behaupten, dass ich kein Anrecht auf die Schmiede habe?«

»Nein, aber du bist ja auch kein Jude, oder?«

»Was redest du denn für ein dummes Zeug? Das hat doch nichts mit der Religion zu tun. Und wer sagt überhaupt, dass sie Jüdin ist? Soweit ich weiß, geht sie jeden Sonntag in die Messe.« Der Schmied ließ nicht locker.

»Ja, das frage ich mich auch«, warf der Schäfer ein. »Außerdem solltest gerade du nicht so über sie reden. Die Gräfin war immer nett zu euch. Sie hat euch Arbeit gegeben und sich um eure Familie gekümmert, als dein Vater krank aus dem Krieg gekommen ist. Damals war nirgendwo die Rede davon, dass sie Jüdin ist.«

»Ihr werdet schon sehen!«, brauste Nellessen auf. »Wir wissen, was wir wissen. Und was die ollen Kamellen mit ihrer Hilfe für uns angeht …« Nellessen winkte ab. »Das war doch alles nur Berechnung. Meine Mutter und wir Kinder waren nur billige Arbeitskräfte für sie.« Er erhob sich. »Ich muss gehen. Aber denkt mal darüber nach! Alle Juden sind geldgierig, und das ist bei der Gräfin nicht anders. Aber das werden wir ihnen schon austreiben.«

Die anderen schauten ihm betreten hinterher. Einige in der Runde nickten ernst, als ob Arno Nellessen ihnen einen Denkanstoß gegeben hätte.

Albert, der bisher geschwiegen hatte, räusperte sich. »Sie hat keinem von euch was getan«, sagte er schließlich. »Ich glaube nicht, dass auch nur einer von euch ihr etwas Schlechtes nachsagen kann. Wir haben sie doch alle immer respektiert. Sie hat gearbeitet wie ein Mann, und dabei hat sie es als Witwe und dann noch mit der Josefine auch nicht leicht.«

Der Schmied sprang ihm zur Seite. »Ich bin mittlerweile schon seit sechzehn Jahren hier, und ich habe mich immer wohlgefühlt, weil der Zusammenhalt im Dorf so groß ist. Hier hilft einer dem anderen, und wir sollten aufpassen, dass wir uns auch jetzt unsere Gemeinschaft bewahren.«

Es war nicht so einfach, sich aus dem Geschehen herauszuhalten, weil man an jeder Ecke damit konfrontiert wurde. Seit dem Baubeginn auf dem Erpenscheid wimmelte es im Dorf von Fremden mit und ohne Uniform. Sie saßen mit den Dorfbewohnern im Wirtshaus, und sie mischten sich in den Alltag ein, deshalb hielten sich viele Wollseifener lieber zurück. Sie redeten nicht mehr offen miteinander, und bei einigen wusste man nicht mehr so genau, was für eine Meinung sie vertraten. Die Aufmerksamkeit auf sich ziehen wollte niemand, jeder verhielt sich so unauffällig wie möglich. Das Gerede von Arno Nellessen in der Wirtschaft hatte zwar niemand ganz ernst genommen, aber es führte doch dazu, dass die meisten den Feltenhof mieden und nicht nachfragten, ob die Gräfin vielleicht Hilfe brauche. Am Ende bekam man noch Schwierigkeiten. Außerdem schien ja alles in bester Ordnung zu sein, da die Junker, die auf Burg Vogelsang ausgebildet wurden, Reitunterricht am Feltenhof hatten.

Die Reitkurse akzeptierte die Gräfin noch, schließlich hatte sie schon vor Jahren einen Reitplatz angelegt und sogar mit dem Gedanken gespielt, eine Halle zu bauen. Allerdings war den Nazis gar nicht daran gelegen, sie für die Nutzung des Reitstalles zu entschädigen, denn schon bald wurde klar, dass sie für ihre Zwecke gerne den gesamten Feltenhof übernehmen würden. Er lag in günstiger Nähe zum Walberhof, auf dem die Pläne für den Flugplatz immer konkretere Formen annahmen, und das allein reizte sie.

Vorläufig kamen sie jedoch nicht zum Ziel, da die Gräfin ihnen weder das Wohnhaus noch ihr Land verkaufen wollte. Das sollte für ihre Tochter erhalten bleiben. Also tat sie ihr Bestes, die ständigen Übernahmeangebote, die gelegentlich kaum verhüllte Drohungen enthielten, zu ignorieren und den Hof weiterzuführen, doch ständig wurden ihr Steine in den Weg gelegt.

Die Einzige aus dem Dorf, die sich weiterhin wie gewohnt häufig auf dem Hof aufhielt, um nach Josefine zu schauen, war Hildegard, und sie war es auch, die ihrer Mutter berichtete, wie schwer die Männer in den braunen Uniformen der Gräfin oft zusetzten. Leni hörte sich die Geschichten schweigend an. Sie fühlte sich zunehmend unwohl in ihrer Haut, weil sie ahnte, dass bei den meisten unangenehmen Vorfällen in der Gegend auch Meller seine Finger im Spiel hatte. Und als Hildegard nach der Schule wieder einmal zum Hof aufbrach, sagte sie zu ihrer Tochter: »Ich komme mit. Ich will mir selbst ein Bild machen.«

Auf den ersten Blick wirkte der Betrieb auf dem Feltenhof ganz normal. Die Pferde standen auf den Weiden, und in der Ferne, auf einem der wenigen Äcker, die noch zum Hof gehörten, zog ein Ochsengespann, das von einem Mann geführt wurde, einen Pflug, hinter dem ein Junge ging. Auf dem Reitplatz gab ein Mann in brauner Uniform und mit blank geputzten schwarzen

Lederstiefeln fünf Junkern Unterricht. Sein barscher Tonfall war schon von Weitem zu hören. »Hacken runter, ihr Pfeifen!«, brüllte er. »Ihr sitzt wie nasse Säcke auf den Gäulen. Die Zügel sind nicht zum Festhalten da! Abteilung, Terrabb.«

Die Gräfin war nirgendwo zu sehen, und als Hildegard wie selbstverständlich auf das Haus zusteuerte und hineinging, folgte Leni ihrer Tochter.

Die Gräfin saß am Küchentisch und hatte das Gesicht in den Händen vergraben. Ihre schmalen Schultern zuckten. Neben ihr saß Fine am Tisch, vor sich eine Schale mit Haferbrei und Kompott, den sie sich offensichtlich bereits um den Mund und auf die Wangen geschmiert hatte. Immer wieder schlug sie mit dem Löffel auf den Brei, dass es spritzte, und wimmerte dabei leise vor sich hin. Sie wirkte völlig verängstigt.

»Um Gottes willen, Marie, was ist passiert?« Leni lief sofort zu der weinenden Frau, während Hildegard ganz selbstverständlich um den Tisch herumging, Josefine den Löffel aus der Hand nahm und ihr vorsichtig über die Haare strich.

Fine hörte sofort auf zu jammern und strahlte zu Hildegard hoch. »Hilde! Hilde!«, jubelte sie.

»Du hast dich ja völlig bekleckert«, sagte Hildegard lächelnd zu ihr. »Warte, ich wasch dir das Gesicht ab.« Sie trat ans Spülbecken, nahm ihr Taschentuch und befeuchtete es, um ihr den Haferbrei aus dem Gesicht zu wischen.

Leni, die sich große Vorwürfe machte, nicht schon früher gekommen zu sein, setzte sich neben die Gräfin und legte ihr die Hand auf den Arm. »Bitte, weine doch nicht! Was ist denn passiert?«

Marie Felten hob das Gesicht. Ihre Augen waren völlig verquollen. Achtlos wischte sie sich mit dem Handrücken die Nase ab und sah Leni mit ausdruckslosem Blick an.

»Tu doch nicht so«, stieß sie hervor. »Du weißt doch genau,

was hier los ist. Dein Mann hat mir doch das alles erst eingebrockt!« Erneut fing sie an zu schluchzen.

Leni sah sie erschreckt an. »Was soll das heißen? Was hat Meller gemacht?«

»Sie haben Jaroslaw verhaftet«, sagte die Gräfin mit tonloser Stimme. Jaroslaw war ihr polnischer Vorabeiter. Er war seit 1920 auf dem Hof, und ohne seine Hilfe hätte die Gräfin die Arbeit nie bewältigt. Im Laufe der Jahre waren sich die beiden nähergekommen, und im Dorf wusste jeder, dass sie ein Paar waren, auch wenn sie es nach außen hin nie zu erkennen gaben.

»Aber warum denn?«, fragte Leni fassungslos. »Hat er sich was zuschulden kommen lassen?«

Marie Felten schüttelte den Kopf und bedachte Leni mit einem fast mitleidigen Blick. »Bist du so harmlos, oder tust du nur so?«, fragte sie. »Natürlich hat er sich nichts zuschulden kommen lassen. Die Nazis brauchen keinen Grund, um einen Polen zu verhaften. Allein die Tatsache, dass er kein Deutscher ist, reicht aus. Und«, fügte sie müde hinzu, »bei Jaroslaw kam noch erschwerend hinzu, dass er sich mit einer Jüdin eingelassen hat.«

Leni runzelte die Stirn. »Du bist Jüdin?«, fragte sie verwirrt. »Wir waren doch immer zusammen in der Messe. Du hast an allen Prozessionen teilgenommen. Und in Echternach warst du auch dabei.«

»Ich bin bei meiner Heirat zum katholischen Glauben übergetreten«, erklärte die Gräfin. »Wusstest du das nicht? Dein Mann weiß es jedenfalls. Und er gibt offensichtlich alles weiter.« Wieder traten ihr die Tränen in die Augen.

Die Reitstunde war wohl zu Ende. Die Hufe der Pferde klapperten über das Pflaster im Hof, und die Stimmen der Männer waren jetzt deutlicher zu hören. Als einer von ihnen laut lachte, verzog Josefine das Gesicht und begann wieder zu wimmern.

Unruhig schaukelte sie auf ihrem Stuhl hin und her. Hildegard nahm sie in den Arm. »Schscht«, sagte sie, »ganz ruhig. Das ist nur draußen.«

Das Gesicht der Gräfin wurde hart. »Sie waren vorhin hier drinnen. Alle Mann. Sie haben Fine Angst gemacht. Einer hat sie sogar angefasst. ›Dass so was wie du überhaupt leben darf‹, hat er gesagt.«

Leni war blass geworden. Sie stand auf. »Das ist ungeheuerlich! Ich werde mit Johann reden, Marie. Ich wusste ja nicht ...« Ihr versagte die Stimme. »Ich werde sofort mit ihm sprechen.«

Schweigend machte sie sich mit ihrer Tochter auf den Heimweg. Es war ein strahlend schöner Frühlingstag. Die weißen Blüten der Obstbäume in den Gärten leuchteten vor dem blauen Himmel, über den nur vereinzelt ein paar Schäfchenwolken zogen, überall summten und brummten Bienen und Hummeln, und über den Feldern zwitscherten die Lerchen. Aber Leni nahm ihre Umgebung nicht wahr. Es geht nicht mehr so weiter, dachte sie. Es geht einfach nicht mehr. Ich mache mich mitschuldig an allem Schlimmen, was passiert, wenn ich so tue, als wäre alles in Ordnung. Ich kann diese Ehe nicht mehr aufrechterhalten.

Aber was sollte sie machen? Sie steckte in einem Dilemma. Auf der einen Seite war Meller, dessen Verhalten und Gesinnung sie nicht mehr ertragen konnte, auf der anderen Seite waren die Kinder. Sie konnte ihnen doch nicht das angenehme Leben im Wohlstand nehmen. Sie hatte Meller damals ja vor allem deshalb geheiratet, weil er ihr ein behütetes Zuhause versprochen hatte. Und er würde es nie hinnehmen, wenn sie sich scheiden lassen wollte.

Sie war so tief in Gedanken versunken, dass sie zusammenzuckte, als Hildegard sie anstupste. »Mutti! Onkel Albert hat dich etwas gefragt.«

Als Leni verwirrt aufblickte, stellte sie fest, dass Albert vor ihnen stand. Er musterte sie forschend. »Geht es dir nicht gut, Leni? Du siehst aus, als wärst du einem Gespenst begegnet.«

»Albert«, stotterte sie. »Ich habe dich gar nicht gesehen. Ja, danke, mir geht es gut. Ist bei euch zu Hause auch alles in Ordnung?« Aber dann besann sie sich. Was redete sie da? Das war doch kein flüchtiger Bekannter, der vor ihr stand! Sie schüttelte den Kopf. »Nein, mir geht es nicht gut. Ich komme gerade von der Gräfin. Wusstest du, dass sie Jaroslaw verhaftet haben?«

»Nein, nein, das wusste ich nicht.« Albert kniff die Augen zusammen. »Was wirft man ihm vor?«

»Das habe ich Marie auch gefragt, aber sie hat mich beinahe ausgelacht. Sie haben ihn unter irgendeinem Vorwand mitgenommen. Und sie sagt, dass Meller seine Finger im Spiel hat.« Sie wandte sich an ihre Tochter. »Hildegard, kein Wort, zu niemandem, hörst du?«

Das junge Mädchen nickte. »Ich weiß, Mutti. Du kannst dich auf mich verlassen.«

»Albert, ich weiß nicht mehr, was ich machen soll. Am liebsten würde ich mich scheiden lassen. Wenn du mir doch helfen könntest!« Leni erschrak selbst über die Worte, die da so unüberlegt aus ihr herausgesprudelt kamen. Verwirrt fragte sie sich, was ihr einfiel, vor Albert ihre geheimsten Gedanken auszusprechen. Auf einmal war sie so verlegen wie ein junges Mädchen. Hastig verabschiedete sie sich von dem Bauern und lief weiter, bevor er etwas erwidern konnte.

Hildegard war, überrascht vom plötzlichen Aufbruch ihrer Mutter, stehen geblieben, und auch Albert stand da wie vom Donner gerührt und sah Leni nach. »Sag deiner Mutter, sie findet mich heute Abend bei der Hütte, wenn sie mich braucht«, stieß er schließlich hervor. Hildegard nickte und lief ihr hinterher.

»Jetzt nicht, Leni. Du siehst doch, dass ich Besuch habe. Ortsgruppenleiter Manderscheidt ist da.« Leni hatte ihren Mann in der Diele abgepasst, aber er hatte bereits die Tür zum Herrenzimmer geöffnet. »Worum geht es denn?«

»Können wir kurz unter vier Augen sprechen? Bitte, Johann.«

Johann Meller stand schon mit einem Bein im Zimmer. Der dämmerige Raum war in dicke Rauchschwaden gehüllt, und im Schein der Stehlampe erkannte Leni den Ortsgruppenleiter von Euskirchen. Er saß am Schachtisch und paffte eine dicke Zigarre. Auf dem Beistelltisch neben seinem Sessel stand ein großer Glasschwenker, in dem goldbrauner Cognac schimmerte. Eine teure kubanische Zigarre und bester französischer Cognac, das wusste Leni. Für seine Parteigenossen war ihrem Mann nichts zu teuer.

Meller machte keine Anstalten, die Tür wieder zu schließen. »Worum geht es denn?«, wiederholte er noch einmal. »Brauchst du zusätzliches Haushaltsgeld?« Die Frage war eher in Richtung Manderscheidt gerichtet. Er liebte es, sich vor anderen als liebender Ehemann zu geben, aber Leni hörte ihm an, wie sehr ihm die Störung auf die Nerven ging.

Der Ortsgruppenleiter erhob sich, als er sie sah, und schlug die Hacken zusammen. »Heil Hitler, gnädige Frau«, sagte er zackig.

Leni nickte ihm zu und trat einen Schritt zurück. Sie würde einen besseren Zeitpunkt abpassen. In Gegenwart von Manderscheidt sollte sie Marie Felten wohl besser nicht erwähnen. »Entschuldige«, sagte sie zu ihrem Mann. »Ich wollte nicht stören. Es hat Zeit.«

Meller wandte sich mit einem übertriebenen Seufzer an seinen Gast. »Frauen!«, murmelte er vielsagend und zog die Augenbrauen hoch. »Wo waren wir stehen geblieben, Ortsgruppenleiter? Haben Sie Ihren Zug gemacht?« Er schloss die Tür hinter sich.

Leni biss sich auf die Lippen. Zu ärgerlich, dass gerade heute Manderscheidt zum Schachspielen da war. Aber vielleicht hatte Johann ja am Abend nach dem Besuch des Mannes gute Laune. Alleine mit ihr im Schlafzimmer war er eigentlich immer am zugänglichsten. Zwar widerstrebte es ihr, das Bett als Mittel zum Zweck zu benutzen, aber wenn gar keine andere Möglichkeit mehr blieb, dann musste es eben sein. Sie seufzte leise. Was hatte sie bloß geritten, Albert da hineinzuziehen? Hildegard hatte ihr ausgerichtet, was er gesagt hatte, aber die Sache mit Marie Felten musste sie schon selbst in die Hand nehmen, da konnte ihr niemand helfen. Und den Gedanken an Scheidung hätte sie Albert gegenüber besser gar nicht erwähnt.

Doch an diesem Abend kam es nicht mehr zu einem Gespräch mit ihrem Mann. Meller fuhr mit dem Kommandanten nach Köln. Er wisse noch nicht, wann er zurückkomme, sagte er zu Leni. Sie solle nicht auf ihn warten, ein paar Tage werde es sicher dauern.

Alberts Hände zitterten. Der Knopf wollte kaum ins Knopfloch gehen. Er hatte sich an der Pumpe im Hof gewaschen und zog sich ein frisches Hemd an, bevor er sich auf den Weg in den Wald machte.

»Warum ziehst du dir für den Wald ein frisches Hemd an?«, hatte Bertha verwundert gefragt. »Habe ich noch nicht genug Wäsche?«

Die Wahrheit war, er wusste es selbst nicht, und deshalb hatte er unwirsch reagiert. »Im Gegensatz zu dir schwitze ich bei der Arbeit«, hatte er unfreundlicher, als er eigentlich wollte, geantwortet. »Ich wollte nur was Trockenes auf dem Leib haben.« Und dabei wusste er selbst nicht so recht, warum er sich umzog. Er wusste nur, es zog ihn in den Wald, wie immer, wenn seine Gefühle in Aufruhr waren.

Instinktiv hatte er es vermieden, seiner Frau von der Begegnung mit Leni zu erzählen, die ihn mehr aufwühlte, als er sich eingestehen wollte. Er spürte, dass sie an einem Scheideweg stand, aber das hatte doch nichts mit ihm zu tun, oder?

Über diese Frage grübelte er nach, während er den Weg zu seiner Hütte entlangging. Sie begegneten einander häufig, das Dorf war zu klein, um sich aus dem Weg zu gehen. Aber das wollte er ja auch gar nicht. Leni war eine der wenigen gewesen, die unbefangen mit ihm umgegangen war, als er aus dem Krieg zurückgekehrt war, aber nicht nur deshalb fühlte er sich ihr verbunden. Mit den Jahren hatte er immer stärker gespürt, dass er für sie mehr empfand, als er durfte. Aber er hatte dieses Gefühl tief in sich verschlossen. Doch dieser Moment, wo sie ihm einen winzigen Augenblick lang ihre schutzlose Seite gezeigt hatte, hatte all seine verborgenen Sehnsüchte wieder geweckt, und jetzt fragte er sich verwirrt, ob sie vielleicht doch noch einmal eine gemeinsame Zukunft haben könnten. Aber was waren das für dumme Gedanken. Es lag ja auf der Hand, dass es nicht ging, nie gehen würde.

Gerade hatte er den Waldrand erreicht, als er Leni von unten kommen sah. Der weite Rock ihres gestreiften Sommerkleids schwang um ihre nackten, gebräunten Beine. Offenbar war auch sie auf dem Weg zur Hütte. Albert musste unwillkürlich lächeln. Sein Gefühl hatte ihn nicht getrogen. So heimlich hatte sie sich früher auch immer mit Hennes getroffen. Damals hatte er den beiden den Schlüssel zur Hütte gegeben, damit sie ungestört zusammen sein konnten. Und danach, als Hennes tot gewesen war, hatte er ihr gesagt, sie könne die Hütte jederzeit als privaten Rückzugsort nutzen.

Er blieb stehen und blickte ihr entgegen. Wie immer, wenn er sie sah, machte sein Herz einen kleinen Satz, aber heute nahm er es zum ersten Mal bewusst und deutlich wahr. Rasch wandte er den Kopf ab und blickte in Richtung Baustelle. Es war bereits zu erkennen, wie Burg Vogelsang einmal aussehen würde. Die halb fertigen Bauten fügten sich in die Landschaft, als hätten sie schon immer dort gestanden. Jetzt, am Abend, schweigen die Maschinen, und nur vereinzelt war noch Hämmern zu hören. Albert verstand nichts von Architektur, aber ihm kam es so vor, als verbände sich die wuchtige, beeindruckende Anlage mit dem Hügel. Er wusste schon kaum noch, wie es früher ohne die Bauten ausgesehen hatte.

»Da bist du ja, Albert!« Leni war etwas außer Atem von dem schnellen Marsch bis zum Waldrand. Hatte sie nicht die gleichen Worte zu ihm gesagt, als er damals aus dem Krieg zurückgekommen war?

Sie gingen zur Hütte und setzten sich auf die Bank, von der der Blick weit übers Land ging.

»Es ist so schön hier, so friedlich«, sagte Leni leise. »Man kann kaum glauben, dass so schreckliche Dinge passieren.« Dann wandte sie sich ihm zu. »Albert, eigentlich dürfte ich nicht so mit dir hier sitzen, und ich hoffe, du nimmst es mir nicht übel, aber ich weiß nicht mehr weiter. Ich habe gedacht, ich könnte der Gräfin helfen, indem ich mit Meller rede, aber er ist weggefahren, bevor ich die Chance hatte, das Thema anzusprechen. Und ich bin mir auch gar nicht mehr sicher, ob er überhaupt etwas unternehmen würde.«

Albert sah sie mitfühlend an. »Du hast mir ja gesagt, dass sie Jaroslaw verhaftet haben. Und dass sie die Gräfin bedrängen, damit sie ihnen ihr Land überlässt, habe ich schon länger mitbekommen. Aber was soll ich denn tun? Ich habe doch gar keinen Einfluss.«

Leni hob resigniert die Schultern. »Nein, natürlich nicht. Aber du bist der Einzige, dem ich vertraue. Mit wem soll ich sonst darüber reden? Ich kann es doch nur dir sagen.« Sie senkte den Blick. »Ich ertrage es nicht mehr, mit Meller verheiratet zu sein. Zu wissen, dass er hinter allem steckt, wie die Menschen drangsaliert werden, was sie mit Marie machen, halte ich nicht mehr aus.«

»Aber willst du dich denn wirklich scheiden lassen?«, fragte Albert.

Sie hob den Blick wieder und sah ihn an. »Ich habe hin und her überlegt, aber ...« Sie sah zu Boden. »Aber es geht ja nicht. Es wäre eine große Kränkung für Meller, und er würde mich nicht so einfach mit den Kindern gehen lassen. Und wo sollte ich denn hin? Hier bin ich doch zu Hause.«

»Du könntest wieder zu uns ziehen«, rutschte es Albert heraus.

Leni schwieg einen Moment lang, aber Albert sah den Hoffnungsschimmer in ihren Augen. Doch dann erlosch er wieder. »Es war ein Fehler, dass ich ihn geheiratet habe, aber das ist vergossene Milch, nicht mehr zu ändern. Ich habe viel zu lange gewartet. Und jetzt werde ich wohl bei ihm bleiben müssen.« Sie legte ihm die Hand auf den Arm. »Ich weiß dein Angebot zu schätzen, aber ich kann es nicht annehmen. Du sollst nur nicht schlecht von mir denken.«

Albert schluckte. »Das würde ich nie«, sagte er. »Wie kommst du darauf? Du kannst immer auf mich zählen. Ich habe keine Angst vor Meller.«

Ein wenig beneidete er sie darum, dass sie so offen mit ihm reden, ihm so ihr Herz ausschütten konnte. Das würde er nie können. Er musste immer alles mit sich alleine ausmachen. Aber er konnte ihr zeigen, dass er das Vertrauen wert war, das sie in ihn setzte.

»Ich muss wieder nach Hause.« Leni stand auf. »Die Kinder sind alleine.«

Zwei Wochen waren vergangen, seit Jaroslaw verhaftet worden war. Leni kam gerade vom Feltenhof, als sie den Wagen ihres Mannes im Hof stehen sah. Hoffentlich war er allein, damit sie mit ihm reden konnte. Er saß in seinem Arbeitszimmer und schaute die Post durch, die sie auf seinen Schreibtisch gelegt hatte.

Ohne dass sie überlegte, sprudelte es aus ihr hervor: »Gut, dass du wieder da bist, Johann! Sie haben den Jaroslaw verhaftet, du musst ihm unbedingt helfen! Das kannst du doch, oder? Du musst ein gutes Wort für ihn einlegen!«

Meller sah kaum auf. »Ich kenne keinen Jaroslaw«, sagte er gleichmütig. »Wer ist das?«

»Der Vorarbeiter von der Gräfin. Natürlich kennst ...«, erwiderte Leni, aber er unterbrach sie.

»Was habe ich denn mit diesem Weib zu schaffen?« Sein Tonfall wurde immer ungehaltener.

»Aber, Johann, der Mann hat doch nichts verbrochen. Du musst ...« Leni gab nicht auf.

»Ich muss gar nichts!« Meller lief rot an, ein untrügliches Zeichen dafür, dass er gleich anfangen würde zu brüllen. »Was denkst du dir eigentlich dabei, mich mit solchen Ansinnen zu belästigen? Halt dich aus diesen Angelegenheiten heraus, davon verstehst du nichts. Und vor allem geht es dich auch nichts an. Und jetzt lass mich in Ruhe. Ich habe zu arbeiten.«

Empört öffnete Leni den Mund, um ihm zu widersprechen, aber er hatte sich schon wieder über seine Post gebeugt und bedeutete ihr mit einer unwirschen Geste zu gehen.

Aus den Aufzeichnungen des
Lehrers Martin Faßbender

5. Mai 1936

Die Bauvorhaben der Nazis, die uns ja auch zugutekommen durch Schaffung von Arbeitsplätzen, haben zu einer wirtschaftlichen Aufbruchsstimmung im Dorf geführt. Voller Optimismus sind Pläne für den Neubau einer größeren Kirche geschmiedet worden, und alle haben fleißig gesammelt für den St. Rochus Bauverein. Aber in der Zwischenzeit gab es doch immer mehr Gerüchte, dass das gesamte Gelände hier für militärische Zwecke genutzt werden soll, und jetzt liegen die Pläne schon fast zwei Jahre bei den staatlichen Behörden, ohne dass wir eine Antwort bekommen haben. Ich denke aber auch, dass der Kirchenvorstand unter den Umständen lieber auf eine Erweiterung verzichten wird.
Vor drei Tagen war die feierliche Einweihung von Burg Vogelsang. Meller hatte ja vorher ständig behauptet, dass Hitler höchstpersönlich hierherkommen würde, aber dann wurden ihm alle drei deutschen Ordensburgen doch in Crössinsee in Pommern übergeben. Der Schreiner hat ihn beim Stammtisch noch einmal spöttisch mit den Worten »Na, wohl doch keinen so guten Draht zum Führer?« angesprochen, aber er ist gar nicht darauf eingegangen. Mir kann es gleichgültig sein, und ich glaube, den meisten anderen geht es genauso.

13. Juni 1936

Ich werde Ende des Jahres in den Ruhestand treten müssen. Natürlich habe ich damit gerechnet, schließlich werde ich in vier Wochen fünfundsechzig. Damit ich das aber auch ja nicht vergesse, hat mich der Kreisleiter von Schleiden darüber in Kenntnis gesetzt. Der knappe Tonfall und das martialische Heil Hitler am Ende seines offiziellen Schreibens machen mir das Ausscheiden aus dem Dienst beinahe leicht. Ich bin nicht jemand, der seinen Schülern parteikonformen Unterricht erteilen will. Bisher konnte ich das noch ganz gut verbergen, weil ich mich ja mit den Kindern viel in der freien Natur aufhalte, was ganz im Sinne der Ertüchtigung unserer Jugend ist. Und für den weltanschaulichen Unterricht, der den Religionsunterricht ersetzt hat, kam jemand aus Simmerath. Aber so nach und nach wird es immer mühsamer, gemäß den Richtlinien zu unterrichten, und deshalb freue ich mich nun darauf, wieder meine Ruhe zu haben. Mag sich doch die neue Lehrerin damit herumschlagen, die, wie ich gehört habe, frisch vom Lehrerseminar kommen soll.

Die Wohnung muss ich natürlich räumen, aber ich werde »meine Kinder« nicht aus den Augen verlieren, weil ich nicht von hier wegmuss. Zwar könnte ich nach Gemünd oder Schleiden ziehen, ja, sogar nach Köln, wenn es mich auf meine alten Tage in die Großstadt mit ihren Vergnügungen ziehen würde, aber hier fühle ich mich wohl, und in der Stadt kenne ich niemanden. Deshalb habe ich mich nach langem Überlegen entschlossen, das Haus von Karl Sinzenich zu kaufen. Es hat für mich allein genau die richtige Größe. Zwar steht es jetzt schon eine Weile leer, aber dafür war es auch günstig zu haben, sodass meine Ersparnisse völlig ausreichen. Fast das ganze Dorf hilft mit, es herzurichten. Mittlerweile ist es innen fast fertig und schon richtig gemütlich. Der Garten ist sogar weitläufiger als der Schulgarten, mit zahlreichen Obstbäumen, sodass ich beinahe überlege, meinen eigenen Most herzustellen. Wer weiß, was mir noch so alles in den Sinn kommt, wenn ich erst einmal nicht mehr jeden Tag in die Schule muss. Um meinen Geburtstag herum werde ich jedenfalls einziehen, und dann kann die neue Lehrkraft meine Wohnung über den Klassenräumen übernehmen.

21. Juni 1936

Was für monumentale Bauten die Nationalsozialisten überall errichten! Vogelsang zum Beispiel ist in einer unfassbar kurzen Zeit hochgezogen worden und verändert unsere ganze Landschaft, seitdem es so mächtig wie eine Festung oben auf dem Hügel thront. Schon neun Monate nach dem ersten Spatenstich standen Hauptgebäude und Unterkünfte für die Männer, die dort unterrichtet werden.

Die Anlage hier wird immer größer und weitläufiger. Es kann einem angst und bange werden, wenn man sieht, wie ein ganzer Landstrich in Besitz genommen wird. Hatten wir nach dem Großen Krieg gehofft, endlich weitab vom politischen Geschehen unser friedliches Leben auf dem Land führen zu können, müssen wir uns jetzt immer häufiger eines Besseren belehren lassen. Hier ist ein ständiges Kommen und Gehen, und die Bauarbeiten, nicht nur an Vogelsang, sondern auch in der Umgebung, bringen einen Betrieb fast wie in der Stadt mit sich. Viele unserer Bauern regen sich zu Recht auf, weil mit den schweren Baumaschinen einfach über die Äcker gefahren wird, ohne Rücksicht auf Saat und Ernte. Und während sie auf der einen Seite sagen, wie wichtig die Bauern für Deutschland seien, zerstören sie andererseits mutwillig durch ihre Unachtsamkeit das, wovon wir hier alle leben.

18

Vom neuen Leben im Dorf war vor allem die Jugend begeistert. Endlich passierte einmal was in ihrer Einöde! Gottfried und Robert, die beide in Schleiden auf der Mittelschule waren, warteten sehnsüchtig auf den Moment, wo auf dem Walberhof endlich mit dem Bau des Flugplatzes begonnen werden sollte.

Fliegen war für Gottfried und Robert das Größte, und seitdem die Aussicht auf einen Flugplatz vor der Haustür in greifbare Nähe gerückt war, gaben sie keine Ruhe mehr, um ihren Traum zu verwirklichen.

Gottfried schob den Lederring an seinem schwarzen Halstuch hoch. Dann nahm er seine Schulsachen und rannte die Treppe hinunter in die Küche. »Heute haben wir nach der Schule Dienst, Mutter«, sagte er, während er sein Pausenbrot in Empfang nahm.

»Komm nicht so spät nach Hause«, mahnte Bertha. »Letztes Mal hättet ihr beinahe den Bus verpasst.«

Als er über den Hof lief, trat Albert aus dem Stall. Er runzelte die Stirn, als er seinen Sohn im braunen Hemd der Hitlerjugend sah. »Ist heute schon wieder Treffen?«, fragte er. »Kannst du es nicht einmal ausfallen lassen? Die Pferde müssen zum Schmied. Ich könnte deine Hilfe heute gut brauchen, vor allem jetzt, wo Karl nicht da ist.«

Gottfried blieb stehen. »Geht nicht, Vater. Ich muss da heute auf jeden Fall hin.«

Albert musterte seinen Sohn. Er hatte dieses Jahr einen ordentlichen Schuss gemacht. Die Uniform des Jungvolks, braunes Hemd und schwarze Hose, die sie ihm auf sein Drängen gekauft hatten, obwohl Albert nicht nur wegen der Geldausgabe dagegen gewesen war, wurde ihm schon wieder zu klein. Die leicht gewellten blonden Haare, ein Erbteil seiner Mutter, hatte er mit Wasser gebändigt. Nass und glatt lagen sie an seinem Kopf. »Ist es überhaupt erlaubt, dass du in Uniform zur Schule gehst?«, fragte er.

Gottfried zuckte irritiert mit den Schultern. »Natürlich. Es darf doch jeder sehen, dass ich ein Hitlerjunge bin. Heute geben sie übrigens bekannt, wann genau der Segelflugkurs stattfindet, an dem Robert und ich im Sommer teilnehmen.«

Ab vierzehn konnten die Jungs in der Hitlerjugend Segelfliegen lernen. Für die Eifel fand der Kurs in der Nähe von Daun statt, und obwohl Gottfried und Robert erst im Dezember Geburtstag hatten, wollten sie unbedingt mit ins Sommerlager fahren. Sie hatten wochenlang für die theoretische Prüfung gelernt, damit sie die Voraussetzungen dafür erfüllten, und jetzt stand dem Unternehmen nichts mehr im Weg. Ihre Väter hatten ihrem glühenden Wunsch allerdings nicht so viel abgewinnen können, und es war harte Arbeit gewesen, ihnen die Erlaubnis abzuringen, zumal der Kurs sich über zwei Jahre erstreckte.

Albert war strikt dagegen gewesen. Der Drill in der Hitlerjugend gefiel ihm nicht. Er hatte das ungute Gefühl, dass sein Sohn dort zum Soldaten erzogen wurde, aber Gottfried hörte ihm gar nicht erst zu, wenn er versuchte, ihm seine Bedenken begreiflich zu machen, indem er von seinen schrecklichen Erfahrungen im Krieg berichtete. Davon ließ Gottfried sich nicht sonderlich beeindrucken.

»Das ist lange her, Vater! Was wir in der Gruppe machen, hat doch mit Krieg und Soldaten gar nichts zu tun. In der Hauptsache geht es um Sport. Und nur bei der HJ habe ich die Möglichkeit, fliegen zu lernen.«

»Aber du wärst die gesamten Sommerferien über weg«, hatte Albert entgegnet. »Und nächstes Jahr schon wieder. Wir sind Bauern, Gottfried, und du musst jetzt, wo Karl beim Militär ist, deinen Bruder ersetzen. Die Arbeit macht sich nicht von alleine.«

»Es sind ja nicht die ganzen Sommerferien. Länger als vier Wochen dauert der Kurs nicht, und danach helfe ich dir jeden Tag. Bis zur Heuernte bin ich sowieso wieder zurück, und Thadeusz ist ja auch noch da.«

»Wer weiß, wie lange noch«, hatte Albert gemurmelt, aber Gottfried hatte bereits weitergeredet. »Bitte, Papa, bitte, du musst es mir einfach erlauben! Es kostet euch auch gar nichts!«

Albert schaute seinen Sohn an. Er war ganz anders als Karl. Schon als Kind war ihm kein Wasser zu tief, kein Baum zu hoch gewesen, und mit einem Lachen stürzte er sich auch heute noch in jede Gefahr. Das bedächtige Abwägen seines ernsthaften großen Bruders war ihm fremd. Robert war der Ruhigere von beiden, aber er vertraute Gottfried blind und ließ sich von seiner Abenteuerlust nur zu gerne mitreißen.

»Na gut«, hatte Albert zögernd gesagt. »Aber lass uns vorher noch mit Onkel Silvio reden. Er muss schließlich auch einwilligen.«

Silvio war zwar auch nicht begeistert davon, dass die Jungen sich in der Hitlerjugend so wohlfühlten, aber er betrachtete das Ganze pragmatischer. »Sieh es doch mal so«, sagte er. »Sie müssen so oder so in der HJ sein. Das Fliegen ist ihr größter Traum, aber mit unseren bescheidenen Mitteln könnten wir ihnen so etwas nie und nimmer ermöglichen. Hast du nie davon geträumt, wie ein Vogel durch die Luft zu fliegen?«

Albert warf ihm einen zweifelnden Blick zu. »Nein«, sagte er. »Meine Träume finden auf der Erde statt.«

Silvio lachte. »Na, das hätte ich mir ja denken können. Du bist eben ein bodenständiger Bauer durch und durch. Aber nicht jeder träumt von der Scholle oder auch nur davon, jeden Abend hinter dem Tresen zu stehen und anderen Leuten Bier zu verkaufen. Sie sind nur einmal jung, Albert. Wir sollten ihnen den Kurs erlauben.«

»Wahrscheinlich hast du recht.« Albert gab nach, doch glücklich schien er nicht darüber zu sein. »Aber eigentlich wäre es mir lieber, er würde nicht so hoch hinauswollen.«

»Albert, du machst dir wie immer Sorgen um nichts.« Silvio schlug ihm aufmunternd auf die Schulter. »Die beiden werden vierzehn, du liebe Güte. Lass ihnen ihre Träume! Es wird schon nichts passieren.«

Albert wischte sich den Schweiß von der Stirn. Bertha hatte ihm extra drei frisch gebügelte Taschentücher mitgegeben. Zuerst hatte er abgewehrt. »Was soll ich mit drei Taschentüchern?«, hatte er kopfschüttelnd gefragt. »Ich fahre doch nur nach Bonn. Eines reicht.« Aber sie hatte darauf bestanden, und jetzt war er froh darüber, denn in seinem Gehrock war es ihm unerträglich heiß.

Er schaute aus dem Zugfenster auf die Landschaft, die vorüberzog. Die Wiesen und Felder lagen im gleißenden Sonnenlicht. Dass er sich aber auch ausgerechnet einen der heißesten Tage in diesem sonst eher feuchten, kühlen Sommer ausgesucht hatte! Kein Hälmchen bewegte sich heute. Die Sonne stach aber auch! Es würde bestimmt noch ein Gewitter geben heute Abend. Hoffentlich holte Thadeusz das Vieh rechtzeitig von der Weide.

Doch dann schüttelte er über sich selbst den Kopf. Natürlich tat er das, darüber brauchte er sich doch überhaupt keine Gedanken zu machen. Seit Karl beim Militär war, arbeitete er freiwillig doppelt so viel wie vorher, zumal Gottfried jetzt in den Ferien im Sommerlager war. Doch eine große Hilfe war der Junge ja auch nicht, wenn er zu Hause war. Zwar trug er seinen Teil zur Arbeit bei, aber Albert merkte ihm bei allem an, dass er keinen Spaß an der Landwirtschaft hatte. Karl, ja, der hatte den Hof schon größtenteils allein geführt, und als er dann eingezogen worden war, hatte Albert überhaupt erst gemerkt, wie sehr er sich auf ihn verlassen hatte. Zum Glück dauerte der Wehrdienst ja nur ein Jahr, und dann würde Karl wieder nach Hause kommen.

Es war ein schönes Gefühl, dass der Junge in seine Fußstapfen trat. Damit würde bald die fünfte Generation den Lintermann-Hof führen. Für Albert war nie etwas anderes infrage gekommen, als Bauer zu sein, auch wenn es ein hartes Leben war, vor allem in der Nordeifel. Er konnte sich nichts Schöneres vorstellen, als sein eigenes Land zu bewirtschaften und seine Tiere zu versorgen. Um keinen Preis hätte er das Leben im Einklang mit der Natur, mit den Jahreszeiten gegen eine geregelte Tätigkeit im Büro eintauschen wollen, und es erfüllte ihn mit Freude, dass sein ältester Sohn genauso dachte wie er. Wenn Karl jetzt noch die richtige Frau heiratete, dann wäre sein Glück perfekt.

Silvio und ihm war nicht entgangen, dass Karl und Johanna sich anscheinend sehr mochten. Wenn sie ein Paar würden, dann sollte ihm das nur recht sein, auch wenn sie beide noch so jung waren. Johanna war ein nettes, tüchtiges Mädchen, und sie hatte sich schon immer mehr für die Landwirtschaft als für die Gaststätte interessiert. Sie würde eine gute Bäuerin werden.

Erneut wischte Albert sich die Stirn ab. Dieser verdammte Gehrock! Aber in der Stadt fühlte er sich damit einfach korrekter angezogen.

Wenn die Kinder heirateten, würden Bertha und er vielleicht aufs Altenteil gehen, ging ihm durch den Kopf. Der Gedanke bereitete ihm Unbehagen, und schnell verdrängte er ihn wieder. Er war ja noch gar nicht alt.

Jetzt würde er erst einmal Professor Siegburger Speck, Eier und Gemüse bringen. Alberts Gedanken glitten zu dem bevorstehenden Besuch.

Bis vor fünf Jahren hatte der Professor ihn ab und zu noch einmal gebeten, an seinen Vorlesungen teilzunehmen und sich als Anschauungsobjekt für die gelungenen Gesichtsoperationen zur Verfügung zu stellen. Albert hatten diese Veranstaltungen nichts ausgemacht, zumal er auch weitere Patienten des Arztes kennengelernt und gesehen hatte, was für ein Wunder der Chirurg an ihnen allen vollbracht hatte.

Am Anfang war er noch verlegen gewesen, weil er von allen gemustert worden war, aber schon bald hatte er gemerkt, dass die Studenten eher an den Ausführungen ihres Lehrers interessiert waren. Sie hatten ein rein wissenschaftliches Interesse an den Patienten. Unter ihnen war niemand, der sich über sein Gesicht lustig machte, im Gegenteil, alle waren voller Bewunderung, weil er trotz dieser schweren Verletzungen den Mut nie verloren und es gewagt hatte, sich operieren zu lassen.

Heute nun fuhr er zum letzten Mal nach Bonn. Siegburger hatte ihm vor einem halben Jahr erzählt, dass er an die Charité in Berlin berufen worden war und seine neue Stelle im Oktober antreten würde.

Es würde seltsam sein, seinen Wohltäter nicht mehr besuchen zu können. Indem er ihm regelmäßig Körbe voller Lebensmittel gebracht hatte, hatte Albert über die Jahre wenigstens das Gefühl gehabt, sich revanchieren zu können, aber er freute sich natürlich für Siegburger. Diese Stelle an dem berühmten Berliner Krankenhaus bedeutete sicher eine große berufliche Anerkennung. Und das hat er auch verdient, dachte Albert und fasste sich unwillkürlich an die Wange. Die Haut war uneben und vernarbt, und Bart wuchs dort immer noch nicht, aber sich nur in einer Gesichtshälfte rasieren zu müssen, war für Albert der kleinste Preis, den er für sein neues Leben bezahlen musste.

Wie immer, wenn er an die Operationen dachte, dachte er auch an seine Tochter, die ihm so früh entrissen worden war. Ihm war ihr Tod wie eine Strafe Gottes vorgekommen. Er hatte Bertha gegen ihren Willen mit Gewalt genommen, ein Akt, für den er sich immer noch, auch nach all den Jahren, verabscheute. Da half es auch nichts, dass ihm der Pastor damals in der Beichte die Absolution erteilt hatte.

Annemaries Geburt war ihm wie ein Wunder erschienen, und die Tatsache, dass sie in ihm den Wunsch ausgelöst hatte, sich operieren zu lassen, war Teil dieses Wunders gewesen. Und als seine Operationen alle erfolgreich abgeschlossen und die Wunden verheilt waren, war sie ums Leben gekommen, so als ob sie nur zu diesem Zweck auf der Welt gewesen wäre.

Der Zug fuhr in den Bonner Hauptbahnhof ein, und Albert schüttelte sich ein wenig. Die Gedankengänge waren zu schwierig für ihn. Irgendetwas daran schien ihm falsch zu sein, und doch führten sie immer wieder in diese Richtung. Schwerfällig stand er auf, griff nach seinem Korb und stieg aus dem Zug.

Siegburger erwartete ihn bereits in seinem Büro. Er trug noch seinen weißen Kittel. Offensichtlich kam er gerade aus der Sprechstunde. Die beiden Männer begrüßten sich mit einem festen Händedruck, wobei Albert wie jedes Mal dachte, was für schmale Hände der Arzt doch hatte. Ihm gegenüber kam er sich immer vor wie ein Bär, und er achtete sorgfältig darauf, ihm nicht die Hand zu zerdrücken.

Siegburger wirkte ungewöhnlich ernst und erschöpft. Den

Korb mit den Lebensmitteln, den Albert auf den kleinen Tisch neben der Tür gestellt hatte, beachtete er kaum. »Ich habe leider nicht viel Zeit für Sie, Herr Lintermann«, sagte er. »Ich muss heute noch zwei Patienten anschauen.« Er schwieg und schluckte. »Obwohl ich es eigentlich nicht mehr darf. Man hat mir die Approbation entzogen.«

Albert blickte den Arzt erschreckt an. »Ich denke, Sie gehen in zwei Monaten nach Berlin«, sagte er. »Dürfen Sie denn da auch nicht arbeiten?«

Siegburger schüttelte müde den Kopf. »Nein. Ich werde die Stelle nicht antreten.« Er trat auf Albert zu. »Ich habe eine Bitte an Sie: Meine Frau und ich werden verreisen. Sie waren so freundlich und haben mir immer Lebensmittel aus der Eifel mitgebracht. Darf ich Sie bitten, den Korb, den Sie heute dabeihaben, einer alten Patientin vorbeizubringen? Warten Sie, ich gebe Ihnen die Adresse.« Er zog eine offensichtlich vorbereitete Karte aus der Tasche und hielt sie Albert hin. »Nur dieses eine Mal«, sagte er. »Ich fürchte, ich habe keine Gelegenheit mehr, ihn ihr selbst zu bringen.«

»Ja, natürlich«, sagte Albert, »aber ...«

»Fragen Sie nicht«, unterbrach ihn Siegburger. »Und geben Sie den Korb nur ab. Ich möchte nicht, dass Sie Schwierigkeiten bekommen.«

Albert warf ihm einen beklommenen Blick zu. Er wusste zwar, dass Siegburger Jude war, aber er hatte nie darüber nachgedacht, welche Konsequenzen das für den Arzt haben könnte. In seinen Augen war Siegburger so ein großartiger Chirurg, dass er doch sicher unantastbar sein musste. Himmelherrgott, solche Spezialisten wurden doch gebraucht, und wenn einer sein Handwerk beherrschte, war es doch egal, welche Konfession er hatte. Sie waren alle nur Menschen und hatten alle das Recht zu leben.

Aber spätestens seit Leni ihm vor ein paar Monaten von Jaroslaws Verhaftung erzählt hatte, war ihm klar, wie naiv er gewesen war. Er hatte nur nicht sehen wollen, was um ihn herum passierte. Sogar der alte Pastor Molitor hatte ja unter den Schikanen der Nationalsozialisten zu leiden, wenn sie sich nach Lust und Laune in der Messe breitmachten, um den Ablauf zu stören. Aber trotzdem war es bei ihnen auf dem Land nicht so schlimm wie in der Stadt. Meller, ja, der war schon ein unangenehmer Zeitgenosse, aber im Großen und Ganzen hatte man in Wollseifen mit den Nazis nicht allzu viel am Hut.

Erneut schüttelte Albert dem Arzt die Hand. »Herr Professor«, sagte er, und beinahe versagte ihm die Stimme, »ich kann mich nie genug bei Ihnen bedanken für das, was Sie für mich getan haben. Sie haben mir damals mein Leben zurückgegeben.« Er hob die Hand, als Siegburger ihn unterbrechen wollte. »Nein, ich weiß, was Sie sagen wollen, aber da widerspreche ich Ihnen. Das hätte nicht jeder getan, und Sie haben es auch noch besonders gut gemacht. Ich bin der lebende Beweis für Ihre großartigen Fähigkeiten als Arzt, und das werde ich Ihnen nie vergessen. Ich wünsche Ihnen eine gute Reise und, so Gott will, eine gesunde Heimkehr. Vielleicht sehen wir uns ja einmal wieder.«

Er sah den Glanz in den Augen des Arztes, deshalb fügte er nur noch hinzu: »Ich werde Ihrer Patientin den Korb vorbeibringen. Und ich finde schon Wege, ihr auch weitere Lebensmittel zukommen zu lassen. Machen Sie sich keine Sorgen.« Er ergriff seinen Korb und verließ die Ordination.

Bei der Adresse, die Siegburger ihm gegeben hatte, handelte es sich um die Hochparterrewohnung in einem Gründerzeit-Bau. Auf dem Klingelschild stand *Rosa Siegburger*. Albert runzelte die Stirn. Er klingelte, aber als ihm niemand öffnete, stellte er den Korb wie versprochen vor die Wohnungstür und machte sich auf den Weg zum Bahnhof. Als der Zug nach Gemünd einfuhr, hielt vor dem Haupteingang der Bonner Universitätsklinik eine schwarze Limousine. Zwei Männer in schwarzen Ledermänteln stiegen aus.

Die Dorfstraße lag friedlich im Abendsonnenschein, als Albert nach Wollseifen zurückkehrte. Es war ungewöhnlich still im Dorf, und Albert beschlich ein ungutes Gefühl, als er die Straße entlangging.

Bertha empfing ihn an der Küchentür. »Sie haben heute die Josefine von der Gräfin abgeholt«, sagte sie.

Albert sah sie fassungslos an. »Wie, abgeholt?«, fragte er. »Wohin?«

»Ich weiß auch nicht.« Bertha hob die Schultern. »Es waren Männer da, Sanitäter, aber auch die Polizei, und sie haben sie weggebracht. Wohin, weiß ich nicht. Die arme Gräfin«, fügte sie bekümmert hinzu.

»Musste sie vielleicht ins Krankenhaus? War sie krank?«, fragte Albert, aber die Frage war überflüssig. Er wusste bereits, dass das nicht der Fall war. Die Gräfin war einfach zu unbequem für die Herren auf Vogelsang.

Zuerst hatten sie Jaroslaw verhaftet. Und jetzt hatten sie ihr also auch noch das Kind weggenommen.

»Ich gehe zu Silvio und frage ihn, ob er was weiß. In der Wirtschaft erfährt man doch alles zuerst.« Albert machte sich erst gar nicht die Mühe, seinen unbequemen Gehrock abzulegen, sondern ging eilig die kurze Strecke zur Gastwirtschaft.

In der Gaststube herrschte Alltagsbetrieb, und es machte nicht den Eindruck, als ob etwas Schwerwiegendes vorgefallen wäre. Lediglich am Stammtisch, an dem auch Meller saß, war eine kleine Diskussion im Gange. Gerade als Albert den Schankraum betrat, sagte er: »Nein, natürlich habe ich nichts davon gewusst. Aber selbst wenn ich es gewusst hätte, hätte ich wohl kaum eingreifen können, wenn es von oben so angeordnet wurde. Ich kenne die Josefine ja gar nicht, wer weiß, ob es nicht zu ihrem Besten war.«

Silvio, der das Gespräch von der Theke aus mitverfolgt hatte, warf ein: »Was soll denn da zu ihrem Besten gewesen sein? Sie war bei ihrer Mutter am besten aufgehoben. Die Gräfin hat doch alles für sie getan.«

»Ja, nun, das können wir doch gar nicht beurteilen«, beschwichtigte Meller ihn. Sein Blick fiel auf Albert. »Oh, Albert Lintermann, so elegant heute«, sagte er spöttisch. »Warst wohl in Bonn bei deinem berühmten Chirurgen!«

Albert antwortete ihm nicht. »Warum ist die Fine denn abgeholt worden?«, fragte er direkt an Silvio gewandt. »Ist sie krank?«

»Ja, natürlich ist sie krank«, fuhr Meller ihn an, bevor der Gastwirt etwas sagen konnte. »Das hat doch jeder gesehen! Na ja, mit einem Glasauge ist das natürlich auch schwierig.« Ostentativ drehte er Albert wieder den Rücken zu und tat so, als interessierte ihn das Gespräch gar nicht.

Silvio sagte: »Sie ist in ein Heim gebracht worden, es heißt, weil sie der Gräfin zur Last fällt. Aber Meller hat gar nichts davon gewusst.« Er bedachte den Gutsbesitzer mit einem betont unschuldigen Blick.

»Eben«, warf der Schmied ein. »Das ist zumindest merkwürdig. Du weißt doch sonst immer alles, Meller.«

»Wie zum Beispiel, dass ich heute in Bonn war.« Albert schaute ihn herausfordernd an.

»Was soll das heißen? Habt ihr eigentlich keine wichtigeren Themen zu besprechen?« Meller lief rot an. Auf seiner Stirn pochte eine Ader. »Warum wendet ihr euch eigentlich alle an mich? Und warum interessiert euch diese blöde Person so sehr?«, stieß er hervor. »So sind eben die Gesetze, und es wird schon seine Richtigkeit haben. Und ist es denn nicht richtig, wenn solche Missgeburten aus der Öffentlichkeit entfernt werden? Wollseifen steht stellvertretend für die schönen Bauerndörfer der Eifel, und der Menschenschlag hier ist hart und kerngesund.« Er warf Albert einen verächtlichen Blick zu.

Einige der Männer am Stammtisch nickten bestätigend. Viele im Dorf hielten es nicht für angebracht, Meller zu widersprechen. Er hatte einen Draht nach ganz oben, das hatten die meisten mit eigenen Augen gesehen, als er auf der Einweihung von Burg Vogelsang eingeladen gewesen war und sich sogar mit dem Kommandanten ganz vertraut unterhalten hatte.

Meller sah Albert feindselig an. »Was interessierst du dich überhaupt so für das Mädchen? Ein Krüppel hält zum anderen, was?«

»Meller«, unterbrach ihn Silvio scharf. »Du bist wohl auf Streit aus? Halt dein ungewaschenes Maul!«

»Ach, kann er nicht für sich selber reden, der Gesichtskrüppel?« Mellers Tonfall wurde immer höhnischer. Er verlor sichtlich die Kontrolle, und alle in der Wirtschaft hielten den Atem an. Kampflustig schaute er in die Runde, als wollte er sich des Rückhalts der anderen Männer versichern, aber die meisten senkten den Blick, und Arno Nellessen, sonst immer sein treuer Adjutant, war nicht da. Als kurz nach der Einweihung die ersten Junker auf Vogelsang eingezogen waren, war auch er aufgenommen worden, und bei den seltenen Gelegenheiten, zu denen er sich noch einmal im Dorf blicken ließ, stolzierte er in Uniform herum, als wäre er der Generalfeldmarschall persönlich.

Albert spürte, wie die Wut in ihm aufstieg, aber Silvio legte ihm die Hand auf den Arm, und nicht nur deshalb hielt er sich zurück. Je unbeherrschter Meller reagierte, desto ruhiger musste er bleiben. Er hatte kein Interesse daran, sich mit dem Nazi anzulegen. Außerdem war es sowieso nicht seine Art, auf solche Provokationen zu reagieren.

»Einen schönen Verhau hat er aus deinem Gesicht gemacht, dein feiner Professor in Bonn«, höhnte Meller weiter. »Aber das wird ihm jetzt auch nichts mehr nützen.«

Jetzt allerdings konnte Albert nicht mehr an sich halten. »Wie meinst du das?«, stieß er hervor. Er musste sich so sehr zusammennehmen, dass seine Stimme ganz rau klang. Am Ende hatte der Drecksack auch noch seine Finger im Spiel bei den Schwierigkeiten, die dem Arzt gemacht wurden. »Was weißt du?«

In Mellers Gesicht zuckte es, aber bevor er antworten konnte, unterbrach Silvio den Wortwechsel.

»Johann, du gehst jetzt besser nach Hause«, sagte er mit fester Stimme. »Ich will hier keinen Streit.«

Meller erhob sich. Einen Moment lang musterte er Albert aus seinen kalten blauen Augen, dann zuckte er mit den Schultern und sagte: »Nein, ich auch nicht.« Er legte eine Münze auf den Tisch. »Hier, für mein Bier.« Noch im Gehen warf er Albert über die Schulter zu: »Du wirst schon sehen.« Er wandte sich zur Tür. Albert versuchte ihn festzuhalten, aber der Gutsbesitzer wischte seine Hand weg, als wäre sie ein ekliges Insekt. »Ich habe mit dir nichts zu schaffen«, sagte er.

Als er gegangen war, herrschte erst einmal Stille, so als ob alle sich einen Moment lang besinnen müssten. Dann nahmen die Anwesenden nach und nach ihre Gespräche wieder auf, als wäre nichts geschehen. Lediglich der Schmied erhob sich vom Kartentisch und erklärte, er müsse jetzt ebenfalls nach Hause. Der Stellmacher nahm seinen Platz ein, und die Männer begannen erneut, die Karten zu mischen.

Silvio stellte Albert ein Bier hin. »Nicht jetzt«, murmelte er, als Albert ihn erneut nach dem Vorfall fragen wollte. »Wir reden ein andermal. Jetzt ist erst einmal Chorprobe im Sälchen.«

Albert schob seine Zündapp in den Hof der Wirtschaft. Maria nutzte den ungewöhnlich schönen Novembertag, um die Stufen, die in den Hof führten, zu scheuern. »Ist Silvio da?«, fragte er.

Maria drehte den Kopf und lächelte ihn an. Sie war immer noch eine stattliche Frau, dachte Albert. Dass sie schon über fünfzig war, sah man ihr nicht an. In ihren Haaren fand sich kaum eine graue Strähne, und ihr Gesicht war faltenfrei. Bertha war jünger als sie, aber sie sah älter aus. »In der Küche. Geh nur zu ihm. Er wollte ein neues Gericht ausprobieren.«

»Ich bleibe nicht lange. Das Motorrad lass ich hier stehen. Kannst du bitte ein Auge darauf haben? Vor allem, falls Gottfried und Robert auftauchen.«

Maria lachte. »Ich werde es mit meinem Leben verteidigen. Ich weiß doch, was es dir bedeutet. Vorsicht, tritt nicht ins Nasse!«

Vor zwei Jahren hatte Albert die Zündapp S 200 gebraucht erstanden, und er fuhr damit beinahe noch lieber als mit seinem alten Lanz Bulldog. Wenn ihm der Fahrtwind ins Gesicht blies, empfand er eine Leichtigkeit und Heiterkeit, wie er sie lange nicht verspürt hatte. Er musste nur ständig aufpassen, dass sich Gottfried nicht in einer unbeobachteten Minute die Maschine schnappte und damit losfuhr.

In der Küche stand Silvio am Herd und rührte in einer großen gusseisernen Pfanne. Er wandte den Kopf, als Albert eintrat.

»Albert! Willst du mal probieren?«

»Ja, bitte. Du weißt doch, wie gerne ich esse, was du kochst.« Albert trat an den Herd und blickte in die tiefe Pfanne. »Was ist das?«

»Das ist eine Nudelsoße. Mit Wildschweinhack. Der Förster hat mir gestern Wildschwein gebracht. Einen Teil habe ich durch den Fleischwolf gedreht, und das schmort jetzt hier im Topf.« Er reichte Albert einen Löffel. »Du musst unbedingt probieren. Ich will mich ja nicht selbst loben, aber ich finde, ich habe mich mal wieder übertroffen.«

Gehorsam tunkte Albert den Löffel in die Soße, pustete, bis sie ein wenig abgekühlt war, und probierte vorsichtig. »Hmm, ausgezeichnet! Du bist ein begnadeter Koch.«

»Ja, nicht wahr?« Zufrieden blickte Silvio auf die leise köchelnde Soße. »Ist doch ein Gedicht, oder?«

»Da habe ich ja Glück, dass ich gerade jetzt vorbeikomme. Ich wollte dir nur rasch berichten, wie es auf der Straße von Gemünd nach Vogelsang zugeht.«

»Warum? Was ist da? Ach, daran habe ich gar nicht mehr gedacht: Der Führer hat sich ja für heute angekündigt.« Selbstironisch verzog Silvio das Gesicht. »Dass ich das aber auch vergessen konnte ...«

»Die Leute sind völlig aus dem Häuschen«, sagte Albert. »Ich bin nur auf Schleichwegen nach Hause gekommen. Ich hatte auch nicht mehr dran gedacht. Ich musste nach Gemünd, um beim Tierarzt Pferdesalbe zu holen, und bin schon auf dem Hinweg ab dem Walberhof nicht mehr durchgekommen. Alles ein einziges Fahnenmeer. Da erst ist mir eingefallen, warum so viele Leute am Straßenrand warteten. Und auf dem Heimweg hab ich lieber gleich einen weiten Bogen geschlagen. Anscheinend war Hitler da schon angekommen, denn das Jubeln und die Heil-Rufe waren ziemlich laut. Nicht zu überhören.«

»Waren viele aus dem Dorf dabei?«, fragte Silvio.

Albert zuckte die Achseln. »Ja, schon einige. Die üblichen Verdächtigen. Du weißt ja, wer bei uns die Fähnchenschwenker sind. Aber ich hab gar nicht so genau hingeguckt. Du konntest sowieso so gut wie niemanden erkennen. Es waren wirklich viele. Nur Arno Nellessen war nicht zu übersehen. Er stand ganz vorne und hat am lautesten gebrüllt. Aber der hofft ja wohl auch darauf, dass er auf der Burg Karriere macht.«

»Willst du auch einen Els?«, fragte Silvio. »Ich weiß nicht, aber solche Nachrichten schlagen mir immer auf den Magen.«

Schweigend kippten die beiden Männer den Kräuterbitter aus Monschau.

Aus den Aufzeichnungen
des Lehrers Martin Faßbender

23. März 1937

Pastor Molitor hat in der Messe am Sonntag über die Enzyklika von Papst Pius XI. berichtet. Sie ist auf Deutsch verfasst und trägt den bezeichnenden Titel »Mit brennender Sorge«. Zum Glück waren wir Gläubigen dieses Mal unter uns, ohne wie häufig sonst von krakeelenden Nazis gestört zu werden. Ich finde es mutig von Molitor, dass er uns darüber unterrichtet hat, wahrscheinlich ist es ja schon gefährlich, indirekt Kritik an den Nationalsozialisten zu äußern. Er hat sich wohl in seiner Gemeinde in diesem Moment sicher gefühlt. Aber ich fürchte Konsequenzen. Hitler kann es sicher nicht einfach so hinnehmen, dass der Papst im Grunde genommen die Deutschen zum Widerstand gegen das Nazi-Regime aufruft. Wollen wir mal hoffen, dass niemand Wind von Molitors Aktion bekommt.

10. Mai 1937

In Lakehurst ist die Hindenburg abgestürzt und in Brand geraten. Ein schreckliches Unglück, bei dem alle Passagiere und Besatzungsmitglieder ums Leben gekommen sind. Es hat sich leider gezeigt, wie fragil diese Luftschiffe sind. Wahrscheinlich werden sie in dieser Größe jetzt für den Passagiertransport nicht mehr gebaut. Ich weiß noch, wie zum ersten Mal ein Zeppelin über die Eifel und über Wollseifen geflogen ist. Was war das damals für eine Aufregung! Für unser kleines Dorf hier war es eine Sensation, und der Anblick war wirklich majestätisch. Das wird es wohl in Zukunft so nicht mehr geben.

19

»Das kommt überhaupt nicht infrage!« Erregt marschierte Johann Meller im Herrenzimmer seines Gutshauses auf und ab. Seine Reitstiefel aus schwarzem, poliertem Leder schimmerten im gedämpften Licht der Nachmittagssonne, die durch die Fenster fiel. Die burgunderroten, von goldfarbenen Kordeln gehaltenen Samtvorhänge machten den Raum mit den schweren Eichenmöbeln dunkler, als es der Tageszeit entsprach. »Meine Höhle« nannte er sein Zimmer denn auch. »Höhle des Löwen«, murmelten die Angestellten, wenn sie unter sich waren.

»Wie stehe ich denn vor meinen Parteigenossen da? Was verlangst du eigentlich noch alles von mir? Erst soll ich der Gräfin helfen, und jetzt will deine Tochter auch noch zu den Nonnen! Ich verbiete Hildegard, ins Kloster zu gehen. Sie soll Krankenschwester lernen, das ist eine vernünftige Ausbildung für ein deutsches Mädchen.«

Leni stieß einen unhörbaren Seufzer aus. Die Diskussion war für sie nicht neu. Kirche war ein rotes Tuch für Meller, das war ihr klar, aber Hildegard wollte nun einmal unbedingt ins Kloster gehen, und sie würde ihre Tochter in ihrem Wunsch unterstützen, auch wenn Meller noch so sehr wetterte.

»Sie geht in erster Linie ins Kloster, weil sie Menschen helfen will«, erwiderte Leni. »Sie wird ja zur Krankenschwester ausgebildet.«

»Das kann sie auch, ohne gleich Nonne zu werden!«, polterte Meller. Sein Gesicht hatte eine gefährliche Purpurfärbung angenommen. »Sie braucht immer noch meine Zustimmung, um den Schleier zu nehmen. Gegen die Ausbildung zur Krankenschwester habe ich ja nichts, aber sie soll sie über eine NS-Frauenorganisation machen.«

»Natürlich braucht sie deine Einwilligung, Johann. Deshalb bitte ich dich ja darum. Aber du weißt auch, dass sie schon immer ein sehr gläubiger Mensch war. Und was ist denn falsch daran, wenn sie ihrer Bestimmung folgen will?«

»Zum Teufel noch mal!«, brauste Meller auf. »Das Nonnenkloster, das ist falsch daran. Ich werde es nicht zulassen, dass Hildegard in ihr Unglück rennt. Und wenn ich euch beide einsperren muss.«

Leni runzelte die Stirn. Sie ließ sich von ihrem Mann schon lange nicht mehr einschüchtern. Und Hildegard schon gar nicht. Ihre Tochter kannte nur eine Autorität, und das war Gott. »Johann«, sagte Leni mit fester Stimme, »was redest du denn da? Warum sollte sie als Nonne in ihr Unglück rennen? Ich denke, es ist doch ehrenhaft, sein Leben in den Dienst Gottes und der Menschen zu stellen.«

Meller bedachte sie mit einem verächtlichen Blick. »Ich habe dir schon einmal gesagt, du sollst dich nicht in Angelegenheiten einmischen, von denen du nichts verstehst«, sagte er schneidend. »Du bist einfach zu ahnungslos, was das Weltgeschehen angeht, deshalb solltest du das Denken besser mir überlassen. Und ich sage dir, Hildegard wird nicht ins Kloster gehen.«

Ihre Tochter verfolgte ihren Weg mit einer Ernsthaftigkeit und Zielstrebigkeit, der Leni nie etwas entgegenzusetzen vermocht hatte. Sie konnte sie nur unterstützen, und das tat sie nach Kräften.

»Ich weiß nicht, was du meinst«, sagte sie jetzt. Natürlich war ihr klar, dass die Nationalsozialisten von der Kirche nicht allzu viel hielten, aber sie standen ihr doch nicht feindselig gegenüber. »Kennst du Hildegard denn so wenig? Sie ist immer schon ihren Weg gegangen, und nichts und niemand hat sie davon abbringen können. Auch du nicht. Glaub mir, mir wäre es auch lieber, sie hätte die Gabe nicht und wäre unbeschwerter aufgewachsen. Aber es ist nun mal so, wie es ist. Nonne *und* Krankenschwester zu werden ist ihr größer Wunsch. Ich bitte dich, erlaube es ihr. Du hast es ihr versprochen!«

Meller kniff die Augen zusammen. Warum ließ er sich überhaupt auf dieses Gespräch ein? Er sollte das Mädchen ziehen lassen – was ging es ihn an, wenn sie in ihr Verderben rannte? Sie war ja nicht seine Tochter. Er hasste die Pfaffen und dieses ganze fromme, sanfte Getue. Dahinter verbargen sich nur Aufsässigkeit und Sturheit, aber eigentlich war er sich völlig im Klaren darüber, dass Hildegard ihren Weg notfalls auch ohne ihn gehen würde. Sie hatte immer nur getan, was sie für richtig gehalten hatte. Es hatte auch nichts genützt, wenn er ihr früher verboten hatte, den Leuten in der Umgebung zu helfen. Im Gegenteil, sie waren sogar nachts an ihre Tür gekommen und hatten nach Hildegard verlangt. Tief im Inneren musste er sich eingestehen, dass ihre Gabe ihm Angst machte, aber seitdem sie auch ihn innerhalb weniger Stunden geheilt hatte, konnte er ihr nicht mehr untersagen, anderen zu helfen.

Letztes Frühjahr hatte er auf einmal eine schlimme Gürtelrose bekommen, die sein ganzes Gesicht entstellt und schreckliche Schmerzen verursacht hatte. Der Arzt hatte mit den Schultern gezuckt und ihm eine Salbe verschrieben, die aber kaum geholfen hatte. Da war Hildegard zu ihm gekommen und hatte ihn gefragt, ob sie ihm helfen dürfe. »Mach, was du willst«, hatte er unwillig gestöhnt. »Schlimmer kann es wohl kaum werden.« Sie hatte sich vor ihn gesetzt und beide Hände um sein Gesicht gehalten, ohne es zu berühren. Und dann hatte sie mit geschlossenen Augen leise murmelnd gebetet. Nach einer halben Stunde war sie aufgestanden und hatte gesagt: »Du wirst jetzt keine Schmerzen mehr haben, Vater.«

Und so war es gekommen. Innerhalb weniger Tage war auch die Entzündung abgeklungen, und er hatte keinerlei Beschwerden mehr gehabt. Es war so, als hätte sie die Krankheit mit ihren Händen aufgesogen. Damals hatte er, ein wenig pompös, wie er heute fand, zu Hildegard gesagt: »Ich glaube ja nicht an diesen Hokuspokus, es kann auch der reine Zufall sein, dass es mir wieder so gut geht, aber du darfst dir trotzdem etwas wünschen, Hildegard. Ganz gleich, was es ist, ich werde dir deinen Wunsch erfüllen.«

Und genau daran erinnerte Leni ihn jetzt. Aber so schnell wollte Meller nicht nachgeben. Was kümmerte ihn sein Geschwätz von gestern? Er dachte ja gar nicht daran, sich von den Frauen so auf der Nase herumtanzen zu lassen. Und außerdem fürchtete er tatsächlich, es könne Konsequenzen für sein Fortkommen in der Partei haben, wenn seine Stieftochter Nonne würde. Er pflegte ein ausgezeichnetes Verhältnis zu allen Parteibonzen in Vogelsang und Umgebung, vor allem mit Manderscheidt stand er seit dessen Dienstantritt auf Vogelsang auf gutem Fuß. Sie würden sich doch über ihn lustig machen, wenn herauskäme, dass seine Stieftochter ins Kloster ging! Andererseits, so kalkulierte er, brauchte ja niemand etwas davon zu erfahren. Außerdem war sie nur Lenis Tochter, er hatte sie nie adoptiert, und letztlich konnte es ihm egal sein, wenn sie zu den Nonnen ging. Dann war sie wenigstens aus den Füßen und konnte hier nicht mehr unangenehm auffallen mit ihrem frommen, heilsamen Getue. Und seiner Ehe würde es vielleicht sogar guttun, wenn sie nicht mehr bei ihnen im Haus wohnte. Leni teilte zu seinem Verdruss schon länger nicht mehr das Bett mit ihm. Nicht, dass ihm das wirklich etwas ausmachte. Auf seinen Ausflügen nach Köln oder Berlin hielt er sich schon schadlos, aber wenn Hildegard nicht mehr da war, konnte er vielleicht auch zu Hause ungezwungener agieren.

Und auf den Jungen hätte sie dann auch keinen Einfluss mehr. Siegfried machte sich zwar prächtig und war mit seinen blonden Haaren und den blauen Augen der Inbegriff eines gesunden deutschen Jungen, aber man wusste ja nie. Am Ende war er vielleicht doch anfällig für ihre Frömmelei und entglitt seinen Bestrebungen.

»Was würdest du mir denn im Gegenzug dafür anbieten?«, fragte er seine Frau und blickte sie lauernd an. »Damit ich mich zu einer solchen Ungeheuerlichkeit bereit erkläre, müsstest du mir schon ein wenig entgegenkommen.«

Leni presste die Lippen zusammen. »Ich kann dir ein Angebot machen«, sagte sie dann.

Er blickte sie spöttisch an. »Ich wüsste nicht, dass du in der Position bist, mir ein Angebot zu machen. Aber lass hören.«

Leni blieb ganz ruhig. »Wenn ich mich darauf verlassen kann, dass du Hildegard nicht im Weg stehst, biete ich dir die Scheidung an«, sagte sie. »Du gehst ja schon lange deine eigenen Wege, und ich schließe daraus, dass du nicht mehr mit mir zusammenleben willst.«

»Eine Scheidung kann und will ich mir nicht leisten«, brauste Meller auf. »Was denkst du dir?«

Damit hatte Leni offenbar gerechnet. »Nun gut. Das kommt mir entgegen«, sagte sie kühl. »In diesem Fall könnten wir vereinbaren, dass ich nach außen hin weiter als deine Ehefrau auftrete, wir aber von Tisch und Bett getrennt leben. Du kannst tun und lassen, was du willst. Ich werde dir nicht in die Quere kommen. Aber dies alles nur, wenn du einwilligst, dass Hildegard in Bonn ins Kloster eintreten kann.«

Im Grunde schlug Leni dadurch zwei Fliegen mit einer Klappe, sagte sie sich. Nach außen hin blieb sie die ehrbare Ehefrau des Gutsbesitzers Johann Meller, was ja auch für die Kinder von Vorteil war, aber der eheliche Verkehr mit ihm bliebe ihr dann erspart. In den vergangenen Jahren waren seine sexuellen Eskapaden ihr immer widerlicher geworden, und es würde eine Erleichterung sein, nicht mehr fürchten zu müssen, dass er sie doch noch einmal belästigte.

»Das ist mir nicht genug.« Meller hatte jetzt Oberwasser. Sein feistes Gesicht glänzte, und er leckte sich über die Lippen, als könnte er zukünftige Freuden schon schmecken. »Du kannst nicht von mir erwarten, dass ich zu einem solchen Schritt meine Einwilligung gebe, ohne eine wirklich weitreichende Gegenleistung dafür zu bekommen.«

»Aber mein Vorschlag entspricht doch in allem deinen Wünschen!« Es gelang Leni nicht, den Ärger in ihrer Stimme zu unterdrücken. Was wollte er denn noch? Einen Moment lang fürchtete sie, er würde irgendwelche abstoßenden sexuellen Dienste von ihr verlangen. »Ich weiß doch, dass dir unsere Ehe schon lange nichts mehr bedeutet.«

»Ach, woher willst gerade du wissen, was mir etwas bedeutet?« Mellers Stimme klang sarkastisch. »Dein Vorschlag kommt in erster Linie doch wohl eher dir zugute. Damit er jedoch auch mich zufriedenstellt, verlange ich, dass die Erziehung des Jungen allein meine Sache ist. Du hast damit gar nichts mehr zu schaffen.«

Leni warf ihm einen entgeisterten Blick zu. Diese Wendung hatte sie nicht vorhergesehen. Siegfried war so ein zartes Kind. Jede Erkältung fing er sich ein. Er brauchte seine Mutter. Die Sorge um ihren Sohn war für sie immer einer der Hauptgründe gewesen, bei Meller zu bleiben. »Wie meinst du das? Was hast du mit dem Jungen vor? Willst du ihn mir wegnehmen?«

»Wenn du meine Zustimmung zu Hildegards Eintritt ins Kloster haben willst, musst du mir Siegfrieds Erziehung überlassen. Er soll ein richtiger deutscher Junge werden und muss entschieden mehr Sport treiben. Du packst ihn immer nur in Watte, und ich fürchte, bei dir wird er nur verzärtelt. Aber von wegnehmen kann gar keine Rede sein. Du wirst ihn selbstverständlich auch weiterhin sehen, du wohnst ja noch hier.«

Leni schluckte. »Siegfried ist doch noch so klein«, wandte sie ein. »Und er ist nicht kräftig genug. In sportlicher Hinsicht wird er nie deinen Erwartungen genügen. Du quälst ihn nur, wenn du ihn mir entziehst.«

Meller winkte ab. »Ach, papperlapapp, nicht kräftig genug. Das hast du immer behauptet. Du willst nur nicht, dass er eine richtige Erziehung genießt und ich stolz auf meinen Sohn sein kann.« Seine Stimme wurde laut und schneidend, wie immer, wenn er sich mit aller Macht gegen sie durchsetzen wollte. »Aber was rede ich überhaupt. Genug jetzt! Du stellst mir keine Bedingungen. Es wird so gemacht, wie ich es sage. Ich habe bereits alles in die Wege geleitet. Und wenn du versuchen solltest, dich gegen mich zu stellen, wird deine Tochter dafür bezahlen, das ist dir ja wohl klar. Wenn ich nicht einverstanden bin, kann sie nicht ins Kloster gehen. Es wäre sowieso besser, sie würde eine Ausbildung zur Krankenschwester an einer passenden Anstalt machen.« Er wandte sich ab, als Zeichen dafür, dass er das Gespräch als beendet ansah.

Der Hass auf ihren Mann und der Kummer um ihre Kinder schnürten Leni die Luft ab. Sie wäre am liebsten in Tränen ausgebrochen, aber die Blöße gab sie sich nicht vor ihm. Meller brauchte ihre Einwilligung nicht, das war ihr klar. Er hatte ja sowieso schon entschieden, dass ihr kleiner Junge von einem Hauslehrer unterrichtet werden sollte. Wie schon so oft überwältigte sie der Wunsch, einfach ihr Kind zu nehmen und wegzulaufen, aber wohin sollte sie sich wenden? Und Hildegard würde sie damit nur unnötig in Schwierigkeiten bringen. Sie biss sich auf die Lippe. »Aber du versprichst mir, dass du mir nicht den Umgang mit ihm verbietest!« Sie bemühte sich, ihre Stimme so fest wie möglich klingen zu lassen.

»Ja, sicher«, erwiderte Meller nachlässig. »Du bist ja schließlich seine Mutter. Und was Hildegard angeht, gebe ich dir schriftlich, dass ich es ihr erlaube. Aber halt den Mund darüber. Auch über unsere Vereinbarung. Wehe dir, wenn du es irgendjemandem erzählst! Wir wollen es auf keinen Fall an die große Glocke hängen. Ich möchte nicht, dass in der Partei über mich geredet wird. Ich habe einen Ruf zu verlieren. Und ich dulde es nicht, dass sie mich jemals wieder Vater nennt. Es ist schon schlimm genug, dass sie überhaupt jemals unter meinem Dach gelebt hat.«

Leni neigte nur den Kopf. »Ich bin dir dankbar für deine Einwilligung. Von mir erfährt niemand etwas.«

Ihre plötzliche Gefügigkeit überraschte Meller offenbar. Er warf ihr einen unsicheren Blick zu. Leni wusste, dass sie ihn verunsicherte. Dass er manchmal das Gefühl hatte, dass sie ihn insgeheim verspottete, es aber nicht mit Händen greifen konnte.

»Also, du weißt, was auf dem Spiel steht«, sagte er und bemühte sich sichtlich um einen strengen Tonfall. »Seht zu, dass ihr euch an meine Vorgaben haltet.«

Müde trottete Adolf die Landstraße entlang. Hausierer zu sein war kein leichtes Los. Schon seit Tagen plagte ihn ein harter Husten, und jeder Schritt war ihm zu viel. Aber was sollte er machen? Er war darauf angewiesen, durch die Dörfer zu ziehen und seine Waren anzubieten. Zum Glück hatte er wenigstens den Leiterwagen, unter dem er in der Nacht ein wenig Schutz fand, wenn er im Freien schlafen musste. Aber es kostete ihn große Anstrengung, den Karren zu ziehen. Manchmal konnte er einfach nicht mehr. Er wurde ja auch nicht jünger. Die Zeiten, als er den Frauen noch schöne Augen gemacht hatte, waren unwiederbringlich vorbei. Letztes Jahr war sein Eselchen gestorben, und ein neues Zugtier konnte er sich nicht leisten, so gut gingen die Geschäfte nicht.

Prüfend blickte er zum Himmel. Nur am Horizont im Westen ballten sich ein paar Wolken, aber sie sahen nicht bedrohlich aus. Es würde ein milder Abend werden. Vielleicht bekam er ja in Wollseifen in der Wirtschaft etwas zu essen. Die Wirtsleute waren nett und erlaubten ihm eigentlich immer, sich bei ihnen in der Gaststube aufzuhalten. Das zumindest war ein Lichtblick, denn seitdem der Sohn des Wirts das Kaufhaus im Ort betrieb, brauchte kaum einer der Dorfbewohner noch seine Waren. Aber ein bisschen was würde er schon noch loswerden. Auf seine treuen Kundinnen war Verlass. Und dann konnte er sich für heute ausruhen.

Der Gedanke belebte ihn, und er ging ein wenig schneller. Noch eine gute halbe Stunde, dann wäre er da.

Als sich von hinten ein Wagen näherte, drückte er sich mit seinem Karren dicht an den Straßenrand. Das große schwarze Auto wirbelte Staub auf, der ihm in die Lunge drang. Adolf ließ den Leiterwagen los und krümmte sich. Der Hustenanfall war so heftig, dass seine Augen tränten. Als er sich keuchend wieder aufrichtete, sah er, dass die Limousine angehalten hatte. Drei Männer in braunen SA-Uniformen kamen auf ihn zu. Zwei waren noch ganz jung, richtige Milchgesichter, auf denen kaum ein Barthaar wuchs, einer jedoch war in Adolfs Alter. Er schien der Wortführer zu sein, denn er musterte den Hausierer mit zusammengekniffenen Augen und sagte: »Wen haben wir denn da? Habe ich dir nicht letzte Woche schon gesagt, du sollst deinen Kram packen und hier verschwinden? Du verschandelst die ganze Landschaft.«

Adolf blickte ihn erschreckt an. »Nein, nein«, erwiderte er hastig und schüttelte den Kopf. »Wir haben uns noch nie gesehen. Ich tue nichts Unrechtes, ich verkaufe meine Waren auf den Dörfern hier in der Gegend.«

»Ja, eben«, sagte der SA-Mann und hakte die Daumen in seinen Gürtel, während er um den Leiterwagen herumging, um einen Blick hineinzuwerfen. »Waren für die Dörfer. Ach, ich sehe schon. Ein Zigeuner bist du, ein Landstreicher, nichts anderes. Kannst du dich überhaupt ausweisen? Du weißt schon, dass du eigentlich gar nicht mehr auf der Straße sein dürftest.« Er griff in die Karre und zog ein Kästchen mit Armreifen, Ketten und Ohrringen heraus, das er einem der beiden jungen Männer reichte. »Konfisziert, wahrscheinlich gestohlen.« Der Junge stieß ein hässliches Lachen aus.

Adolf kramte mit zitternden Fingern seinen Ausweis und seine Genehmigung als Hausierer hervor und reichte alles dem Mann, der jetzt dicht vor ihm stand. Aber er beachtete die Papiere gar nicht. »So ein Geschmeiß wie du sollte ausgerottet werden«, sagte er leise, wie zu sich selbst. Dann schlug er Adolf unvermittelt so heftig gegen die Brust, dass er zurücktaumelte und gegen die Griffe seines Karrens prallte.

»Bitte«, sagte er erschreckt, »bitte, lassen Sie mich weiterziehen. Ich habe mir nichts zuschulden kommen lassen.«

Der SA-Mann lachte nur höhnisch. »Ja, ja, das sagen sie alle.«

Erneut wurde Adolf von einem Hustenanfall geschüttelt, der ihm so zusetzte, dass es ihm warm die Beine hinunterrann.

Angeekelt wandte der Mann sich ab. »Er gehört euch«, sagte er zu seinen Kumpanen. »Das ist ja widerlich!«

»Bitte, bitte«, keuchte Adolf, der vor lauter Husten kaum Luft bekam.

Einer der beiden jungen Männer trat auf ihn zu und verpasste ihm eine feste Ohrfeige. »Red anständig, wenn du mit mir sprichst!«, herrschte er ihn an und schlug dem Hausierer zweimal hintereinander seine Faust mitten ins Gesicht. Gerade wollte er zum dritten Mal ausholen, als Adolf sich schon nicht mehr auf den Beinen halten konnte und zusammensackte. Das Blut lief ihm übers Gesicht, und blasiger Schaum drang aus seinem Mund. Er wollte um Gnade flehen, doch aus seinem Mund drang kein verständlicher Ton mehr.

»He, warte! Nicht so schnell«, sagte der andere Junge. »Lass mir auch noch was übrig.« Grob schob er seinen Kollegen zur Seite, und die beiden begannen, auf den auf dem Boden liegenden Mann einzutreten. Reflexartig hob Adolf seine Arme, um sich zu schützen, aber es half ihm nichts mehr. Vor Qual krümmte er sich zusammen wie ein Wurm. Das Letzte, was er hörte, war das hämische Lachen der drei Männer, die über ihm standen.

»Schafft ihn weg«, sagte der Wortführer. Er blickte sich um. »Einsame Gegend hier, was? Bringt ihn da vorne hinter die Büsche. Seinen Karren auch.«

»Zu Befehl, Gruppenführer«, erwiderten die beiden anderen. Sie packten die schlaffe Gestalt des Hausierers auf den Wagen und schoben ihn über die Straße hinter das dichte Gebüsch.

»Nichts mehr zu sehen«, sagte einer von ihnen, als sie zurückkamen, und lachte meckernd. »War hier was?«

Aus den Aufzeichnungen des Lehrers Martin Faßbender

4. Juli 1937

Heute war die Prozession nach Heimbach. Sie wird von den Herren auf Vogelsang nicht gerne gesehen, wurde aber zunächst geduldet, zumal sie ja schon so lange stattfindet. Doch jetzt ist sie verboten. Davon haben sich allerdings die meisten Gläubigen nicht aus der Ruhe bringen lassen. Singend und betend sind sie einfach an den bewaffneten Posten, die auf der Höhe von Vogelsang versuchten, sie aufzuhalten, vorbeigegangen. Geschossen wurde zum Glück nicht. Dieses Jahr ist es also noch einmal gut gegangen, doch da sie sich in Heimbach dann auch noch gegen den Bürgermeister durchsetzen mussten, wird sie wohl nächstes Jahr nicht mehr stattfinden.

15. August 1937

Etwa eine halbe Stunde vom Dorf entfernt ist die Leiche des Hausierers gefunden worden. Er war schlimm zugerichtet. Wie es aussieht, ist er totgeschlagen worden. Totgeprügelt wie ein Hund ... Döres hat ihn gefunden. Er hat mit seinem Lehrling einen Sarg nach Gemünd geliefert, und auf dem Heimweg musste er austreten. Er ist hinter den nächsten Busch gegangen, und da lag er wohl. Döres sagt, wenn der Leiterwagen nicht dagestanden hätte, hätte er ihn gar nicht erkannt. Das Gesicht muss eine einzige blutige Masse gewesen sein. Der arme Mann! Er hat doch niemandem etwas getan. Was sind das für schreckliche Zeiten, in denen wir leben! Was sind das für Menschen, die herumlaufen, drohen und morden, ohne dass sich ihnen jemand entgegenstellt? Die Polizei hat zwar angeblich Ermittlungen aufgenommen, aber es wird schwer sein, die Täter zu finden. Immer häufiger hört man von Übergriffen der Nazis, und die Leute haben Angst, sich dagegen aufzulehnen. Zu schnell wird man heutzutage aus fadenscheinigen Gründen verhaftet. Und so halten es die meisten wohl für das Beste, den Kopf einzuziehen und darauf zu hoffen, dass der Spuk ein Ende findet und wir alle wieder in Frieden leben können. Ich mache es ja im Grunde nicht anders. Aber manchmal fürchte ich, das ist nur ein frommer Wunsch, und es wird sich nichts ändern, wenn niemand etwas unternimmt. Ach, ich bin froh, dass ich nicht mehr unterrichten muss. Ich müsste viel zu sehr aufpassen, dass ich nicht etwas Unbedachtes sage.

8. Oktober 1937

Vergangenes Wochenende in Köln verbracht! Ich musste einfach mal aus dem Dorf fliehen, eine Zeit lang etwas anderes sehen und hören. Allerdings bin ich nach so einem Ausflug in die Stadt auch immer froh, wenn ich wieder auf dem Land bin.
Mit meinem alten Studienfreund Tönnies war ich im Kino, so etwas gibt es hier ja nun nicht. Im Capitol spielten sie »Der Mann, der Sherlock Holmes war«, mit Hans Albers und Heinz Rühmann. Ein großartiger Spaß!
In der Wochenschau wurde über Mussolinis Besuch bei Hitler in München berichtet. Ich habe so bei mir gedacht, dass überall in Europa die Diktatoren auf dem Vormarsch sind: in Italien Benito Mussolini, Adolf Hitler bei uns und Bürgerkrieg in Spanien, weil General Franco an die Macht will. Das alles ist brandgefährlich.

Ich hätte meine Sorgen so gerne mit jemandem geteilt, aber mit Tönnies darüber zu sprechen war mir zu riskant. Also tat ich nach außen hin feige so, als wäre ich mit allem einverstanden.

23. Oktober 1937

Die Gräfin ist verschwunden. Kein Mensch weiß, wo sie sich aufhält. Ich denke ja, sie wird zu ihrem Kind gefahren sein, wo immer das auch sein mag, denn von Fine hat auch niemand mehr etwas gehört. Es hieß, sie sei in einem Kinderheim untergebracht, aber Marie Felten hat nie etwas dazu gesagt. Sie ist nur immer stiller und blasser geworden. Und jetzt ist sie weg.

20

»Roberto!« Maria beschirmte die Augen mit der Hand und blickte die Straße hinauf und hinunter. Wo steckte der Bengel schon wieder? Sie wollte das kaputte Bett aus dem Fremdenzimmer im ersten Stock in den Keller bringen, um Raum zu schaffen für das neue Bett, das sie bei Döres in Auftrag gegeben hatten. Da brauchte sie ihn einmal, und er war nirgends zu sehen!

Vor ein paar Jahren hatten sie nach hinten hinaus angebaut, damit sie Fremdenzimmer einrichten konnten. Silvio und die großen Jungs hatten ständig irgendwelche Erweiterungspläne. Nachdem er zusammen mit seinen Söhnen das Kaufhaus gebaut hatte, hatte er wohl Blut geleckt. Ständig überlegte er sich, was er noch verändern und verbessern konnte, und schließlich war er auf die Idee mit den Fremdenzimmern gekommen.

Und jetzt waren die Zimmer seit zwei Jahren ständig ausgebucht. Sie hatten sie für den Anfang mit gebrauchten Möbeln eingerichtet, die noch einen guten Eindruck gemacht hatten, aber das Bett in der Drei war wohl doch nicht mehr so stabil gewesen. Vor zwei Wochen hatte es mitten in der Nacht einen so lauten Krach gegeben, dass alle aus dem Schlaf aufgeschreckt waren. Sie und Silvio warfen sich hastig ihre Morgenmäntel über, um nachzuschauen, was los war, und als sie über den Hof an den Schauplatz des Geschehens eilten, bekamen sie gerade noch mit, wie sich eine üppige Frauengestalt mit aufgelösten Haaren hastig in der Dunkelheit entfernte. Der Mann, der am Tag zuvor das Zimmer bezogen hatte, ein Trikotagenvertreter aus Sachsen, hatte die Zimmertür einen Spaltbreit geöffnet und blickte ihnen verschreckt entgegen. Auch die anderen Türen öffneten sich. Auf Vogelsang hatte eine Hochzeit stattgefunden, und drei Ehepaare, Verwandte des Brautpaars aus Süddeutschland und dem Hunsrück, übernachteten in Wollseifen. Doch sie zogen sich sofort wieder zurück, als sie die Wirtsleute sahen. »Um Himmels willen, was ist denn passiert?«, fragte Silvio. »Das war ja ein Krach, als ob die Decke eingestürzt wäre.«

»Nicht die Decke, das Bett ist eingestürzt«, sagte der Mann aufgebracht. »Baufälliger Schrott!«

Maria konnte sich schon denken, was passiert war. »Ich gehe wieder ins Bett«, sagte sie zu ihrem Mann. »Du kannst das hier bestimmt alleine regeln.«

Als sie sich zum Gehen gewandt hatte, hatte sie noch gehört, wie ihr Mann zornig geantwortet hatte: »Baufälliger Schrott? Hüten Sie Ihre Zunge, Mann. Ich habe die Frau gesehen, die in der Dunkelheit verschwunden ist. Ich dulde keine Unzucht in meinem Haus! Und jetzt lassen Sie mich ins Zimmer. Ich will mir den Schaden anschauen.«

Maria musste unwillkürlich lächeln, als sie daran zurückdachte. Silvio war bestimmt kein Moralapostel, aber wenn es darauf ankam, konnte er sich durchaus zur Wehr setzen, vor allem wenn es um seine Interessen ging. Den Mann hatte er jedenfalls so zur Minna gemacht, dass er schließlich klein beigegeben und ihm auf der Stelle fünfzig Reichsmark für die Reparatur des Bettes in die Hand gedrückt hatte. Dafür hatte Silvio ihm dann großzügig versichert, er würde noch einmal ein Auge zudrücken und von einer Anzeige absehen. Am nächsten Morgen war der Vertreter, der eigentlich im Kaufhaus mit ihren Söhnen Geschäfte machen wollte, dann überstürzt abgereist.

Döres hatte sich den Schaden angesehen und erklärt, da gebe

es nichts mehr zu reparieren.«»Was habt ihr für Gäste?«, hatte er gefragt. »So ein Bett geht doch nicht von alleine kaputt!«

Silvio war auf die Frage gar nicht eingegangen. »Sei froh, dass es hinüber ist«, hatte er erwidert. »Ein Auftrag mehr für dich.« Der Schreiner hatte ihnen einen guten Preis für ein neues Bett gemacht, aber es dauerte natürlich ein bisschen. Und bis es fertig war, konnten sie das Zimmer eben nicht vermieten. Aber morgen brauchten sie es, und da Döres das neue Bett heute lieferte, musste das alte Gestell, beziehungsweise das, was davon übrig war, in den Keller gebracht werden.

Morgen Abend feierten Johanna und Karl nämlich Verlobung, und zu diesem Familienfest kamen sogar die italienischen Verwandten angereist, die Silvio seit Jahren nicht mehr gesehen hatte. Da war es natürlich praktisch, dass sie Fremdenzimmer hatten.

Erneut rief Maria nach ihrem jüngsten Sohn, aber er blieb verschwunden. Hermann Schlösser, der sich nach einem langen Tag in der Schmiede auf sein Feierabendbier freute, kam vorbei und sagte vorwurfsvoll: »Was schreist du denn so? Robert kann dich nicht hören, der treibt sich mit Gottfried mal wieder am Flugplatz herum. Die beiden sind auf dem Weg zum Walberhof an der Schmiede vorbeigekommen.«

Maria verschränkte die Arme. »Der verflixte Bengel, das hätte ich mir ja denken können«, sagte sie resigniert. »Kannst du mir denn helfen, Hermann? Von meinen Männern ist keiner in der Nähe. Du kriegst auch ein Butterbrot dafür.«

»Butterbrot brauche ich keins«, sagte der Schmied. »Ein Bier wäre mir lieber. Ist die Wirtschaft denn noch zu?«

»Ich mach gleich auf. Aber vorher hilfst du mir noch beim Tragen. Dein Bier heute Abend geht aufs Haus.«

Der Schmied nickte gutmütig. »Ja, mache ich, Maria. Aber nur weil du es bist ...«

Die beiden Jungen drückten sich am Rand des Flugfelds herum. Ihre Fahrräder hatten sie achtlos an den Zaun gelehnt. Aufmerksam beobachteten sie das Geschehen auf dem Flugplatz.

»Hast du schon Hausaufgaben gemacht?«, fragte Robert.

Gottfried warf ihm einen irritierten Blick zu. »Du stellst Fragen«, erwiderte er. »Wie kannst du heute an Hausaufgaben denken? Ich hab nur das, was wir an der Bushaltestelle geschafft haben.«

»Ich finde, wir haben heute ziemlich viel auf.« Robert verzog nachdenklich das Gesicht. Aber dann zuckte er mit den Schultern. »Egal, das hier ist wichtiger.«

»Auf jeden Fall«, pflichtete Gottfried seinem Freund bei. »Ein Manöver der Luftwaffe, das haben wir hier noch nie erlebt! Aber ich sag dir: In zwei Jahren sind wir mit der Schule fertig, und dann können sie uns alle mal kreuzweise! Dann wird nur noch geflogen. Guck mal, guck mal!« Aufgeregt stupste er Robert in die Seite. »Da, die Doppeldecker. HE-51«, fügte er fachmännisch hinzu. »Mit so einem würde ich für mein Leben gerne fliegen, ich sag's dir! Alleine die Kunststücke, die du mit diesen Maschinen in der Luft machen kannst!«

»Ja, mitfliegen würde ich auch gerne.« Sehnsüchtig beobachtete Robert die Maschine, die auf dem holperigen Rasen aufsetzte und in der Nähe des Hangars auslief. »In einer großen Maschine könnte ich ja später dein Co-Pilot sein«, sagte er. Für ihn war es ganz selbstverständlich, dass der Freund der Anführer war und er in allem die zweite Geige spielte. Und er vertraute ihm blind. Früher hatten sie manchmal »Toter Mann« gespielt, ein Spiel, das Gottfried erfunden hatte. Dabei ließ man sich rücklings wie ein Brett fallen, und der andere griff erst im letzten Moment zu und sorgte dafür, dass man nicht mit Kopf und Rücken auf den Boden knallte. Und es hatte immer geklappt.

Gottfried war es auch gewesen, der als Erster davon angefangen hatte, dass Fliegen sein großer Traum sei, und er hatte bei den Eltern durchgesetzt, dass sie beide in den Sommerferien auf dem Raederberg bei Daun den Segelflugschein hatten machen können.

Es waren großartige vier Wochen gewesen. Die Jungen, die an dem Kurs teilgenommen hatten, waren von überall aus der Eifel gekommen, und die gemeinsame Begeisterung für das Fliegen hatte sie von Anfang an verbunden. Zuerst mit Fluglehrer, aber immer häufiger auch alleine saßen sie in einem der Flugzeuge, die mit der großen Seilwinde hochgezogen wurden. Und dann dieses Erlebnis, wenn das Seil ausklinkte, alles ganz still wurde und das Flugzeug durch die Luft schwebte. Das Gefühl der Freiheit war grenzenlos. So etwas Überwältigendes hatten sie beide zuvor noch nicht erlebt. Und Robert war Gottfried dankbar dafür, dass er es ihnen beiden ermöglicht hatte. Dass er seinen Eltern nach den Ferien den Segelflugschein hatte präsentieren können, machte ihn stolz. Mochten die Eltern auch noch so widerstrebend ihre Erlaubnis zu dem Kurs gegeben haben, jetzt hatten sie es schwarz auf weiß, was ihr Sohn dort gelernt hatte.

In der Zwischenzeit hatte zwar die Schule wieder begonnen, aber sie verbrachten trotzdem jede freie Minute auf dem Walberhof, um auch ja keine der Maschinen, die dort starteten und landeten, zu versäumen.

»He, ihr beiden«, rief auf einmal ein Mechaniker, der in seinem weißen, ölverschmierten Overall über die Graspiste zu einer gerade gelandeten Maschine gelaufen war. »Wollt ihr mir helfen?«

Aufgeregt rannten sie hin. Der Pilot hatte sich aus der Kanzel gestemmt und war heruntergesprungen. »Bring sie in den Hangar«, sagte er zu dem Mechaniker. »Ich komme gleich nach. Irgendwas läuft unrund. Sie stottert ein bisschen.«

»Geht an die andere Seite«, wies der Mechaniker Robert und Gottfried an. »Wir schieben sie in die Halle.«

Gottfried stieß Robert mit dem Ellbogen an. »Vielleicht dürfen wir uns mal reinsetzen!«

Am Ende durften sie sich nicht nur in die Kanzel setzen, sondern auch auf die obere Tragfläche. »Wartet, ich mache ein Foto von euch vor der Maschine«, sagte der Mechaniker, als sie sich schließlich verabschieden wollten. Noch ganz erfüllt von dem Erlebten traten sie den Heimweg an.

»Stell dir vor«, sagte Gottfried sehnsüchtig. »Die Maschinen sind so wendig, und du kannst ohne Weiteres Loopings damit fliegen.«

»Ja, ich weiß.« Robert nickte. »Ich habe mich allerdings immer gefragt, warum man da nicht rausfällt. Man fliegt doch mit dem Kopf nach unten.«

Gottfried stieß seinen Freund in die Seite. »Sei nicht dumm! Das ist so, wie wenn du Milch in der Kanne herumschleuderst. Das haben wir doch in Physik gelernt – Fliehkraft! Und außerdem bist du ja angeschnallt.«

»Hm.« Robert verzog zweifelnd das Gesicht. »Und wenn der Gurt nicht richtig hält?«

Sie waren so in ihre Debatte vertieft, dass sie Albert nicht bemerkten, der gerade aus der Hofeinfahrt trat.

»Wo kommt ihr denn jetzt her?«, fragte er streng. Er ließ sie gar nicht erst zu Wort kommen, sondern fuhr gleich an Robert gewandt fort: »Deine Mutter sucht dich überall. Ab nach Hause! Und du, Freundchen, kommst mit mir.« Er packte seinen Sohn, der empört aufjaulte, am Ohr und zog ihn mit sich in den Hof hinein. Dort baute er sich vor ihm auf und sagte: »Und? Wo seid ihr gewesen? Ihr kommt doch nicht jetzt erst aus der Schule.«

»Am Flugplatz«, erwiderte Gottfried. »Das ist doch nicht verboten!«

»Nein, das ist nicht verboten«, erwiderte Albert. »Aber alles zu seiner Zeit. Ihr habt doch sicher für morgen Hausaufgaben auf. Habt ihr die denn schon gemacht?«

Gottfried senkte den Kopf. »Nein«, erwiderte er trotzig. »Aber so wichtig ist das nun auch nicht.«

»Junge!«, stieß Albert hervor. »Weißt du eigentlich, wie viel Geld uns die Mittelschule jeden Monat kostet? Da kann man doch wohl ein bisschen Fleiß und Dankbarkeit erwarten! Andere Jungs in deinem Alter müssen schon hart arbeiten, und du schaffst es nicht einmal, deine Hausaufgaben zu machen? Nein, ich will nichts hören«, fügte er aufgebracht hinzu, als Gottfried aufbegehren wollte. »Marsch ins Haus mit dir, und dann trittst du mir erst wieder unter die Augen, wenn du deine Aufgaben gemacht hast. Ich werde sie mir genau anschauen.«

»Du verstehst ja sowieso nichts davon«, murmelte Gottfried.

Aber Albert hatte ihn doch gehört. Er packte seinen Sohn am Ohr und zog ihn zu sich heran. »Treib es nicht auf die Spitze«, sagte er mit drohendem Unterton. »Sonst fängst du dir eine. Und jetzt ab mit dir! Abendessen ist heute gestrichen.«

Die Auseinandersetzung bei Simonis war wesentlich lauter und emotionaler. Maria hielt ihrem Sohn eine wütende Standpauke, und als Robert aufbegehren wollte, weil er sein Vergehen so schwer gar nicht fand, ohrfeigte sie ihn und schickte ihn ebenfalls ohne Essen auf sein Zimmer.

Am Abend saßen zwei missverstandene Jugendliche in ihren Zimmern, mühten sich mit den Hausaufgaben ab und schmiedeten finstere Rachepläne, weil ihre Eltern sie nicht verstanden.

Karl und Erwin traten aus dem Bahnhofsportal in Gemünd. »Mensch, dass wir uns hier getroffen haben. Großartig! Gehen wir zu Fuß?«, fragte Karl und schulterte seinen Rucksack.

Erwin nickte. »Es ist ja nicht so weit, und ich glaube nicht, dass uns einer abholt.« Er blickte sich auf dem Bahnhofsvorplatz um. »Zumindest sehe ich keinen.«

»Wirklich großartig, dass du auch freibekommen hast«, stellte Karl fest, als sie losgingen. »Damit habe ich gar nicht gerechnet.«

»Nur für dieses Wochenende. Montag früh zum Appell muss ich wieder da sein.« Erwin rückte sein Schiffchen zurecht. »Wie ist es denn bei euch in Trier?«

Karl zuckte mit den Schultern. »Geht so. Noch ist es auszuhalten, vor allem, weil ich eigentlich gedacht habe, dass ich im Dezember wieder nach Hause kann, aber jetzt haben sie ja das neue Gesetz erlassen und die Wehrpflicht verlängert.« Er seufzte. »Noch über ein ganzes Jahr! Hoffentlich kommt der Vater ohne mich klar.«

»Also, meine Leute schaffen das schon ohne mich, aber ich würde lieber im Kaufhaus arbeiten, als in Koblenz in der Kaserne zu sein. Es mag ja ganz schön sein, mal aus Wollseifen herauszukommen und was anderes zu sehen, aber die Ausbildung ist wirklich hart«, gab Erwin zu. »Wir haben da so einen Truppführer, ehrlich, der Mann ist ein Leuteschinder! Wenn es ihm in den Kram passt, lässt er uns nachts antreten und hetzt uns stundenlang über den Hof. Ich war ja noch nie besonders sportlich, das weißt du, und ich kann oft nicht mithalten, was dann weitere Schikanen zur Folge hat.«

Karl warf ihm einen mitfühlenden Blick von der Seite zu. »Ich hab schon im Bahnhof gedacht, dass du ziemlich dünn geworden bist. Nachts hat mich noch nie einer aus dem Bett geholt, Gott sei Dank, aber letztens musste ich einzeln preußischen Stechschritt üben, und alle haben zugeguckt. Das war vielleicht eine peinliche Angelegenheit. Die haben mich richtig zum Affen gemacht. Ist dir das auch schon mal passiert?«

Erwin schüttelte den Kopf. »Mit Stechschritt nicht. Aber lustig machen sie sich dauernd über mich. Beliebt ist auch, dass sie dich im Dreck robben lassen, und dann sollst du eine Stunde später eine blitzsaubere Uniform präsentieren. Manchmal ist es kaum zum Aushalten.«

»Wahrscheinlich wird es besser, wenn wir am Ende des ersten Jahres zu Gefreiten ernannt werden«, prognostizierte Karl.

»Hm, ja, vielleicht.« Besonders überzeugt klang Erwin nicht.

In der Wirtschaft liefen die Vorbereitungen für das Verlobungsfest auf Hochtouren. Onkel Erwino und Tante Vittoria aus Italien waren bereits am Vortag eingetroffen. Silvio hatte sie mit Johanna am Bahnhof in Gemünd abgeholt. Er hatte die beiden seit vielen Jahren nicht mehr gesehen und war ein wenig erschrocken, als er sah, wie alt sie geworden waren. Doch die Begrüßung fiel so lebhaft aus, dass dieser Eindruck schnell wieder wettgemacht wurde. Sein Onkel zumindest schien nichts von seiner Vitalität verloren zu haben. Zio Erwino, nach dem Silvio und Maria ihren dritten Sohn benannt hatten, war ein stämmiger, braun gebrannter Mann mit dichten, welligen weißen Haaren und einem faltigen Gesicht. Mit seinen wachen blauen Augen hatte er seine Großnichte vergnügt gemustert.

»Madonna mia, che bellezza!«, hatte er so laut gerufen, dass sich alle auf dem Bahnsteig umgedreht hatten. »Ein schönes Mädchen!«, fügte er auf Deutsch hinzu. Dann wandte er sich an Silvio, schlug die Hacken zusammen und erhob den Arm zum Hitlergruß. »Heil Hitler!«, dröhnte er. »Ich habe das Deutsche noch nicht verlernt, hörst du?«

»Ja, ich höre es«, sagte Silvio auf Italienisch. »Du brauchst nicht so zu schreien, ich bin nicht taub.«

Onkel Erwino lachte und schlug ihm auf die Schulter. Er

dachte nicht daran, seine Deutschkenntnisse für sich zu behalten. »Deutschland, Deutschland über alles«, sagte er fröhlich. »Mussolini, Hitler, große Freundschaft!«

Silvio zuckte innerlich zusammen. Er kannte die politische Überzeugung seines Onkels, der schon immer ein glühender Anhänger von Mussolini gewesen war, aber er hatte nicht darüber nachgedacht, dass er das natürlich auch auf Hitlerdeutschland übertrug.

»Du merkst es ja, Erwino ist immer noch derselbe alte Schwätzer«, sagte Tante Vittoria nachsichtig. »Ihr werdet euch hier wohl nicht über Politik unterhalten wollen.« Sie schob ihren Mann beiseite, um Silvio ebenfalls begrüßen zu können. Mit beiden Händen umfasste sie seinen Kopf, zog ihn zu sich herunter und gab ihm zwei dicke Schmatzer. Ihr faltiges Gesicht wurde von dünnen, schlohweißen Haaren umrahmt, die sie am Hinterkopf zu einem kleinen Knoten gedreht trug. Auch Johanna wurde abgeküsst und mit einem Schwall italienischer Sätze überschüttet. Als sie ihren Vater Hilfe suchend ansah, verzog Tante Vittoria das Gesicht. »Hast du deinen Kindern etwa nicht deine Muttersprache beigebracht?«, fragte sie mit gespielter Strenge.

»Ich hatte es immer vor«, erwiderte Silvio verlegen, »aber es kam ständig etwas dazwischen. Und ich musste ja auch Deutsch lernen. Ich arbeite und lebe hier.«

Die Falten in ihrem Gesicht wurden tiefer, als Zia Vittoria lächelte. Sie kniff ihren Neffen in die Wange. »Das weiß ich doch.« Dann wandte sie sich an Johanna. »Aber du siehst aus wie eine Italienerin«, sagte sie. »Come una bella italiana.«

Wie eine schöne Italienerin, hatte Silvio für seine Tochter übersetzt. Johanna war rot geworden. »Grazie«, hatte sie gesagt. So viel Italienisch konnte auch sie.

Jetzt standen die beiden Alten ein wenig verloren im Festsaal der Wirtschaft. Um sie herum herrschte hektische Betriebsamkeit, weil Maria auf die letzte Minute noch beschlossen hatte, Birkenäste aus dem Wald holen zu lassen und sie, mit roten Krepppapierbändern geschmückt, zu beiden Seiten der Tür zu dekorieren. Walter, der alles Gewünschte aus dem Kaufhaus angeschleppt hatte, sagte gespielt vorwurfsvoll zu seiner Mutter: »Als Katharina und ich uns verlobt haben, habt ihr nicht so einen Aufwand betrieben.«

Maria, die gerade eine weiße Damast-Tischdecke auf dem großen Tisch in der Mitte des Saales ausbreitete, hielt inne und warf ihrem Ältesten einen Blick zu. »Wir wussten doch noch nicht einmal, dass du eine Braut hattest, bis ihr uns einen Tag vor der Verlobung Bescheid gesagt habt. Und sogar die Verlobung habt ihr in Köln bei Kätts Eltern gefeiert.«

Als sie sah, dass Walter ihr zuzwinkerte, gab sie ihm einen Klaps. »Mach dich nicht lustig über deine alte Mutter!«

Walter nahm seine Mutter in den Arm. »Das war doch nicht ernst gemeint. Kätt wollte damals lieber zu Hause feiern, und ich hatte eh ein schlechtes Gewissen, weil ich euch so spät Bescheid gesagt habe. Und ich gönne Johanna das schönste Fest von allen, das weißt du doch!«

»Evviva il Duce! Evviva il Führer Adolf Hitler! Evviva i promessi sposi!« Zio Erwino hatte sichtlich mehr getrunken, als er vertragen konnte. Und so hob er ein ums andere Mal sein Glas und trank auf die Politiker, die Verlobten, sämtliche Anwesenden. »Wo ist mein Patensohn? Erwino! Wo bist du? Komm her! Habe ich dir schon erzählt, dass der Duce und Adolf Hitler Freunde sind? Eine große Freundschaft! Wir lieben die Deutschen! Salute!« Erneut prostete er allen zu, allerdings achtete kaum jemand auf ihn. Nur Erwin, der sich pflichtschuldig zu seinem Patenonkel gesetzt hatte, gab sich den Anschein, als hörte er ihm zu. Tante Vittoria war schon vor einer Stunde eingeschlafen und schnarchte in ihrem Sessel am Ofen leise vor sich hin. Das Brautpaar hatte nur Augen und Ohren für sich und achtete auf niemanden sonst, und die anderen waren in Gespräche vertieft. Nur Robert und Gottfried feixten bei jedem neuen Trinkspruch von Onkel Erwino.

»Zio, du hast genug«, erklärte Silvio. »Wollt ihr nicht lieber zu Bett gehen? Schau mal, Zia Vittoria ist schon eingeschlafen. Es war ein anstrengender Tag für euch.«

»Schlafen kann ich noch lange genug, wenn ich tot bin«, lallte Erwino. »Warum willst du mich denn schon ins Bett schicken? Die Zeiten sind viel zu aufregend, um zu schlafen.«

Silvio verdrehte die Augen. Albert legte dem Freund die Hand auf die Schulter. »Lass ihn doch. Wenn er schon einmal hier ist.« Dann wandte er sich an die beiden Jungen, die sich über den Onkel aus Italien sichtlich amüsierten. »Aber ihr beiden seid jetzt wirklich reif fürs Bett. Oder, Silvio? Es ist spät genug!«

»Oh, Papa«, protestierte Gottfried. »Es ist gerade so lustig.«

»Und wer füttert morgen früh das Vieh? Ab in die Kiste!«

Silvio nickte. »Das sehe ich auch so. Außerdem habt ihr beide noch was gutzumachen. Also benehmt euch!«

Karl knuffte seinen kleinen Bruder liebevoll an der Schulter. »Was für einen Bockmist hast du dir denn schon wieder geleistet? Na los, geh schon mal nach Hause. Wir machen auch nicht mehr so lange, ich bin ziemlich müde.«

»Ja, Junge, du siehst auch müde aus«, warf Bertha besorgt ein. Sie wirkte heute ungewöhnlich belebt. Ihre Augen glänzten, und sie hatte hochrote Bäckchen. Allerdings hatte sie auch reichlich dem Schlehenlikör zugesprochen, den Maria jedes Jahr aufsetzte. Aber, dachte Albert, das war egal. Hauptsache, sie war fröhlich und guter Dinge, das kam selten genug vor. Sie hatte ihm noch vor wenigen Wochen gesagt, dass die Wahl ihres Sohnes sie glücklich mache. Zur Verlobung hatte sie ihr sogar den Ring mit der Perle vom Perlenbach geschenkt, den seine Mutter ihr vermacht hatte. Sie mochte Johanna, die mit ihrer ruhigen, liebevollen Art genau die richtige Frau für Karl war. Und Albert war überzeugt davon, dass sie auf jeden Fall eine gute Bäuerin abgeben würde, schließlich hatte sie sich schon als Kind lieber bei ihnen auf dem Hof als in der Wirtschaft aufgehalten.

»Ich bin ja froh, dass Ende November dein Militärdienst vorbei ist«, sagte sie jetzt.

»Viva il Duce!«, rief Onkel Erwino mit schwerer Zunge erneut dazwischen. »Viva il Führer Adolf Hitler!«

Karl legte lächelnd den Finger an die Lippen. »Nicht so laut, Onkel Erwino. Du weckst Tante Vittoria auf.« An seine Mutter gewandt sagte er: »Nein, daraus wird leider nichts. Hast du es noch nicht gehört? Vor ein paar Wochen wurde die allgemeine Wehrpflicht um ein weiteres Jahr verlängert. Vor Oktober 1938 könnt ihr mit mir nicht rechnen.«

Bertha presste sich die Hand auf den Mund und blickte Albert erschreckt an. »Stimmt das?«, fragte sie mit erstickter Stimme. All ihre Fröhlichkeit schien mit einem Schlag erloschen. »Warum hast du mir nichts davon gesagt?«

Albert zuckte mit den Schultern. »Ich weiß es auch erst seit heute. Ich hätte es dir schon noch gesagt.« Er hätte sich allerdings noch ein bisschen Zeit damit gelassen, dachte er bei sich. Bertha konnte mit solchen Unwägbarkeiten einfach nicht umgehen, und er neigte dazu, sich selbst das Leben ein wenig leichter zu machen, indem er schlechte Nachrichten so lange wie möglich von ihr fernhielt. »Aber er kommt ja auf jeden Fall wieder, Bertha. Du sollst sehen, die Zeit bis nächstes Jahr Oktober vergeht wie im Flug.«

Wohl war ihm allerdings auch nicht bei dem Gedanken, dass

sein Junge jetzt noch ein weiteres Jahr dienen sollte. Karl fehlte ihm an allen Ecken und Enden. Thadeusz war zwar noch da, aber in den letzten Jahren war es zunehmend schwieriger geworden, seine Arbeitserlaubnis verlängern zu lassen. Die Schikanen nahmen zu, und spätestens seit Jaroslaw unter einem fadenscheinigen Vorwand verhaftet worden war, musste der Pole damit rechnen, mit seiner Familie nach Hause geschickt zu werden. Und das war noch das Wenigste. Von Tag zu Tag wurde das Leben für die ausländischen Arbeiter gefährlicher.

»Du solltest dich schon mal nach Ersatz für uns umschauen, Bauer«, hatte Thadeusz erst vor einem Monat zu Albert gesagt. »Helena und ich wollen so bald wie möglich wieder nach Polen zurück. Wir fühlen uns hier nicht mehr willkommen.« Hastig hatte er hinzugefügt: »Nicht bei dir, Bauer! Das weißt du. Du hast uns immer das Gefühl gegeben, dass wir zur Familie gehören. Aber Deutschland ist nicht mehr dasselbe Land.«

Albert hatte es kommen sehen. Er hatte sich vor dem Moment gefürchtet, nicht nur, weil er sich kaum vorstellen konnte, wie er seinen Hof bewirtschaften sollte, ohne dass Helena und Thadeusz mitarbeiteten, sondern auch, weil die gemeinsamen Jahre sie so eng zusammengeschweißt hatten, dass sie tatsächlich zur Familie gehörten. Doch er hatte erst gar nicht versucht, Thadeusz zu widersprechen. Der Mann hatte ja recht.

Zum Zeitpunkt des Gesprächs hatte er zudem noch geglaubt, Karl käme am Jahresende wieder. Wenn erst der Junge wieder da ist, hatte er gedacht, dann können wir in aller Ruhe überlegen, wen wir als Ersatz für Thadeusz einstellen. Doch jetzt würde er sich wohl eine andere Lösung einfallen lassen müssen.

21

Johann Meller war jetzt kaum noch in Wollseifen. Er hatte seine Ankündigung wahr gemacht, und Leni sah Siegfried nur noch selten, und vor allem nicht allein. Sein Hauslehrer Alfons Müller war ständig mit ihm zusammen, und in seiner Gegenwart fühlte Leni sich zunehmend unwohl. Er indoktrinierte den Jungen, und sie konnte nichts dagegen tun. Sie vermutete, dass er gerade deswegen ausgesucht worden war, denn als sie sich einmal bei ihrem Mann über ihn beschwert hatte, war Meller ihr barsch über den Mund gefahren. »Siegfried ist mein Sohn«, hatte er scharf gesagt. »Du weißt, was wir vereinbart haben. Siegfried wird im Geist des Führers zu einem anständigen deutschen Jungen erzogen.«

»Er ist auch mein Sohn«, hatte Leni erwidert. »Du hast mir zugesichert, ihn mir nicht zu entziehen. Und mir gefallen die Manieren von Herrn Müller nicht. Er behandelt alle anderen im Haus mit Arroganz und Verachtung, auch mich. Er ist nicht der richtige Umgang für Siegfried. Und ich will nicht, dass er in seinem Alter schon von der Reinhaltung der Rasse und solchem Zeug schwafelt.«

»Ach? Das willst du nicht? Ich sage dir was: Du hast in diesem Fall nichts zu wollen. Sei froh, dass ich deine Tochter gewähren lasse. Ich könnte auch anders.« Drohend hatte er sie angeblickt, und Leni hatte geschwiegen. Wieder einmal. Sie hatte keine Angst vor Meller, aber mehr als alles andere fürchtete sie Repressionen für Hildegard. Ihre Tochter wollte sie auf keinen Fall in ihre Probleme hineinziehen. Die Situation quälte sie, aber sie sah beim besten Willen nicht, wie sie sie ändern sollte. Also hielt sie den Mund und machte gute Miene zum bösen Spiel. So lange schon ...

Heute Abend waren mal wieder alle ausgeflogen. Ein ungewöhnlich warmer Märztag ging zu Ende, und es war dunkel geworden. Leni machte das Licht in der Küche an. Sie trat ans Fenster und blickte hinaus. Wie so oft dachte sie an Albert. Wo mochte er jetzt wohl sein? Aber der Gedanke war müßig. Er war natürlich bei seiner Ehefrau, wo sonst? Sie sollte so etwas gar nicht denken, das führte doch zu nichts.

Sie gab Milch in ein Porzellanschälchen und öffnete die Tür. Vielleicht konnte sie die kleine streunende Katze, die in der letzten Zeit hier herumlief, ja ans Haus gewöhnen, dann wären sie beide nicht mehr so allein. »Miez, miez, miez«, lockte sie das Kätzchen und stellte die Schale auf den Boden. Tatsächlich kam die grau getigerte Katze angesprungen und strich schnurrend um ihre Beine. Auf einmal rief jemand leise ihren Namen. Überrascht hob Leni den Kopf. An den alten Walnussbäumen löste sich eine Gestalt aus den Schatten, und als Leni einen Schritt darauf zuging, erkannte sie Marie Felten.

»Um Gottes willen, Marie!« Leni rannte zu ihr. »Wo kommst du her? Wo warst du überhaupt? Wie geht es dir?« Die letzte Frage erübrigte sich, denn Marie Felten sah aus wie ein Gespenst. Abgemagert, mit eingefallenen Wangen und grauem Gesicht. Als sie den Mund öffnete, sah Leni, dass ihr ein Schneidezahn fehlte.

»Ich erzähle dir alles später. Dafür ist jetzt keine Zeit«, sagte sie mit brüchiger Stimme.

Die arme Frau! Was hatten sie mit ihr gemacht? Leni streckte die Hand aus, um sie ins Haus zu ziehen, aber Marie wehrte sie hastig ab. »Nein, nicht ins Haus! Wo kann ich mich verstecken,

Leni? Weißt du, wo ich hinkann? Hier kann ich nicht bleiben. Ich brauche nur für ein paar Tage ein sicheres Versteck, damit ich mir in Ruhe überlegen kann, wo ich hingehen soll.«

Leni überlegte nicht lange. »Warte hier«, sagte sie. »Ich hole Albert!«

Sie sah, dass Marie zurückzuckte, und legte ihr beruhigend die Hand auf den Arm. »Vertrau mir. Bitte!«, sagte sie. »Albert wird dir helfen.«

Und natürlich konnte sie sich auf Albert verlassen. Bereitwillig kam er mit, als sie unter dem Vorwand, Probleme mit einer kalbenden Kuh zu haben, an seine Tür klopfte. Gemeinsam brachten sie Marie Felten auf Schleichwegen in den Wald in Alberts Forsthütte. »Ein bisschen was zu essen ist in der Vorratskammer«, sagte er, »aber ich bringe dir morgen mehr. Fürs Erste ruh dich aus. Hier kommt so schnell niemand vorbei. Du solltest nur kein Licht machen, und schließ zur Sicherheit die Tür ab.«

Es war jetzt schon fast ein halbes Jahr her, dass Marie Felten auf einmal weg gewesen war. Da Josefine ja in einem Heim untergebracht war, hatten alle im Dorf gedacht, sie sei zu ihrer Tochter gefahren. Doch als einige Wochen vergangen waren und sie immer noch nicht wiedergekommen war, hatten die Herren von Vogelsang einfach den Hof und das dazugehörige Land übernommen. Leni machte sich die allergrößten Vorwürfe, dass sie so mit ihrer eigenen Situation beschäftigt gewesen war, dass sie sich um die Gräfin gar nicht mehr gekümmert hatte.

»Wir haben angenommen, du hättest es an die Deutsche Arbeitsfront verkauft«, sagte sie. »Und dir eine Wohnung in der Nähe von Josefine genommen. Wo ist Fine überhaupt?«

»Josefine ist tot«, sagte Marie bitter. Kurz versagte ihr die

Stimme, und sie musste sich erst fassen, bevor sie fortfuhr: »Sie haben mich abends unter dem Vorwand zu Hause abgeholt, mich zu meinem Kind zu bringen. Ich wusste ja eine Zeit lang noch nicht einmal, wo sie war, und auch als ich es dann gewusst hatte, hatte ich nie zu ihr gedurft. Wir sind nach Köln gefahren, in ein Heim oder eine Klinik, ich weiß nicht, und dort haben sie mir gesagt, dass Josefine an Lungenentzündung gestorben sei.«

»O Gott!« Leni warf Albert einen entsetzten Blick zu. »Das haben wir ja alle nicht gewusst. Noch nicht einmal Meller war informiert.«

Marie schnaubte. »Doch, Meller wusste ganz genau Bescheid. Dein Mann war derjenige, der letztendlich dafür gesorgt hat, dass ich verhaftet wurde. Er hat ihnen gesteckt, dass ich Jüdin bin. Das haben die Männer erwähnt, als sie mich mitgenommen haben.«

»Was für einen Grund haben sie denn überhaupt für deine Verhaftung angegeben?«, fragte Albert.

»Es ging alles so schnell«, erwiderte Marie müde. »Als sie mir gesagt haben, Josefine sei tot, habe ich einen Tobsuchtsanfall bekommen. Ich musste einfach irgendwohin mit meinem Schmerz und meiner Wut. Sie haben mich in Handschellen abgeführt und ins Gefängnis gebracht.«

Leni presste sich die Hand auf den Mund. Ihre Augen füllten sich mit Tränen. »O Gott! O Gott, Marie, glaubst du, Meller hatte das von mir? Ich habe es ihm gegenüber nie erwähnt. Oh, es tut mir so leid. Kannst du mir jemals verzeihen?«

Albert legte ihr die Hand auf die Schulter. Der Druck beruhigte sie ein wenig.

Marie zuckte mit den Achseln. »Ich habe nicht einen Moment lang gedacht, dass du dahinterstecken könntest. Die Nazis haben doch ganz andere Mittel und Wege. Du warst immer gut zu mir, sonst wäre ich ja heute Abend auch nicht zu dir gekommen.«

»Warum haben sie dich gehen lassen?«, fragte Albert.

»Ich habe unterschrieben, dass sie den Hof und alles Land haben können. Vielleicht deswegen.« Die Gräfin rieb sich die Augen. »Jetzt, wo Fine tot ist, hat es ja sowieso alles keinen Zweck mehr.«

»Und was willst du jetzt tun?«, fragte Albert.

Marie ließ sich auf einen Stuhl sinken. »Es geht mir nicht gut. Ich muss mich ein paar Tage ausruhen und ein wenig zu Kräften kommen. Eigentlich dürfte ich gar nicht hier sein, weil sie mir untersagt haben, mich in der Nähe meines Hofs aufzuhalten. Aber ich wollte doch wenigstens noch einmal einen Blick darauf werfen. Wie geht es denn meinen Leuten?«

Albert senkte den Blick. »Keiner ist mehr da. Wir wissen nicht, wo sie alle abgeblieben sind. Wir haben angenommen, sie sind in ihre Heimat zurückgefahren, als du nicht mehr wiedergekommen bist.«

»Ach, Marie. Wir hätten nach dir suchen sollen.« Leni weinte jetzt. »Stattdessen haben wir alle gedacht, du wärst zu Josefine gefahren. Wir wollten es glauben, weil es für uns die einfachste Erklärung war. O Gott, warum habe ich dir nur nicht geholfen?«

Marie schüttelte den Kopf. »Mach dir keine Vorwürfe, das bringt doch nichts. Mir ist schon damit gedient, wenn du mir hilfst, mich ins Benediktinerinnen-Kloster nach Bonn zurückzuziehen.«

»Wäre es nicht sicherer, du würdest zurück nach Belgien gehen?«, fragte Albert.

Marie schüttelte den Kopf. »Nein. Ich habe ja keine Familie mehr dort, und nach der langen Zeit kenne ich niemanden mehr, dem ich vertrauen kann. Und ich möchte wirklich lieber hier in der Gegend bleiben. Das Kloster ist mir als Zufluchtsort empfohlen worden.« Sie wandte sich an Leni. »Hildegard ist doch bei den Benediktinerinnen. Kannst du mit der Mutter Oberin sprechen, ob sie mich aufnehmen? Ich kann in der Küche und beim Saubermachen helfen.«

»Selbstverständlich.« Leni warf Albert einen Blick zu. »Wäre sie denn da in Sicherheit? Da kann ihr doch nichts passieren, oder?«

»Nein, ich denke nicht. Warum sollten sich die Nazis mit Nonnenklöstern abgeben?«

Hildegard eilte mit der gefüllten Bettpfanne über den Gang. Das erste Jahr ihrer Schwesternausbildung lag bereits hinter ihr, und sie liebte ihren Beruf mit jedem Tag mehr. Seit einigen Wochen war sie auf der chirurgischen Männerstation im Einsatz. Hier herrschte ein deutlich rauerer Ton als auf den Stationen für die weiblichen Patienten, und sie war ihren Vorgesetzten dankbar dafür, dass sie ihr eine Schonfrist gewährt und sie zunächst nur auf den Frauenstationen eingesetzt hatten. Sie war zwar von zu Hause einiges gewöhnt und bestimmt nicht zimperlich, aber die Zeiten waren unruhig, und als Nonne musste man ein dickes Fell haben. In den großen Krankensälen, in denen die Betten dicht an dicht standen, oft nur durch einen Stoffschirm getrennt, musste man sich zu wehren wissen. Hier lagen Schwerkranke und Frischoperierte neben Männern mit weniger schlimmen oder schon fast verheilten Krankheiten, und es war keineswegs so, dass sich alle darüber freuten, von einer Nonne gepflegt zu werden, auch wenn sie so jung und hübsch war wie Hildegard. Aber mit der Zeit hatte sie sich an die anzüglichen Bemerkungen und derben Scherze gewöhnt. An ihrem freundlichen Lächeln und ihrer stillen, sanften Art prallte alles ab. Außerdem merkten auch im Krankenhaus die Patienten schnell, wie gut es ihnen ging, wenn Schwester Hildegard Dienst hatte.

Für Hildegard war ein Traum wahr geworden, als sie letztes Jahr ins Kloster Mariahilf in Bonn aufgenommen worden war. Ein halbes Jahr hatte die Postulatur gedauert, und in dieser Zeit hatte sie sich nur innerhalb der Klostermauern aufgehalten. Sie hatte sich an den strengen, von Gebeten und Gottesdiensten geprägten Tagesrhythmus gewöhnt und viel Zeit im Klostergarten verbracht, der ihr das freie Leben auf dem Land ersetzte. »Der Garten ist angelegt nach den Lehren der Heiligen Hildegard von Bingen«, hatte ihr Schwester Renata, die Nonne, die für den Garten verantwortlich war, erklärt. »Sie war Äbtissin in einem Benediktinerinnen-Kloster und hat uns wichtige Schriften über die heilende Wirkung von Pflanzen hinterlassen. Sie hat schon im Mittelalter gewusst, wie wichtig die Kraft der Natur für unsere Gesundheit ist.«

Fasziniert hatte Hildegard Schwester Renata zugehört, als sie ihr beschrieben hatte, welche Pflanzen und Kräuter bei welchen Gebrechen besonders wirkungsvoll waren. Sie brachte ihr bei, Kräuter zu trocknen, zeigte ihr, wie einfach die Blütenblätter der Ringelblumen, die den Garten im Sommer mit ihren fröhlichen Gelb- und Orangetönen belebten, mit kaltem oder, wenn man es eiliger hatte, mit warmem Öl angesetzt werden konnten, um mithilfe von Vaseline Salbe daraus zu machen. »Heilsam bei jeder Art von Verstauchung und Zerrung, und für alle möglichen Hautleiden bestens geeignet«, hatte sie ihr erklärt.

Der Klostergarten war groß, zwei Hektar, mit Obstbäumen und Gemüse und einem ausgedehnten, in Kreuzform angelegtem Garten mit Heilpflanzen und Blumen. Die vier quadratischen Beete waren von niedrigen Buchsbaumhecken eingefasst, und jedes Beet hatte ein anderes Thema. In einem Beet wuchsen Minze, Estragon, Leinsamen, Kamille und Kerbel, Pflanzen gegen Magen- und Darmleiden, in einem anderen Zitronenmelisse, Lavendel, Johanniskraut, Hopfen und Baldrian, die allesamt beruhigende Wirkung hatten. Es gab auch einen Duftgarten mit Thymian, Salbei, Minze und verschiedenen Küchenkräutern, der umgeben war von Rosen, Flieder und Jasmin, die vor allem in den Sommermonaten den gesamten Garten in ihren Duft einhüllten.

Für Hildegard war das Kloster mit seinem Garten das Paradies. Ihr eröffnete sich eine völlig neue Welt.

So, in dieser beschaulichen, sicheren Umgebung, die so gar nichts mit der rauen Härte des Landlebens, wie sie es von Wollseifen her kannte, zu tun hatte, hatte sie sich das Leben im Kloster immer vorgestellt. Und als sie bei der Einkleidung ihr Gewand mit dem weißen Schleier der Novizin erhalten hatte, war es nur logisch gewesen, dass sie keinen neuen Namen angenommen hatte, sondern bei ihrem Taufnamen Hildegard geblieben war. Als sie erfahren hatte, dass sie eine so wunderbare Namensvetterin hatte, nahm sie sich vor, dieser großen Frau in allem nachzueifern.

Mit der Aufnahme als Novizin hatte auch ihre Ausbildung zur Krankenschwester begonnen, und so brauchte sich niemand umzugewöhnen, vor allem nicht ihre Mutter, der das sicher schwergefallen wäre.

Ihre Mutter hatte sie immer unterstützt bei ihrem Wunsch, ins Kloster zu gehen, aber recht gewesen war es ihr nicht. »Kind«, hatte sie sie beschworen, »mach doch einfach nur die Ausbildung zur Krankenschwester. Ich kann ja verstehen, dass du deinem Glauben folgen willst, und ich werde dir auch immer zur Seite stehen, aber in diesen ungewissen Zeiten kann Meller mehr für dich tun, wenn du nicht im Kloster bist.« Nach kurzem Nachdenken hatte sie hinzugefügt: »Versteh mich nicht falsch, aber dein Stiefvater war so sehr dagegen, dass du den

Schleier nimmst. Es lag nicht einfach daran, dass ihm eine nationalsozialistische Erziehung für dich lieber gewesen wäre, du weißt selber, dass er sich wenig genug um dich und dein Fortkommen gekümmert hat, aber ich fürchte, er weiß mehr über das, was die Partei plant. Er wird dir nicht helfen können und auch nicht helfen wollen, wenn die Nazis am Ende Gotteshäuser und Klöster schließen oder sogar noch Schlimmeres vorhaben. Dazu hat er viel zu viel Angst um seine eigene Stellung innerhalb der NSDAP.«

»Du wirst sehen«, hatte Hildegard die Mutter beruhigt, »er braucht mir nicht zu helfen. Ich bin ihm dankbar, weil er mir erlaubt hat, ins Kloster zu gehen, alles andere liegt in Gottes Hand. Er wird schon für mich sorgen.«

Leni hatte nur besorgt den Kopf geschüttelt. »Kind, Kind, dein Gottvertrauen möchte ich haben.«

Hastig richtete Hildegard sich auf und wischte sich die schmutzigen Hände an der Schürze ab, als die Mutter Oberin den Mittelgang des Kräutergartens entlangkam. Sie hatte gerade kleine Johanniskrautsträucher eingepflanzt und stellte zu ihrem Entsetzen fest, dass ihre Schürze auch danach aussah. Innerlich seufzte sie auf. Schon wieder war eine frische Schürze fällig.

»Gelobt sei Jesus Christus, Schwester Hildegard«, sagte die Mutter Oberin. »Was für Pflanzen sind das?«

»Johanniskraut, ehrwürdige Mutter«, erwiderte Hildegard. In ihrer Zeit im Kloster war ihr mehr und mehr bewusst geworden, wie sehr sie die Arbeit im Kräutergarten liebte. »Beruhigend und stimmungsaufhellend.«

Die Mutter Oberin lächelte ein wenig. »Das können wir brauchen«, sagte sie leise. »Ich bin froh, dass der Garten vorläufig verschont geblieben ist.«

Hildegard wusste, was sie meinte. Die Nationalsozialisten bedrängten sie schon seit Jahren, und kurz vor ihrem Eintritt ins Kloster hatten sie Anspruch auf das Gartengrundstück erhoben, um das Gelände für militärische Zwecke zu nutzen. Gott sei Dank hatte die Mutter Oberin sie damals von dem Gedanken abbringen können. Nach zahlreichen Bittprozessionen der Schwestern hatten sie ihre Kaserne in einem anderen Stadtteil von Bonn gebaut. Seitdem lag jedoch ein Schatten über dem Klosterleben, zumal die Gerüchte nicht abbrechen wollten, dass die Nazis den Benediktinerinnen ihre Zuflucht wegnehmen würden.

»Du hast Besuch, Schwester Hildegard«, sagte die Mutter Oberin jetzt zu ihr. »Deine Mutter wartet im Besuchszimmer auf dich. Lauf rasch und lass dir in der Kleiderkammer eine frische Schürze geben«, fügte sie hinzu, als sie Hildegards verlegenen Blick auf ihre erdverschmierte Kleidung bemerkte. »Und lass die Gummipantinen im Garten«, rief sie ihr hinterher, als Hildegard loslief.

Leni ging unruhig im Besuchszimmer des Klosters auf und ab. Als Hildegard zur Tür hereinkam, hellte sich ihre Miene auf. Lächelnd trat sie ihrer Tochter entgegen.

»Gelobt sei Jesus Christus, Mutter«, sagte Hildegard. »Das ist aber schön, dass du mich besuchst! Ich hatte gar nicht mit dir gerechnet.«

Leni umarmte ihre Tochter. »Hildegard, Liebchen«, sagte sie. »Ich bin heute mit Sondererlaubnis hier. Ich musste etwas Wichtiges mit der Mutter Oberin besprechen.«

Hildegard runzelte fragend die Stirn. »Ist zu Hause etwas passiert?«

»Nein, nein. Zu Hause ist alles in Ordnung ...« Leni machte eine kleine Pause. »Soweit man das sagen kann«, fügte sie hinzu. »Ich will gar nicht lange um den heißen Brei herumreden. Marie Felten sucht Zuflucht bei euch im Kloster. Sie kommt in den nächsten Tagen.«

»Ist sie denn wieder in Wollseifen?«, fragte Hildegard. »Sie war doch verschwunden.«

Leni nickte. »Ja, und stell dir vor, sie war wohl in Köln im Gefängnis, aber vor Kurzem haben sie sie entlassen. Sie darf sich allerdings in Wollseifen nicht mehr blicken lassen. Albert hat sie in seiner Forsthütte versteckt.«

Hildegard riss die Augen auf. »Und jetzt will sie bei uns unterschlüpfen? Ist die Schwester Oberin denn einverstanden?«

Leni nickte erneut. »Ja. Sie musste die Genehmigung des Mutterklosters einholen. Es ist natürlich nicht ganz ungefährlich, aber für Marie ist es die einzige Möglichkeit. In der Forsthütte kann sie nicht mehr lange bleiben. Dort ist sie nicht sicher.« Sie strich Hildegard über die Wange. »Ich mache mir ehrlich gesagt auch Sorgen um dich. Ich möchte nicht, dass du in all das hineingezogen wirst, und dein Stiefvater könnte sicherlich mehr für dich tun, wenn du nicht im Kloster wärst.«

»Mutter, ich will nicht, dass du dir solche Gedanken machst«, unterbrach Hildegard sie. »Ich bin hier bestens aufgehoben, und ich möchte nirgendwo anders sein. Außerdem werde ich gebraucht, ob im Krankenhaus oder hier. Mach dir um mich keine Sorgen. Ist denn Vater auch über Maries Verbleib informiert?«

»Nein, um Himmels willen!« Leni schüttelte den Kopf. »Ich sollte dich gar nicht damit belasten, aber Meller ist die meiste Zeit sowieso in Köln. Er bewegt sich neuerdings in hohen Parteikreisen. Das ist für ihn das Wichtigste. Um uns kümmert er sich kaum noch. Der Hof wird ja von Herrn Lambertz geführt, und da ist seine Anwesenheit nicht zwingend erforderlich.«

»Aber du und Siegfried, ihr braucht ihn doch!«

Leni zuckte mit den Schultern. »Siegfried nimmt er meistens mit. Er hat einen Hauslehrer, der ihn auf die Napola vorbereiten soll. Vater will nicht, dass er bei uns in die Volksschule geht, und mit den Kindern im Dorf hat er kaum Kontakt. Seine Freunde sind bei den Pimpfen in Euskirchen oder Köln, und ich komme manchmal gar nicht mehr an ihn heran. Meller will ihn nach seinem Bild oder vielmehr nach dem Bild des Führers formen.« Sie presste die Lippen zusammen. Eigentlich hatte sie schon zu viel preisgegeben. Hildegard musste ja nicht wissen, was für eine Vereinbarung sie mit Meller getroffen hatte, damit sie ins Kloster gehen konnte.

Doch ihre Tochter sah ihr an, wie sehr sie die Vorstellung quälte, dass Meller ihr den Sohn entfremdete. »Ach, Mutter«, sagte sie und legte ihr die Hand auf den Arm. »Es tut mir leid, dass ich dir so gar nicht helfen kann. Möge der Herr dich beschützen.«

Leni lächelte müde. »Doch, Kind, du hilfst mir schon, indem du so bist, wie du bist. Pass gut auf dich auf!« Sie wandte sich zum Gehen. An der Tür drehte sie sich noch einmal um. »Ach, das hätte ich fast vergessen. Albert und Bertha lassen dir liebe Grüße bestellen. Albert hat einen Korb mit Eiern, Wurst und Pökelfleisch für das Kloster geschickt. Ich denke, das könnt ihr gut brauchen.«

Sie umarmte ihre Tochter und wandte sich zum Gehen. Als sie die Eingangspforte erreichte, ertönte die Glocke zum Gebet.

Der Himmel hatte aufgeklart, als Leni in Gemünd aus dem Zug stieg. In den letzten Tagen hatte es pausenlos geregnet, aber jetzt war die Luft klar, und zwischen den Wolken blitzte sogar ab und zu die Sonne hervor. Sie beschloss, bereits am Walberhof den Bus zu verlassen. Der Spaziergang ins Dorf würde ihr guttun.

Am Feltenhof kam ihr Albert auf dem Trecker entgegen. Er hielt an, als er sie sah. »Leni, bist du zu Fuß unterwegs? Ich würde dich ja nach Hause fahren, aber ich muss den Mist auf dem Acker ausbringen.« Er wies mit dem Daumen auf seinen Anhänger.

Leni überlegte nicht lange. »Kann ich mitkommen?«, fragte sie.

»Ja, natürlich. Wenn dir der Gestank nichts ausmacht.« Er musterte sie prüfend. »Eigentlich bist du viel zu fein angezogen. Warst du in Bonn bei Hildegard?«

Er half ihr auf den Trecker, und sie quetschte sich auf den Notsitz. Es war so eng, dass sich ihre Knie berührten. Leni dachte nicht zum ersten Mal, dass ihr die Nähe zu Albert guttat. Er wirkte so ruhig und besonnen, in seiner Gegenwart fühlte sie sich einfach wohl und beschützt. Es kam ja nicht von ungefähr, dass sie gleich an ihn gedacht hatte, als am Abend auf einmal Marie Felten vor ihr gestanden und sie um Hilfe angefleht hatte. Zum Glück war sie allein zu Haus gewesen. Unwillkürlich seufzte Leni auf.

Albert warf ihr einen Blick von der Seite zu. Er räusperte sich. »Eigentlich ist es mir ja egal«, sagte er, »aber hoffentlich sieht uns keiner. Das gibt nur Gerede, und am Ende bekommst du Schwierigkeiten.«

Leni lächelte schief. »Um mich brauchst du dir keine Sorgen zu machen, Albert.«

Albert runzelte die Stirn, schwieg aber.

»Ich habe mit der Schwester Oberin geredet«, sagte Leni. »Sie nehmen Marie gerne auf. Sorgst du dafür, dass sie heil ins Kloster kommt?«

Albert nickte. »Ja, das haben wir ja schon besprochen. Hoffentlich wird sie nicht doch noch entdeckt. In der letzten Zeit war im Wald ganz schön viel los. Die Junker von der Burg sammeln offenbar gerne Pilze, und sie schießen auch schon mal was, ohne vorher um Erlaubnis zu fragen. Zweimal wäre Marie beinahe aufgefallen.«

»Es wird tatsächlich zu gefährlich«, bestätigte Leni. »In Bonn geben sie ihr ein Nonnenhabit, und sie wird nur im Kloster arbeiten. Hast du in den letzten Tagen nach ihr geschaut? Wie geht es ihr denn?«

»Nicht gut. Ach, das sind üble Zeiten.« Albert kratzte sich am Kopf. »Wie stehen die Nonnen denn zu Hitler?«

»Ich weiß nicht«, sagte Leni. »Darüber haben wir nicht gesprochen. Warum fragst du?«

»Die Brüder in Maria Laach sind voll der Bewunderung für unseren Führer, habe ich gehört. Andererseits haben sie auch den Adenauer, den früheren Bürgermeister von Köln, aufgenommen, das eine schließt also wohl das andere nicht aus.«

Leni zuckte mit den Schultern. »Ich verstehe nichts von Politik. Ich weiß nur, dass wir ihr helfen müssen. Was sie durchgemacht hat, sollte kein Mensch erleben müssen. Und im Kloster gewähren sie ihr Zuflucht.«

»Da hast du recht. Lass uns mal das Beste hoffen. Der Papst hat sich ja gegen Hitler ausgesprochen, und dieser Meinung sollten die Nonnen sich eigentlich anschließen. Jetzt warte mal, ich mache den Abfluss am Jauchewagen auf. Halt dir die Nase zu.« Albert hielt an und sprang vom Traktor, um den Hebel an seinem Mistwagen umzulegen. Dann kletterte er wieder auf seinen Sitz und fuhr in langsamen Bögen über seinen Acker. »Ein bisschen Dünger vor der Wintersaat. Gleich bin ich fertig, dann bringe ich dich nach Hause. Mach dir wegen Marie keine Sorgen, ich kümmere mich schon darum.«

Leni hatte gerade das Abendessen zubereitet, als Mellers Mercedes auf den Hof fuhr. Siegfried sprang heraus und kam ins

Haus gerannt. »Mama, Mama«, rief er schon von der Tür. »Der Führer hat mir die Hand auf den Kopf gelegt!«

Leni rang sich ein Lächeln ab und breitete die Arme aus. »Mein Junge, ich hab dich so vermisst.«

»Warum? Ich war doch gar nicht lange weg«, sagte Siegfried.

»Leni, ich muss mit dir reden«, rief Meller aus der Diele.

Unbehagen stieg in Leni auf. Sie runzelte die Stirn. Es konnte doch unmöglich sein, dass Meller etwas von Marie erfahren hatte? Betont gelassen ging sie ihm entgegen. »Na, das ist ja eine herzliche Begrüßung«, sagte sie gezwungen fröhlich. »Was ist denn das für ein barscher Tonfall? War es nicht schön in Köln?«

»Doch, doch. Obwohl es mich wundern sollte, wenn es dich interessiert.« Meller zog die schwarzen Lederhandschuhe aus. »Ich habe gerade im Dorf Nellessen getroffen.«

»Ja, und?« Leni sah ihn fragend an. Arno Nellessen gehörte als Einziger aus dem Dorf zu den Elite-Offizieren, die auf Vogelsang eine Ausbildung genossen hatten, und Meller brüstete sich damit, ihm den Weg geebnet zu haben.

»Er hat gesagt, er hat gesehen, wie du mit Lintermann auf dem Trecker spazieren gefahren bist. Ich wünsche nicht, dass du so einen intimen Umgang mit ihm pflegst.«

Leni zog die Augenbrauen hoch. »Jetzt mach aber mal einen Punkt, Meller!«, erwiderte sie scharf. »Ich pflege weder intimen Umgang mit ihm, noch bin ich mit ihm spazieren gefahren. Bei Hildegard war heute Besuchstag, und ich bin auf der Heimfahrt schon am Walberhof aus dem Bus ausgestiegen, weil ich gerne ein wenig zu Fuß gehen wollte. Albert ist zufällig vorbeigekommen und hat mir angeboten, mich nach Hause zu fahren. Ich wüsste nicht, was daran anstößig sein soll.« Herausfordernd reckte sie das Kinn.

Wie immer, wenn sie ihm entschieden die Stirn bot, ruderte

ihr Mann sofort zurück. »Ich will nur nicht, dass die Leute reden. Aber Nellessen hielt euer Zusammensein offenbar für unschicklich genug, dass er mir davon berichtet hat.«

»Ich weiß nicht, was dein Freund Nellessen im Kopf hat«, erwiderte Leni in festem Ton. »Es gibt nichts zu reden, gar nichts.«

»Nun gut, für dieses Mal will ich dir glauben«, erklärte Meller großzügig. »Aber für die Zukunft kann ich dir nur raten, dich besser von Lintermann fernzuhalten. Du willst ja unser kleines Arrangement sicher nicht gefährden.« Er rieb sich die Hände. »Doch jetzt lass uns nicht mehr davon sprechen. Ich bleibe heute Abend hier. Was gibt es zum Abendessen?«

»Aufgewärmte Graupensuppe von gestern«, erwiderte Leni trocken. »Ich war ja in Bonn und hatte keine Zeit mehr zum Kochen. Außerdem habe ich nicht mit euch gerechnet.«

Meller verzog angewidert das Gesicht. »Kälberzähne«, sagte er. »Das kriege ich nicht runter. Das könnt ihr alleine essen. Für mich kannst du nachschauen, ob in der Speisekammer nicht noch ein Schinken hängt.«

*Aus den Aufzeichnungen
des Lehrers Martin Faßbender*

20. März 1938

Österreich gehört jetzt auch zum Deutschen Reich. Auch wenn Adolf Hitler aus Braunau stammt, so wundert es mich doch, wie jubelnd die Österreicher den Einmarsch der Nationalsozialisten begrüßt haben. Andererseits bekommen wir natürlich auch nur diese Bilder zu sehen, und der Westdeutsche Beobachter berichtet ja auch nur parteikonform.

24. April 1938

Heute war Kinderkommunion. Das feierliche Bild, wie die Mädchen in ihren weißen Kleidern und den Kränzen im Haar, die Jungen im Anzug und mit Schülermütze aus der Kirche ausziehen, rührt mich immer wieder, dieses Jahr noch mehr als sonst.

2. Juni 1938

Himmler hat, gefördert von der SS-Organisation Ahnenerbe, eine Forschungsexpedition nach Tibet geschickt. Die Wissenschaftler, hauptsächlich Zoologen und Biologen, sollen die Tibeter untersuchen und vermessen, um festzustellen, wie arisch sie sind, und sie sollen kälteresistente Getreidesaaten und robuste Pferde auftreiben.

Ich habe schon häufig von solchen Expeditionen im Auftrag der Nationalsozialisten gelesen, ob an den Amazonas oder in die Antarktis, aber in diesem Fall kommt mir das Vorhaben doch ein wenig überflüssig vor. Um kälteresistente Getreidesorten zu finden, hätten sie nicht so weit reisen müssen. Das hätten sie einfacher haben können. Nicht nur unser Wintergetreide muss mit dem harten und kalten Klima in der Nordeifel fertigwerden, auch unsere Tiere sind bestens an das oft raue Wetter hier angepasst. Und was für einen Sinn macht es, in Tibet Gesichter zu vermessen? Welche Erkenntnis soll uns das bringen?

14. November 1938

Ich kann es kaum in Worte fassen. Noch bin ich ganz erschüttert von den Ereignissen. In ganz Deutschland haben Synagogen gebrannt, Geschäfte jüdischer Mitbürger sind zerstört und geplündert, die jüdischen Friedhöfe geschändet worden. Und auch wir hier auf dem Land sind nicht verschont geblieben.
Am helllichten Tag sind am vergangenen Mittwoch SA-Männer aus der ganzen Region vor der Synagoge in Euskirchen vorgefahren, sind eingedrungen und haben alles zerstört. Niemand hat eingegriffen, im Gegenteil, es haben sich zahlreiche Schaulustige versammelt und dem Spektakel tatenlos zugesehen, selbst dann noch, als am späten Nachmittag schließlich SS-Leute das Gebäude in Brand gesteckt haben.

Teil III

1939–1949

22

»Es gibt bestimmt Krieg, Vater.« Karl wischte sich den Schweiß von der Stirn.

»Das hast du letztes Jahr auch schon gesagt.« Albert trank einen Schluck aus seiner Feldflasche. Sie saßen unter dem einzigen Baum, der auf dem Acker Schatten spendete. Karl hatte sich in den Kopf gesetzt, Raps anzubauen, und nach einer mühseligen Vorbereitung des Bodens, der in diesem Landstrich eigentlich zu mager für die Futterpflanze war, waren sie heute darangegangen zu säen.

Vor einem Dreivierteljahr war Karl aus dem Militärdienst entlassen worden. Kurz hatten sie befürchten müssen, dass er gleich wieder zum Arbeitsdienst eingezogen würde, aber zum Glück war er dann doch auf Alberts Antrag hin freigestellt worden, weil er ihn dringend auf dem Hof brauchte. Thadeusz und Helena waren schon vor über einem Jahr nach Hause zurückgekehrt, weil die Lage in Deutschland für sie zu gefährlich geworden war. Und alleine war die Arbeit für Albert nicht mehr zu schaffen.

In der kurzen Zeit hatte der Junge die Ärmel hochgekrempelt und einige Neuerungen eingeführt. Albert war nicht mit allem einverstanden, aber er erinnerte sich noch zu gut an seine fruchtlosen Auseinandersetzungen mit seinem Vater, um seinem Sohn wirklich Steine in den Weg legen zu wollen. Und die Sache mit dem Raps leuchtete ihm ein.

»Es könnte sein, dass der Winter zu rau wird«, hatte Karl ihm erklärt. »Aber das Risiko möchte ich eingehen. Raps verbessert die Qualität des Bodens, und das brauchen wir hier dringend. Das wird in zukünftigen Jahren für die Ernte entscheidend sein. Lass es uns wenigstens ein- oder zweimal versuchen, Vater. Du wirst sehen, du kannst ihn gut an die Ölmühle verkaufen.«

»Ich habe gar nichts dagegen«, hatte Albert erwidert. »Du übernimmst den Hof über kurz oder lang ja sowieso. Mach du nur, wie du denkst.«

Und jetzt saßen sie hier unter der alten Ulme, aßen das Mittagessen, das Johanna ihnen im Henkelmann vorbeigebracht hatte, und Karl sprach Alberts größte Angst aus.

»Wie kommst du gerade jetzt darauf?«, fragte er.

»Deutschland macht mobil. Ich werde wieder eingezogen. Die Lage mit Polen spitzt sich zu. Hast du das nicht mitbekommen?«

»Doch.« Albert nahm seine Kappe ab und kratzte sich am Kopf. »Sagen wir mal, ich wollte es nicht wahrhaben. Wie kann es denn sein, dass es nach gerade mal zwanzig Jahren Frieden schon wieder einen Krieg geben soll? Das kann doch niemand wollen, und schon gar nicht die Männer aus meiner Generation, die das Grauen miterlebt haben! Und ich will es mir lieber auch nicht vorstellen.«

Karl zuckte mit den Schultern. »Vielleicht geht's glimpflich ab, und ich bin bald wieder zu Hause. Wir wollen ja auch die Hochzeit so bald wie möglich planen. Sag der Mutter noch nichts davon. Sie erfährt es früh genug.«

»Ich werde mich freiwillig melden!«, verkündete Gottfried beim Abendessen.

Albert hatte sich tief über seinen Teller gebeugt, die dicken Bohnen mit Speck in sich hineingelöffelt und seinen Gedanken nachgegangen. Karls Vermutungen waren bittere Realität geworden. Sie hatten ihn eingezogen, und er bangte um seinen Ältesten, der irgendwo in Polen war. Sie hatten noch keine Nachricht von ihm, wer weiß, wie es ihm ging.

Jetzt hob er den Kopf und warf seinem Jüngsten einen verweisenden Blick zu. »Was redest du da für einen Unsinn? Du machst jetzt erst mal deine Ausbildung auf der landwirtschaftlichen Schule zu Ende. Du bist ja gerade erst mit der Mittelschule fertig. Anderthalb Jahre wirst du dich noch gedulden müssen. Mit siebzehn können sie dich bei der Wehrmacht sowieso noch nicht brauchen.«

Gottfried verdrehte die Augen. »Vater, die Landwirtschaftsschule macht mir keinen Spaß. Ich will kein Bauer werden. Und ich will auch nicht zur Wehrmacht, ich will zur Luftwaffe. Das müsstet ihr mal sehen, was in der letzten Zeit auf dem Flugplatz los ist!« Vor lauter Begeisterung kippte seine Stimme. »Alle möglichen Maschinen starten und landen da, auch große, zweimotorige Bomber!« Er gestikulierte so heftig, dass sein Milchglas umfiel.

»Ach wirklich, Junge.« Bertha erhob sich und schlurfte ans Spülbecken, um einen Lappen zu holen. »Pass doch ein bisschen auf. Was ist das für eine Sauerei!«

Gottfried reagierte kaum. »Ach, ist doch nicht so schlimm«, sagte er. »Miezi hat sowieso schon alles aufgeleckt.« Er wandte sich wieder an Albert. »Wirklich, Vater, ich kann nicht mehr warten. Ich will zur Luftwaffe.«

Albert schüttelte den Kopf. »Du glaubst auch, das ist alles ein großer Spaß, was? Guck mich doch an, das sind die Folgen! Du weißt ja gar nicht, was Krieg bedeutet! Frag deine Mutter, wie ich ausgesehen habe, als ich 1919 endlich nach Hause gekommen bin. Und glaub mir, ich habe weiß Gott nicht damit gerechnet, dass mir eine Granate das Gesicht zerfetzt. Krieg ist kein Spaß. Krieg ist bitterer Ernst!«

»Heute sind ganz andere Zeiten als damals. Die Technik ist doch viel weiter, und du kannst dich viel schneller in Sicherheit bringen. Mir kann keiner was!« Was hatten die alten Geschichten seines Vaters mit der heutigen Zeit zu tun? Das leuchtete Gottfried nicht ein. »Fliegen ist mein Leben. Ich kann nicht hier bei dir bleiben und meine Zeit mit Feldarbeit vertun. Wann begreifst du es endlich: Ich gehe zu den Fliegern, und wenn du es mir zehnmal verbietest! Und Robert auch«, fügte er hinzu, als ob er damit seinen Vater überzeugen könnte.

Albert hatte genug. Ungehalten schob er seinen Teller weg. »Was redest du nur für einen hanebüchenen Unsinn?«, polterte er los. Bertha zuckte zusammen. Diese Lautstärke war sie von ihrem Mann gar nicht gewohnt. »Du lernst erst einmal was Gescheites! Solange du die Füße unter meinen Tisch stellst, wirst du nicht in den Krieg ziehen. Werd erst einmal volljährig, dann kannst du meinetwegen machen, was du willst. Aber vorher wird aus deinen hochfliegenden Plänen nichts. Es ist schlimm genug, dass sie deinen Bruder und Roberts große Brüder eingezogen haben! Wir können nur zu Gott beten, dass der Spuk nicht zu lange dauert und sie gesund wieder nach Hause kommen. Solange Karl weg ist, ist es deine verdammte Pflicht und Schuldigkeit, mir hier auf dem Hof zu helfen. Und jetzt halt den Mund und iss!«

Gottfried kniff die Augen zusammen und warf seinem Vater einen bösen Blick zu, traute sich aber nicht zu widersprechen. Als Bertha ihm sanft die Hand tätschelte und ihn leise bat, endlich zu essen, es werde doch alles kalt, zog er unwillig seinen Arm weg und stand so heftig auf, dass der Stuhl polternd zu Boden krachte.

»Ich habe keinen Hunger«, stieß er hervor. »Lasst mich doch alle in Ruhe!«

Albert blickte nicht auf, als sein Sohn aus der Küche rannte und krachend die Tür hinter sich zuschlug. Bertha wollte aufspringen, um ihm nachzulaufen, aber er drückte sie an der Schulter wieder auf die Bank zurück. »Das hat jetzt doch keinen Zweck«, sagte er und seufzte. »Er wird schon wieder zur Vernunft kommen. Ich gehe nachher mal zu Silvio und höre mir an, was Robert ihm erzählt hat.«

In der Gastwirtschaft war nicht viel los. Ein großer Tisch in der Ecke war mit den Arbeitern besetzt, die für den Bau des Westwalls, der Verteidigungslinie entlang der Grenzen zu Belgien und Frankreich, zwangsverpflichtet waren. Da sie im Saal hinter Silvios Wirtschaft untergebracht waren, lag es nahe, dass sie ihren Lohn bei ihm in alkoholische Getränke umsetzten. Ihre Verpflegung bei den Wirtsleuten wurde von der Regierung pauschal abgegolten.

Die vielen Arbeiter, die seit 1938 ins Dorf strömten, sorgten für Unruhe, aber Silvio hatte keine Probleme mit ihnen, wahrscheinlich weil er sich noch zu gut an seine eigene Zeit als Arbeiter auf der Talsperre erinnern konnte.

Jetzt saßen sie friedlich da, tranken ihr Bier, spielten Karten oder knobelten.

Von den Einheimischen war keiner zu sehen. Offensichtlich blieben viele zu Hause und versuchten so gut es ging mit den unerfreulichen Nachrichten fertigzuwerden. Am Stammtisch saß lediglich der Pastor, der trübe in sein Bierglas blickte. Albert nickte ihm kurz zu und trat an die Theke, hinter der Silvio stand und Gläser polierte. »Hast du heute schon mit deinem Jüngsten geredet?«, fragte er ohne Umschweife.

Silvio schüttelte den Kopf. »Nein, ich habe ihn den ganzen Tag über nicht gesehen. Wir müssen langsam wirklich ein ernstes Wort mit den beiden reden, damit sie sich für eine Lehre entscheiden. Der Schlendrian ist ja nicht zum Aushalten. Dio mio, wenn alle meine Kinder so wären wie Robert, würde ich verzweifeln.«

»Ich fürchte, sie haben ihre Entscheidung schon selbst getroffen. Gottfried hat mir beim Abendessen verkündet, er will sich freiwillig zur Luftwaffe melden. Und Robert auch.«

Silvio stellte das Glas ab, das er gerade noch prüfend gegen das Licht gehalten hatte. »Was? Davon habe ich noch nichts gehört. Die sind doch beide viel zu jung!«

»Das sehen sie anders. Ich habe Gottfried verboten, auch nur einen Gedanken daran zu verschwenden. Es reicht doch, dass sie unsere großen Söhne eingezogen haben. Weiß der Himmel, wie das mit dem Krieg weitergeht!«

»Es wird in Flammen und Tränen enden. ›Und es fiel Feuer vom Himmel und verzehrte sie!‹« Pastor Molitor hatte anscheinend mitgehört. Er hob sein Bierglas, das noch dreiviertel voll war, und trank es in einem Zug aus.

Albert runzelte die Stirn. »Ist der Pastor betrunken?«, fragte er Silvio im Flüsterton.

Silvio atmete tief ein und nickte fast unmerklich. »Später«, formte er unhörbar mit den Lippen. An Molitor gewandt sagte er laut: »Gehen Sie besser nach Hause, Hochwürden. Es ist schon spät. Lassen Sie Ihren Deckel einfach liegen, ich schreibe es Ihnen an.«

Während der Pastor gehorsam aufstand und vor sich hin brabbelnd hinaustorkelte, sagte Silvio zu Albert: »Ich nehme mir Robert morgen früh gleich zur Brust. Wir sollten ihnen ein bisschen mehr zu tun geben, dann kommen sie auch nicht dauernd auf dumme Gedanken.« Als die Wirtshaustür hinter Molitor zugefallen war, fuhr er leiser fort: »Die Gestapo hat ihm mal wieder zugesetzt. Sie haben ihm wohl gestern Abend einen Besuch abgestattet, einfach so, ohne jeden Anlass, nur um ihn mit Nachdruck darauf hinzuweisen, dass er bloß nicht auf die

Idee kommen soll, jemandem in seiner Kirche Asyl zu gewähren. Sie müssen ihm sogar offen gedroht haben! Ich weiß nicht, ob sie ihn misshandelt haben, aber ich glaube nicht. Es ist reine Schikane.« Er warf einen Blick zu dem Tisch in der Ecke, an dem die Arbeiter saßen. Einer mischte gerade die Spielkarten.

»Es hat sich schon mal einer totgemischt«, kommentierte ein anderer bissig. »Jetzt teil endlich aus!« Die Männer lachten grölend. Was an der Theke geredet wurde, interessierte sie nicht.

»Der arme Pastor«, sagte Albert. »Gerade er täte doch nie im Leben etwas, was gegen die Gesetze verstößt.«

Silvio zuckte mit den Schultern. »Das nützt ihm wohl wenig. Wollen wir mal hoffen, dass sie ihn in Ruhe lassen.«

11. November 1939

Liebe Mutti,

wir haben jetzt zweimal in der Woche weltanschaulich-ideologischen Unterricht. Du wirst dir schon denken können, was das bedeutet. Ein NS-Offizier kommt ins Kloster mit seinen Leuten, und wir müssen uns alle im Refektorium versammeln, wo Vorträge gehalten werden. Jede von uns muss teilnehmen, und entschuldigt fehlen darf nur, wer Dienst im Krankenhaus hat oder selbst krank ist.

Es ist ein großer Eingriff in unseren Tagesablauf, aber es ist auszuhalten, zumal wir befürchten mussten, dass sie uns aus dem Kloster vertreiben, wenn wir dem Unterricht nicht zugestimmt hätten. Auch jetzt noch schwebt diese Angst wie ein Damoklesschwert über uns.

Letzte Woche hat außerdem eine Durchsuchung stattgefunden, weil uns anscheinend jemand angezeigt hat mit dem Vorwurf, wir hätten Juden im Kloster versteckt. Zum Glück hatten wir Marie Felten kurz vorher an einen anderen Ort gebracht, weil es mit der ständigen Anwesenheit der Gestapo hier für sie zu gefährlich wurde. Am Ende hätte sie womöglich noch jemand erkannt. Frag mich aber bitte nicht, wohin, ich darf es dir nicht sagen, um dich nicht auch in Gefahr zu bringen. Ich hoffe nur, dass sie in Sicherheit ist.

Ich bitte dich sehr, mich in den nächsten Wochen nicht zu besuchen. Ich möchte nicht, dass du hier von jemandem gesehen wirst. Du wirst einwenden, das sei doch egal, weil ja sowieso jeder weiß, dass deine Tochter Nonne ist, aber wir müssen wirklich nicht alle Welt noch mit der Nase darauf stoßen. Es ist schlimm, aber die Zeit zwingt uns dazu, jedem gegenüber misstrauisch zu sein, und ich möchte dir Unannehmlichkeiten ersparen.

Mach dir um mich keine Sorgen! Ich bin geborgen in Gottes Hand und habe keine Angst.

Diesen Brief gebe ich Onkel Albert mit, der eben überraschend an der Pforte stand und uns einen großen Korb mit Brot, Eiern und Wurst gebracht hat. Weiß der Himmel, wie er das immer noch möglich macht, wo doch alles über Lebensmittelkarten läuft und die Bauern einen nicht unbeträchtlichen Teil abgeben müssen. Aber ich war heilfroh, dass er da war und ich ihm den Brief geben konnte. Ihn mit der Post zu schicken, wäre viel zu unsicher. Heutzutage weiß man nie, wer mitliest.

Gottes Segen für dich. Ich küsse dich,
deine dich liebende Tochter Hildegard

Leni starrte auf den Brief, den sie jetzt schon zum vierten Mal gelesen hatte. Albert hatte ihn ihr im Vorbeigehen zugesteckt. Die heimliche Geste hatte sie verwirrt, aber als sie Hildegards Schrift erkannt und gelesen hatte, was sie schrieb, war sie ihm dankbar gewesen, dass niemand etwas mitbekommen hatte.

Um Gottes willen, in welcher Gefahr schwebte ihre Tochter? Am liebsten hätte sie Hildegard aus dem Kloster nach Hause geholt, aber sie kannte ihr Kind gut genug, um zu wissen, dass sie nie mitgekommen wäre.

An Meller konnte und wollte sie sich nicht wenden. Mittlerweile redeten sie kaum noch miteinander, und zum Glück sahen sie sich auch selten, weil er sich die meiste Zeit in Köln aufhielt. Er würde nicht den kleinen Finger krumm machen, um Hildegard zu helfen, das hatte er ihr ja schon oft genug mit Nachdruck klargemacht. Seine Partei ging ihm über alles, und es reichte ihm vollkommen, dass sie nicht offiziell geschieden waren, sodass sie immer noch bei den sehr seltenen Gelegenheiten an seiner Seite auftreten konnte, wenn es nötig war. Ansonsten war ihm gleichgültig, wie ihr Leben verlief, solange sie seinem nicht in die Quere kam. Und auch ihr war es im Grunde genommen recht so; nur dass sie Siegfried kaum noch sah, machte ihr sehr zu schaffen. Doch sie konnte wahrscheinlich froh sein, dass er ihr den Sohn nicht ganz entzog.

Seine Überzeugungen und seine Einstellung anderen Menschen gegenüber waren ihr fremd geblieben, und manchmal schnürte es ihr geradezu die Luft ab, sich in diesem Haus aufhalten zu müssen, in dem jeder Winkel ein Schrein der Verehrung für den Führer war. Allein schon die großen gerahmten Bilder des Führers, von denen eines im Wohnzimmer gut sichtbar an der Wand prangte, das andere zu allem Überfluss über ihrem Bett im Schlafzimmer, verursachten ihr fast körperliche Schmerzen.

Einmal hatte sie aus Langeweile nach dem Buch gegriffen, das schon seit Jahren statt der Bibel auf Johanns Nachtschränkchen lag. *Mein Kampf* von Adolf Hitler. Vieles, was darin stand, kam ihr reichlich wirr vor, aber vielleicht war sie ja auch nur zu dumm, um es zu begreifen. Anderes jedoch fand sie einfach nur erschreckend, so voller Hass auf Menschen, die nicht der arischen Rasse angehörten, und nach einer Weile hatte sie das Buch wieder zugeklappt. Ihr war beim Lesen gewesen, als hörte sie die donnernde Stimme des Führers, und ihr war ähnlich unbehaglich geworden wie bei den Gelegenheiten, wenn sie seine Reden im Volksempfänger anhören musste. Meller gegenüber ließ sie sich nichts anmerken, aber es kostete sie zunehmend Kraft, bei ihm zu bleiben. Sie stand nicht hinter dem, was ihr Mann verkörperte, sie konnte seine Anwesenheit kaum ertragen, und immer häufiger wäre sie am liebsten weggelaufen. Aber es gab keinen Ausweg.

Aus den Aufzeichnungen des Lehrers Martin Faßbender

10. Juli 1939

Vor einem Jahr ist ja plötzlich die alte Orgel in unserer Kirche kaputtgegangen, und der Kirchenvorstand hat beschlossen, nicht lange daran herumzureparieren, sondern eine neue anzuschaffen. So wurde die alte Orgel abgebrochen und das Pfeifenmaterial, so weit noch brauchbar, an der neuen verwendet. In der Zwischenzeit habe ich mit dem Harmonium des Gesangsvereins für Musik in der Kirche gesorgt.

Gestern nun haben wir die neue Orgel feierlich eingeweiht. Der Orgelprüfer, Herr Kaplan Johannes Frantzen, hat sie gespielt, und er war mit dem Ergebnis sehr zufrieden. Sie passt gut in unsere schöne Kirche, und ich finde, sie hat einen wunderbaren Klang.

18. Juli 1939

Heute ist auf dem Walberhof die Flugschule für die Junker offiziell eröffnet worden. Die Jugendlichen sind elektrisiert. Es ist aber auch spannend, dem Flugbetrieb zuzuschauen. In dem Maße jedoch, wie die Starts und Landungen zunehmen, nimmt auch mein mulmiges Gefühl zu. Ich frage mich schon seit Langem, wo das alles enden soll.

1. September 1939

Die deutsche Wehrmacht hat Polen angegriffen. Seit heute befinden wir uns im Krieg. Ich habe damit gerechnet, aber jetzt, wo es passiert ist, kommt es mir seltsam irreal vor. Ich mag nichts dazu schreiben.

22. September 1939

Die Katastrophen nehmen kein Ende. Gottfried und Robert sind weggelaufen, anscheinend, weil sie zur Luftwaffe wollen. Simoni und Lintermann sind in heller Aufregung. Ihre großen Söhne sind bereits eingezogen worden, und jetzt haben sich auch noch die beiden Jüngsten auf eigene Faust aufgemacht. Zuerst haben die Eltern hier in der Umgebung nach ihnen gesucht, wir haben uns alle daran beteiligt, und Albert Lintermann ist sogar nach Köln zum Butzweilerhof gefahren, weil dort wohl ein Ausbildungszentrum sein soll. Aber die dummen Jungs sind wie vom Erdboden verschluckt.

30. Oktober 1939

Viele unserer jungen Männer sind mittlerweile an der Front. Es heißt, Himmler soll die unverheirateten Männer in der SS vor dem Einrücken ins Feld dazu aufgefordert haben, Kinder zu zeugen. Was für ein merkwürdiges Ansinnen! Soldaten für Deutschland? Für die Daheimgebliebenen wird das Leben härter, weil die Arbeit ja nicht weniger wird und sie zudem noch einen Teil des Ertrags abgeben müssen. Dieselbe Situation hatten wir im Großen Krieg schon einmal, und auch damals war es schwer, aber dieses Mal ist es anders, weil uns unser Dorf gar nicht mehr gehört. So empfinde ich es zumindest. So viele Fremde laufen hier herum, auch jetzt noch, wo offiziell am Westwall gar nicht mehr gebaut wird. Aber wer weiß, vielleicht ist der Krieg bald schon wieder vorbei. Deutschland ist ja überall siegreich. Es war schon erstaunlich, wie schnell unsere Truppen Belgien und Teile von Frankreich eingenommen haben.

23

Leni schlug das Herz bis zum Hals. Seit Wochen schon hatte sie nichts mehr von Hildegard gehört. Bereits im ersten Kriegsjahr hatte sie sich nur selten und kurz gemeldet, und vor allem hatte sie Leni inständig gebeten, sie nicht mehr zu besuchen, um sich nicht in Gefahr zu bringen. Anscheinend hatte es Gerüchte gegeben, dass das Kloster von den Nazis beschlagnahmt werden sollte. Jetzt aber hatte Leni es nicht mehr ausgehalten. Weihnachten 1940 hatte sie zuletzt etwas von ihrer Tochter gehört, und jetzt war es Ende April. Bei einem seiner seltenen Besuche in Wollseifen hatte sie Meller gefragt, ob er irgendetwas wisse, aber er hatte nur spöttisch reagiert.

»Woher soll ich denn wissen, warum deine Tochter dir nicht schreibt? Fahr doch hin und frag sie.«

Das hatte sie getan. Und nun stand sie hier in Bonn und beobachtete das Kloster. Eine dunkle Vorahnung stieg in ihr auf. Von außen sah das Gebäude aus wie immer, aber irgendetwas war anders als sonst. Entschlossen trat sie an die Pforte und läutete. Gleich würde Schwester Renata ihr aufmachen, und sie konnte nach Hildegard fragen. Doch als die Tür aufging, stand ihr eine völlig fremde Frau gegenüber. Sie trug ein graues Kostüm und wirkte merkwürdig fehl am Platz.

»Ich möchte zu meiner Tochter, zu Schwester Hildegard«, sagte Leni.

»Hier gibt es keine Schwester Hildegard.« Die Frau schlug die Tür wieder zu.

Verdattert läutete Leni erneut.

Dieses Mal öffnete die Frau lediglich das Sprechfenster in der Tür. »Was wollen Sie?«, sagte sie unfreundlich. »Ich habe Ihnen doch gesagt, hier gibt es keine Schwester Hildegard.«

»Dann bringen Sie mich zur Schwester Oberin«, verlangte Leni. »Sie wird mir sagen können, wo meine Tochter ist.«

Die Frau verzog das Gesicht. »Hier gibt's auch keine Schwester Oberin. Das ist kein Kloster mehr.«

Erschreckt blickte Leni sie an. »Was ist es dann? Wo sind die Nonnen?«

»Keine Ahnung.« Die Frau zog den Kopf zurück.

»Warten Sie«, sagte Leni hastig. »Ich bin die Mutter von einer der Nonnen. Sagen Sie mir doch bitte, wo sie sind.« Flehend blickte sie die Frau an.

»Ich bin nicht befugt, Ihnen Auskunft zu geben.« Die Frau blickte sich verstohlen um. »Sie sind in einem anderen Kloster«, sagte sie schließlich. »Mehr weiß ich nicht.« Die Klappe ging wieder zu.

Einen Moment lang blieb Leni stehen und starrte auf das geschlossene Tor. Dann holte sie tief Luft und wandte sich wieder zum Bahnhof.

Die Stadt lag friedlich da. Vom Krieg merkte man hier bisher kaum etwas. In den Anlagen blühten die ersten Tulpen und Narzissen. In der Nacht hatte es geregnet, und jetzt spiegelte sich eine blasse Aprilsonne in den Pfützen. Aber Leni hatte keinen Blick für die friedliche Schönheit des Frühlings. Ihre Gedanken kreisten nur um ihre Tochter. Wo war Hildegard? Und was war mit dem Kloster?

Albert spannte die Pferde vor den Pflug. Mit dem Traktor wäre es leichter gewesen, aber er bekam keinen Treibstoff mehr für die Landmaschinen. Alles wurde für den Krieg gebraucht.

Autos und Motorräder waren stillgelegt oder beschlagnahmt, und das Leben auf dem Dorf war wieder so mühsam wie um die Jahrhundertwende. Nur dass sie damals mehr Leute gehabt hatten.

Viele seiner Nachbarn kamen kaum noch alleine zurecht, vor allem die Familien, in denen die jungen Männer eingezogen worden waren. Wie sollten die Frauen alleine die Ernte einbringen?

Eine Zeit lang hatten ihnen die in Wollseifen untergebrachten Soldaten und Arbeiter noch geholfen, aber auch von denen waren die meisten jetzt an der Front.

Es gab auch Zwangsarbeiter, Kriegsgefangene aus Polen und Frankreich, aber die meisten waren auf Gut Hahn, wo sie unter erbärmlichen Umständen schuften mussten. Meller hatte offensichtlich beste Beziehungen und bekam jederzeit Arbeitskräfte zugeteilt, Männer wie Frauen. Im Dorf hingegen waren nur wenige untergebracht, aber Albert war eigentlich froh darüber. Der Umgang mit den Zwangsarbeitern war eine ständige Gratwanderung. Die meisten Bauern verpflegten sie zwar gut, da sie sich ja die Arbeitskraft der Leute erhalten wollten, aber sie durften auch nicht zu freundlich mit ihnen umgehen, da sie sonst Gefahr liefen, angezeigt zu werden. Albert hatte von einem Bauern aus Herhahn gehört, der wegen des zu familiären Umgangs mit seinen Zwangsarbeitern zu einer Gefängnisstrafe verurteilt worden war.

Hinzu kamen all die anderen Schwierigkeiten, mit denen sie im Dorf zu kämpfen hatten: die Flurschäden, die durch die militärischen Übungen auf ihren Feldern angerichtet wurden. Und nicht nur der Mangel an Treibstoff war ein Problem. Sie konnten auch die Pferde nicht beschlagen und ihre Geräte nicht mehr reparieren lassen. Überall fehlte es am Nötigsten. In allem musste man sich notdürftig irgendwie behelfen.

Er dachte an seine Jungs. Wie mochte es ihnen gerade ergehen? Karl hatte geschrieben, dass er demnächst den ersten längeren Urlaub bekommen würde. Dann wollte er Johanna endlich heiraten. Das hatten sie die ganze Zeit schon vorgehabt, aber bisher hatte es nie gepasst. Ein großes Fest konnten sie ja sowieso nicht feiern, aber er würde auf jeden Fall ein Huhn schlachten, falls er dann überhaupt noch welche hatte.

Und Gottfried? Damals, als er mit Robert bei Nacht und Nebel abgehauen war, um sich freiwillig zur Luftwaffe zu melden, hatten sie zunächst angenommen, die beiden seien nur bis zum Walberhof gelaufen, um dort als Flieger ausgebildet zu werden, aber das hatte sich als Irrtum erwiesen. Zunächst waren sie wie vom Erdboden verschluckt gewesen. Nach Monaten erst kam eine kurze Nachricht von ihnen, dass sie in Gütersloh als Jagdflieger ausgebildet würden. Wie oft hatte Albert sich in den Nächten Vorwürfe gemacht, dass er seinem Sohn erlaubt hatte, zur Flieger-HJ zu gehen und alle Segelflugscheine zu machen. Dadurch hatte er erst die notwendigen Voraussetzungen geschaffen. Irgendwann kam ein kurzes Schreiben, in dem die Familien informiert wurden, dass Gottfried Lintermann und Robert Simoni bei ihrem ersten Einsatz als Nachtjäger über Maastricht abgeschossen worden und höchstwahrscheinlich in britische Gefangenschaft geraten seien. Bertha hatte darüber endgültig den Verstand verloren. Sie war zu nichts mehr zu gebrauchen, saß tagelang nur in der Küche am Fenster und wartete. Dabei hatten es Silvio und Maria ja noch viel schwerer als sie. Walter war gefallen. Er war an der Grenze zwischen Ägypten und Libyen im Einsatz gewesen. Und dort hatte man ihn auch beerdigt, in der Wüste. Julius und Erwin waren ebenfalls an der Front, und zu der Sorge um sie kam noch Roberts Abwesenheit hinzu. Seufzend fuhr sich Albert durch die Haare, die in den letzten Jahren dünn und grau geworden waren. Was sollte das nur alles werden?

Als er sein Gespann zu seinem Feld hinaufführte, sah er Leni die Dorfstraße entlanglaufen. Auch sie hatte ihn gesehen und kam winkend auf ihn zu. Völlig außer Atem blieb sie vor ihm stehen.

»Albert, gut, dass ich dich treffe. Ich komme gerade aus Bonn. Im Kloster ist niemand mehr. Ich weiß nicht, wo Hildegard ist«, sprudelte sie hervor.

»Du solltest besser nach Hause gehen. Dein Mann ist eben durchs Dorf gefahren. Am Ende hat er was dagegen, dass du dich mit mir unterhältst.«

»Ach!« Leni verzog das Gesicht und machte eine wegwerfende Geste. »Was kümmert mich Meller! Du weißt auch nichts vom Kloster, Albert, oder? Hast du irgendetwas mitbekommen?«

Albert schüttelte den Kopf. »Nein, aber ich kann mich ja mal umhören.« Er räusperte sich. »Es wird schon nichts Schlimmes passiert sein. Wahrscheinlich sind die Nonnen nur umgezogen.«

Leni warf ihm einen zweifelnden Blick zu. »Einfach so? Das hätte Hildegard mir doch bestimmt geschrieben.« Sie zuckte mit den Schultern. »Es hilft ja alles nichts. Ich werde mit Meller reden müssen, auch wenn es mir noch so sehr zuwider ist. Wenn irgendwelche politischen Maßnahmen dahinterstecken, dann muss er etwas wissen.«

Albert warf ihr einen fragenden Blick zu. So offen abfällig hatte sie sich lange nicht mehr über ihren Mann geäußert. Nach ihrem Gespräch damals an der Hütte hatte sie das Thema Scheidung nie mehr erwähnt, sie hatte ihm nur zu verstehen gegeben, dass ihre Ehe für sie beendet war. Einzelheiten wusste er nicht, er wäre allerdings auch nie auf die Idee gekommen nachzufragen. Jetzt streckte er zögernd die Hand aus und ließ sie wie zufällig über ihren Arm gleiten. »Sag mir Bescheid, wenn er dir Schwierigkeiten macht«, murmelte er.

Leni nickte. Er sah ihr nach, bis sie um die Wegbiegung verschwunden war.

»Warum bist du denn nicht in der Schule?«, herrschte Meller Leni an, als sie ins Haus trat.

Verblüfft blieb Leni stehen. »Was soll ich denn in der Schule?«

Meller verzog unwillig das Gesicht. »Was soll ich denn in der Schule?«, äffte er sie nach. Sein Tonfall wurde schneidend. »Bist du eigentlich nur unfähig? Seit einer halben Stunde ist in der Schule Lazarettausbildung. Alle Frauen sind da, um sich von Oberstabsarzt Meyring zeigen zu lassen, wie man Verbände anlegt und im Notfall richtig reagiert. Nur meine Frau, ausgerechnet meine Frau ist sich zu fein dafür und ist nicht dabei!« Seine Stimme war immer lauter geworden, und Leni wich unwillkürlich zurück. »Wo kommst du überhaupt her?«, schrie er sie an. »Hast du etwa wieder mit Lintermann poussiert? Lüg mich nicht an!«, brüllte er, bevor sie etwas sagen konnte. »Ich kriege es sowieso heraus.«

Leni holte tief Luft. Am liebsten hätte sie ihm in der gleichen Lautstärke geantwortet, aber Siegfried stand an der Küchentür und beobachtete mit großen Augen den Streit der Eltern. Der Lehrer trat hinter ihn und wollte ihn wegziehen, aber der Junge schüttelte seine Hand ab.

Mühsam beherrscht, um ihren Sohn nicht zu erschrecken, sagte Leni: »Ich war in Bonn, du hattest mir ja geraten, dort hinzufahren, um nach Hildegard zu sehen. Sie ist nicht mehr im Kloster.«

»Ach!« Meller zog die Augenbrauen hoch. »Wo ist sie denn?«

»Das wollte ich dich fragen.«

»Woher soll ich denn wissen, warum deine Tochter das Kloster verlässt?«

»Es ist überhaupt kein Kloster mehr. Die Nonnen sind alle woanders untergebracht. Sie haben mir keine Auskunft gegeben, aber dir würden sie doch sicher sagen, wo die Nonnen jetzt sind.«

Meller zuckte mit den Schultern. »Ich kann mich gerne mal erkundigen. Ich sage dir Bescheid, wenn ich etwas herausfinde.«

Er log. Das spürte Leni, aber ihr war auch klar, dass sie von ihm nichts erfahren würde, wenn er nichts sagen wollte. Erneut holte sie tief Luft. Dann wandte sie sich lächelnd ihrem Sohn zu. »Siegfried, das ist ja schön, dass ihr heute nach Hause gekommen seid.« Sie breitete die Arme aus. »Willst du deine Mama nicht begrüßen?«

»Heil Hitler, Mama!«, sagte der Elfjährige ernst. Er betonte die Anrede auf dem zweiten A. Es klang so gekünstelt. Gott weiß, wer ihm das beigebracht hat, dachte Leni. »Ich durfte heute mitkommen, weil morgen das Wochenendlager in Vogelsang anfängt. Am Sonntag werden alle Hitlerjungen vereidigt.«

»Ach«, Leni wandte sich fragend an Meller, »warum müssen die Jungs denn vereidigt werden? Sie sind doch keine Soldaten!«

Meller zog nur die Augenbrauen hoch und würdigte sie keiner Antwort. Stattdessen sagte Siegfried: »Das gehört dazu, Mama. Davon verstehst du nichts.«

Das geht so nicht weiter, dachte Leni. Der Junge redet schon genauso wie sein Vater. Ich bin nicht bei ihm geblieben, damit er mir das Kind so entfremdet, das halte ich nicht aus. Es ist schon schlimm genug, dass er sich so oft mit dem Jungen in Köln aufhält und mich hier draußen sitzen lässt. Aber er sollte doch wenigstens dafür sorgen, dass der Junge den Kontakt zu mir nicht verliert.

Sie rang sich ein Lächeln ab und trat zu ihrem Sohn, um ihm durch die Haare zu wuscheln, aber er zuckte nur irritiert zurück.

»Mama, lass das bitte!«

»Was ist jetzt mit der Schule?« Mellers Stimme klang ungeduldig. »Gehst du endlich? Ich möchte mir nichts nachsagen lassen.«

Ächzend richtete Albert sich auf und rieb die schmerzende Stelle am unteren Rücken. Früher hatte er immer ohne Maschinen gepflügt, aber jetzt sehnte er sich nach seinem Traktor. Er spürte sein Alter und kam nur langsam vorwärts. Aber es half ja nichts, die Arbeit musste getan werden.

Als er den Kopf hob, sah er einen Soldaten, der winkend auf ihn zugelaufen kam. »Vater!«

»Karl!« Albert ließ alles stehen und liegen und rannte seinem Sohn entgegen. Normalerweise zeigten die Männer der Familie Lintermann ihre Gefühle nicht so deutlich, aber jetzt zog er Karl an seine Brust. »Gott sei Dank! Wie lange kannst du bleiben?«

»Nur acht Tage, Vater. Ich hatte mehr Urlaub beantragt, aber wir werden an die Ostfront verlegt, und ich kann froh sein, dass sie mich überhaupt haben gehen lassen.«

Albert musterte seinen großen Sohn. Er sah müde und erschöpft aus, aber das war ja auch kein Wunder. »Geh schon mal nach Hause und lass dir von Mutter etwas zu essen geben. Ich mache das hier noch fertig, und dann komme ich auch.«

Karl nickte. »Bei Johanna war ich schon. Sie kommt heute Abend mit ihren Eltern auch zu uns, dann können wir alles wegen der Hochzeit besprechen.«

Wenn es nach den Brautleuten gegangen wäre, hätten sie schon längst geheiratet, aber die Umstände waren immer gegen sie gewesen. Jetzt jedoch war keine Zeit mehr zu verlieren. Karls Einheit wurde nach Russland verlegt, und da niemand wusste, wann er das nächste Mal nach Hause kommen würde, wollten sie den kurzen Heimaturlaub unbedingt nutzen.

Nach einem großen Fest mit kirchlicher Trauung war niemandem zumute. Keiner der Brüder war da, und selbst Walters Frau Kätt war nach seinem Tod zu ihren Eltern nach Köln zurückgekehrt, weil sie nicht mehr in dem Ort hatte bleiben wollen, an dem sie alles an ihren Mann erinnerte. Und so fand die Hochzeitsfeier im kleinsten Kreis statt. Johanna hatte sich immerhin ein schönes Kleid genäht, und trotz aller Widrigkeiten sah man Johanna und Karl an, wie glücklich sie waren.

Nach der standesamtlichen Trauung am Nachmittag saßen sie abends im abgedunkelten Gasthaus und aßen das Huhn, das Albert geschlachtet hatte. Die Stimmung war gedrückt, auch wenn Silvio in seiner Rede versuchte, sich nichts anmerken zu lassen. Der Kummer und die Sorge um die Kinder überschatteten alles.

»Ich habe euch im Anbau eines der Zimmer hergerichtet«, sagte Maria zu Johanna und Karl. »Dort seid ihr ungestört, wir haben ja zurzeit keine Gäste. Und übermorgen musst du schon wieder weg, Karl.«

Niemand sprach es aus, aber der Gedanke an das weit entfernte Russland machte allen Angst.

Das Leben in Wollseifen veränderte sich. Die meisten jungen Männer waren eingezogen, und die Alten waren unter sich. Das Dorf wirkte wie ausgestorben. Im ersten Kriegsjahr hatte noch reger Betrieb geherrscht. Überall waren Arbeiter und Soldaten gewesen, und der Flugplatz in Walberhof war in eine dichte Staubwolke gehüllt, weil täglich zahlreiche Maschinen starteten und landeten. Aber dann waren die Arbeiten am Westwall eingestellt worden, und plötzlich war auch auf dem Flugplatz kaum noch etwas los, wenn man von gelegentlichem Segelflugunterricht absah. Auf Vogelsang waren schon lange keine Junker mehr. Militärische Bedeutung hatte die Ordensburg nur noch, weil sie als Truppenquartier verwendet wurde. Ansonsten wurden die Gebäude, sofern sie nicht durch erste Angriffe beschädigt waren, für zivile Zwecke genutzt. Im Krankenhaus der Burg lagen verwundete Soldaten, aber es kamen dort auch Kinder zur Welt.

»Da haben sie erst die ganze Landschaft verändert, alles kaputt gemacht, und jetzt wird es kaum noch gebraucht«, sagte Albert zu Silvio. Es war früher Abend, und die beiden Freunde hatten sich von ihren Pflichten davongestohlen und saßen vor Alberts Hütte auf der Bank.

»Und wir haben den Schaden davon«, erwiderte der Freund. »Wenn sie uns mit ihren Bauwerken nicht so auf die Pelle gerückt wären, gäbe es bei uns auch keine Fliegerangriffe. Strategische Lage nennt man das wohl.«

»Na ja, das kann man so oder so sehen.« Albert zuckte mit den Schultern. »Die Angriffe gibt es vor allem, weil Krieg ist. Und wer hat das Ganze angezettelt?« Er seufzte. Andere Höfe hatten es wesentlich schwerer als er. Auf manchen ackerten die Frauen ganz alleine, und dort war die Arbeit kaum zu schaffen. Nur Mellers Verwalter hatte immer noch jede Menge Zwangsarbeiter. Albert taten die ausgemergelten Gestalten, denen er auf dem Feld begegnete, leid, und mehr als einmal hatte er ihnen sein Mittagessen überlassen oder ihnen einen Kanten Brot zugesteckt. Aber er musste höllisch aufpassen, dass niemand etwas mitbekam.

Er wusste, dass Leni ihr Möglichstes tat, damit sie wenigstens zu essen bekamen, aber ihre Unterkünfte waren jämmerlich,

Verschläge, in denen er noch nicht einmal sein Vieh untergebracht hätte. Und gegen die schweren Strafen wie Auspeitschen oder sogar Exekutionen war sie machtlos. »Ich kann nur versuchen, es ihnen so erträglich wie möglich zu machen«, hatte Leni einmal zu ihm gesagt, als sie sich zufällig getroffen hatten. »Wirklich helfen kann ich ihnen nicht. Das würde Meller nicht zulassen. Er würde dem Verwalter sofort kündigen, wenn er das Gefühl hätte, er ginge zu milde mit ihnen um.«

»Hast du keine Angst, dass er es an dir auslässt?« Albert hatte sie besorgt gemustert. Sie sah traurig aus, fand er, aber das war ja auch kein Wunder. Sie hatte ihm erzählt, was sie nach ihrem letzten Besuch in Bonn herausgefunden hatte. Die Gestapo hatte das Kloster beschlagnahmt und die Nonnen in anderen Klöstern untergebracht. Hildegard war im Süddeutschen, in Würzburg, weit weg.

»Sie haben die Nonnen schon die ganze Zeit über nicht in Ruhe gelassen, deshalb mussten sie ja auch Marie Felten wegbringen lassen. Aber dass sie jetzt gleich alle Nonnen aus dem Kloster vertrieben haben ... Warum nur?«, hatte sie zu Albert gesagt. »Warum wollten sie es unbedingt räumen? Und was ist da jetzt drin? Das habe ich nicht erfahren.«

Albert dachte sich seinen Teil, sagte ihr jedoch nicht, was er gehört hatte. Angeblich hatte es irgendetwas mit den Juden zu tun, die sie alle an einem Ort zusammentreiben wollten. Etwas Gutes steckte wohl nicht dahinter. Aber er wollte seine Vermutungen nicht mit Leni teilen, für sie war alles so schon schlimm genug. Ihre Tochter, die sie nicht besuchen konnte. Siegfried, den sie lange nicht mehr gesehen hatte, beim Vater, und sie ganz alleine auf dem Gut, auf dem sie nichts zu sagen hatte.

Um sie zu beruhigen, sagte er: »Du wirst sehen, Hildegard geht es bestimmt gut. Sie schreibt dir sicher bald. Willst du nicht doch lieber zu uns kommen und bei uns wohnen? Wir haben Platz genug, und du wärst nicht so allein!«

Leni hatte nur den Kopf geschüttelt und sich ein Lächeln abgerungen. »Lass gut sein, Albert. Ich kann nicht weggehen – was, wenn Siegfried nach Hause kommt, und seine Mutter ist nicht da?«

Wenn er dich finden wollte, fände er dich auch bei uns, hatte Albert gedacht. So groß ist unser Dorf nicht. Aber natürlich hatte er auch das nicht laut ausgesprochen.

Schon im ersten und zweiten Kriegsjahr hatte es vereinzelt Luftangriffe gegeben, die hauptsächlich Vogelsang, dem Flughafen oder der Urfttalsperre galten, aber auch im Dorf Schäden hinterlassen hatten. Zum Glück war dabei bisher noch niemand verletzt worden. Ausgerechnet auf das Haus des Lehrers, das er sich doch erst vor ein paar Jahren mithilfe sämtlicher Dorfbewohner so liebevoll hergerichtet hatte, war jedoch nun eine Brandbombe gefallen, und trotz einer sofortigen Löschaktion war es bis auf die Grundmauern abgebrannt.

Von allen Seiten kamen Hilfsangebote, und fast jeder war bereit, den Lehrer aufzunehmen, aber Faßbender, der die Überreste seines schönen kleinen Hauses mit Wehmut betrachtete, lehnte alles ab. Er wollte lieber alleine leben, und dafür würde er sogar in Kauf nehmen, Wollseifen zu verlassen. Er hatte nichts gerettet, außer dem, was er am Leibe trug, und der Metallkassette mit seinen Papieren und Aufzeichnungen, die er bei jedem Alarm als Erstes ergriff. Im Dorf hatte man schon Witze darüber gemacht. »Herr Lehrer, was haben Sie denn da in der Kassette? Wollen Sie Ihr Vermögen nicht lieber auf die Bank bringen?«, hieß es, wenn er bei Alarm mit seiner Metallkassette auftauchte.

Doch Faßbender winkte dann immer nur freundlich lächelnd ab und schwieg.

Die rettende Idee hatte dann schließlich Albert, der ihm anbot, in seine Hütte zu ziehen, die er mithilfe der Dorfgemeinschaft für ihn herrichten wollte. Und so zog der Lehrer in den Wald, den er früher immer so gerne mit seinen Schülern erkundet hatte.

24

Ich werde mich nie daran gewöhnen, dass die Boches jetzt hier wieder das Sagen haben, dachte Marga Solheid und bearbeitete wütend die Kartoffel, die sie gerade schälte. Ihre Küchenhilfe Marie, die in Kittelschürze und Holzpantinen neben ihr saß, die dunklen Haare unter einem Kopftuch verborgen, warf ihr einen Blick von der Seite zu. »Alles in Ordnung?«, fragte sie leise.

»Ja, ja.« Marga nickte. »Mach dir keine Sorgen. Der Kommandant war eben bei meinem Mann. Wir werden offizielles Kinderlandverschickungsheim. In zwei Wochen kommen die ersten Kinder.«

Marie entfuhr ein kleiner Schreckenslaut. »Und was bedeutet das? Kann ich denn dann hierbleiben? Ich will euch nicht in Gefahr bringen.«

»Ich denke schon.« Marga ließ die malträtierte Kartoffel in den Bottich plumpsen und nahm sich die nächste vor. »In gewisser Weise schützt uns das sogar, meint Jean. Und es ist weitaus besser, als wenn die Deutschen das Hotel zum Führerhauptquartier machen würden.« Sie lächelte ihrer Küchenhilfe zu, und Marie Felten dachte nicht zum ersten Mal, was für ein Glück sie gehabt hatte, hier unterzukommen, nachdem es im Kloster in Bonn zu gefährlich geworden war.

Zuerst hatte sie sich dort sicher gefühlt. Die Ruhe des Klosters und die Gelassenheit der Nonnen hatten sich auf sie übertragen. Doch es war eine trügerische Sicherheit gewesen, da sie ständig mit Übergriffen der Gestapo hatten rechnen müssen.

Als es dann schließlich hieß, die Nonnen würden weltanschaulich-politischen Unterricht bekommen, begann Marie damit, sich einen Vorrat an Schlaftabletten zuzulegen. Nie mehr wollte sie der Willkür der Nationalsozialisten ausgeliefert sein. Dann häuften sich die Gerüchte, dass eine Beschlagnahmung des Klosters bevorstehe, und die Nonnen sorgten dafur, dass Marie in Sicherheit gebracht wurde.

Ursprünglich sollte sie im Mutterhaus in Brügge aufgenommen werden, aber schon hinter der Grenze verließen den Mann, der sie dorthin fahren sollte, die Nerven. Er hatte sie einfach kurz vor Robertville auf die Straße gesetzt und war davongefahren.

Und so war sie im Hotel der Familie Solheid gelandet, das idyllisch am See von Robertville lag. Marga Solheid hatte sie sofort aufgenommen, als sie an dem sonnigen Oktobernachmittag 1939 mit ihrem Köfferchen vor ihrer Tür gestanden hatte. »Du kannst mir in der Küche helfen«, hatte sie gesagt und sie freundlich angelächelt. Als Marie ihr erklären wollte, wo sie herkam, hatte sie abgewunken. »Das kannst du mir später bei Gelegenheit alles erzählen. Jetzt komm erst mal herein.«

Nach und nach hatte Marie mitbekommen, dass Jean, Margas Mann, jüdischen Familien half, nach Frankreich zu kommen, wo sie vor den Nazis erst einmal in Sicherheit waren. Er hatte auch ihr angeboten, sie über die Grenze zu bringen, als die Deutschen ein halbes Jahr später Belgien besetzt hatten, aber Marie hatte abgelehnt.

»Ich bin müde und zu alt, um neu anzufangen«, hatte sie gesagt. »Wenn es geht, würde ich lieber bei euch bleiben.«

Und so war sie in Robertville geblieben, mittlerweile schon seit fast drei Jahren. Und jetzt sollte aus dem Hotel ein deutsches Kinderheim werden.

Mechanisch schälte Marie weiter Kartoffeln, aber in Gedanken war sie auf ihrem Hof. Sie hörte Josefines fröhliches, sinnloses Plappern, hörte das Schnauben der Pferde, roch den vertrauten Duft von Leder und Pferdemist, der für sie schöner war als das teuerste Parfüm.

Sie zuckte zusammen, als sie eine Hand auf der Schulter spürte. »Marie«, hörte sie Margas Stimme, »wenn du noch weiter schälst, ist von der Kartoffel nichts mehr übrig. Wo bist du mit deinen Gedanken?«

»Entschuldigung!« Hastig ließ Marie die Kartoffel in den Wasserbottich fallen und nahm sich eine neue von dem Berg, der nicht kleiner werden wollte. »Ich habe an zu Hause gedacht.«

Marga nickte. »Glaub mir, ich kann dich gut verstehen. Das ist eine schwere Zeit. Aber gerade deshalb können wir es uns nicht leisten zu träumen.«

Ein blasser Tag im Vorfrühling dämmerte heran. Heute wurde eine Abordnung aus Köln erwartet, die die Räumlichkeiten des Hotels inspizieren sollte, um zu begutachten, ob alles für die Kinder geeignet war.

»Sie werden eure Papiere überprüfen wollen«, sagte der Patron am frühen Morgen zu den Angestellten. »Aber macht euch keine Sorgen. Ihr seid alle ordnungsgemäß registriert und angemeldet. Sie werden keine Beanstandungen haben.«

Marie presste die Lippen zusammen. Auch wenn Jean Solheid Zuversicht verbreitete und den Leuten gut zuredete, sie hatte kein gutes Gefühl. Aber hatte sie das überhaupt jemals noch gehabt, seit ihr damals ihre Tochter entrissen worden war? Das Leben als Witwe mit einem behinderten Kind war nicht einfach gewesen, aber Josefine war alles gewesen, was ihr geblieben war, und das Leben mit ihr hatte für Marie die Welt bedeutet. Sie war so liebenswert und vertrauensvoll gewesen, alle im Dorf hatten sie doch gerngehabt. Auch Jaroslaw hatte sie beide geliebt, und lange Zeit waren sie, wenn auch nur insgeheim, wieder eine kleine, glückliche Familie gewesen.

Doch Marie hatte beide nicht beschützen können. Zuerst hatten sie ihr Jaroslaw genommen und dann auch noch Josefine. Was hatte das Mädchen geweint und um sich geschlagen, nach seiner Mama geschrien, und sie hatten sie einfach weggeschleppt. Und sie, sie musste hilflos zusehen, weil die Männer sie festhielten und sie nicht zu ihrem Kind ließen.

Und dann hatte sie in diesem kalten, dunklen Krankenhausflur in Köln gestanden, und man hatte ihr mit dürren Worten mitgeteilt, dass Josefine tot war ...

Eigentlich war es egal, ob sie lebte oder starb. Es hatte ja doch alles keinen Sinn mehr. Im Kloster war es friedvoll gewesen, und in der täglichen Routine war sie ein wenig zur Ruhe gekommen. Auch hier bei den freundlichen Menschen in Robertville fühlte sie sich wohl. Aber letztlich war es völlig gleichgültig, wo sie war. Die Vergangenheit holte sie immer wieder ein.

Der Kontrollbesuch war trotz Maries Befürchtungen ereignislos verlaufen, und nachdem im Mai 1942 große Teile Kölns bei schweren Luftangriffen zerstört worden waren, kamen Anfang des Sommers die ersten Kinder aus verschiedenen Schulen in der Stadt. Sie sollten mit ihren Lehrern und Betreuern etwa drei Monate bleiben, um sich von den ständigen Bombardierungen zu erholen. Das Wetter war schön, und die Mädchen und Jungen genossen es sichtlich, sich hier auf dem Land satt essen und die Nächte ohne Bombenalarm durchschlafen zu können. Wären nicht die Betreuer mit Parteiabzeichen und Hakenkreuzbinde gewesen, hätte man den Eindruck einer perfekten Ferienidylle gewinnen können. Sie schwammen und ruderten im See, machten Ballspiele, veranstalteten sportliche Wettkämpfe, bereiteten Theateraufführungen vor, und abends saßen sie um ein großes

Lagerfeuer und sangen zu Gitarrenbegleitung. Immer häufiger ertappte sich selbst Marie dabei, dass sie lächelte, wenn sie den spielenden Kindern zusah. Vielleicht hatte Marga ja recht. Dass das Hotel in ein Kinderferienheim umgewandelt worden war, machte ihnen allen das Leben ein bisschen erträglicher.

An den Wochenenden kamen manchmal Eltern zu Besuch, um sich davon zu überzeugen, dass es ihren Sprösslingen gut ging. Es wurde von den Organisatoren nicht gerne gesehen, ließ sich aber auch nicht immer vermeiden. Für die Angestellten im Hotel bedeutete es Mehrarbeit, weil die Gäste in den wenigen freien Hotelzimmern übernachteten und manchmal auch Sonderwünsche äußerten.

Marie dachte sich nichts dabei, als sie an einem Freitagabend im August vom Nebengebäude aus, in dem sie ihr Zimmer hatte, eine große schwarze Limousine mit Kölner Kennzeichen beobachtete, die vor dem Hotel hielt. Zwei Männer stiegen aus, einer in Uniform und einer mit Knickerbocker und Lodenjanker, und verschwanden im Hotel. Möglicherweise zwei Väter, die nach dem Rechten sehen wollten. Der Mann im Lodenjanker kam ihr vage bekannt vor, aber das bildete sie sich wahrscheinlich nur ein.

Da sie am nächsten Morgen Frühdienst hatte, ging sie zeitig zu Bett. In dieser Nacht schlief sie seit langer Zeit zum ersten Mal wieder fest und traumlos, und als sie im Morgengrauen erwachte, war sie ausgeruht und fühlte sich frisch. Rasch wusch sie sich in der Waschschüssel in ihrem Zimmer und schlüpfte in ihr kariertes Baumwollkleid. Sie und Marga Solheid hatten die gleiche Kleidergröße, und die Hoteliersfrau hatte ihr großzügig von ihren Kleidern abgegeben.

In Holzpantinen lief sie über den Hof zum Hühnerstall, um die Frühstückseier einzusammeln. Solheids hatten schon bei Kriegsbeginn einen Gemüsegarten angelegt und Hühner angeschafft, um sich zur Not auch selbst versorgen zu können. Mit dem gefüllten Korb in der Hand machte sie sich auf den Weg in die Küche.

Als sie um die Ecke bog, wäre sie beinahe mit einem Mann zusammengeprallt. »Können Sie nicht aufpassen!«, herrschte er sie an.

Marie hob den Kopf und erstarrte. Vor ihr stand Johann Meller. Er trug einen Trainingsanzug und hatte ein Handtuch um den Nacken gelegt. Offensichtlich war er gerade auf dem Weg zum Frühsport.

Panik überfiel Marie. Sie drückte ihren Korb an sich und schob sich hastig mit einer gemurmelten Entschuldigung an ihm vorbei.

Marga stand am Herd und rührte in einem großen Topf mit Haferflockensuppe. Sie blickte sich um, als Marie keuchend hereinkam und den Korb auf den Tisch stellte.

»Marie! Was ist los?«

»Da draußen ...« Marie schluckte und blickte zur Tür, als ob Meller jeden Moment dort auftauchen könnte. »Da draußen ... der Mann!«

»Welcher Mann?« Marga trat ans Fenster. »Da ist niemand. Beruhige dich doch. Was war denn?«

Marie schluckte erneut und zwang sich, tief durchzuatmen. »Ich bin Johann Meller begegnet«, stieß sie hervor. »Er ist aus Wollseifen, er hat mein Kind auf dem Gewissen.«

Marga kniff die Augen zusammen. »Hat er dich erkannt?«

Marie schüttelte den Kopf. »Ich weiß nicht. Ich hoffe nicht, aber sicher kann ich mir nicht sein.«

Marga wandte sich wieder zum Herd. »Du bleibst heute erst mal im Haus. Vielleicht müssen wir dich woanders hinbringen. Ich rede nachher mit Jean.«

Marie ließ sich nichts anmerken. Ruhig und sorgfältig wie immer erledigte sie ihre Arbeit, aber innerlich war sie aufgewühlt. Meller hatte sie wahrscheinlich nicht erkannt, sie hatte sich ja auch in den letzten Jahren sehr verändert. Die magere, gebeugte Frau mit den dünnen grauen Haaren hatte nur noch wenig gemein mit der stolzen, selbstbewussten Bäuerin aus Wollseifen, die erfolgreich ihren eigenen Pferdehof geführt hatte. Jean hatte sich umgehört und dann gemeint, dass ihr im Moment bestimmt keine Gefahr drohe, wenn sie sich weitestgehend im Haus aufhielt. Er ging nicht davon aus, dass der Mann sie erkannt hatte, weil er sonst anders reagiert hätte. Aber eines Tages kam vielleicht einer, der sie trotzdem erkannte, und Marie wusste, dass sie das alles nicht mehr wollte. Es war an der Zeit, eine Entscheidung zu treffen.

Als ihre Schicht vorüber war, füllte sie Wasser in einen Krug und huschte damit in ihr Zimmer. Im Hotel und auf dem Hof war alles still. Die Kinder waren mit ihren Eltern und Betreuern zu einem Ausflug aufgebrochen, und Marga und Jean erledigten die notwendigen Einkäufe im Nachbarort. Vor morgen früh würde niemand nach ihr schauen.

Die Schlaftabletten hatte sie in einem Stoffbeutel unter ihrer Matratze versteckt. Nachdenklich betrachtete sie den kleinen Haufen weißer Tabletten. Hoffentlich reichten sie ... Aber sie musste es darauf ankommen lassen. Langsam und methodisch zerdrückte sie alle Tabletten in dem Glas. Dann trank sie die milchige Flüssigkeit schlückchenweise aus, wobei sie sorgfältig auch noch den letzten Rest Pulver, der sich unten im Glas abgesetzt hatte, umspülte.

Anschließend legte sie sich aufs Bett. Ihr letzter Gedanke galt ihrer Tochter.

*Aus den Aufzeichnungen
des Lehrers Martin Faßbender*

5. Februar 1943

Die Schlacht um Stalingrad ist verloren. General Paulus hat kapituliert, nachdem immer mehr Soldaten gefallen sind. Wie mag es denen ergehen, die in Kriegsgefangenschaft gekommen sind? Der russische Winter muss unbarmherzig sein.

19. Februar 1943

Gestern Abend hat Goebbels eine Rede im Berliner Sportpalast gehalten, die im Rundfunk übertragen wurde. Es ist zum Fürchten, wie entfesselt die Menge reagiert hat, als der Reichspropagandaminister mit fast überkippender Stimme fragte: »Wollt ihr den totalen Krieg?« Und alle brüllten begeistert: »Ja!« Sind die Deutschen wirklich so verblendet?

23. Juli 1944

Am 20. Juli wurde in der Wolfsschanze ein Attentat auf Hitler verübt. Doch er wurde nur leicht verletzt und hat angekündigt, dass die verbrecherischen Elemente, die sich gegen ihn zusammengeschlossen haben, unbarmherzig ausgerottet werden. Graf Stauffenberg und andere, die beteiligt waren, sind bereits standrechtlich erschossen worden.

6. September 1944

Gestern hat die Wehrmacht den Flugplatz gesprengt. Jetzt hat der Krieg wohl endgültig unsere Region erreicht. Nachdem die Alliierten am 6. Juni in der Normandie gelandet sind, sind sie immer weiter nach Osten vorgestoßen und befinden sich jetzt schon am Westwall.

19. Oktober 1944

Gestern ist Hitlers Erlass zur Bildung eines »Volkssturms« verkündet worden. Alte Männer und Kinder sollen ihm zum Sieg verhelfen. Es geht dem Ende entgegen.

25

Im belgischen Robertville war mit dem Winter der Frieden eingekehrt. Nach vier Jahren deutscher Besatzung hatten die amerikanischen Truppen das belgische Grenzgebiet zu Deutschland im September 1944 befreit. Marga und Jean Solheid konnten erleichtert aufatmen, und die beiden jüdischen Paare, die sie in den letzten zwei Jahren bei sich im Keller versteckt hatten, weil Jean sie nicht mehr über die Grenze nach Frankreich hatte bringen können, sahen endlich wieder das Tageslicht.

»Ich kann noch gar nicht glauben, dass alles vorbei ist«, sagte Marga zu ihrem Mann, als sie vormittags am Rundfunkgerät saßen und die neuesten Nachrichten der BBC hörten. »Ständig muss ich mich kneifen, um mich zu vergewissern, dass ich nicht träume.«

Jean nickte. »Ja, das wird uns noch lange verfolgen. Die Anspannung war einfach zu groß. Dabei haben wir so viel Glück gehabt. Es hätte auch schiefgehen können. Ich bin so dankbar, dass wir uns noch haben.« Er legte den Arm um seine Frau und zog sie an sich. »Weißt du, manchmal habe ich gedacht, ich halte es nicht mehr aus, meine Familie so in Gefahr zu bringen. Aber ich konnte ja nicht anders. Ich musste helfen. Wenn du nicht all die Jahre so fest an meiner Seite gestanden hättest, hätte ich das alles nicht geschafft.«

Marga streichelte seine Hand, die um ihre Schulter lag. »Ich weiß, Lieber. Nur Marie haben wir nicht helfen können. Ich muss noch so oft an sie denken. Wie sie dalag, als ich sie gefunden habe. Sie sah so verzweifelt aus.« Seufzend schüttelte sie den Kopf. »Sie hatte schon so einen langen Weg hinter sich gebracht. Dass sie aber auch solche Angst vor diesem Meller gehabt hat. Dabei hat er sie gar nicht erkannt, sonst hätte er ja was gesagt. Wenn sie am Leben geblieben wäre, hätte sie vielleicht eines Tages sogar wieder nach Wollseifen zurückgekonnt.«

Ihr Mann zuckte mit den Schultern. »Wer weiß, ob sie das überhaupt gewollt hätte. Sie hat alle Menschen verloren, die ihr etwas bedeutet haben, und sie lebte ständig in der Angst, erneut verhaftet zu werden. Ich kann verstehen, dass sie nicht mehr leben wollte.«

Marga nickte. »Ja, verstehen kann ich es auch, aber trotzdem. Wir hätten jetzt zusammen das erste Weihnachtsfest in Frieden vorbereiten können.« Sie lächelte wehmütig. »Das hätte ihr bestimmt gefallen. Sie hat mir von den Plätzchenrezepten erzählt, die ihre Schwiegermutter ihr beigebracht hat. ›Ich bin ja nicht besonders gut mit ihr ausgekommen‹, hat sie immer gesagt, ›aber backen konnte sie, das muss man ihr lassen. Und das hat sie an mich weitergegeben.‹ Und vielleicht hätten ja auch unsere Töchter sie ein wenig über ihre Verluste hinwegtrösten können. Ich hatte jedenfalls immer den Eindruck, dass sie gerne mit den Kindern zusammen war.«

Claire, die mittlere der Solheid-Töchter, hatte sich an diesem Freitagvormittag mit ihren Freunden zum Rodeln verabredet. Lachend und schreiend tobten die Kinder auf dem großen Hügel in der Nähe des Sees herum, als sich gegen Mittag ein großes Jagdbombergeschwader von Westen näherte. Das laute Dröhnen übertönte eine Zeit lang das Kreischen der Kinder. Margot, Claires beste Freundin, war gerade am Fuß des Hügels angekommen. Sie blickte nach oben und zählte die Maschinen, die über ihre Köpfe hinwegflogen.

»Das sind mal wieder amerikanische Bomber«, sagte sie fachmännisch zu Claire, die mit ihrer kleinen Schwester auf dem Schlitten ebenfalls den Hügel heruntergesaust war. »Heute so viele. Meinst du, die fliegen bis nach Köln?«

Viele der Kölner Kinder, die im Rahmen der Kinderlandverschickung im Hotel untergekommen waren, waren sogar mehrmals gekommen, und mit einigen hatten Claire und Margot sich so angefreundet, dass es beim Abschied Tränen gegeben hatte. Vor allem mit zwei Mädchen in ihrem Alter hatten sie sich gut verstanden. Marga hatte sie immer nur »das vierblättrige Kleeblatt« genannt. Als die beiden wieder nach Köln zurückgemusst hatten, schworen sie sich, ihr Leben lang Freundinnen zu bleiben.

Claire beschirmte die Augen mit der Hand und blickte ebenfalls nach oben. Sie zuckte mit den Schultern. »Ich weiß nicht. Ist das die Richtung?« Erschreckt wandte sie sich an Margot. »Hoffentlich fallen die Bomben nicht auf die Häuser, in denen Ursula und Angelika wohnen.«

In den letzten Tagen hatte es pausenlos geschneit, und Wollseifen lag unter einer dicken Schneeschicht. Sie deckte die Schäden der vergangenen Monate gnädig zu und ließ das lang gestreckte Dorf beinahe idyllisch wirken. Kaum jemand war auf der Straße, nur der Rauch, der aus den Schornsteinen in den grauen Himmel stieg, zeugte davon, dass überhaupt jemand in Wollseifen zu Hause war.

In den letzten Jahren hatte es immer mal wieder Luftangriffe gegeben, weil Wollseifen umgeben war von bevorzugten Zielen der Amerikaner: Vogelsang, Walberhof und die Urfttalsperre. Und die Front war immer näher gekommen. Seit Oktober tobten im nahen Hürtgenwald die Kämpfe zwischen amerikanischen und deutschen Bodentruppen, und in der Adolf-Hitler-Schule, die mittlerweile auf Vogelsang eingerichtet worden war, lernten die Jungen, die dort in den letzten beiden Jahren aus verschiedenen Teilen Deutschlands zusammengekommen waren, mit schweren Geschützen und scharfen Waffen umzugehen.

Zunehmend waren bei den Angriffen auch die Häuser im Dorf Vogelsang beschädigt worden, aber Wollseifen hatte bisher wenig abbekommen, wenn man einmal davon absah, dass auch Bomben auf Ackerland und Weiden fielen und den Bauern die Lebensgrundlage raubten. Jetzt jedoch, wo sich das Kriegsgeschehen unmittelbar vor der Tür abspielte und die Gefahr immer größer wurde, waren die Dorfbewohner aufgefordert worden, ihre Häuser zu verlassen. Bisher war allerdings noch kaum jemand dieser Aufforderung nachgekommen. Die meisten Leute waren einfach geblieben. Zu gefährlich schien es, Haus und Hof zurückzulassen, wo es doch im Dorf von Flüchtlingen aus dem Monschauer Land und Soldaten nur so wimmelte. Für die Bauern kam es nicht infrage, ihr Land und ihr Vieh zu verlassen, und wo sollten sie auch hingehen? Wer einen fest gemauerten Keller hatte, zog sich bei den häufiger werdenden Luftangriffen dorthin zurück, und für die Übrigen waren in einigen der größeren Häuser die Keller als Luftschutzräume hergerichtet worden, aber sie wurden selten bis gar nicht genutzt. Schließlich wurde der Platz dringend zum Lagern der Vorräte gebraucht.

Und so warteten die Bewohner von Wollseifen die Angriffe ab und hofften, dass sie verschont blieben. Bis jetzt war ja alles einigermaßen gut gegangen, und sie hatten sogar – wenn auch teilweise unter schwerem Beschuss – die Ernte noch einbringen können.

An diesem Wintertag war Albert wie immer früh aufgestanden, um die Tiere zu versorgen. Fröstelnd rieb er sich die Hände, als er aus der Küchentür trat. In der Nacht hatte es aufgehört zu schneien, und in der klirrenden Kälte stand ihm der Atem weiß vor dem Gesicht. Er kniff die Augen zusammen und griff nach dem Schneeschieber, der neben der Tür an der Wand lehnte. Noch einmal blies er in seine Hände, dann packte er die Schaufel und begann mit wütenden Bewegungen, den Weg zum Stall freizuschaufeln.

Bertha lag noch im warmen Bett. Seit Kriegsausbruch hatte sich ihr Zustand stetig verschlechtert. Zwar stand sie noch auf und erfüllte ihre Pflichten im Haushalt wie im Stall, aber alles mit einer Langsamkeit und Geistesabwesenheit, die Albert auf die Palme brachte. Und die meiste Zeit saß sie sowieso am Küchentisch, die Hände im Schoß, und stierte vor sich hin. Er kam nicht mehr an sie heran.

Der Arzt im Krankenhaus in Mechernich, wo er in seiner Verzweiflung mit ihr hingefahren war, hatte eine Ortsveränderung vorgeschlagen, damit sie auf andere Gedanken kam. »Der hat Nerven«, hatte Albert hinterher zu Silvio gesagt. »Ortsveränderung! Ich würde ja gerne alles tun, damit es Bertha wieder besser geht, aber sollen wir jetzt etwa im Krieg Urlaub machen? Wie soll das denn gehen?«

»Schick sie nach Scheven zu Hedwig und Eugen«, hatte Silvio erwidert. »Das ist doch eine Ortsveränderung, wenn auch nur eine kleine. Und euch täte es sicher gut, wenn ihr euch mal eine Zeit lang aus dem Weg gehen könntet.«

Aber Bertha hatte sich geweigert. »Ich gehe nirgendwohin«, hatte sie nur gesagt. »Ich bleibe hier. Das könnte dir so passen. Du kriegst mich hier nicht weg. Am Ende kommt Gottfried überraschend heim, und dann bin ich nicht da.«

Albert hatte nichts darauf gesagt. Als ob er sie aus dem Haus treiben wollte! Ihm wäre lieber gewesen, sie hätte sich ein bisschen zusammengerissen. Ihm fehlten seine Söhne auch an allen Ecken und Enden, aber Herrgott noch mal, es war Krieg, und es ging ja niemandem anders als ihnen. Im Gegenteil, es gab doch viel schlimmere Schicksale. Überall waren die Söhne und Männer an der Front. Sie konnte doch nicht immer ihm für alles die Schuld geben! Wenn es nach ihm gegangen wäre, dann wäre keiner seiner Söhne in den Krieg gezogen.

Von Karl hörten sie nur in großen Abständen etwas. Die Feldpost dauerte immer so lange, und wenn dann ein Brief ankam, wusste man nicht, wie es dem Jungen in der Zwischenzeit ergangen sein mochte. Nach seinem Heimaturlaub vor zwei Jahren war er sofort mit seiner Truppe an die Ostfront abkommandiert worden, und seitdem war er nicht mehr zu Hause gewesen. Er hatte zwar noch erfahren, dass Johanna schwanger war, aber danach hatten sie erst einmal lange nichts mehr von ihm gehört. Im Frühjahr 1942 war Rolf auf die Welt gekommen, ein gesunder, kräftiger Junge, der seiner Mutter wie aus dem Gesicht geschnitten war – jedenfalls behauptete das der stolze Großvater Silvio –, aber ob der Brief mit der Geburtsanzeige Karl erreicht hatte, wussten sie lange Zeit nicht. Rolf war schon fünf Monate alt gewesen, als sie endlich Post von ihm bekommen hatten. Seitdem kamen die Briefe ein bisschen regelmäßiger.

Albert hatte Angst um seinen Ältesten, auch wenn Karl sein Möglichstes tat, um ihnen die Sorge zu nehmen. Jeder seiner Briefe und Karten war ein kleines Kunstwerk. Er hatte sich von irgendwoher wohl einen Bleistiftstummel organisiert und versah seine Karten mit Zeichnungen von sich und der russischen Landschaft. Und zeichnen konnte der Junge, das hatte er schon immer gut gekonnt. Auf seinen Selbstbildnissen sah er nur ein bisschen magerer aus als zuletzt, andererseits konnten sie auch nicht wissen, ob er sich so ehrlich darstellte. Auf jeden Fall bewahrten sie alles von ihm in einer festen Mappe auf, die vor allem Johanna wie einen Schatz hütete.

Karls Briefe führten Albert jedes Mal vor Augen, dass dieser Krieg an anderen Orten viel härtere Auswirkungen hatte als hier in der Eifel. Es machte ihn traurig, wenn er – zwischen den Zeilen, da jeder Brief zensiert wurde – von den Strapazen las, die sein Sohn erdulden musste, und er wurde unweigerlich wieder an seine eigene Zeit im Schützengraben erinnert. Dieser Krieg war wohl noch weitaus schrecklicher als alles, was seine Generation erlebt hatte, aber konnte man überhaupt von einer Steigerung des Schreckens reden? War es nicht immer gleich furchtbar, wenn sich Menschen bekämpften, nicht nur in Kriegszeiten?

Schon bei dem Gedanken daran stieg es trotz des Schnees und der Kälte heiß in ihm auf, als er mit der Schubkarre den dampfenden Kuhmist nach draußen karrte und im Hof auf den Misthaufen neben der Jauchegrube kippte.

Er füllte Heu in die Futterraufen, und die wenigen Kühe, die ihm noch geblieben waren, mahlten zufrieden vor sich hin, während er sie nacheinander molk. Die gewohnte Arbeitsroutine beruhigte ihn ein wenig, aber schon bald schweiften seine Gedanken wieder ab.

Gottfried war auch noch freiwillig in dieses Grauen aufgebrochen. Er hatte ihn nicht daran hindern können, aber zumindest wussten sie jetzt, dass das Schicksal vergleichsweise gnädig mit den beiden Jungs umgesprungen war. Alle paar Monate kamen Karten von Gottfried und Robert. Zwar schrieben sie selten, und in den letzten Wochen hatten sie gar nichts mehr von ihnen gehört, aber sie schienen es in dem englischen Lager gut getroffen zu haben – den Umständen entsprechend.

Dass ihre Söhne beide im Krieg waren, hatte Bertha den Rest gegeben, aber wenn er es sich recht überlegte, hatte ja alles schon mit seiner Rückkehr aus dem Krieg angefangen. Zwischendurch hatte sie sich immer wieder ein bisschen erholt, doch letztlich war sie ihm damals schon in die Krankheit entglitten.

Albert presste die Zähne so fest zusammen, dass seine Kieferknochen schmerzten. Und jetzt hockte er hier, tat die Arbeit noch mit, die eigentlich seine Frau machen sollte, und seine Söhne waren nicht bei ihm. Auf einmal erschien ihm alles so hoffnungslos ... Was, wenn Karl oder Gottfried nun nicht zurückkämen? Es gab bereits mehrere Familien im Dorf, wo ein Sohn, in einem Fall sogar alle drei Söhne, gefallen waren.

Unwillkürlich packte Albert fester zu, und die Kuh, die er gerade molk, drehte sich zu ihm um und schaute ihn aus feuchten braunen Augen an. Albert schüttelte sich ein wenig und klopfte ihr auf die Flanke. »Tut mir leid, altes Mädchen, ich wollte dir nicht wehtun.«

Erneut glitten seine Gedanken zu Bertha. Er konnte sie nicht zwingen, zu Hedwig zu gehen. Er musste es eben einfach ertragen, dass es immer schlimmer wurde mit ihr. Mehr, als ihr ihre Pflichten abzunehmen, damit sie sich erholte, konnte er auch nicht.

Ein Lichtblick war Johanna, die zum Glück im Haushalt und im Hühnerstall das Regiment übernommen hatte. Albert musste unwillkürlich lächeln, als er an seinen Enkel Rolf dachte. Der Anderthalbjährige war ein Sonnenschein. Und so klug für sein Alter! Er plapperte schon beinahe wie ein Großer. Doch nicht einmal er konnte Bertha aus ihrer düsteren Stimmung holen.

Als Albert aus dem Stall kam und die Milchkannen in die Milchküche stellte, war Bertha immer noch nicht aufgestanden. »Sie ist so müde heute«, berichtete Johanna, als sie ihm Milchsuppe auftat. »Sie möchte noch ein bisschen liegen bleiben.« Der kleine Rolf saß in seinem Hochstühlchen und strahlte ihn an, als Albert seine blonden Locken streichelte.

»Opa! Opa!«, krähte er.

»Na, mein Kleiner«, sagte Albert. »Hast du schon gefrühstückt, oder soll Opa dich füttern?«

Rolf schüttelte vehement den Kopf, als Albert ihm den Löffel mit Suppe hinhielt.

»Nein, leine«, sagte er und griff nach dem Löffel.

»Pass auf, die Suppe tropft auf den Tisch!« Albert lachte, dann wandte er sich an seine Schwiegertochter. »Da kann man nichts machen«, sagte er und zuckte mit der Schulter. »Du weißt ja, wie sie ist. Kommst du denn zurecht mit der Arbeit im Haus?«

Johanna nickte. »Natürlich, Vater. Jetzt im Winter ist ja sowieso nicht so viel zu tun. Ich wollte über Mittag mit Rolf zu den Eltern, damit Mama ein bisschen abgelenkt ist. Papa hat gekocht. Irgendjemand hat ihm einen Hasen vor die Tür gelegt.« Sie verzog die Mundwinkel. Wenn sie lächelte, sah man die Grübchen in ihren Wangen, die ihr schmales Madonnengesicht heiterer machten. »Er hat so seine Quellen, das wissen wir ja. Auf jeden Fall hat er gesagt, du sollst auch zum Essen kommen. Es langt auf jeden Fall für uns alle. Er meint, er hätte dich so lange nicht gesehen.«

»Und Bertha?«, fragte Albert zweifelnd.

»Ich habe sie gefragt, aber sie will nicht mitkommen. Sie sagt, ihr reicht es, wenn ich ihr vorher etwas Suppe bringe. Bei dem Schnee und der Kälte bleibt sie lieber im Bett.«

Albert atmete tief durch. Dann nickte er. »Ja, gut. Um elf dann. Ich hacke jetzt erst mal Holz. Im Schuppen ist schon kaum noch was.«

Jetzt im Winter kam er ganz gut alleine zurecht, dachte er, als er über den Hof zum Schuppen ging. Bei der Ernte hatten sowieso alle im Dorf sich zusammengetan, sodass jeder etwas davon hatte, auch die, die keinen eigenen Hof bewirtschafteten. Silvio half ihm schon die ganze Zeit. Der Wirt hatte im Krieg kaum Gäste in der Gastwirtschaft. Ab und zu wurden Soldaten in seine Fremdenzimmer einquartiert, aber dafür gab es selten genug Entschädigungen, im Gegenteil, sie mussten auch noch durchgefüttert werden. Das Kaufhaus, das Walter geführt hatte, war schon längst geschlossen. Es gab ja sowieso nichts zu kaufen.

Dick vermummt stapften Johanna und Albert durch den Schnee zur Gastwirtschaft. Johanna zog den Schlitten, den Albert für seinen Enkel aus dem Schuppen geholt und mit einem Sitz versehen hatte, doch eigentlich brauchten sie ihn gar nicht. Albert trug Rolf auf den Schultern, und der Kleine krähte vor Vergnügen und hielt kaum still. »Zapple nicht so herum, du kleiner Hampelmann«, sagte Albert lachend. »Der Opa rutscht gleich aus!«

Johanna lächelte die beiden an. »Ach, wenn ich nur wüsste, wie es Karl geht«, sagte sie. »Und natürlich auch Gottfried«, fügte sie rasch hinzu. Der Schwiegervater sollte nicht denken, dass ihr der kleine Bruder ihres Mannes weniger am Herzen lag.

Albert nickte. »Ja, das wüsste ich auch gerne. Wir haben schon lange keine Post mehr bekommen.« Er schwieg, dann sagte er. »Hörst du das auch? Heute ist ständig so ein Brummen in der Luft.« Er blieb vor der Tür der Wirtschaft stehen und hob witternd den Kopf. »Sie sind wieder unterwegs. Hoffentlich kommen sie nicht in unsere Nähe.«

Johanna nahm ihren Sohn von den Schultern des Großvaters. »In der letzten Zeit hört man die Geräusche über weite Entfernungen. Ich habe schon so oft gedacht, dass sie ganz nah sind, und dann hat sich herausgestellt, dass sie in Köln oder Bonn waren. Aber du hast recht, die Angriffe kommen immer häufiger.«

Albert nickte. Er klopfte seine Stiefel an der Schwelle ab und öffnete die Tür.

In der Gaststube war es warm. »Du hast aber gut geheizt!« Albert schlug seinem Freund auf die Schulter.

»Ja, sollen wir auch noch frieren in diesen unsäglichen Zeiten? Mit Holz hast du mich ja reichlich versorgt. Setzt euch, ich habe schon gedeckt.« Er wies auf den Stammtisch, an dem jetzt nur selten noch jemand saß. Ab und zu kamen der Lehrer oder der Pastor vorbei, und auch Döres ließ sich hin und wieder blicken, aber meistens war die Gaststube leer. Bier verkaufte Silvio nicht mehr, stattdessen hatte er einen selbst gebrannten Kartoffelschnaps im Angebot, »von dem man blind wird«, wie Albert behauptete.

Maria kam aus der Küche und brachte Schüsseln mit Kartoffeln und Rotkohl. Sie stellte sie auf dem Tisch ab und umarmte zuerst ihre Tochter und dann ihren Enkel. »Mein kleiner Augenstern«, sagte sie zärtlich und rieb ihre Nase an seiner, was Rolf zum Kichern brachte. Seit Walter gefallen war, trug sie nur noch Schwarz.

Ein wenig erinnerte sie Albert an seine Mutter. So gebeugt und schmal hatte sie damals in ihrem guten schwarzen Kleid auch vor ihm gestanden, als er aus dem Lazarett nach Hause gekommen war. Er hatte plötzlich einen Kloß im Hals und schluckte. Kurz legte er Maria die Hand auf den Oberarm, dann wandte er sich betont aufgeräumt an Silvio. »Und, du servierst uns heute Hasenbraten, habe ich gehört? Das ist ja das reinste Festessen!«

Silvio nickte. »Er lag auf einmal vor der Hintertür, da konnte ich ihn doch nicht verderben lassen. Ich habe Hasenpfeffer daraus gemacht, dann reicht er länger.« Albert grinste. »Und wir brauchen keine Angst zu haben, uns die Zähne an den Schrotkugeln auszubeißen.«

Sie hatten sich gerade alle die Teller gefüllt, als plötzlich die Sirenen heulten. Der letzte Ton war noch nicht verklungen, als auch schon der erste Einschlag kam. »Merda«, fluchte Silvio. »Das war ganz in der Nähe. Maria, geh mit Johanna und dem Kleinen in den Keller. Eure Teller nehmt ihr mit. Wir kommen nach. Ich mache die Fenster auf.«

Er erhob sich, und in diesem Moment krachte es zum zweiten Mal.

Auch Albert war aufgesprungen. »Ich muss nach Hause!«, rief er, schnappte sich seinen Mantel vom Haken und rannte hinaus.

»Warte, das ist doch jetzt viel zu gefährlich«, rief Silvio ihm nach, aber der Freund war bereits aus der Tür.

Draußen war das Dröhnen der Maschinen lauter zu hören. Offenbar flog ein ganzes Geschwader über seinen Kopf hinweg. Unablässig heulte die Sirene, und von der Flakstellung in Vogelsang knatterte Geschützfeuer. Aus einem Haus gegenüber kamen Soldaten angerannt. Albert drückte sich in den Schatten einer Einfahrt und schaute nach oben. Es hatte wieder angefangen zu schneien und war so diesig, dass er kaum etwas erkennen konnte. Aber um ihn herum hallten die Detonationen, und weiter vorne stiegen Rauchsäulen auf. Waren Häuser getroffen worden? Womöglich auch sein Hof?

Albert rannte wieder los. Bertha war ganz allein. Das Fachwerkhaus hatte nur einen Kriechkeller und keinen Luftschutzraum. Er konnte nur hoffen, dass sie sich rechtzeitig in Sicherheit gebracht hatte.

Erneut detonierte eine Luftmine, dieses Mal ganz in seiner Nähe. Noch ehe er den Knall hörte, spürte er die Druckwelle, die ihn zur Seite schleuderte. Er versuchte seinen Sturz aufzufangen, prallte jedoch hart mit dem Kopf gegen einen Eckpfeiler und verlor das Bewusstsein.

Als er wieder zu sich kam, herrschte Chaos um ihn herum. An verschiedenen Stellen brannte es, knisternd fraß sich das Feuer in trockenes Holz, schreiende Menschen liefen an ihm vorbei, und in den Ställen brüllten die verängstigten Tiere.

Silvio beugte sich über ihn. »Gott sei Dank!«, keuchte er. »Du lebst. Ich habe schon gedacht, es hat dich erwischt.«

Er reichte ihm die Hand, und mühsam rappelte Albert sich auf. »Bertha!«, stammelte er und taumelte weiter in Richtung seines Hofs.

Silvio blieb ihm dicht auf den Fersen und berichtete atemlos, dass der Angriff vorüber war. »Ich habe nur rasch nach den Frauen gesehen, und dann bin ich gleich hinter dir her«, sagte er. »In der Wirtschaft ist alles in Ordnung. Wir haben nichts abgekriegt. Guck mal, sieht so aus, als ob dein Haus auch heil geblieben wäre!« Wie durch einen Nebel hörte Albert Silvios Stimme. Aus allen Richtungen ertönten die Martinshörner der Rotkreuzwagen, die aus Gemünd und Schleiden kamen. Sein Kopf schmerzte, und er spürte, wie es an der Seite warm herunterlief. Im Laufen fuhr er tastend mit der Hand an seine Schläfe und fühlte das Blut. Wahrscheinlich nur eine Platzwunde, dachte er benommen.

Schon von Weitem sah er, dass es nicht sein Hof war, der brannte. Die Nachbarn weiter oben an der Straße hatten bereits eine Kette gebildet, um den Brand eines Hauses zu löschen. Raue Schreie und Zurufe von allen Seiten. Einer der Nachbarn hatte sie gesehen und rief: »Kommt her! Helft uns, ich glaube, die sind noch drin!« Das Wohnhaus neben seinem Hof war ebenfalls schwer in Mitleidenschaft gezogen. Das Gebäude war bereits halb eingestürzt, und verkohlte Balken ragten schwarz in die Luft. Ein Stück weiter lag eine tote Kuh.

Albert reagierte nicht. Wie in Trance lief er zu seinem Haus, das von außen aussah wie immer. Er bog in die Einfahrt ein.

Und da war sie. Mitten auf dem Hof lag Bertha, den Mantel über ihrem langen weißen Nachthemd, mit ausgestreckten Armen und Beinen bäuchlings im Schnee, und quer über ihr lagen Balken. Die nackten Beine, ein Fuß noch im Pantoffel, waren obszön gespreizt, das Nachthemd hochgerutscht.

Sie hatten angefangen aufzuräumen. Was blieb ihnen anderes übrig? Der Angriff hatte verheerende Schäden angerichtet. Für zwei Familien war jede Hilfe zu spät gekommen. Obwohl alle zusammen sofort die Trümmer weggeschafft hatten, hatten sie die Frauen und Kinder nur noch tot bergen können. Das Haus von Nellessens war getroffen worden, die alte Frau Nellessen und ihre jüngste Tochter waren auf der Stelle tot gewesen, und Lisbeth, die Haushälterin des Lehrers, war noch auf der Fahrt nach Kloster Mariawald, wo ein Lazarett eingerichtet worden war, ihren schweren Verletzungen erlegen. Zahlreiche weitere Personen waren ums Leben gekommen, so viele wie noch nie zuvor. Die Kirche war heil geblieben, und so bahrten sie ihre Toten, soweit sie sie hatten bergen können, dort auf. Das Dorf war schwer gezeichnet, und auch das Land drum herum wies große Schäden auf.

Albert machte weiter, so gut es eben ging. Hedwig und Eugen waren zu Fuß aus Scheven gekommen, als sie von Berthas Tod erfahren hatten. »Sollen wir nicht besser eine Zeit lang hierbleiben?«, hatte Hedwig besorgt gefragt. »Zumindest bis Bertha unter der Erde ist?« Solange der Boden so gefroren war, konnten die Toten aus dem Dorf nicht beerdigt werden. Doch Albert hatte abgelehnt. »Nein, nein, ich komme schon zurecht«, sagte er. »Ihr müsst euch doch um euer Haus kümmern. Außerdem ist es für euch hier zu gefährlich, wir liegen viel zu nah an Vogelsang. Aber ihr solltet Johanna und Rolf mitnehmen. Ich möchte nicht, dass den beiden noch etwas passiert. Wir haben auch zunehmend Angriffe in der Nacht.«

»Ich lasse euch doch hier nicht allein«, widersprach Johanna, aber letztendlich sah sie ein, dass es für sie und das Kind in Scheven sicherer war. Und da Maria ihre Tochter und ihr Enkelkind keinesfalls aus den Augen lassen wollte, ging auch sie mit, zumal Silvio darauf bestand. »Was willst du hier?«, hatte er gesagt. »Pass du lieber auf Johanna und Rolf auf. Mir ist es lieber, ich weiß euch in Sicherheit. Albert und ich halten hier die Stellung.«

Das Weihnachtsfest verbrachten Silvio und Albert zusammen. Sie besuchten die Weihnachtsmesse, die Pastor Molitor am Nachmittag abhielt. Obwohl sich schon viele aus dem Dorf ins sicherere »Niederland« zurückgezogen hatten, war die Kirche voll. Auch die Soldaten, die teilweise in leer stehenden Häusern untergebracht waren, suchten am Heiligabend Trost. Irgendjemand hatte die Kirche sogar geschmückt, und obwohl es kalt war, weil die Fenster beim letzten Angriff zerbrochen waren, herrschte eine feierliche Stimmung. Viele nahmen das Angebot des Pastors zur Beichte wahr.

Anschließend saßen die beiden Männer in der Küche von Alberts Hof zusammen. Der Strom war ausgefallen, weil eine der Luftminen die Leitung beschädigt hatte, aber sie mussten ja sowieso verdunkeln, da spielte es auch keine Rolle, dass sie nur eine Kerze auf dem Tisch stehen hatten, deren Schein so schwach war, dass er nicht durch die geschlossenen Holzläden drang. Silvio, der das letzte von Alberts Hühnern geschlachtet und gebraten hatte, wollte auf dem Hof übernachten, weil nach der Sperrstunde niemand mehr unterwegs sein durfte. So konnte er Albert auch helfen, die Kühe zu versorgen, die ihm noch geblieben waren. Schweine hatte er schon lange nicht mehr, und auch die eingelagerten Vorräte gingen zur Neige.

Er wies mit dem Kinn zum verrammelten Fenster. »So ruhig heute. Den ganzen Tag schon kein einziger Flieger.«

Albert zuckte mit den Schultern. »Vielleicht feiert der Feind auch Weihnachten. Im letzten Krieg haben wir das so gemacht.«

Silvio lachte kurz. »Ja, im letzten Krieg. Ich war übrigens heute früh in Scheven. Da ist alles in Ordnung«, berichtete er. »Bisher haben sie keine nennenswerten Schäden.«

»Ja, Gott sei Dank! Wenigstens sind die Frauen und das Kind in Sicherheit. Ich hatte mir schon Sorgen gemacht. Im Hürtgenwald muss ja die Hölle los sein. Aber das ist wohl doch weit genug weg.«

Silvio nickte. »Luftangriffe hatten sie jedenfalls bis jetzt keine. Ach ja, und beim Lehrer war ich auch noch. Ich hatte ihn eigentlich gebeten, Weihnachten hier mit uns zu verbringen, aber er wollte nicht. Er ist wohl ganz zufrieden in seiner Einsiedelei.«

Albert nickte. »Ich weiß. Er will gar nicht mehr ins Dorf.« Er drehte seinen Emailbecher in den Händen. Silvio hatte zur Feier des Tages die letzte Flasche Rotwein geöffnet, die er noch im Keller gehabt hatte.

Der Wein war gut. Nachdenklich schaute Albert in seinen Becher. »Ich hab mir so oft gesagt, dass Bertha noch am Leben wäre, wenn sie an dem Tag zum Essen mitgekommen wäre.« Der Gedanke machte ihm zu schaffen. Er war nicht da gewesen, um ihr beizustehen. Doch noch mehr quälte ihn, dass er über ihren Tod nicht die Trauer empfand, die man von einem Ehemann erwarten sollte. Sie waren sich schon seit Jahren nicht mehr nahe gewesen, und manchmal hatte er sich gefragt, wie viel Schuld er daran trug. Doch in diese Abgründe wollte er nicht einmal seinen besten Freund blicken lassen.

Silvio hob die Schultern. »Das hat doch keinen Sinn, Albert. Sie ist aus freien Stücken hiergeblieben, und wenn es nicht bei diesem Angriff passiert wäre, dann vielleicht beim nächsten, und es kommen ja bestimmt noch einige.«

Albert nahm den Faden dankbar auf. »Ja, dieses unselige Vogelsang. Das ist wirklich unser Verderben. Wenn die Nazis die Burg nicht gebaut hätten, würde sich keiner für uns interessieren.«

»Ich weiß nicht. Wenn, wenn ...« Silvio trank einen Schluck Wein. »Du grübelst einfach zu viel. Wenn nicht Krieg wäre, wäre Walter nicht gefallen, wären unsere Söhne nicht irgendwo da draußen, um zu kämpfen und vielleicht auch zu sterben. Bertha zumindest ist schnell gestorben. Sie hat bestimmt nicht viel gespürt. Der Balken hat sie getroffen und ...« Er schwieg und senkte den Kopf. »Du bist auf jeden Fall nicht schuld. Du hast so lange dein Möglichstes getan. Sie war schwermütig, und keiner konnte daran etwas ändern.« Er trank noch einen Schluck von seinem Wein. »Komm, lass uns von was anderem reden. Freuen wir uns lieber, dass sie uns in Ruhe lassen. Wer weiß, wann der nächste Angriff kommt.« Er blickte zu dem Siemens-Radio, das vor dem Krieg Karls ganzer Stolz gewesen war. Im Vergleich zu dem preiswerten Volksempfänger war es richtig teuer gewesen, aber Karl hatte damit auch Sender aus dem Ausland empfangen können. Doch seitdem der Junge weg war, hatte Albert es nicht mehr angerührt, aus Angst, etwas kaputt zu machen, sodass das Gerät nicht mehr funktionierte, wenn sein Sohn wiederkäme.

»Schade, dass dieses Rundfunkgerät ohne Strom nicht funktioniert, sonst könnten wir Musik hören. Ein Grammofon hast du ja nicht.«

Trübsinnig schüttelte Albert den Kopf. »Es ist sowieso schon spät. Lass uns schlafen gehen, wir müssen morgen früh raus.«

*Aus den Aufzeichnungen
des Lehrers Martin Faßbender*

24. Dezember 1944

*Das wird ein trauriges Weihnachtsfest, aber es ist ja selbst gewählt. Albert und Silvio, die nach wie vor fast täglich nach mir schauen und mir zu essen bringen, haben mich gefragt, ob ich nicht mit ihnen zusammen wenigstens den Heiligen Abend verbringen will, aber ich habe abgelehnt. In den letzten beiden Jahren bin ich zum Eremiten geworden, aber das Alleinsein tut mir gut. Ich kann meinen Gedanken nachhängen und brauche mich nur noch um mich zu kümmern. Der Wald umgibt mich wie ein schützendes Heiligtum, jedenfalls möchte ich mir das gerne einbilden, auch wenn es vielleicht ein Irrglaube ist. Ab und zu kommt jemand aus dem Dorf vorbei, aber in den letzten Monaten sind es immer weniger geworden, weil auch immer mehr ihre Siebensachen packen und sich für die Dauer des Kriegs in Sicherheit bringen, zumal nach dem letzten großen Luftangriff. Vierunddreißig Menschen sind ums Leben gekommen, ganze Familien wurden ausgelöscht, und meine arme, tüchtige Lisbeth ist noch auf dem Weg ins Lazarett gestorben.
Manchmal frage ich mich, wie unser aller Leben verlaufen wäre, wäre Hitler nicht an die Macht gekommen, hätte es keinen Krieg gegeben, wären nicht all die schrecklichen Dinge passiert. Aber wir haben eben nur dieses eine Leben, dazu gibt es keine Alternative, und wir müssen es so leben, wie es kommt. Es bleibt uns gar nichts anderes übrig.*

Silvio hat mir aus seinen Beständen (die fast aufgebraucht sind, wie er mir versicherte) aufgesetzten Johannisbeerlikör gebracht. »Ich hätte Ihnen lieber eine Flasche Branntwein zu Weihnachten geschenkt, Herr Faßbender«, hat er gesagt. »Aber leider ist nichts mehr da. Ich hoffe, Sie trinken überhaupt Likör!«
Ich habe ihm versichert, dass mir alles recht ist, was Alkohol enthält. Und jetzt werde ich die Flasche zur Feier des Tages öffnen und mir einen genehmigen. Danach werde ich vermutlich gut schlafen!

26

»Jetz ess hä do!«, flüsterten die alten Frauen und bekreuzigten sich. Der Geist von Jakob Hahn war im Dorf angekommen.

Das neue Jahr war kaum angebrochen, und wieder heulten die Sirenen. Silvio und Albert rannten mit einer kleinen Gruppe von Nachbarn in Silvios Keller. Dort saßen sie im flackernden Schein einer Kerze und lauschten auf die Einschläge, die das Haus erbeben ließen.

»Die toben sich ja mächtig aus heute«, sagte Silvio leise zu Albert. Der nickte nur und verzog sorgenvoll das Gesicht. Er dachte an Leni. Sie hatte wahrscheinlich den Keller auf Gut Hahn aufgesucht. Er hatte ihr schon ein paarmal angeboten, zu ihm zu kommen, damit sie nicht so alleine war, aber sie wollte das Gutshaus nicht verlassen, weil sie darauf hoffte, dass Meller Siegfried endlich nach Hause brachte.

Auch an den Lehrer dachte er, der in seiner Jagdhütte saß. Er hatte ihn schon vor ein paar Monaten, als die Luftangriffe immer häufiger geworden waren, gebeten, ins Dorf zu kommen, damit er näher am Luftschutzkeller war, aber Martin Faßbender hatte sich bisher geweigert, die Hütte im Wald zu verlassen.

Eine besonders heftige Detonation kam bedrohlich nahe. Kalk rieselte von der Decke, und die beiden alten Frauen, die die ganze Zeit über Rosenkranz betend in der Ecke gesessen hatten, schrien erschrocken auf. Silvio wandte den Kopf zu ihnen. »Keine Angst«, sagte er beruhigend, »die Decke hält. Gleich ist es sowieso vorbei. Das war die Abschiedsmusik.«

Als wenn er Silvios Worte gehört hätte, steckte der neue Luftschutzwart, einer der Volksgrenadiere, die zum Schutz von Wollseifen abkommandiert worden waren, den Kopf durch die schwere Eisentür. »Ihr könnt wieder raufkommen«, sagte er. »Sie sind weg.«

Die Dorfstraße bot ein Bild der Verwüstung. Der Angriff hatte eine Schneise in das Dorf geschlagen, und kaum ein Stein war auf dem anderen geblieben.

Nach und nach kamen Menschen aus den Kellern, und während sie noch wie erstarrt dastanden und versuchten, das Ausmaß der Zerstörung zu erfassen, stellte sich der Volkssturmmann, der vorangegangen war, vor sie hin und verkündete gewichtig: »Euch ist ja klar, dass ihr hier nicht bleiben könnt. Jetzt müssen auch die Letzten das Dorf räumen, damit wir Schlimmeres verhindern können.«

Albert schob ihn kopfschüttelnd zur Seite und bahnte sich durch die Trümmer einen Weg zu seinem Hof. Genau wie Silvios Gasthof war auch sein Haus weitestgehend verschont geblieben. Wegen der Kälte hatte er die Fenster nicht aufgemacht, und das rächte sich jetzt, weil die Scheiben im oberen Stockwerk zerbrochen waren, aber das war zu reparieren. Fürs Erste würde er sie mit Pappe vernageln. Weiter hinten an der Straße brannte es, und über dem beißenden Qualm, der über das Dorf zog, lag ein süßlicher Geruch, den Albert kannte. Sofort stiegen in ihm wieder die Bilder von damals auf. Die Tiere, die schwer verletzt oder verbrannt auf dem schlammigen Acker gelegen hatten. Pferde, Hunde. Der Geruch war damals so unerträglich gewesen wie heute. Und mit den Tieren starben die Menschen.

Albert schluckte und fuhr sich durch die Haare. Das Narbengeflecht auf seiner Wange, das schon längst zu einem kaum noch sichtbaren Gewirr von dünnen weißen Strichen verblasst war, schmerzte auf einmal, und er hatte das Gefühl, sein Gesicht wäre rot angeschwollen. Dieser verfluchte Krieg! Hörte das denn nie auf?

Der Lehrer!, dachte er auf einmal. Was war mit ihm? Eine schlimme Vorahnung stieg in ihm auf. Abrupt wandte er sich ab und schlug den Weg zum Wald ein. Hoffentlich war die Hütte heil geblieben. Martin Faßbender reagierte ja grundsätzlich nie auf die Sirenen. »Ich bin ein alter Mann«, hatte er achselzuckend gesagt, als Albert ihn gebeten hatte, doch auch den nächsten Luftschutzkeller aufzusuchen. »Was soll ich ins Dorf gerannt kommen, wenn Alarm ist? Die schießen mich doch auf freiem Feld ab, so langsam, wie ich bin. Nein, ich bleibe hier. Es ist doch unwahrscheinlich, dass sich hierhin in den Wald eine Bombe verirrt. Macht euch um mich keine Sorgen.«

Die Luftmine hatte ein riesiges Loch in den Wald gerissen. Die hohen Buchen waren zersplittert, und die Stämme und Äste lagen kreuz und quer, als hätte jemand mit ihnen gekegelt. Albert kam gar nicht erst bis zu der Stelle durch, wo sich die Hütte befunden hatte.

Unschlüssig stand er am Waldrand und spähte in das Chaos. Nichts war übrig geblieben. Bretter und Balken, Bäume, Steine, alles lag in einem wirren Haufen überall verstreut. »Volltreffer«, murmelte Albert und dachte daran, wie schön er mit tatkräftiger Hilfe der Dorfbewohner die alte Jagdhütte ausgebaut hatte, nachdem Martin Faßbender die Genehmigung bei der Baupolizei in Mechernich eingeholt hatte. Sie hatten eine Küche angebaut und sogar ein kleines Badezimmer. Es war ein hübsches kleines Haus gewesen, genau richtig für eine Person. Jetzt war davon nichts mehr zu sehen.

Aufmerksam blickte Albert sich um. Da, zwischen den Bäumen am Weg blitzte etwas auf. Als er näher trat, sah er, dass es die Metallkassette war, die der Lehrer überallhin mitgeschleppt hatte.

Die kleine Kiste war nur an einer Seite leicht eingebeult, wahrscheinlich an der Stelle, wo sie aufgeschlagen war, aber es hatte gereicht, um das Schloss zu sprengen. Als er den Deckel hob, stellte er fest, dass sie fast bis zum Rand mit Kladden gefüllt war, alle eng beschrieben mit der akkuraten Schrift des Lehrers.

Erneut blickte Albert sich suchend um. Kein Laut war zu hören. Vom Lehrer keine Spur. Er legte das oberste Heft, das er herausgenommen hatte, wieder hinein und schloss den Deckel. Vorsichtig stellte er die Metallkassette ab und versuchte sich einen Weg zur Einschlagsstelle zu bahnen. »Herr Lehrer?«, rief er. »Lehrer Faßbender?« Niemand antwortete. Um ihn herum war es totenstill.

Silvio stand auf einmal neben ihm. »Komm«, sagte er. »Es hat doch keinen Zweck. Du kannst dem Lehrer nicht mehr helfen. Sie stellen Autobusse zur Verfügung, damit das Dorf geräumt werden kann. Vielleicht sollten wir tatsächlich ein paar Sachen zusammenpacken und uns nach Scheven zu Hedwig und Eugen bringen lassen.«

Albert blickte ihn benommen an. »Wenn du das willst, musst du alleine gehen. Was sollen wir denn da? Ich bleibe hier. Sag den anderen, sie können ruhig gehen, ich kümmere mich um das Vieh.«

»Aber das ist viel zu gefährlich. Wenn nun noch ein Angriff kommt! So wie das Dorf hier liegt, machen sie uns platt. Albert, es hat doch keinen Sinn hierzubleiben. Lass uns gehen.«

Aber Albert hatte sich gebückt, um die Metallkassette aufzuheben, und war schon wieder auf dem Weg ins Dorf. Seufzend folgte Silvio ihm. »Na gut, dann bleibe ich auch.«

Die meisten Dorfbewohner leisteten wenige Tage später dem Befehl zur Räumung Folge und verließen aus Angst vor einem weiteren Angriff ihre Häuser. Wieder hatten mindestens zehn Zivilisten ihr Leben verloren, darunter wohl auch der Pastor. Das Pfarrhaus war von einer Luftmine getroffen und völlig zerstört worden, doch bisher hatten sie seine Leiche unter den Trümmern nicht gefunden.

Nur noch wenige Leute blieben im Dorf. Albert und Silvio versuchten, die Kühe zusammenzutreiben, die nach den Angriffen teilweise in Panik umherirrten, doch es gelang nicht immer. Wollseifen war nicht mehr wiederzuerkennen. Unser schönes Dorf gibt es nicht mehr, dachte Albert, wenn er auf die zerstörten Häuser entlang der Dorfstraße schaute.

Auch auf Vogelsang war es leer geworden. Die zwei Divisionen der Volksgrenadiere, die dort stationiert waren, lagen um das Dorf herum, um die Staumauer und Wollseifen zu verteidigen. Einige der Jungen, die auf Vogelsang in die Adolf-Hitler-Schule gegangen waren, waren wohl auch dabei.

»Ich will gar nicht daran denken, dass da auch Kinder sind. Meinst du, sie lassen sie tatsächlich mitkämpfen, wenn es so weit ist?«, hatte Albert zu Silvio gesagt, als sie am ersten Abend müde in der Küche gesessen hatten.

»Ich hoffe nicht. Aber zuzutrauen ist ihnen alles. Nach dem Willen des Führers sollen ja schon Sechzehnjährige ihren Teil zum Sieg beitragen.«

»Aber es ist doch zu spät! Die Amerikaner stehen schon vor der Tür.«

»Sag das bloß nicht zu laut, sonst wirst du auf die letzte Minute noch einen Kopf kürzer gemacht.«

In den letzten Wochen waren die Amerikaner immer näher gerückt, und es war damit zu rechnen, dass es nicht mehr lange dauern würde, bis sie auch diesen Teil der Eifel eingenommen hatten. Albert war froh darüber. Silvio und er hofften beide, dass der Krieg dann endlich vorbei sein würde. Sie hatten die weißen Fahnen aus Bettlaken schon vorbereitet, um sie beim Einmarsch der Amerikaner aus dem Fenster hängen zu können. »Zum Glück ist Maria nicht hier«, sagte Albert, um ihnen beiden ein wenig die Anspannung zu nehmen. »Sie würde durchdrehen, wenn sie sähe, wie wir mit ihrer Wäsche umgehen.«

Silvio lächelte ein wenig. »Hoffentlich machen uns die Volkssturm-Leute da oben keinen Strich durch die Rechnung«, meinte er besorgt.

»Ach was!« Albert zwang sich, seine Stimme optimistisch klingen zu lassen. »Wir hängen so oder so die Fahnen raus. Sobald einer von uns etwas mitkriegt, warnt er den anderen.«

Leni zuckte zusammen, als plötzlich ihr Mann vor ihr stand. Nicht, dass sie sich vor ihm fürchtete, aber sie hatte einfach nicht mit ihm gerechnet, auch wenn sie die ganze Zeit über gehofft hatte, dass er jetzt endlich Siegfried zu ihr zurückbringen würde. Gerade in diesen schlimmen Zeiten gehörte der Junge doch zu seiner Mutter! Doch Meller hatte ihn ihr in den letzten Jahren immer mehr entzogen. In den letzten Monaten war sie auf dem Hof ganz allein gewesen. Die Luftangriffe waren immer häufiger geworden, und der Verwalter und alle Angestellten waren mitsamt dem Vieh evakuiert worden. Es war einsam auf dem großen Gut, vor allem, wenn sie bei den Luftangriffen alleine im Keller saß, aber sie hatte nicht weggehen wollen, in der Hoffnung, dass Meller doch noch mit Siegfried nach Hause kam.

Dabei wusste sie noch nicht einmal, wo die beiden sich aufhielten. Einmal war sie sogar nach Köln zu Mellers Wohnung gefahren, aber als sie dort angekommen war, hatte sie vor einem zerbombten Haus gestanden. Von Meller und ihrem Sohn keine

Spur. Eigentlich hatte sie die Hoffnung schon aufgegeben, etwas über den Verbleib der beiden zu erfahren, und vor allem nach dem letzten großen Angriff hatte sie sich überlegt, ob sie nicht lieber Albert um Hilfe bitten sollte.

»Ach«, sagte Meller spöttisch, als er die Überraschung auf ihrem Gesicht sah, »du bist ja immer noch da. Komme ich ungelegen? Bist wohl mit deinem Liebhaber verabredet? Da stören dein Mann und dein Sohn natürlich nur.«

Leni drängte die Tränen zurück, die ihr die Kehle zuschnürten. Sie seufzte. »Johann, was soll das? Du verdrehst die Tatsachen. Du entziehst mir Siegfried, nicht umgekehrt. Und du weißt genau, dass ich keinen Liebhaber habe. Aber du hast recht, ich bin erstaunt, dich zu sehen. Ich wusste nicht, wo ihr seid. Wo kommst du her?« Sie schaute zur Tür. »Ist Siegfried auch da?«

»Nein.« Meller stieß ein hässliches Lachen aus. »Er hat Wichtigeres zu tun.« Er trat auf sie zu und schob sie grob zur Seite. »Ich bin nur hierhergekommen, um meine Schatulle zu holen.«

Leni runzelte die Stirn. »Wichtigeres? Wo ist er? Und was für eine Schatulle? Du hast doch alle deine Wertsachen mitgenommen.«

Meller wurde ungeduldig. »Ich spreche von meiner Schatulle. Sie ist nicht mehr dort, wo ich sie versteckt hatte. Hast du sie genommen? Nein, ich weiß, du hast sie deinem Liebhaber gegeben! Ihr steckt doch alle unter einer Decke, Simoni, Lintermann und du!«

»Ich weiß gar nicht, was du meinst. Und hör endlich auf, mir zu unterstellen, ich hätte einen Liebhaber!« Leni lief hinter Meller her, der in sein Herrenzimmer trat und eine Pistole aus der Schreibtischschublade holte. Er lud sie und wog sie in der Hand.

»Ich werde ihm wohl mal auf die Sprünge helfen müssen.«

»Johann, was willst du mit der Pistole? Was hast du vor?« Leni versuchte ihn festzuhalten, als er sich zur Tür wandte. Verärgert drehte er sich halb zu ihr um und schlug ihr mit dem Rücken der freien Hand heftig ins Gesicht. »Lass mich los!«

Leni taumelte, stürzte und schlug mit dem Kopf gegen die Schreibtischkante. Sie schmeckte Blut im Mund, und einen Moment lang wurde ihr schwarz vor Augen.

Albert ging die Dorfstraße entlang zu seinem Hof. Die Kühe waren für heute versorgt. Rauslassen konnte er sie nicht, es war viel zu kalt.

Kurz meinte er, hinter der Kirche Richtung Friedhof eine Bewegung wahrgenommen zu haben, aber als er genauer hinschaute, sah er nichts mehr. Es war ja auch niemand mehr da. Er hatte sich bestimmt getäuscht.

Das Tor zu seinem Hof hing völlig schief in den Angeln. Der eine Pfeiler war halb eingestürzt. Aber zumindest stand sein Haus noch.

Der Stoß traf ihn so überraschend, dass er vorwärtsstolperte. Jemand drückte ihm etwas Hartes in den Rücken, und als er den Kopf wandte, erkannte er Meller, der eine Pistole auf ihn gerichtet hielt.

»Habe ich's mir doch gedacht! Die Ratten sind noch lange nicht alle von Bord. Wo ist meine Schatulle?«

Instinktiv hob Albert die Hände, blickte Meller dabei jedoch unverwandt an. »Was für eine Schatulle?«, fragte er verständnislos.

Meller schob ihn vor sich her. »Tu doch nicht so! Du weißt genau, was ich meine.« Er krümmte den Finger um den Abzugshahn.

»Du kannst dich gerne überall umsehen.« Albert hatte keine

Ahnung, was Meller meinte. »Ich weiß nicht, wovon du redest. Ich habe nichts, was dir gehört!«

Irgendwo in den Tiefen seiner Erinnerung hörte Albert auf einmal Silvios Stimme: »Er hat sich hemmungslos bereichert. Beim Bau der Talsperre und auch später. So viele hat er in den Ruin und in den Selbstmord getrieben. Ich weiß, wo er seinen Schatz versteckt hat. Soll ich es dir zeigen?«

Meller musste ihm angesehen haben, was in ihm vorging. Er fuchtelte mit der Pistole herum. »Los«, befahl er, »führ mich dorthin!« Verächtlich verzog er die Lippen. »Ich sehe es dir doch an deiner hässlichen Visage an! Du weißt, wo die Schatulle hingekommen ist. Los! Ich habe keine Zeit.«

Albert wollte ihm antworten, besann sich dann jedoch eines Besseren. Silvio musste jeden Moment da sein, er war nur kurz zum Gasthof gegangen, um die Leintücher für die weißen Fahnen zu holen. Scheinbar fügsam wandte er sich zur Straße, aber sie waren noch nicht aus dem Tor heraus, als plötzlich Leni auftauchte.

»Johann, was tust du da? Nimm die Pistole weg!«, schrie Leni.

Instinktiv richtete Meller die Pistole auf sie, und Albert nutzte seine Chance. Er sprang den Mann an und versuchte ihm die Waffe zu entwinden. Sie stürzten zu Boden, und Albert drückte Mellers Arm mit dem Knie nieder. Doch Meller wehrte sich mit aller Kraft, und es gelang ihm, den Arm frei zu bekommen.

Und dann geschah alles sehr schnell, obwohl es Albert im Nachhinein so vorkam, als hätte es sich quälend langsam abgespielt. Etwas traf ihn mit voller Wucht an der Schläfe, und ihm wurde schwarz vor Augen. Ein Schuss löste sich.

»Der Feind ist in Dreiborn. Die Einwohner leisten erbitterten Widerstand, und auch wir werden uns nicht kampflos ergeben!« Der Kommandant der 126. Volksgrenadier-Division marschierte auf dem Vorplatz von Burg Vogelsang vor den halbwüchsigen Jungen hin und her und schwor sie auf den Sieg ein. »Wir werden alles tun, um unserem Führer den Sieg zu sichern! Eher werden wir sterben, als dass wir uns dem Feind ergeben! Sieg Heil!«

»Sieg Heil!«, brüllten die Jungs. Siegfried war stolz darauf, dass auch er zu der Truppe gehörte. Zwar war er noch nicht fünfzehn, doch nach dem Alter fragte hier sowieso niemand. Sein Vater hatte ihn hier abgesetzt, und deshalb durfte er mitmachen. Die Wohnung in Köln war schon seit Langem ausgebombt. In den letzten Wochen hatten sie sich in wechselnden Unterkünften aufgehalten, bis sie schließlich auf Vogelsang untergekommen waren.

»Warum fahren wir nicht nach Hause? Oder kommt Mama auch hierher?«, hatte er gefragt, aber sein Vater hatte ihm erklärt, dass die Luftschutzbunker auf Vogelsang viel besser seien. »Außerdem sind wir hier von größerem Nutzen für den Führer«, hatte er gesagt. »Die Frauen können wir hier nicht brauchen, aber wir sind doch beide tapfere Soldaten, die ihrem Führer bis zum letzten Blutstropfen die Treue halten!«

Das leuchtete Siegfried ein. Der Führer nahm ja auch so viel Mühen auf sich, um ihnen ein besseres Leben zu ermöglichen. Und deshalb wollte auch er kämpfen bis zum letzten Blutstropfen. Sein Vater und der Führer würden zufrieden mit ihm sein. Jetzt allerdings, wo es zum Einsatz ging, war sein Vater gar nicht hier. Er habe noch etwas Dringendes zu erledigen, hatte er heute früh gesagt, dann war er gegangen. Ob er wohl Mama Bescheid sagte, wo sie waren? Kurz schob sich das Bild seiner Mutter vor sein inneres Auge, aber er verdrängte es gleich wieder. Frauen waren viel zu weich, sie verstanden einfach nichts von dem, was ein Mann tun musste. Und er würde handeln wie ein Mann!

Ein bisschen mulmig war ihm schon, aber sie würden den Feind das Laufen lehren. Sie waren stark und wussten, wofür es sich zu kämpfen lohnte. Bis nach Vogelsang und Wollseifen sollten die Amis nicht gelangen, das würden sie verhindern!

Siegfried kletterte hinter den anderen auf die Ladefläche des Militärlasters, der sie zu ihrem Einsatzort bringen sollte. Noch war alles nur graue Theorie. Seit einigen Wochen wurden sie an den Waffen ausgebildet, und die älteren, erfahreneren Soldaten hatten ihnen beigebracht, wie sie sich im Ernstfall zu verhalten hatten. Jetzt würden sie zum ersten Mal tatsächlich mit dem Feind in Berührung kommen. Siegfried schlug die Hände in den Fäustlingen aneinander, damit sie warm wurden. Er zitterte, aber das kam sicher von der Kälte, Angst hatte er schließlich keine.

Sie sollten an der Straße zwischen Dreiborn und Vogelsang abgesetzt werden. Aus dem nahe gelegenen Dorf hallten schon seit Stunden Schüsse und Geschützdonner, ein Zeichen dafür, dass sich die Einwohner erbittert zur Wehr setzten.

Der Wagen fuhr los. Jetzt wurde es ernst. Siegfried warf dem Jungen, der neben ihm hockte, einen Blick zu. Hubert war drei Jahre älter als er, und er kam ihm vor wie ein erwachsener Mann. Er hatte ihn sich in den letzten Wochen zum Vorbild genommen, weil ihn anscheinend gar nichts berührte. Kühl und gelassen hatte er seinen Dienst verrichtet, und Siegfried bewunderte ihn vor allem dafür, dass er so gut und zielsicher schießen konnte. Doch jetzt, wo jeder von ihnen seine Waffe in der Hand hielt und es endlich in den Einsatz ging, dem doch alle so entgegengefiebert hatten, war er auf einmal ganz grün im Gesicht.

»Du hast doch nicht etwa Angst?«, fragte Siegfried, dem ebenfalls die Knie schlotterten. Er konnte gar nichts dagegen machen. Ein unkontrollierbares Zittern hatte seinen ganzen Körper erfasst.

Plötzlich stoppte der Lastwagen abrupt. »Runter!«, bellte der Kompanieführer. Gehorsam sprangen die Jungen von der Ladefläche. Was war jetzt los? Sie waren doch gerade erst vom Gelände gefahren.

Doch plötzlich sahen sie, dass von allen Seiten amerikanische Soldaten aus dem Wald kamen. Die Straße war mit zwei Panzern versperrt. Und dann brach das Inferno los.

»Hubert!«, schrie Siegfried. »Wo bist du? Warte auf mich!« Blindlings rannte er auf die ausländischen Soldaten zu und feuerte aus seinem Maschinengewehr.

Es waren seine letzten Worte. Siegfried Meller starb am 4. Februar 1945, ein halbes Jahr vor seinem fünfzehnten Geburtstag.

Benommen nahm Albert wahr, dass Leni sich über ihn beugte und seinen Kopf mit beiden Händen umfasste. Er wollte sich aufrichten, doch der schlaffe Körper von Meller lag schwer über ihm, und als er ihn wegschieben wollte, fassten seine Hände in eine warme Nässe. »Ist er tot?«, flüsterte er fast staunend.

»Albert, Albert«, Leni küsste ihn auf die Stirn. »Bist du verletzt? Hat er dich getroffen? Oh, es tut mir so leid, es tut mir so leid!« Mit fahrigen Bewegungen streichelte sie seinen Kopf.

Langsam kam Albert wieder zu sich. »Nein, ich glaube, nicht. Nur der Kopf tut mir weh.« Mit einem Ruck befreite er sich von Mellers schwerem Körper und erhob sich taumelnd.

Da kam auch schon Silvio angerannt. Er ließ die weißen Leintücher, die er geholt hatte, einfach in den Dreck fallen und beugte sich über die Leiche.

»Bist du in Ordnung, Albert?«, fragte er, ohne aufzusehen. »Leni, geh ins Haus. Wir kümmern uns um Meller. Das ist kein Anblick für Frauen.«

»Macht euch um mich keine Gedanken. Mir geht es gut.« Sie

wirkte so gefasst, dass Albert sich besorgt fragte, ob sie unter Schock stand.

Erst jetzt fiel Albert auf, dass ihre Wange gerötet und geschwollen war. Die Haut unter dem Auge war blau angelaufen, und im Mundwinkel klebte geronnenes Blut. Er streckte die Hand aus und berührte vorsichtig ihr Gesicht. »War Meller das?«

Leni nickte stumm. Sie hob die Pistole auf und reichte sie ihm. »Die behaltet ihr besser hier. Wer weiß, wer noch auftaucht. Ich muss zu Siegfried, ich fürchte, er ist auf Vogelsang.«

»Du solltest besser hierbleiben«, sagte Silvio, aber Albert legte ihm die Hand auf den Arm.

»Geh nur, Leni. Ich hoffe, du findest ihn.«

Gemeinsam schafften die beiden Männer Mellers Leiche in den Schuppen. »Er muss verschwinden«, sagte Silvio. »Und ich weiß auch schon wohin.«

Albert wusste sofort, was er meinte. Er nickte. »Am besten verschnüren wir ihn in eines der Betttücher und packen Steine mit hinein. Irgendwo müsste hier doch noch ein Seil herumliegen ...« Er blickte sich suchend um.

Es war Schwerstarbeit, den eingepackten Körper hochzuheben, aber schließlich hatten sie ihn auf die Schubkarre gewuchtet. Silvio wischte sich den Schweiß von der Stirn. »Sobald es dunkel ist, kippen wir ihn in die Jauchegrube. Ich will nur hoffen, dass er gleich untergeht. Viel Zeit haben wir nicht mehr. Es kann sich nur noch um Tage handeln, bis die Amerikaner da sind.«

Albert nickte. So richtig hatte er noch immer nicht begriffen, was geschehen war. Die Ereignisse der letzten Stunde kamen ihm so unwirklich vor. Nachdenklich musterte er die Schubkarre mit ihrer verschnürten Fracht. »Er hat die ganze Zeit etwas von einer Schatulle gefaselt, die ich ihm gestohlen haben soll. Er muss den Verstand verloren haben. Wundern würde es mich nicht.«

»Er meint bestimmt die Schatulle mit dem Schmuck und dem Gold.« Silvio trat neben seinen Freund. »Erinnerst du dich? Ich habe dir mal davon erzählt. Sein ›Schatz‹, das Blutgeld, das er den armen Teufeln abgenommen hat, die auf ihn reingefallen sind. Wahrscheinlich ist in den letzten Jahren noch einiges hinzugekommen. Ich könnte mir vorstellen, dass er jetzt damit abhauen wollte. Aber anscheinend war die Schatulle nicht mehr in ihrem Versteck.«

Im Schutz der Dunkelheit erledigten sie ihre grausige Arbeit und kippten das leblose weiße Bündel in die Jauchegrube. Mit einem leisen Platsch versank es in der zähen, stinkenden Brühe. »Auf dass er nie wieder auftaucht!« stieß Silvio hervor. Albert stand stumm neben ihm. Das Ganze nahm ihn mehr mit, als er sich eingestehen mochte. Er konnte nur hoffen, dass Leni die letzten Kriegstage unbeschadet überstand und mit dem Jungen den Weg zu ihm zurückfand.

27

Langsam ging Albert durch das Dorf. Mit jedem Schritt wuchs seine Angst. Was mochte ihn auf seinem Hof erwarten? Wollseifen bot ein Bild der Zerstörung. Überall lagen Trümmer, standen zerstörte Häuser, blickte er in leere Fensterhöhlen. Seit über einem Monat war er nicht mehr hier gewesen.

Einen Tag nachdem Mellers Leiche in der Jauchegrube versunken war, waren die Amerikaner auf einmal da gewesen. Mit Panzern und schwer bewaffneter Infanterie kamen sie ins Dorf, schauten in jedes Haus, In Dreiborn waren sie auf heftigen Widerstand gestoßen, aber in Wollseifen war man froh, dass der Spuk endlich vorbei war. Die wenigen Einwohner, die noch da waren, außer Albert und Silvio nur ein paar alte Männer und Frauen, waren nach Monschau in Sicherheitsverwahrung gebracht worden, bis die gesamte Eifel befreit war. Erst jetzt, Mitte März, durften sie sich endlich wieder frei bewegen.

Silvio hatte sich sofort auf den Weg nach Scheven gemacht, um die Familie zurückzuholen. Sie hatten seit Wochen nichts von ihnen gehört und waren in größter Sorge, da sie nicht wussten, wie schwer Scheven beim Vormarsch der Amerikaner getroffen worden war. In der Zwischenzeit wollte Albert in Wollseifen schon einmal nach dem Rechten sehen und so weit wie möglich alles für die Heimkehrer vorbereiten.

Der Hahnenhof war nur noch eine verkohlte Ruine. Es sah so aus, als wäre er absichtlich angezündet worden. Bei seinem Anblick fragte Albert sich besorgt, wo Leni war. Er hatte sie seit dem unseligen Zusammentreffen mit Meller nicht mehr gesehen. Hoffentlich lebte sie überhaupt noch. In den vergangenen Wochen hatte er mehr als einmal an sie gedacht, und es kam ihm seitdem wie eine beschlossene Sache vor, dass sie ab jetzt zusammengehörten. Aber vielleicht bildete er sich das ja auch nur ein. Erst einmal musste sie zurückkommen. Wenn sie ihr in Vogelsang nur nichts angetan hatten!

Der Gasthof stand noch, die weißen Fahnen hingen immer noch aus den Fenstern, zwar zerfetzt und verdreckt, aber offensichtlich hatten sie ja doch Wirkung gezeigt. Äußerlich wirkte alles heil.

Als er die Kirche sah, deren spitzer Turm inmitten all der Trümmer unbeschädigt aufragte, überkam Albert ein Gefühl der Erleichterung. Endlich war er wieder zu Hause. Sein Dorf stand noch, trotz aller Schäden, die dieser unselige Krieg angerichtet hatte. Jetzt würde doch noch alles gut werden. Der Krieg war vorbei, es war Frühjahr, sie würden ihre Häuser reparieren und mit der Feldarbeit beginnen. Es war noch nicht zu spät. Das Leben ging weiter.

Aus einem Impuls heraus stieß er die Tür auf und trat in den dämmerigen Innenraum. Hier war es friedlich und still. Die blasse Frühlingssonne, die durch die zum Teil noch heilen Buntglasfenster drang, tauchte den Raum in weiches Licht. Albert schlug das Kreuzzeichen und sprach ein schnelles Dankgebet. Die ruhige Atmosphäre nahm ihm ein wenig die Angst vor dem, was ihn auf seinem Hof erwartete.

Nur wenige Leute begegneten ihm auf der Dorfstraße, und die meisten waren nach einem schnellen Gruß darauf bedacht, zu ihren Häusern zu kommen. Albert war es ganz recht. Ihm war nicht nach Schwatzen zumute. Dazu war später noch Gelegenheit genug. Er wollte erst einmal zu Hause ankommen. Schon einmal war er nach einem großen Krieg in Wollseifen zurückgekommen, aber wie anders war damals die Situation gewesen ... Er dachte daran, wie er damals im Winter neben dem Vater auf dem Wagen gesessen hatte, bis zu den Augen vermummt, weil er sich am liebsten niemandem gezeigt hätte. Das war jetzt anders. Und doch wollte er auch heute wie damals erst einmal nach Hause. Ankommen.

Jetzt kam sein Hof in Sicht. Albert kniff die Augen zusammen. Auf den ersten Blick sah alles so aus, wie er es verlassen hatte. Auch hier wehte die weiße Fahne aus dem Fenster im ersten Stock. Erleichtert atmete er auf. Keine größeren Schäden, zumindest von außen nicht. Was kaputt war, konnte man reparieren. Die Tore von Stall und Scheune waren weit aufgerissen und hingen schief in den Angeln. Die Tiere waren nicht mehr da. Natürlich nicht. Damit hatte er gerechnet. Fünf Wochen hatten sie ihn im Auffanglager in Monschau festgehalten, und in der Zeit hatte hier ja niemand das Vieh versorgen können. Außerdem hatten die amerikanischen Soldaten bei ihrem Vorrücken sicher auch Proviant gebraucht und wahrscheinlich alles mitgenommen, was ihnen in die Hände gefallen war. Möglich, dass die eine oder andere Kuh noch frei herumlief, aber das würde sich alles finden. Zunächst einmal war er endlich wieder daheim. Das Tor war zerborsten, und durch die zersplitterten Bretter der Abdeckung schimmerte grünlich die Flüssigkeit in der Jauchegrube. Rasch wandte Albert den Blick ab. Wie lange würde es dauern, bis ihm bei diesem Anblick nicht sofort wieder die Szene mit Meller vor Augen stand? Er würde die Bretter ausbessern, gleich morgen. Das musste er ja sowieso, wenn Johanna mit dem Kind wieder bei ihnen lebte. Nicht auszudenken, wenn der Kleine in die Jauchegrube fiele.

Nach und nach füllte sich das Dorf wieder. In fast jedem Haus gab es Tote zu beklagen, Söhne, die an der Front gefallen waren, Frauen und Kinder, die bei den Luftangriffen ums Leben gekommen waren, alte Männer und Jugendliche, die noch in den letzten Kriegstagen an den Wahnsinnigen geglaubt hatten, der sich in seinem unterirdischen Bunker feige aus der Verantwortung geschlichen hatte.

Die, die wieder zurückgekehrt waren, krempelten die Ärmel hoch und machten sich an die Arbeit. Zunächst begruben sie ihre Toten, soweit sie aufzufinden waren. Doch Döres musste nicht nur Särge zimmern. Er hatte auch reichlich zu tun, weil Häuser wiederaufgebaut und ausgebessert wurden. Das Material dazu holten sie sich aus Vogelsang. Auf dem Gelände der Burg lagen einige Gebäude in Trümmern, und die Bewohner nutzten die Gunst der Stunde, um sich daraus zu bedienen. Eine Zeit lang hinderte sie auch niemand daran, aber nach ein paar Monaten wurde ihnen das Betreten des Geländes von der britischen Besatzungsmacht untersagt.

Auch die Felder wurden bestellt. Zwar hatte nicht jeder Saatgut oder Kartoffeln in Erdmieten versteckt, doch was da war, wurde geteilt. Die Dorfgemeinschaft schloss sich enger zusammen denn je, zumal alle die Sorge um die Männer einte, die noch nicht heimgekehrt waren. Die Stromversorgung war ausgefallen, und mit vereinten Kräften machten sie sich daran, alles zu reparieren. Sie sammelten Metallhülsen, die von der verschossenen Munition reichlich herumlagen, und Hermann Schlösser, der Schmied, übernahm die Aufgabe, sie nach Köln zu bringen, wo Drähte daraus gedreht wurden. Ein Kölner Elektriker brachte sie mit dem Fahrrad nach Wollseifen und half ihnen, alles wieder anzuschließen. Bei der vielen Arbeit vergingen die Monate rasch, und an manchen Tagen rückte die Erinnerung an den Krieg in den Hintergrund. Die Kinder genossen den Frieden und die damit wiedergewonnene Freiheit, und im schneereichen Winter 1945/46 rutschten sie auf zum Teil selbst gebastelten Skiern oder Schlitten die Hügel herunter. Doch immer noch ragte Burg Vogelsang nahe am Dorf auf, eine steinerne Mahnung an das, was passiert war.

Für Albert wurde die Arbeit immer wieder unterbrochen von Gedanken an Leni. Wo mochte sie sein? Er hatte sie seit jenem Tag nicht mehr wiedergesehen, und mittlerweile konnte er sich eingestehen, dass sie ihm fehlte. Ihre ruhige Art, ihr Lächeln, das plötzlich aufblitzte, wenn sie ihm die Hand auf den Arm legte, wie sie ihn manchmal ansah. Hoffentlich lebte sie noch.

Silvio hatte die Frauen und den kleinen Rolf abgeholt. In Scheven hatte es zum Glück kaum Kriegsschäden gegeben, und sie hatten die letzten Kriegsmonate dort in relativer Sicherheit verbracht. Hedwig und Eugen weinten, als die drei sie verließen.

»Bleibt doch hier! Wer weiß, ob wir uns je wiedersehen«, schluchzte Hedwig.

Johanna versuchte sie zu beruhigen. »Wir kommen euch besuchen«, versprach sie.

»Und Wollseifen ist ja nicht aus der Welt. Wenn die Zeiten wieder ein bisschen ruhiger geworden sind, könnt ihr ja auch zu uns kommen«, fügte Maria hinzu.

Hedwig ließ sich jedoch kaum trösten. »Endlich war Leben im Haus!« Sie wollte Rolf gar nicht loslassen. »Ach, wenn es doch so weitergehen könnte. Bei euch ist es doch noch viel zu gefährlich für unseren kleinen Schatz!«

Da hatte sie nicht unrecht. Überall lag noch Munition herum, Patronenhülsen, Handgranaten, Blindgänger, die bisher niemand entdeckt hatte. Für die Kinder war das Gelände im und um das Dorf herum der reinste Abenteuerspielplatz geworden. Täglich beschworen die Mütter die Kinder, nur ja nicht in den

Trümmern der Häuser zu spielen und vor allem keine Munition anzufassen. Aber natürlich hielten sich nicht alle daran. Es war einfach zu spannend, was man alles so finden konnte. Und immer wieder gab es schreckliche Unfälle.

Überall waren die Spuren des Krieges noch sichtbar, die Auswirkungen des schrecklichen Geschehens spürbar, aber trotz allem war die Grundstimmung im Dorf vorsichtig optimistisch und hoffnungsvoll. Die meisten Gebäude waren wieder instand gesetzt, und Anfang 1946 bekamen sie eine großzügige Zuteilung Saatgetreide aus unzerstörten Gebieten, sodass auch die Felder bestellt werden konnten, die nach dem Krieg aus Mangel an Saatgut zunächst brachgelegen hatten. Jetzt geht's aufwärts, hieß es. Es kann nur besser werden.

28

»Mutter, ich bin so froh, dass wenigstens wir uns noch haben!« Hildegard, schmal und blass in ihrem schwarzen Nonnenhabit, ergriff Lenis Hände. »Aber hältst du es hier, so weit weg von zu Hause, überhaupt aus?«

»Ach, Kind!« Leni seufzte. »Zuhause ist ein schwieriges Wort. War ich auf Gut Hahn jemals zu Hause?«

Als die Amerikaner Leni auf Vogelsang in Gewahrsam genommen hatten, hatte Hildegards Orden sofort ein Gespräch mit dem Kommandanten geführt, und sie hatten sie in das Kloster in Ochsenfurt gebracht, in dem Hildegard jetzt lebte und arbeitete. »Siegfried ist tot, und von Wollseifen weiß ich so gar nichts mehr, seitdem ich weggegangen bin. Was für ein Glück, dass ich zu dir ins Kloster konnte. Hier bin ich doch wenigstens zur Ruhe gekommen.«

Sie hatte Hildegard die ganzen traurigen Begebenheiten erzählt, einschließlich Mellers Angriff auf Albert und Siegfrieds Tod. »Ich frage mich immer, ob ich es hätte verhindern können. Hätte ich doch Meller nie geheiratet!« Sie schaute ihre Tochter an. »Wir wären auch alleine zurechtgekommen.« Tränen traten ihr in die Augen. »Und meinem armen Jungen wäre dieses schreckliche Schicksal erspart geblieben. Was hat er denn von seinem Leben gehabt? Ach, Hildegard, es ist alles meine Schuld!«

Hildegard packte sie an der Schulter. »Das darfst du dir gar nicht erst einreden, Mutter. Gott wird sich schon etwas dabei gedacht haben, dass gerade du so viel ertragen musstest. Ich glaube ganz fest daran, dass alles einen Sinn hat.« Kurz zögerte sie, dann setzte sie leiser hinzu: »Auch wenn es nicht besonders sinnvoll erscheinen mag, dass ein Vierzehnjähriger aus falsch verstandenem Heldenmut sein Leben lassen musste.« Sie schaute ihre Mutter fest an. »Aber Schuld hat vor allem Meller auf sich geladen. Du musst nach vorne schauen, auch wenn es dir noch so schwerfällt.«

»Würdest du es denn verstehen, wenn ich wieder nach Wollseifen zurückginge?« Leni war jetzt schon über ein Jahr in Ochsenfurt, und in der letzten Zeit hatte sie immer häufiger an Wollseifen und vor allem an Albert gedacht. Ob er noch lebte? Wie mochte das Leben in Wollseifen weitergegangen sein? In Ochsenfurt war nicht viel zerstört worden, und nach den Angriffen in der Eifel empfand sie das Leben hier als die reinste Idylle. Vom Krieg, der doch noch gar nicht so lange her war, spürte man hier kaum etwas. Vor allem jetzt im Sommer war es so schön hier, in der fast ganz erhaltenen Altstadt und am Main mit seinen stillen Buchten. Und doch zog es sie mit Macht zurück in die Heimat, und das lag hauptsächlich an Albert. Sie hatte solche Angst um ihn gehabt, als Meller ihn zu Boden gestreckt hatte, und in diesem Moment hatte sie sich zum ersten Mal eingestanden, dass sie ihn liebte. Doch nach Siegfrieds Tod hatte sie erst einmal Abstand gebraucht, um wieder zu sich zu kommen. Immer wieder war sie von dem Gefühl überwältigt worden, alle, die sie liebte, in den Abgrund zu reißen. Vielleicht verdiente sie es ja gar nicht, jemanden zu lieben. Vielleicht sollte sie besser allein bleiben. Der Gedanke beherrschte sie, wenn auch die Gespräche mit Hildegard und das Leben im Kloster ihr halfen, mit sich ins Reine zu kommen. Doch sie war noch weit davon entfernt, an die Zukunft zu denken, die sie in ihren Träumen manchmal sah.

»Du wirst das tun, was für dich gut ist. Aber vorerst bleib

noch ein wenig und ruh dich aus«, bat Hildegard sie. »Du wirst spüren, wann für dich der richtige Zeitpunkt gekommen ist. Dann kannst du immer noch entscheiden, ob du nach Wollseifen zurückwillst.«

Der 18. August 1946 war ein strahlender Sommertag, für die Eifel ungewöhnlich warm. Friedlich und still lag das Dorf in der Sonne. Der Krieg war schon seit über einem Jahr vorbei, die meisten Schäden waren tatkräftig behoben worden, die Schule war wieder geöffnet, und die Einwohner gingen wie gewohnt ihrem Alltag nach. Es herrschte ein Gefühl der Hoffnung, und wen man fragte, der sagte: »Du wirst sehen, wir kriegen das alles in den Griff. Hauptsache, der Krieg ist vorbei! Wir haben das Schlimmste erlebt, und wir haben es überstanden.«

An diesem Sonntag war die Kirche von Wollseifen bis auf den letzten Platz gefüllt. Als die Glocken das Ende des Hochamts verkündeten, standen die Ersten auf und strebten dem Eingang zu. Doch in diesem Moment wurde die Tür aufgerissen, und der von der britischen Militärregierung eingesetzte Bürgermeister stand auf der Schwelle. Er wedelte mit den Armen: »Nehmt alle eure Plätze wieder ein! Ich habe euch etwas Wichtiges mitzuteilen!«

Die Dorfbewohner reagierten erstaunt, aber die meisten setzten sich wieder.

Der Bürgermeister räusperte sich, trat einen Schritt vor und sagte: »Auf Erlass der Militärregierung sind die Ländereien um Vogelsang, die Urfttalsperre und nördlich von Dreiborn beschlagnahmt. Hierzu gehört auch Wollseifen. Alle Gebäude und Grundstücke in dieser Zone müssen bis zum 1. September geräumt werden.« Dann schwieg er und trat wieder einen Schritt zurück. Einen Moment lang war es in der Kirche totenstill. Alle schauten sich betroffen an.

Albert fand als Erster die Sprache wieder. »Wie jetzt?«, sagte er und blickte sich um. »Das ist ja schon in vierzehn Tagen. Das geht doch gar nicht. Wir haben Vieh zu versorgen, und ein Teil der Ernte muss noch eingebracht werden.«

Um ihn herum nickten und murmelten alle.

»Ja, genau, die Kartoffeln ...«

»Was ist mit den Äpfeln und so?«

»Und überhaupt«, sagte Döres, »was wollen die mit unserem Dorf denn? Warum beschlagnahmen sie denn den ganzen Ort? Sollen hier Engländer einziehen?«

Der Bürgermeister hob die Schultern. »Sie machen aus Wollseifen einen Truppenübungsplatz. Ich weiß nur, was mir mitgeteilt worden ist, und ich würde sagen, ihr tut besser, was sie von euch verlangen. Hierbleiben könnt ihr jedenfalls nicht.«

»Du bist doch als Bürgermeister eingesetzt worden«, sagte Albert. »Kannst du nicht Einspruch erheben?«

»Wie stellt ihr euch das vor? Die Besatzer haben das Sagen, und wenn die Engländer beschlossen haben, dass sie unser Dorf brauchen, müssen wir uns ihren Beschlüssen beugen. Spielraum haben wir keinen.«

Draußen vor der Kirche redeten alle durcheinander. »Der Krieg ist doch gerade erst vorbei«, sagte Schlösser. »Und dann haben die Engländer nichts Besseres zu tun, als hier wieder zu schießen? Das verstehe, wer will.«

»Das hat alles mit Vogelsang zu tun«, sagte Silvio düster. »Wenn Vogelsang nicht wäre ...«

»Ja, aber, wir können doch hier nicht so einfach weggehen!« Albert sah sich um. »Das ist unsere Heimat. Hier liegen unsere Toten. Hier ist alles, was wir besitzen und brauchen. Wovon sollen wir denn leben, wenn wir unser Land nicht mehr bestellen können?«

Ratlos sahen sie sich an. Niemand konnte begreifen, was das

bedeuten sollte. Vielen standen die Tränen in den Augen. Schließlich sagte der Bürgermeister: »Es hilft alles nichts. Ihr geht jetzt besser nach Hause. Befehl ist Befehl. Wir müssen uns fügen.«

Wir müssen uns fügen, dachte Albert bitter. Immer ist da jemand, dem wir gehorchen müssen. Das hier ist doch unser Land, unser Dorf. Gerade haben wir wieder alles aufgebaut. Warum bestimmen andere darüber, was hier geschieht? Was ist das denn für ein Leben? Wo sollen wir denn hin? Alles in ihm rebellierte gegen diese Anordnung, die in seinen Augen nichts anderes war als Willkür. Zorn stieg in ihm auf, und er trat mit Wucht gegen einen Eimer, der ihm im Weg lag. Scheppernd flog er gegen die Stallwand. Schwer atmend stand Albert auf dem Hof und blickte sich nach weiteren Objekten um, an denen er seine Wut auslassen konnte. Doch letztlich gewann seine ruhige Vernunft die Oberhand. Die Situation war jetzt nun einmal so. Deutschland hatte den Krieg verloren, und die Siegermächte bestimmten, wo es langging. Allzu lange würde es sicher nicht dauern. Sie hatten die Nazizeit und den Krieg überstanden, dann würden sie das jetzt auch überstehen.

»Wir müssen uns Quartier suchen. Am besten bleiben wir in der Gegend.« Albert war fest entschlossen, sich nicht unterkriegen zu lassen. »Je näher wir an Wollseifen bleiben, desto besser können wir den Zeitpunkt abpassen, wann wir wieder zurückkönnen.«

Silvio nickte. »Die Frauen und Kinder können wir fürs Erste wieder nach Scheven schicken. Hedwig und Eugen würden sich bestimmt freuen. Oder, Maria, was meinst du?«

Seine Frau überlegte nicht lange. »Für uns alle zusammen etwas zu finden wird hier in der Nähe schwierig sein. Da ist es besser, ihr zwei sucht euch hier eine Unterkunft. Ich gehe mit Johanna und Rolf nach Scheven, bis wir wieder ins Dorf zurückkönnen.«

Wer nicht bei Verwandten unterkam, die weiter entfernt wohnten, hielt es sowieso für sicherer, möglichst in der Nähe zu bleiben, um sein Eigentum im Auge behalten zu können. Auch sagten sich die meisten, dass die Nähe ihnen leichter Zugang ins Dorf verschaffen konnte, um zu holen, was sie noch brauchen konnten, bevor es den allgemeinen Plünderungsaktionen der Arbeiter auf Vogelsang zum Opfer fiel. Heu war gemacht, der Roggen war geschnitten, Hafer und Gerste ernteten sie mithilfe der Dreiborner, die von ihrem Pastor im Sonntagsgottesdienst aufgefordert worden waren, ihnen zur Seite zu stehen.

Es war ein langer, quälender Abschied. Selbst harte Männer weinten, als Lastwagen um Lastwagen ins Dorf kam, um die Habe der Familien aufzuladen und dorthin zu bringen, wo sie, wenn oft auch nur notdürftig, untergekommen waren. Und als am 1. September auch die Letzten schließlich gingen, lag das Dorf menschenleer in der Mittagssonne.

»Wenn es dunkel ist, gehe ich ins Dorf«, sagte Silvio zu Albert. »Kommst du mit? Wir holen uns, was noch brauchbar ist.« Albert hatte Pferd und Wagen organisiert, und nach Einbruch der Dunkelheit machten sie sich auf den Weg. Es war gefährlich, denn wenn man erwischt wurde, warfen sie einen auf Vogelsang ins Gefängnis, aber trotzdem riskierten die meisten, lieber erwischt zu werden, als tatenlos zuzusehen, wie ihre Häuser und ihr Land von Fremden verwüstet und geplündert wurden.

»Wir sind ja geübt«, meinte Albert zuversichtlich. »Uns erwischen sie schon nicht. Wie viele Schmuggelzüge haben wir zwei schon unternommen, was?« Silvio nickte. »Und nachts schlafen die doch hoffentlich.«

Sie stellten Pferd und Wagen in Alberts Scheune und machten sich an die Arbeit, wobei sie alles an Inventar und Geräten aufluden, was sie mitnehmen konnten. Albert war vor allem an dem Gemälde des Düsseldorfer Kunstmalers gelegen, das er zunächst aus Platzgründen nicht mitgenommen hatte. Es sollte auf keinen Fall in die Hände von Fremden geraten.

Er hatte es gerade aus dem Wohnzimmer geholt, als sich herausstellte, dass die britischen Soldaten nachts wohl doch nicht schliefen. Nach Mitternacht setzte auf einmal Geschützfeuer ganz in der Nähe ein, und die beiden Männer flüchteten sich in die Scheune. Es dämmerte schon, als sie sich endlich auf den Heimweg trauten. Unterwegs begegneten ihnen auch andere aus dem Dorf.

»Ich hab schon gedacht, die hören nie mehr mit ihrer Nachtübung auf«, meinte Gerhard Bendermacher, der Sohn vom alten Bendermacher. »Aber ich musste einfach hin. Ich hab's nicht mehr ausgehalten. Annegret hat mir ja erzählt, wie es aussieht, aber ich musste mich doch mit meinen eigenen Augen überzeugen.« Der Bauer war mit seinen sieben Kindern in Gemünd untergekommen, und seine jüngste Tochter Annegret war auf der Suche nach den drei Kühen der Familie bis nach Wollseifen gelaufen. Sie hatte nur einen Moment lang nicht aufgepasst, wie sie sagte, und schon hatten sich die Kühe auf den Weg in den heimischen Stall gemacht. »Man sollte es nicht glauben«, sagte Bendermacher. »Da laufen die Viecher die ganze Strecke von Gemünd bis nach Wollseifen!«

Der Winter verging, ohne dass es ein Anzeichen dafür gab, dass sie zurückkehren konnten. Im Gegenteil, mit jedem Tag wurden die Zerstörungen größer und offensichtlicher. Fassungslos mussten die Einheimischen mit ansehen, wie immer mehr Häuser zerschossen wurden, und auch den Wiesen und Feldern um das Dorf herum sah man an, dass täglich Panzer und andere Fahrzeuge darüberrollten. »Ich sag's euch, den Tommies ist nichts heilig«, sagte Hermann Schlösser angesichts der Verwüstungen, die die Soldaten anrichteten. Und was sie nicht kaputt machten, wurde von den Arbeitern in Vogelsang geplündert, sodass bald kein Stein mehr auf dem anderen stand. »Demnächst fahren die mit ihren Panzern noch über die Friedhöfe!«

Selbst die, die in den umliegenden Dörfern in Notunterkünften ausharrten, weil sie fest daran geglaubt hatten, in naher Zukunft wieder in ihr Heimatdorf zurückzukommen, verloren die Hoffnung, als am Abend vor Fronleichnam die Kirche von Wollseifen in Grund und Boden geschossen wurde und ausbrannte.

»Wir müssen uns langsam überlegen, wo die Reise hingeht«, sagte Silvio zu Albert. »Ich glaube nicht mehr an eine Rückkehr. Bendermachers sind jetzt nach Kall gegangen, Gerd hat da eine Gaststätte übernommen. So was in der Art schwebt mir auch vor. Natürlich warten die meisten noch, aber ich denke, je früher man etwas sucht, desto besser sind die Chancen, etwas Vernünftiges zu finden. Wir müssen nach vorn sehen.«

Albert nickte langsam. Silvio hatte recht. Aber er war noch nicht bereit, sich vom Dorf zu entfernen. »Es stimmt, was du sagst. Und ich denke auch, dass wir zusammen weggehen sollten, schließlich sind wir eine Familie. Außerdem können wir uns gemeinsam viel besser etwas aufbauen. Aber ich möchte lieber noch warten, bis unsere Söhne wieder da sind. Schließlich geht es ja hauptsächlich um ihre Zukunft.« Und auch wenn er es nicht laut aussprach, er wartete außerdem auf Leni. Sie würde wiederkommen, das spürte er. Und dann wollte er da sein.

Ihre Jüngsten kamen als Erste zurück. Ende August erhielt Silvio einen Brief von Robert, in dem er ihre Heimkehr ankündigte. Sie waren zum Glück nicht getrennt worden, und in dem englischen Camp, in dem sie gesessen hatten, war es ihnen offenbar nicht allzu schlecht gegangen. Mit ihren Brocken Schulenglisch hatten sie für die anderen Gefangenen gedolmetscht, und der Lagerkommandant hatte sie, weil sie noch so jung waren, unter seine Fittiche genommen und sie am Schulprogramm des Lagers teilnehmen lassen.

»Stell dir vor: Sie haben ihr Abitur gemacht!« Silvio wedelte vor Alberts Nase mit dem dünnen Luftpostbriefbogen herum.

»Wie, Abitur?«, fragte Albert misstrauisch. »Hat das was mit der Ausbildung zum Piloten zu tun?«

Silvio lachte. »Also, das sage ich dir, mit dem Fliegen soll mir Robert noch einmal ankommen! Ich würde ihm seinen Piloten um die Ohren schlagen. Nein, der soll jetzt erst einmal schön auf dem Boden bleiben. Hier, lies selber.«

Albert kratzte sich am Kopf. »Alle Achtung«, sagte er. »Das hätte ich Gottfried gar nicht zugetraut. Robert ja schon eher, aber mein Sohn? Du siehst ja, der kann doch seinem Vater noch nicht mal schreiben«, mäkelte er, aber Silvio hörte seiner Stimme an, wie erleichtert er über die Neuigkeiten war.

»In zwei Wochen sind sie hier. Und weißt du was?« Silvio verzog nachdenklich das Gesicht. »Wir haben eine Sorge weniger, denn die beiden werden weder in die Landwirtschaft noch in die Gastronomie einsteigen wollen. Am Ende studieren sie sogar noch.«

Im April 1948 war auch Julius wieder zu Hause. Er war ebenfalls in einem britischen Lager gewesen, hatte es allerdings nicht so bequem getroffen wie Robert und Gottfried. Er hatte in der Landwirtschaft arbeiten müssen. »Immer noch besser als

Bergbau, das hätte mir auch blühen können. Landwirtschaft kannte ich ja von zu Hause, aber es liegt mir eben nicht.« Julius rümpfte die Nase in der Erinnerung. »Diese Gerüche! Das hat mir schon als Kind nicht gefallen. Aber ansonsten war es nicht übel. Es gab genug zu essen, und wir sind anständig behandelt worden.«

Erwin und Karl hingegen waren immer noch in russischer Gefangenschaft, schrieben allerdings jetzt regelmäßiger. Karl war im Krankenlager, wegen Dystrophie, wie er schrieb. *Aber macht euch keine Sorgen*, hatte auf seiner letzten Karte gestanden. *Wie ihr an der Zeichnung seht, bin ich zwar ein bisschen dünner geworden, aber die Verpflegung ist gut, und ich bin optimistisch, dass sie mich wieder aufpäppeln.*

Nachdem Albert das Wort nachgeschlagen hatte, machte er sich allerdings doch große Sorgen. Dystrophie bedeutete, dass sein Junge unterernährt war. Doch zum Glück brauchte er nur leichte Arbeiten zu verrichten, anders als Erwin, der ebenfalls im Krankenlager war, weil er einen hässlichen Ausschlag hatte, dort jedoch in der Schlosserei mehr und härter arbeiten musste. Doch auch das sei zu ertragen, schrieb er. Die Karten aus dem Lager waren im Schnitt etwa drei Monate unterwegs, und ihnen war nicht zu entnehmen, wann die beiden nach Hause kommen würden.

»Dazu dürfen sie bestimmt nichts schreiben«, meinte Silvio. »Wir müssen einfach abwarten. Hauptsache, sie leben.«

Dass Walter irgendwo in der Sahara verscharrt worden war, war für Maria und Silvio immer noch ein ständiger Schmerz.

Im Sommer 1948 beschlossen die Männer, zunächst einmal nach Scheven umzusiedeln, wo Maria und Johanna schon ungeduldig auf sie warteten. Dort wollten sie einen Familienrat abhalten, um sich klar zu werden, wo sie sich niederlassen wollten. Selbst Albert stimmte schweren Herzens zu. Im Frühjahr hatte ihn auf Umwegen ein Brief erreicht, den Leni ihm ein Jahr zuvor aus einem Kloster in Würzburg geschrieben hatte. Sie hatte ihn an den Hof in Wollseifen adressiert, weil sie ja nicht wissen konnte, dass er dort schon lange nicht mehr wohnte. Sie hatte geschrieben, dass sie viel an ihn dachte und wie gerne sie bei ihm wäre, aber sie hatte ihm auch gestanden, sie wisse nicht, ob sie jemals wieder an den Ort würde zurückkehren können, an dem sie – wie sie schrieb – ihr Leben und das ihres Sohnes verpfuscht hatte. Sie habe Angst davor, auch ihn unglücklich zu machen. Er hatte ihr sofort geantwortet und sie inständig gebeten, zu ihm zu kommen. Seine ganze Seele hatte er ihr ausgebreitet und ihr geschrieben, wie sehr er sie liebe. Danach hatte er wochenlang damit gerechnet, dass sie eines Tages einfach vor ihm stehen würde, aber er hatte nichts mehr von ihr gehört, und manchmal, vor allem nachts, überfiel ihn die bohrende Angst, sie könnte tot sein.

An einem regnerischen Tag im August luden sie ihre Habseligkeiten auf einen Wagen, um sich auf den Weg von Morsbach nach Scheven zu machen. Der Bauer, bei dem sie gewohnt hatten, sah sie ungern ziehen. Albert und Silvio waren gute Arbeitskräfte gewesen, und als jetzt nach und nach die Jungen nach Hause gekommen waren, hatte der Mann, dessen vier Söhne im Krieg gefallen waren, die Hoffnung gehegt, darunter könnte ein Erbe für seinen Hof sein. Trotzdem war der Abschied freundschaftlich. Er begleitete sie zum Tor, und als sie auf die Dorfstraße einbogen, sah Albert, der auf dem Bock saß, eine Frau, die eilig auf sie zukam. Sie hatte ein Köfferchen in der Hand, und ihr Kopftuch war wegen des Regens tief in ihr Gesicht gezogen. Zuerst erkannte er sie nicht, doch dann machte sein Herz auf einmal einen Satz. Hastig warf er die Zügel Silvio zu, der neben ihm saß, sprang vom Wagen und rannte ihr wild winkend entgegen.

»Leni! Leni!« Alle aufgestaute Angst der letzten Wochen fiel mit einem Schlag von ihm ab. »Da bist du ja!«

Nachsatz

Am 24. Mai 1949 trat das Grundgesetz in Kraft. Die Bundesrepublik Deutschland wurde gegründet.

Kurz darauf zog die gesamte Familie in die Zülpicher Börde. Die Rückkehr nach Wollseifen blieb ihnen auf immer verwehrt.

Es war einmal ein Dorf ...

So könnte ein Märchen anfangen. Doch für Wollseifen, das idyllisch in der Nordeifel auf einer Hochebene über der Urfttalsperre lag, wurde dieser Satz bittere Realität. Die Betonung liegt auf »war«. Das einst blühende Bauerndorf ist heute eine Wüstung.

Dieser Roman basiert auf wahren Begebenheiten. Zwar sind die handelnden Personen, abgesehen von Figuren der Zeitgeschichte, sowie einige Gebäude frei erfunden, aber so oder so ähnlich könnte sich ihr Leben tatsächlich abgespielt haben.
　Vor dem Ersten Weltkrieg war Wollseifen auf der Dreiborner Hochfläche in der Rureifel ein Bauerndorf wie viele in der Gegend. Der Bau der Urfttalsperre, die 1905 fertiggestellt wurde, hatte der Ansiedlung, deren Ursprünge bis ins Mittelalter zurückverfolgt werden können, zu bescheidenem Wohlstand verholfen. Das Gemälde eines zeitgenössischen Malers zeigt ein beschauliches Dorf mit strohgedeckten Fachwerkhäusern, umgeben von Wiesen und Obstgärten. Trotz des rauen Klimas und der kargen, steinigen Böden, die den Bauern das Leben schwer machten, hatten alle ihr Auskommen und waren zufrieden. Davon zeugen nicht zuletzt die zahlreichen Vereine und die vielen Feste im Dorf.
　Der Erste Weltkrieg und die Jahre danach brachten wie in ganz Deutschland einen wirtschaftlichen Einbruch. Durchziehende Soldaten beanspruchten Verpflegung und Quartier, die

Touristen, die vor dem Krieg wegen der Talsperre und der unverfälschten Natur gekommen waren, blieben weg. Zahlreiche junge Männer fielen an der Front oder wurden schwer verwundet, und weil ihre Männer im Krieg waren, lag die Hauptlast der Feldarbeit bei den Frauen. Missernten, die Inflation und die Weltwirtschaftskrise in der Zeit der Weimarer Republik erhöhten die Not, aber den Wollseifenern gelang es trotzdem, zwischen 1920 und 1930 zukunftsweisende Projekte in Angriff zu nehmen wie die zentrale Wasserversorgung und den Anschluss an das allgemeine Stromnetz.

Als 1933 Hitler an die Macht kam, wurde die Gegend um Wollseifen zu einem von drei Standorten in Deutschland auserkoren, an denen die Nazis Schulungslager für ihre Elite errichteten. Nur einen Steinwurf vom Dorf entfernt entstand die Nazi-Ordensburg Vogelsang, die ihren idyllischen Namen einer Gemarkung neben dem Hügel verdankt, auf dem sie gebaut wurde. Und damit änderte sich alles.

Die Bauern waren mehr oder weniger gezwungen, ihr Land für den Bau der Anlage zu verkaufen, und auf dem Walberhof, einer bis ins Mittelalter zurückgehenden Hofanlage, wurde ein Flugplatz errichtet. Wollseifen selbst sollte nach Plänen der Nazis in ein Musterdorf umgewandelt werden, in dem die Bewohner wie in einem Museum bestaunt werden konnten. Dieser Plan wurde jedoch durch den Kriegsausbruch im Herbst 1939 zunichtegemacht.

Allerdings war damit die Gefahr für Wollseifen keineswegs abgewendet. Vogelsang, der Flugplatz auf dem Walberhof und die nahe gelegenen Talsperren machten die gesamte Gegend zu einem bevorzugten Ziel für Luftangriffe, und im Dezember 1944 schließlich wurde ein Großteil des Dorfes bei einem Angriff zerstört. Vierunddreißig Einwohner wurden getötet. Bei einem weiteren Luftangriff im Januar 1945 kamen ebenfalls zahlreiche Personen ums Leben. Als die alliierten Truppen vorrückten, wurden die meisten Einwohner, die noch im Dorf lebten, evakuiert. Nur noch wenige blieben im Ort, wurden dann jedoch von den amerikanischen Truppen ebenfalls in Sicherheit gebracht.

Als sie bei Kriegsende zurückkamen, lag das Dorf in Schutt und Asche. Es spricht für das Durchhaltevermögen der Eifelbauern, dass sie sich sofort daranmachten, ihre Häuser und Ställe wiederaufzubauen, ihr Vieh wieder einzusammeln und ihre Felder zu bestellen. Doch kaum hatten sie die größten Schäden beseitigt, kam der nächste Schlag: Im August 1946 verfügte die britische Besatzungsmacht, dass alle Einwohner von Wollseifen das Dorf bis zum 1. September zu räumen hatten. Ihnen blieben knapp zwei Wochen Zeit, um die Ernte einzubringen und ihre Habseligkeiten zu packen. Viele Einwohner glaubten, bald wieder zurückkehren zu dürfen, aber die Realität sah anders aus. Das Dorf und die Umgebung wurden zum Sperrgebiet erklärt und als Truppenübungsplatz genutzt. Ungläubig mussten die Wollseifener, die zunächst bei Verwandten und Freunden in benachbarten Dörfern untergekommen waren, aus der Ferne zusehen, wie ihre Häuser nach und nach zerschossen und zerstört wurden. Schließlich mussten sie sich notgedrungen eine neue Heimat suchen, ohne für den Verlust der alten entschädigt worden zu sein, ein schwieriges Unterfangen, weil gerade die ländlichen Gemeinden, die im Krieg weitestgehend verschont geblieben waren, nicht bereit waren, die notleidenden »Flüchtlinge« aufzunehmen.

Als 1949 die Bundesrepublik gegründet wurde, schöpften viele erneut Hoffnung, aber sie wurden wieder enttäuscht. Das militärische Sperrgebiet blieb bestehen, und 1950 übergab die britische Besatzungsmacht das Gelände den belgischen Streitkräften, die auch noch die letzten Gebäude niedermachten und sogar neue Rohbauten errichteten, um genügend Material für den Häuserkampf zu haben.

Erst 2006, mit der Gründung des Nationalparks Eifel, wurde das Gebiet wieder für die Öffentlichkeit freigegeben. Eine Wegkapelle und ein Trafohäuschen sind die einzigen noch original erhaltenen Gebäude. Die Kirche und das Erdgeschoss der Schule wurden wiederaufgebaut. Heute befindet sich dort eine fotografische Dauerausstellung, die zeigt, wie lebendig und vielfältig das Leben in Wollseifen einmal war. Zu erreichen ist das einstige Dorf nur noch zu Fuß. Vom Parkplatz am ehemaligen Walberhof wandert man mit freiem Blick auf Burg Vogelsang über die Hochebene, die im Frühsommer von den Ginsterbüschen, dem »Gold der Eifel«, in einen einzigen gelben Farbenrausch getaucht wird, zur Wüstung Wollseifen.

Danksagung

Mein Dank gilt vor allem Christel Küpper. Sie war elf Jahre alt, als sie mit ihrer Familie Wollseifen verlassen musste, und sie ist eine der letzten noch lebenden Zeitzeuginnen. Trotz ihres hohen Alters und der schwierigen Situation während der Pandemie war sie sofort bereit, mir das Dorf zu zeigen, wie sie es als Kind erlebt hatte. Gemeinsam mit dem Schriftführer des Traditions- und Fördervereins Wollseifen, Hans-Georg Stump, ist sie mit mir durch den Ort gegangen und hat mir einen wichtigen Eindruck davon vermittelt, wie das Leben in Wollseifen damals gewesen ist. Ohne ihre Begleitung hätte ich mich trotz der Fotoausstellung in der ehemaligen Schule schwergetan, mir die Wüstung als lebendiges Dorf vorzustellen. Eine bessere und zuverlässigere Quelle als Frau Küpper hätte ich mir nicht wünschen können. Das Zitat, das dem Roman voransteht, stammt von ihrem Vater Wilhelm Sistig.

Bedanken möchte ich mich auch bei Georg May, dessen Vater Schmied in Wollseifen war. Seine äußerst informative und interessante Website mit zahlreichen Fotos und Geschichten aus dem Dorf hat mir bei vielen Fragen, die während des Schreibens auftauchten, weitergeholfen.

Georg May hat mir die Publikation *Die letzte Karre Korn* der Kulturanthropologin Gabriele Harzheim empfohlen. Wegen der Pandemie konnte ich sie leider nicht persönlich aufsuchen, aber sie war freundlicherweise bereit, mir in einem langen

Telefongespräch meine Fragen zu Wollseifen zu beantworten. Ihre Kompetenz und ihr Wissen waren mir eine wertvolle Hilfe.

Ein besonderer Dank gilt meiner Agentin. Anoukh Foerg hat eine unvergleichliche Art, mich subtil so lange herauszufordern, bis ich mir darüber im Klaren bin, worüber ich eigentlich schreiben will. Dass *Ginsterhöhe* nun Teil einer Trilogie ist, habe ich ihr zu verdanken.

Maria Dürig danke ich für ihre unermüdliche Unterstützung und Hilfsbereitschaft. Sie hält mir jederzeit den Rücken frei.

Danken möchte ich auch dem Ullstein Verlag, der mit Begeisterung das Wagnis eingegangen ist, mich als Autorin zu verpflichten, und von Anfang an vom Thema mehr als überzeugt war. Vor allem die Programmleiterin Wiebke Bolliger hat mich mit ihrer Einschätzung und ihren Rückmeldungen bei der Lektüre des Manuskripts immer wieder motiviert.

Meine Lektorin Clarissa Czöppan, mit der ich so gerne zusammenarbeite, ist einfach die Beste! Danke für deine Geduld, Clarissa, deinen klaren Blick und deine immer berechtigten Einwände!

Und natürlich danke ich meiner Familie, vor allem meinem Sohn Alexander, der mir als Erster von Wollseifen erzählt und meine Neugier geweckt hat. Danke auch meinen Freundinnen und Freunden, die immer bereit waren, sich meine Vorstellungen anzuhören, und die Entwicklung des Romans inklusive Recherchetouren geduldig begleitet haben.

Zum Schluss möchte ich noch drei Autoren erwähnen, deren Publikationen besonders wichtig für mich waren:

Die Lektüre von Franz Albert Heinens Büchern *Vogelsang. Von der NS-Ordensburg zum Truppenübungsplatz in der Eifel* und *Abgang durch Tod. Zwangsarbeit im Kreis Schleiden 1939–1945* kann ich jedem, der sich umfassend über die Nazizeit in der Eifel informieren möchte, nur empfehlen.

Das Gleiche gilt für die Veröffentlichungen von Hans-Dieter Arntz, dessen Artikel über das Schicksal der Juden im Kreis Euskirchen mir wertvolle Einblicke gegeben haben.

In den Büchern des Erftstädter Autors Albert Esser »*Eefach woa et nie ...« Landwirtschaft in Blessem während des 19. und 20. Jahrhunderts* und *Das Bauerndorf im Umbruch. Sozialer Wandel vom 19. zum 20. Jahrhundert in Blessem und Frauenthal* habe ich viel über das Leben der Bauern in dieser Zeit erfahren. Als ich sie gelesen habe, konnte noch keiner wissen, dass gerade diese zwei Ortschaften von der Flutkatastrophe im Sommer 2021 schwer getroffen werden würden. Jetzt sind die Aufzeichnungen und Erinnerungen, die Esser zusammengetragen hat, umso wertvoller, weil vieles mit den Häusern untergegangen ist.

Nach ihrem Bestseller »Bühlerhöhe« der neue große Roman von Brigitte Glaser

Am Kaiserstuhl kreuzen sich kurz nach Kriegsende die Wege von Henny Köpfer und Paul Duringer. Die Tochter eines Weinhändlers und der elsässische Soldat leben auf dem Hof der alten Bäuerin Kätter. Mit ihr und dem kleinen Kaspar wachsen sie zu einer Familie zusammen. Doch es sind keine einfachen Zeiten. So leicht die Liebe entstand, zerbricht sie auch wieder. Erst 1962 stehen sich Henny und Paul wieder gegenüber. Henny ist im Besitz einer alten Champagnerflasche, die Paul im Auftrag des französischen Sicherheitsdienstes sucht. Sie ist an Symbolkraft kaum zu überbieten, sie steht für die Plünderungen der Deutschen in Frankreich und soll Adenauer und de Gaulle bei einem Festakt überreicht werden.

»Kaiserstuhl« erzählt von der heilenden Erfahrung, sich der Vergangenheit zu stellen und zu vergeben – und von den Anfängen des europäischen Traums.

Brigitte Glaser
Kaiserstuhl
Roman

Hardcover mit Schutzumschlag
Auch als E-Book erhältlich
www.ullstein.de

List